내일이 없는 소녀

내일이 없는 소녀

황희 장편소설

네오픽션

차례

[잔류사념과 평행세계]

사람의 원한, 기억, 집착, 숙원, 슬픔 등의 강한 감정이 해소되지 않
고 어떤 장소나 물건 혹은 살아 있는 사람에게 오랫동안 고여 있
는 것을 잔류사념이라고 한다. 흘러야 할 시간이 흐르지 않고 고
여 있는 상태인 잔류사념은 평행세계를 분기시키는 통로가 된다.

[생각의 형태로 전달되는 환청]

스탠퍼드 대학교 네브 존스 박사와 영국의 더럼 대학교 안젤라 우즈 박사는 공동연구를 통해 음성이 아닌 생각의 형태로 전달되는 환청이 존재하며 이 형태로 느껴지는 환청은, 환청에 대한 기존의 관점을 뒤집고 환청의 본질을 드러내줄 가능성을 가지고 있다고 '란셋' 의학 저널을 통해 발표했다.

[평행의식]

각각의 분기된 평행세계를 기억하는 의식. 대부분의 사람들은 평행의식을 가지고 있으나 기억하지 못하며, 기시감 같은 흐릿한 기억의 끈을 쥐고 있을 뿐이다.

알 수 없는 것과 접촉하다

내 나이 열여덟. 이것으로 끝이다.

마지막으로 듣고 싶은 목소리도, 보고 싶은 얼굴도, 남기고픈 말도 없다.

나는 창문을 열었다. 해 질 무렵부터 내리던 진눈깨비가 더 빠른 기세로 쏟아지고 있었다. 한밤중에도 늘 시끄럽던 동네였는데 지금은 무서울 정도로 고요하다. 가로등 불빛에 비친 눈발은 선명한 흰색으로 발광하며 내 눈 속으로 뛰어들었다. 앞집 뜰에 개 한 마리가 몸에 붙은 눈을 털고 있고, 골목의 전봇대 앞에는 불 꺼진 트럭 한 대가 서 있었다.

진눈깨비에 파묻혀가는 동네의 풍경이 모조리 뭉그러져 보였다.

사물의 윤곽도, 소리도, 사라지고 있어서일까, 묘한 밤이었다.

이런 밤에는 이 세상의 것이 아닌 것과 만나도 조금도 이상할 것 같지 않았다. 곧 나도 이 세상의 것이 아닐 테니까. 이런 밤에 떠나게 되어 오히려 기쁘다고 할까. 나는 입술 끝으로 조용히 웃었다.

부모님이 더 이상 나로 인해 괴로워하는 것을 보고 싶지 않았다. 지금까지 상처받은 짐승처럼 울부짖고 자해하고 끝내는 내 방이라는 동굴 속에 스스로를 가둬버린 '나'를 참아준 것만으로도 부모님은 대단한 존재였다. 두 분도 나 때문에 어둡고 우울해진 집 안에서 감옥 같은 생활을 했으리라. 이제 부모님이 자유롭게 살기를 바란다.

이렇게도 살다 가는 목숨이 있었다는 것을 누군가는 알까. 집 안에는 아무도 없다. 방도 동네도 동굴 속 같다.

전에 살던 주인이 살해당했다는 이 집에 이사 와 산 지 1년 6개월, 이 작은 방과도, 지긋지긋하게 반복했던 자해와도 이제 이별이다.

지금 내가 죽이고 싶은 것은 그놈이 아닌, 나 자신.

나는 방문 밖의 손잡이에 노끈을 감아 단단히 고정시킨 뒤 방문 위로 끈을 넘겼다. 그런 다음 방 안으로 들어와 올가미를 만들었다.

'죽으면 나는 어디서 깨어나게 될까?'

의자를 놓고 올라서며 생각했다. 그곳이 어디건 여기보단 낫겠지. 나는 의자를 발로 걸어찼다.

—엄마가 왜 이렇게 늦지?

목이 압박되면서 피가 머리로 몰리자, 난데없이 어디선가 누

14

군가의 생각이 들려왔다. 그것은 환청 같기도 했지만, 확실히 귀가 아닌 머릿속으로 들려왔기 때문에 생각 쪽에 더 가까웠다. 나는 생각이 가진 감정들을 고스란히 느낄 수 있었다. 생각의 주체는 어린 소년이었고, 소년은 어머니의 늦은 귀가를 걱정하고 있었다.

나는 내게 전해진 생각 속에서 참변의 조짐을 느끼고는 덜덜 떨었다. 무엇인가 무시무시한 일이 벌어질 것 같다. 내 몸은 나의 의지와는 상관없이 본능적으로 죽음을 거부하기 시작했다. 발끝은 방문 손잡이를 딛기 위해 버둥댔고 두 손은 목을 파고드는 끈을 필사적으로 쥐어뜯었다. 그때 헛것이 보였다.

대체 저건 뭐지?

내가 뭘 보고 있는 거지?

여긴 내 방이 맞는데.

숨이 막혀오고 의식이 혼미했지만 확실히 지금 이상한 일이 벌어지고 있었다. 갑자기 내 방으로 뛰어든 성인남자가 열 살 안팎으로 보이는 소년의 몸 위로 올라탔다. 그리고 날카로운 칼로 소년의 얼굴을 난자하기 시작했다. 어머니로 보이는 여자는 이미 죽은 것 같았고, 방바닥과 벽에는 소년과 어머니가 흘린 피로 낭자했다.

"도이야!"

아버지의 고함 소리와 함께 노끈이 뚝 끊어졌다. 나는 바닥을 뒹굴었다.

그 사건 이후로 종종 자살 시도를 해온 나를 지켜본 아버진 문

15

손잡이에 감긴 노끈만으로도 내가 무슨 짓을 하고 있는지 직감했던 것이다. 아버진 숨이 막혀 컥컥대는 나를 끌어안고 가위로 목에 감긴 노끈을 잘라냈다.

아버지는 나를 끌어안은 채 오열했지만 나는 아버지 어깨 너머로 그것을 보고 있었다. 지금 내가 보고 있는 것이 아버지에겐 보이지 않는 것 같았다. 환시일까. 환시치고는 너무도 생생하다. 나는 아버지에게 환시가 보인다는 말을 할 수 없었다. 아버지가 무너지는 것을 다시 보고 싶지 않았기 때문이다.

아버지가 노끈을 챙겨 밖으로 나갔다. 나는 방구석에 웅크리고 앉았다. 목을 매는 동안 본 그 기묘한 것은 여전히 그 자리에 있었다.

오른쪽 시신경에 미세한 통증이 일었다. 나는 반사적으로 오른쪽 눈을 감았다. 그러자 그 영상은 더 이상 보이지 않았다. 이번엔 왼쪽 눈을 감고 오른쪽 눈을 떴다. 그러자 다시 그 영상이 나타났다. 양쪽 눈으로 보고 있어도 반복되는 장면을 실제로 보고 있는 것은 오른쪽 눈이었다.

내가 보고 느끼고 듣는 것의 정체가 뭔지 알 수 없었지만 나는 그것에 빠져들었다.

소년의 어머니는 귀가하다가 괴물을 달고 집 안까지 들어온다. 그 괴물은 소년의 어머니를 스물여덟 번이나 찌르고 소년마저 찌른 다음 소년의 얼굴을 무자비하게 난도질한다.

몇 분 후, 어떤 끔찍한 일을 당할지 모른 채 해맑은 얼굴로 게임을 하면서 엄마가 왜 이렇게 늦는지 걱정만 하고 있는 소년의 모습에서 다시 장면이 시작되려는 순간, 나는 소년을 향해 고함을 질렀다.

"멍청아! 다 죽어! 엄마 마중 나가!"

1부

제2평행세계의 시작

1장

세상의 정체를 의심하는 소녀와
환청을 듣는 소년과 손목을 긋는 소년

뜬눈으로 밤을 지새운 도이의 아버지 이상민은 날이 밝자마자 안방에서 나와 도이의 방문 앞에 섰다. 도이의 자살 시도 때문에 놀란 가슴은 이제 비통함으로 채워져 있었다. 도이의 방 안에서 부스럭거리는 소리가 들려왔다. 책장 넘기는 소리 같았다. 살아 있구나. 딸의 시신을 보게 될지도 모른다고 생각하며 바짝 긴장해 있던 그는 가슴을 쓸어내렸다.

도이는 지금까지 적잖은 자살 시도를 했고 그때마다 운 좋게도 그가 막을 수 있었다. 하지만 이젠 딸의 자살 시도를 막는다는 것이 어째서인지 불가능하게 느껴졌다.

이젠 그만 놓아줘야 하는 걸까, 불현듯 든 생각에 도이와 함께했던 소중한 추억들이 주마등처럼 떠올랐다.

'그런데 왜 그놈이 아니고 내 딸이 죽어야 하는 거지?'

한 갈래 묵은 분노가 다시 머리를 치켜들었다. 억울했다. 보란 듯 잘 살아내야 복수하는 것 아닌가. 나약한 자식.

무엇을 보더라도 놀라지 말자. 그는 그렇게 마음을 다잡으며 도이의 방문 앞에 섰던 것이다. 그런데 도이는 살아서 책장을 넘기고 있었다. 도이가 죽음이 아닌 삶을 선택했다는 사실에 가까스로 마음이 놓인 그는 입가에 미소를 짓고 방문을 노크했다.

도이가 문을 열고 얼굴을 내밀었다. 이상민은 도이의 오른쪽 눈부터 살폈다. 새벽에 본 것과는 달리 동공은 정상적이었다.

"너 오른쪽 눈 괜찮아?"

"오른쪽 눈? 아무렇지도 않은데 왜?"

"새벽에 오른쪽 흰자위 전체가 파랗더라. 아빠 여태 살면서 그런 눈은 본 적이 없어서 놀랐어."

"지금도 그래?"

도이는 무심코 자신의 안구를 살피는 아버지의 얼굴을 빤히 쳐다봤다. 순간 울컥한 감정이 가슴을 쳤다. 도이는 울게 될까봐 재빨리 시선을 피했다.

아버지의 눈은 충혈되어 있었고 입꼬리에 아슬아슬하게 매달린 미소는 금방이라도 지워질 듯 불안했다. 표정은 몹시 지쳐 보였고 어제 입었던 셔츠를 그대로 입고 있었다. 새벽, 그녀의 자살 시도에 놀라 한숨도 자지 못한 것 같았다. 또다시 아버지를 괴롭혔다. 도이는 얼굴을 들 수가 없었다.

사랑하는 사람의 얼굴을 가까이에서 보면 일정한 거리를 유지할 땐 보이지 않았던 것들이 보인다. 예컨대 강하게만 보였던 상대방도 결국은 나약한 인간일 뿐이라는 것.

매시매초 삶과 죽음의 경계를 넘나드는 직업을 가진 아버지에게 도이는 지켜주고 싶은 하나의 작은 세계였다. 그 세계를 유지시켜주는 것도 무너뜨리는 것도 모두 도이 자신이었지만 아버진 그 세계를 지켜내기 위해서라면 무슨 짓이라도 할 사람이었다.

"아니. 안 그래. 그런데 혹시 아프거나 잘 안 보이거나……."

"잘 보여. 안 아파."

"알았어. 그럼 학교 가. 아버진 간다."

아버지는 뭔가 할 말이 더 있는 듯 머뭇거렸지만 결국 아무 말도 하지 않고 밖으로 나갔다.

도이는 잘 다녀오라는 말을 하고 싶었지만 현관문이 닫히도록 우두커니 제 방 안에 서 있었다. 희망이라고는 느껴지지 않는 집 안의 오래된 공기에 숨이 막혔다.

그날 도이가 선택할 수 있었던 등굣길은 두 개였다.

걸어서 10분 정도면 도착할 수 있는 길과, 5분 정도 더 돌아가야 하는 길. 그날 도이가 선택한 길은 걸어서 10분 정도면 교문에 도착할 수 있는 빠른 길이었다. 그 길 위에서 중년남자의 외피를 뒤집어쓴 악마와 만났다.

도이의 시간은 그날 이후로 멈춰버렸다. 도이는 매 순간 그 길 위에 붙박이처럼 꼼짝도 하지 못한 채 서 있는 자신을 본다. 모든 사람들이 앞으로 나아갈 때도 자신만은 여전히 그 길에 서 있다. 그 시간은 아직까지도 현재일 뿐 결코 과거가 되어주지 않는다.

자신을 안아주고, 머리를 쓰다듬어주고, 무거운 것을 들어주고 집 안의 자질구레한 고장을 고쳐주는 아버지의 듬직한 손만 봐온 도이는 그날 처음으로 어른 남자의 손이 가공할 만한 파괴력을 가질 수 있음을 깨달았다.

불순한 생각을 담은 어른 남자의 손은 도이처럼 작은 아이 하나 정도는 갈가리 찢어버릴 수 있는 무시무시한 힘을 가지고 있었다.

그 사건을 당하고 응급실로 실려 갔을 때, 의사는 폭행당한 도이의 오른쪽 눈이 실명의 위험을 안고 있다고 했다. 퇴원 후, 시력이 급격히 저하되긴 했지만 흐릿하게나마 사물을 볼 수 있어서 부모님이 눈을 걱정할 때마다 잘 보인다고 속여왔다. 그랬던 눈이 어젯밤 특집 방송을 보는 동안 서서히 어두워지더니 급기야 아무것도 보이지 않게 됐다.

한쪽 눈의 시력이 완전히 죽자 두려움과 절망은 미친 듯이 솟구쳤고, 시력 외에도 망가질 대로 망가져버린 몸으로는 더 이상 살아갈 자신이 없었다. 부모님께 눈이 안 보인다는 말을 하면 돈 걱정부터 앞설 것이고, 자신이 죽어버리면 부모님도 돈 걱정, 자식 걱정에서 놓여날 수 있을 거란 생각이 들었다. 목을 맨 것은 그 이유 때문이었다. 그런데 지금은 양쪽 눈 모두 시력이 멀쩡했다. 도대체 무슨 증상인지 알 수 없었다.

문틈으로 베개를 베고 잠든 어머니의 머리가 보였다. 부모님의 방은 도이의 방과 3평 정도의 좁은 거실을 사이에 두고 마주보는 위치에 있었다. 어머니의 잠든 모습을 멍하니 바라보던 도이는 고개를 갸우뚱했다. 어머니의 하얀 정수리가 어째서인지 낯설었다. 원래는 머리숱이 풍성했던 것으로 기억했다. 언제 저렇게 탈모가 진행된 걸까. 바로 어제까지도 알지 못했다. 이 모든 게 자신 때문이었다. 자신이 어머니와 아버지를 10년은 더 늙게 만든 것이다.

'내가 없어져버리면 엄마도 편할 텐데.'

버릇처럼 한숨이 나왔다. 도이는 발소리를 죽이고 살며시 안방 문을 닫았다.

⟫⟩

전기담요를 목까지 끌어당겨 덮어도 한기가 들었다. 왜 따뜻하지 않은 걸까. 잠결에 그 이유를 궁금해하다가 석윤은 잠에서 깼다. 알람이 울리기 한 시간 전이었다.

그는 부스스한 얼굴로 소파에서 일어나 앉아 전기담요의 연결 코드를 확인했다. 플러그도 꽂혀 있고 표시등에도 불이 들어와 있는데 온기가 느껴지지 않았다. 아무래도 고장이 난 것 같았다. 새벽 냉기에 몸이 움츠려들었다. 뜨거운 커피 생각이 간절했다.

그는 천천히 커피를 내려 마시고 운동복으로 갈아입은 뒤 작업실을 나왔다. 무선 이어폰을 귀에 꽂고 〈노킹 온 헤븐스 도어〉를 무한 반복으로 재생했다. 목덜미를 파고드는 한겨울의 차가운 공기 속을 천천히 뛰기 시작했다.

동네를 한 바퀴 돌고 작업실로 돌아오면서 어제 확인하지 못한 우편함을 확인했다. 딱히 올 편지가 없었기에 대부분이 광고 전단이라고 생각하면서 우편물을 건성으로 훑어볼 때였다. 손글씨체로 '김석윤' 앞, 이라고 적힌 봉투가 보였다. 파란색 잉크로 쓴 손글씨는 광고들로 가득 찬 우편물 속에서 단연히 그의 시선을 끌었다. 봉투 겉면엔 보내는 사람의 이름이 없었다. 어쩐지 꺼림칙한 기분이 들어 그는 양미간을 좁혔다.

흰 사각봉투 안에는 반듯하게 접힌 편지지가 들어 있었다. 흰 종이에 검은 줄이 그어진 규격화된 편지지에 파란색 잉크의 만년필로 또박또박 쓴 글은 강박적이라는 생각이 들 정도로 단 한 자도 줄칸을 벗어난 곳이 없었다. 편지의 서두는 '소년에게'였다. 편지의 내용을 읽기도 전에 관자놀이가 뜨거워지기 시작했다. 소년이라는 단어가 그를 못 견디게 불안하게 만들었다. 식은땀이 났다. 편지를 보낸 사람은 그의 소년 시절을 아는 사람임이 분명했다.

그는 불안한 마음으로 편지를 읽기 시작했다.

나는 위암 말기로 인생을 정리할 시간을 갖고 있다. 나의 어리석음과 교만으로 인해 불행에 빠졌을지도 모를 사람들을 찾아내 용서를 비는 편지를 쓰고 있다. 너 역시 내가 용서를 빌어야 할 사람인지도 모른다는 생각이 들어 이렇게 편지를 쓴다.

너는 범행 후 곧바로 자수했고, 범행에 사용된 흉기 그리고 네 지문, 네 어머니의 증언이 증거로서 너무나도 확실했기 때문에 사건은 그것으로 끝났다.

그런데 말이다. 네가 실형을 선고받고 법정을 나가면서 나를 돌아보던 그 눈빛이 정말 잊히지 않았다. 범행을 자백한 범인의 눈빛치고는 위화감이 느껴졌다. 그 눈빛이야말로 진실을 말하는 것 같은데도 나는 그 눈빛을 읽을 수 없었다.

　난 최근에야 이 생각을 할 수 있었다. 칼로 네 아버지를 찌른 것은 네가 아니라, 어쩌면 너의 어머니였을지도 모른다. 너는 오히려 그런 어머니를 말렸을 것이고 네 어머니는 칼자루에 묻은 지문을 닦고 그 칼자루를 네 손에 쥐어줬을지도 모른다는 생각이 들었다. 그때 너는 만 14세였으니까.

　지금이라도 진실을 밝히고 싶다면 나를 찾아와줬으면 한다.

　편지는 거기서 끝이 났다. 자신이 누군지도 밝히지 않고 편지의 말미에 나를 찾아와줬으면 한다고 쓰여 있는 것을 보니, 편지를 쓴 사람이 누군지 알 것 같았다. 그에게 특별히 아버지처럼 자상하게 대해줬던 가정법원 소년부의 황인준 조사관.

　석윤은 비실비실 웃으면서 편지를 찢었다. 이미 모든 것은 과거가 되었고 돌이킬 생각이 없기에 그에겐 의미 없는 편지였다.

　사람의 몸에서 피가 그렇게 많이 쏟아질 수 있다는 사실과 피의 선홍색이 얼마나 무서운 색인지를 알게 된 그날 밤, 어머니를 지켜줘야 한다는 아들로서의 책임감과 어떻게 어머니가 그럴 수 있는지 인간에 대한 공포심 사이에서 혼란을 느꼈다. 칼을 집어 던지고 자신이 한 짓이 아니라고 고함치고 싶었다. 세상으로부터 도망치고 싶었다. 머릿속이 하얘지면서 눈앞에 아무것도 보이지 않던 그 순간, 그는 무릎을 꿇고 무너졌다.

"넌 소년법 대상이니까 보호처분 받을 거야. 하지만 엄마는 감옥에 가. 감옥에서 평생 썩다가 거기서 미쳐 죽게 될 거야. 엄마 폐소공포증 있는 거 알지? 엄만 너, 너무 무서워. 감옥 같은 곳에 갇힌다면 하루도 못 버틸 거야. 자살을 해서라도 감옥에서 도망치려 할걸. 그러니까 니가 가줘."

어머니는 칼자루를 석윤의 손에 쥐어줬다. 피가 묻어 미끈거리는 칼자루의 그 불쾌한 느낌은 싫다고 말하려는 그의 의지까지 집어삼켰다. 그날 밤을 어떻게 잊을 수 있겠는가. 아들에게 흉기를 쥐어주는 모성이란 대체 어떤 것일까. 어머니의 특별한 모성을 그는 죽을 때까지도 이해할 수 없을 것이다.

시설에서 나오기 전, 어머니로부터 방 한 칸 빌릴 수 있을 정도의 돈을 받았다. 그는 이미 보험금 수령 권한이 상실된 터라 어머니가 받은 보험금의 1.5지분을 영원히 진실을 묻으라는 침묵의 대가로 받았다. 어머니는 다시는 당신을 찾지 말라는 조건을 달았다. 그 조건을 받아들이는 순간, 그는 천애고아나 다름없는 상태로 인생을 시작해야만 했다. 시설을 나온 후 어떻게 살아야 할지 막막했고, 외롭고 고단하다는 말을 누군가에게 털어놓고 위로받고 싶었지만 자신의 곁엔 아무도 없었다.

"……!"

참혹했던 과거 속에 빠져 있던 석윤은 퍼뜩 정신을 차렸다. 이른 아침부터 누군가 작업실의 초인종을 눌렀다. 유리창 너머로 목살이 두껍게 찐 중년여자와 삐쩍 마른 젊은 남자가 서 있는 것이 보였다.

중년여자의 얼굴이 기억났다. 일주일 전에 눈썹과 아이라인 반영구 문신 시술을 받은 여자였다. 중년여자는 팔짱을 낀 채 굳은 표정으로 서 있었다. 분명 좋은 일로 찾아온 것 같지는 않았다.

형식적인 미소를 지으며 밖으로 나간 석윤은 작업실 문을 닫았다. 두 사람을 작업실 안에 들이고 싶지 않았다. 젊은 남자의 태도에서 이미 싸울 작정을 하고 왔음을 감지했기 때문이다.

"무슨 일이시죠?"

석윤이 물었다.

젊은 남자는 다짜고짜 문 옆에 장식용으로 세워둔 미니 이젤을 발로 찍었다. 캔버스 받침이 반 동강이 났다.

"우리 엄마가 여기서 문신하고 갔는데 눈이 침침해져서 앞이 안 보인데. 어쩔 거야?"

중년여자는 보란 듯 눈을 감고 있었다.

"저는 정품 염료, 정품 마취연고, 일회용 바늘 사용했고요. 아주머니 보니까 멀쩡한데 왜 그러시죠?"

"야, 이 새끼야, 눈이 침침해진 게 육안으로 보이냐? 그리고 니가 불법 시술 했잖아. 내가 경찰에 찌르면 넌 영업정지 1년, 영창에 벌금 300만 원은 내야 할걸?"

"어디서 이상한 소리 듣고 와서 돈이나 뜯어가고 싶은가 본데, 나한테 시술 받은 사람 중에 단 한 사람도 부작용 일어난 적 없다고. 그게 문신 때문이라면 진단서 끊어 오세요."

그는 최대한 냉정하고 침착하게 응대했다. 하지만 속에서는 인간에 대한 환멸이 부글부글 끓어올랐다.

인간이라는 존재 속에 감춰진 검은 마음. 아들을 위해서라면 간과 쓸개라도 내놓을 것처럼 살가웠던 당신은 고작 그런 사람이었던 것이다. 어머니에게로 향한 미움을 진상 고객에서 폭발시킬까 봐 석윤은 자신의 감정을 꾹꾹 눌렀다.

"진단서? 우리가 왜 그런 귀찮은 짓을 해야 하는데?"

"그럼 원하시는 게 뭐죠?"

"우리 엄마가 낸 돈 그대로 돌려주고, 피해보상금으로 250만원 주면 그냥 가주지."

"내 핸드백에 현금 300만 원 들어 있던 것도 없어졌어. 화장실 잠시 갔다 왔는데 그때 빼간 것 같아."

중년여자가 눈을 감은 채 말했다. 석윤은 속으로 혀를 찼다. 사기꾼 모자에게 단단히 걸려든 것 같았다. 이럴 땐 자신이 호락호락한 상대가 아니라는 걸 보여줘야 한다.

"그래요? 그럼 정식으로 고소하세요. 나는 당신을 공갈협박, 기물파손, 명예훼손, 불법인 줄 알면서 시술 받은 걸로 고소할 거니까."

"씨발, 뭐라는 거야. 공갈협박? 기물파손?"

"당신이 저거 부쉈고, 저 아줌마는 거짓말하고 있잖아?"

"좋아. 그럼 우리 엄마 돈 돌려주고 피해보상금 100만 원만 받을게. 됐어? 많이 봐줬다!"

젊은 남자는 투덜거리며 뒤로 물러섰다. 석윤이 조금도 주눅들지 않자 슬그머니 꼬리를 내렸다.

"아뇨. 그냥 신고하세요."

석윤은 휴대폰을 꺼내 들고 부서진 이젤을 사진 찍었다.

"아우, 신고하라면 못 할 거 같냐? 그래 알았어. 내가 고소한다. 기다려라. 엄마 가자!"

그들은 돌아갔다. 머저리 같은 것들. 긴장하고 있던 그는 휴—하고 안도의 한숨을 쉬었다. 돈을 주면 또 올 놈들이다. 돈을 주지 않으면 끝까지 괴롭힐 악질들이다. 괴롭힘을 당하지 않으려면 초반에 강하게 나가는 방법뿐이었다. 문신이 불법이라는 이유 때문에 괴롭힘을 당해도 당당하게 신고할 수 없을 거라고 생각하고 하는 행동이었다. 이미 그런 종류의 황당한 인간들을 여러 차례 겪어 온 석윤은 한숨을 쉬는 것으로 불쾌한 기분을 털어냈다.

작업실로 들어온 석윤은 테이블 위에 흩어져 있는 편지 조각을 광고 전단과 함께 챙겼다. 그것들을 쓰레기통에 던져 넣으려할 때였다.

'내가 없어져버리면 엄마도 편할 텐데.'

오랜만에 X의 환청이 들려왔다.

등교 준비를 마친 도이는 계단을 내려왔다. 아래층 지석도 가방을 메고 나오고 있었다. 지석의 얼굴이 불그스름하게 부어 있었다. 운 것 같았다.

지석은 도이에게 운 것을 여러 번 들켰다. 하지만 왜 울었는

31

지, 무슨 일이 있었던 것인지 물어볼 때마다 제대로 대답을 해준 적이 없었다. 그래서 언젠가부터 답하기 싫어하면 캐묻지 않게 됐다. 오늘 역시 운 이유를 들을 수 없겠지. 도이는 지석의 시선이 자신의 목을 향하고 있는 것을 느끼고 움찔했다.

"웬 스카프?"

지석이 퉁명스럽게 물었다.

"그냥."

그냥이란 묻지 말아달라는 뜻이다. 두 사람 모두 알고 있다. 하지만 지석이 불문율을 깼다.

"혹시 목맸었냐?"

도이는 입을 부루퉁하게 내밀고 고개를 끄덕였다.

"그 방송 봤구나?"

도이보다 머리 하나만큼 키가 큰 지석은 도이를 내려다보며 조용히 한숨을 내쉬었다. 도이는 시무룩한 표정으로 시선을 내리깔았다.

"그 방송 나도 봤어. 미친 새끼. 출소한 후 너를 찾아가겠다는 이유가 용서받기 위해서라고 말했다는 대목에서 리모컨을 집어 던졌잖아. 그러다가 형한테 한 대 맞았지만."

도이는 어젯밤, 목을 매달기 몇 시간 전 '소아기호증은 근절될 수 없는 것인가'라는 소제목을 단 특집 방송을 보기 위해 텔레비전을 켰다.

텔레비전을 켜자마자 특집 방송 채널에서 낯익은 이름이 불쑥 튀어나왔다. 백만우. 순간 도이의 몸과 정신은 경직됐고 텔레비전을 꺼야 한다는 경고등이 번쩍였지만 뭔가에 홀리기라도 한 듯 화면에서 눈을 뗄 수가 없었다. 남녀 프로그램 진행자와 범죄심리학자 그리고 백만우 관련 제보자가 보였다. 백만우 관련 제보자는 낡은 주황색 점퍼를 입은 뒷모습만 보였고 목소리는 변조되어 들렸다.

"이렇게 용기를 내기가 어려웠을 텐데 어떻게 결심을 하게 됐습니까?"

남성 진행자가 말했다.

— 제 친구가 암으로 죽으면서 제게 유언을 남겼습니다. 백만우 출소를 막아달라고요.

"친구분은 왜 그런 유언을 남긴 걸까요?"

— 제 친구가 그런 유언을 남긴 이유를 알리기 위해 제가 방송에 나온 겁니다. 요즘은 매스컴을 타야 나 몰라라 하던 법조계 사람들도 귀를 기울여주니까요.

진행자들 모두 고개를 끄덕였다.

"백만우가 교도소에 있을 때 면회인은 고인이 되신 친구분뿐이었다고 들었습니다만?"

남성 진행자가 물었다.

— 네. 제가 알기론 그렇습니다.

"친구분은 어떤 일을 하셨는지 밝힐 수 있습니까?"

— 법무부 보호복지공단에서 심리상담사로 출소자와 재소자들을 위한 일을 했습니다.

"지금 제보하는 이유가 있습니까?"

— 백만우 출소일이 가까워졌기 때문입니다. 그놈은 출소하면 절대로 안 되는 놈입니다.

"그렇게 말씀하시는 특별한 이유라도 있나요?"

— 백만우는 수감된 후에도 조현조가 어디 사는지 찾고 있었습니다.

"놀랍군요. 제 가슴이 파르르 떨립니다. 대체 왜 조현조가 어디 사는지를 찾나요?"

— 제 친구 말로는 백만우가 출소한 후 조현조를 만나서 사과를 하고 싶다고 했답니다.

"그래서 알려줬나요?"

— 친구는 "조현조를 찾는 게 먼저가 아니라 회개부터 해야 한다. 그다음에 현조 가족을 찾아가서 죄를 빌어야 하는 게 순서다"라고 말했다고 합니다.

"네에? 피해자 가족을 찾아가서 죄를 빌어야 한다고 했다고요? 좀 당황스러운데요. 현조에게 사죄하는 길은 절대로, 절대로 그 애 앞에 나타나지 않는 겁니다. 그건 상식 아닌가요?"

여성 진행자의 목소리에서 분노가 느껴졌다. 생방송이 아니었다면, 욕도 했을 것 같았다.

도이는 넋이 빠져 텔레비전을 보고 있었지만, 마음속 한구석엔 알 수 없는 희열이 느껴졌다. 그녀를 위해 분노해주는 여성 진행자 때문이었다.

당시 도이가 당한 '조현조 사건'은 주목받지 못했던 수많은 아동성폭행 사건과는 달리 많은 사람들을 분노케 했다. 왜냐하면 방송을 탔기 때문이다. '조현조'를 기억해주던 사람들은 시간이 지나자 그녀를 잊은 듯했지만 백만우 출소를 앞둔 이 시점에서 다시 그녀를 기억해주고 있었다.

도이는 백만우가 출소하면 자신을 찾아올지도 모른다고 생각했지만, 교도소에서까지 찾고 있으리라고는 상상도 하지 못했다.

화면은 재연배우들이 제보자의 친구와 백만우 사이에 오갔던 실제 대화를 재연하는 장면으로 전환됐다. 백만우 역할의 재연배우를 보면서 도이는 소름이 돋았다. 실제 백만우와 대면한 듯한 착각이 들 정도로 닮은 배우였다. 도이는 자신이 주먹을 꽉 움켜쥐고 있는지도 자각하지 못한 채 방송에 빠져들었다.

"어디 있는지 알아야 찾아가 죄를 빌죠. 아직 미늘동에 살진 않을 것 아닙니까?"

심리상담사가 꾸짖자 백만우는 갑자기 높임말을 쓰면서 비아냥거렸다.

"정말 죄를 비실 생각이 있기는 한 겁니까?"

"예. 아이쿠, 우리 상담사님 무서워라. 저도 독방에 있으면서 많은 생각을 했습니다. 그 당시, 그 어린 것이 얼마나 무섭고……."

백만우는 무섭고 다음엔 어떤 단어를 써야 정말로 뉘우치는 것처럼 보여질지 생각하는 눈치더니, 결국엔 적절한 단어가 떠오르지 않았는지 뱀 같은 눈으로 상담사를 슬쩍 떠봤다.

"보통 모르는 아저씨에게 그런 일을 당하면 어떤 감정을 느끼는 걸까요? 심리상담사이니 잘 아실 것 아닙니까?"

"형제님이 그 아이라면 어떤 감정을 느꼈을 것 같습니까?"

"그야 모르죠. 내가 그 아이가 될 순 없으니까. 하지만 음, 짜릿할까? 막 만져줬으니 기분이 좋아 가슴이 두근거릴까? 내가 그랬던 것처럼."

"정말 그렇게 생각하십니까?"

상담사는 분노를 참지 못하고 백만우를 노려봤다.

백만우는 잠시 주춤하다가 마침내 적절한 단어를 찾아낸 것인지 "……아팠겠습니까?"라고 말하곤 히죽 웃었다.

"현조 가족에게 진심으로 용서를 구할 생각이 있다면 제가 현조 가족과 만남을 주선하겠습니다. 단 저와 함께 가셔야 합니다. 그리고 두 번 다신 현조를 찾아가선 안 됩니다."

"아이고, 당연하죠."

"출소하시면 무엇부터 하실 생각이세요?"

"두부째박이부터 한 그릇 땡기고…… 내 이름이 좆같아서 개명부터 할 거야."

"개명은 왜요. 아무도 본명을 모르는데요?"

"남이 알든 모르든 난 내 이름이 맘에 안 들거든."

"그다음엔요?"

"그다음에 결혼도 하고 아이도 낳고 이발사 하면서 사람답게 살고 싶어."

"이발은 어디서 배우셨어요?"

"우리 어머니가 한때 이발사였거든."

"구체적인 계획이 서 있는 걸 보니 제가 다 흐뭇하군요. 그런데 성폭행이 주 내용인 일본 만화를 돌려본다는 소문이 있던데, 혹시 보셨어요?"

"내가? 그런 걸 보면 내가 사람이 아니지. 하지만 보는 애들도 있어. 내가 명단 만들어줄 수 있는데."

"아닙니다. 하지만 그런 만화는 절대로 보면 안 됩니다. 반성하는 자세가 아니에요."

"당연하지. 절대 안 봐."

"결혼하시면 아들 낳고 싶으세요, 딸 낳고 싶으세요?"

"그야 물론 딸이지."

"딸 낳고 싶은 특별한 이유라도 있습니까?"

"귀여울 테니까. 입도 맞춰보고, 목욕도 같이 하고, 머리도 빗겨주고, 포동포동한 젖살을 깨물어도 보고, 내 마음대로 할 수 있는 내 딸을 품에 꼭 안고 자면 얼마나 행복하겠어? 사내새끼랑은 그게 안 되잖아. 난 딸을 갖고 싶어."

재연배우들이 연기하는 화면이 멈추고 카메라는 다시 제보자의 뒷모습을 비췄다.

—백만우는 딸을 낳고 싶은 이유를 말하면서 입꼬리가 귀에 걸리도록 환하게 웃더랍니다. 제 친구는 딸에게 하고 싶은 일을

열거하는 동안 백만우의 몽롱해진 눈빛이나 지나치게 환한 미소에서 뭔가 잘못되었다는 걸 직감한 거죠.

"딸이 귀여우면 그렇게 할 수도 있지 않습니까? 제게도 이제 갓 100일 지난 딸이 있는데 목욕도 제 손으로 시키고 제 품에 꼭 안아서 재우는데요."

남성 진행자가 말했다.

─글쎄요. 제 친구가 받은 인상은 친부가 친딸에게 가지는 그런 정상적인 감정이 아니라, 그러니까 음…… 뭐랄까. 제가 표현력이 부족해서 설명을 잘 못 하겠지만 뉴스에서 종종 듣게 되는 친딸을 오랫동안 성폭행해온 인면수심의 친부랄까, 그런 게 느껴지더랍니다.

"공 박사님은 어떻게 생각하십니까?"

여성 진행자가 범죄심리학자에게 물었다.

"백만우는 친부가 친딸을 성폭행했다는 뉴스를 들을 때마다 결혼을 해서 딸을 낳고 자신의 딸을 성욕을 배출하는 상대로 삼으면 평생 안전하게 욕구를 해결할 수 있을 거라고 생각해온 것인지도 모릅니다. 그리고 그러한 생각은 교도소를 전전하느라 얼마 남지 않은 인생의 목표가 됐을 겁니다. 백만우가 생각하기에 성인여성을 대상으로 성적 욕구를 풀 수 있는 방법은 다양하지만, 소아성애의 경우 범죄를 통하지 않고서는 욕구를 풀 수 있는 방법이 없기 때문에 결혼은 아주 좋은 생각이라고 느꼈을 겁니다."

"개인적으로 백만우의 출소가 두렵군요. 제가 알기로 백만우는 올해 예순다섯인데 그 나이에도 성충동이 강할까요?"

"모르시는 말씀입니다. 소아기호증은 육체적인 성충동이 먼저가 아니라 정신적인 망상이 먼저이기 때문에 '상상할 수 있는 한' 성욕은 죽지 않습니다. 살아 있는 한 상상할 수 있을 테니 나이가 문제가 될 순 없죠. 게다가 요즘은 클릭 한 번으로 볼 수 있는 음란물이 얼마나 많습니까?"

"박사님의 말씀을 들어보니 정말 무섭습니다. 저도 딸 하나 아들 하나 있는 가장의 입장이다 보니, 친딸을 성폭행했다는 뉴스를 들을 때마다 도대체 어떤 인간이 저럴 수 있는지 궁금했는데 안전하게 욕구를 해결하기 위해 딸을 낳고 싶어 하는 이상심리라니, 아동성폭행 범죄자는 다신 사회에 풀어놓아서는 안 될 괴물이라고 생각됩니다."

"백만우는 얼굴이랑 실명이 공개되지 않았죠?"

여성 진행자가 물었다.

"네. 그렇기 때문에 결혼해서 진행자님의 옆집으로 이사 가 사람 좋은 이웃인 척하고 살 수도 있습니다. 실명을 공개하지 않는 건 범인을 위해서라기보다는 범인 가족들의 안전을 위해서죠. 범죄자에게도 자식과 부모 그리고 아내가 있을 테니까요."

범죄심리학자가 말했다.

"그런데 한 가지 궁금한 것이 있습니다. 일반적으로 아동성폭행 범죄자들은 아이를 납치한 후 성욕을 채우고 나면 살해해 시신을 유기하지 않았습니까? 그런데 등굣길 락스 사건은 달랐죠. 시간적으로도 살해하고 유기할 여유가 있었는데 왜 백만우는 자기 얼굴을 알고 있는 현조를 살려둔 걸까요?"

여성 진행자가 제보자에게 물었다.

─그 이유는, 출소하면 자길 기다려주는 사람도, 찾아갈 곳도 없는데 조현조를 살려두면 찾아갈 곳도 생기고 만날 사람도 생기기 때문이라고 했답니다.

방송에서 제보자가 전한 말을 듣는 순간, 도이의 마음속에 마그마처럼 들끓던 두려움과 분노가 탁 풀리더니 아무런 감정도 느껴지지 않았다. 오른쪽 눈도 그때 죽었다.

범죄로부터 살아남은 그날부터 지금까지 도이는 보이지 않는 쇠사슬에 족쇄가 채워진 '프리즈너'였던 것이다. 주소를 바꾸고 전학을 다녔지만 단 한 발도 놈으로부터 도망치지 못했다.

이 세상엔 사람을 사람으로 느끼지 못하는 괴물들이 넘친다. 우리들과 똑같이 생겼지만, 우리와는 본질적으로 다른 종족이다.

백만우의 형량이 결정된 날, 아무것도 모르던 도이는 잠결에 어머니의 우는 소리를 들었다.

"너무 가볍잖아! 이게 말이 돼? 12년이라니. 도이가 살아 있는 것 같아? 고작 눈만 뜨고 숨만 쉬고 있는 게 살아 있는 거야? 그 악마 같은 새끼 때문에 도이도 우리도 모두 부서져버렸는데. 우리가 뭘 잘못했는데, 왜 하필 우리 도이냐고!"

어머니는 아버지에게 매달리듯 고함을 질러대다가 급기야 의식을 잃었다.

고등학생이 되고 나서 도이는 성폭행 가해자에 대한 법 판결 사례를 열심히 찾아본 적이 있었다. 그런데 대부분의 성폭행 가해자들이 받은 형량은 그들이 한 짓에 비해 몹시 가벼웠다는 것을 발견했다. 법이 가해자에게 센 형량을 주지 않으면 성폭행을 당했어도 별것 아닌 것처럼 되어버린다. 사람들이 피해자를 보는 시선도, 별것도 아닌 일로 뭘 그렇게 상처받은 척하느냐는 생각을 하게 만든다. 피해자들은 영혼을 파괴당했고 그들의 삶은 거기서 멈춰버렸는데도.

과연 법조계 사람들이 자신의 자식에게 이런 일이 일어났다고 해도 납득할 수 없는 형량을 내릴까. 성폭행을 당해봤거나 성폭행을 당한 사람을 애정을 가지고 지켜본 사람만이 형벌의 무게를 가늠할 수 있는 것이 아닐까.

도이는 영원히 아기를 가질 수 없었다. 뺨의 상처 때문에 친구를 사귀는 것도 쉽지 않았고 공공장소에 가는 것도 하지 못했다. 희망도 없는 쓰디쓴 인생을 가까스로 견뎌내고 있었다. 무엇보다 끔찍한 것은 가해자가 이 사회로 돌아올 수 있다는 사실 때문에 영원히 해방될 수 없는 두려움에 사로잡혀 살아가야 한다는 것이다.

"나 솔직하게 말할게. 그 새끼가 출소하는 날, 교도소 앞에서 기다리고 있다가 내 손으로 직접 죽일 거야."

지석이 말했다.

"뭐?"

자신만의 생각에 빠져 있던 도이는 놀라서 지석을 쳐다봤다.

"그놈 찔러 죽여버리고, 그 자리에서 나도 자살할 생각이야. 뭐, 원래부터 살고 싶지 않은 세상이니까 괜찮아."

지석은 자살이라는 말을 몹시 건조한 어투로 말했다.

"왜 살고 싶지 않아?"

"그건 몰라도 돼."

지석을 위해서는 그런 친구 필요 없으니 이상한 짓 하지 말라고 단호하게 말해줘야 한다는 걸 알면서도, 도이는 '살고 싶지 않은 이유'부터 물었다.

정말 누군가가 나서서 백만우를 죽여줬으면. 그놈만 자신의 인생에서 사라져준다면, 살인자가 누가 되든 상관없을 것 같았다. 자신의 내면에 지석의 영웅 심리를 부추겨 백만우 살해 사주를 하고 싶은 면이 있다는 것을 발견한 도이는 흠칫 놀랐다.

"내가 널 위해 백만우를 죽이면 사람들은 잘했다고 할 거야. 우린 베프였으니까."

'과연 그럴까. 사람들이 너 역시 또라이라고 생각하지 않을까.'

도이는 자신의 생각을 들킬까 봐 아무 대답도 못한 채 듣고만 있었다.

"솔직히 말해봐. 누군가가 백만우 죽여줬음 좋겠지?"

"……."

"그 새끼 출소하는 걸 생각하면 당장이라도 죽고 싶어진다면서? 뭐야. 넌 아무렇지도 않은데 나 혼자 널 위한답시고 그러고 있었던 거야?"

지석은 입술을 꽉 다물고 도이를 째려보더니 앞서 걸었다. 맞장구를 쳐주지 않고 고마워하지도 않는 도이의 반응이 어쩐지 불만스러웠던 것이다.

"야, 그런 게 아니라……."

"뭐래?"

도이는 지석을 따라잡으며 변명하려 했지만 마땅한 말이 떠오르지 않았다.

두 사람은 한동안 말없이 떨어져 걸었다. 한 걸음 뒤처져 걷던 도이는 문득 지석의 걸음걸이가 어딘지 이상하다는 것을 깨달았다. 허벅지 사이를 모으고 무릎에 힘을 준 채 불편한 자세로 걷고 있었다.

"야, 어디 아파? 변비냐?"

"말 걸지 마. 짜증 나."

"아님 말고. 나 섭섭해."

도이가 혼잣말처럼 중얼거리자 예민해진 지석이 획 돌아봤다.

"뭐가?"

"넌 말 안 해주잖아. 니가 왜 리스커*가 됐는지."

"말해주면 넌 날 혐오할 테니까."

"너랑 내가 비밀 하나로 혐오하고 말고 하는 그런 사이였어? 너는 내 비밀 알면서 왜 넌 말 안 해주는 거야?"

"네 비밀?"

"……?"

"그게 무슨 비밀이야?"

"뭐?"

---

* 리스커 — Wrist cutting. 손목을 긋는 등 자해 행위를 하는 사람.

지석의 말이 날카로운 송곳이 되어 도이를 찔렀다.

"모든 사람들이 다 알잖아? 그리고 그 사람들이 모두 네 편이잖아. 백만우를 죽어 마땅한 놈이라고 인정해줬잖아."

"그래서?"

"너랑 나랑은 입장이 달라. 그러니까 나랑 계속 친구하고 싶으면 묻지 마."

지석은 차갑게 돌아서서 성큼성큼 혼자서 걸어갔다.

'뭐래. 이기적인 새끼.'

도이는 앞서가는 지석의 뒤통수를 째려보면서 따라 걸었다.

>>⌄

석윤의 작업실 골목 앞으로 도이와 지석이 지나가고 있었다. 다툰 것인지 서로 멀찍이 떨어져 걷고 있었다. 어머니의 죄를 뒤집어쓰지만 않았어도 이 시간쯤엔 그도 저 둘과 함께 교복을 입고 등교하고 있었을 것이다. 양손으로 가방 어깨끈을 꽉 쥐고 고개를 숙인 채 걷던 도이가 작업실 유리창 쪽을 흘끗 돌아봤다.

석윤은 반사적으로 손을 들고 웃었다. 하지만 도이는 유리창 거울에 비친 자신의 모습만 재빨리 훑고 그 앞을 지나쳤다. 그의 작업실 유리창이 일방투시거울임을 잠시 잊었다. 도이 쪽에선 그가 보이지 않는다. 그는 머쓱해져 손을 내리며 피식 웃었다.

석윤은 우유를 따뜻하게 데우고 버터에 구운 식빵과 달걀, 소시지까지 구워 테이블 앞에 앉았다. 같이 먹을 사람은 없지만 아침 식사만큼은 정성껏 차려 먹는다. 그는 무화과 잼을 식빵에 발라 맛있게 한입 베어 물고는 환청 기록지를 꺼내 날짜를 적고 몇 시간 전에 들은 환청의 내용을 기록했다.

환청을 처음 들은 아홉 살 때 이후로 그는 줄곧 X의 환청에 시달려왔다. 죽고 싶다느니, 죽여버리고 싶다느니 하는 심하게 우울하기만 한 환청을 오랫동안 듣다 보니 자신도 모르게 피해망상과 우울장애를 겪게 되었다.

아버지를 살해했다고 자수한 후, 그는 아동보호치료시설로 송치되었다.

그곳에서 환청 덕분에 '정서적·행동적 장애로 인하여 어려움을 겪고 있는 아동'으로 분류되어 격리 치료를 받았다.

시설에서 나와 혼자 살면서 우울증으로 방구석에 처박혀 있던 어느 비 오는 날 오후, 그는 무심코 자신의 팔에 사인펜으로 낙서를 했다. 하얀 팔에 문신처럼 새겨진 낙서를 보면서 묘한 자기만족을 느꼈다. 그때였을 것이다. 처음으로 타투이스트가 되고 싶다는 생각이 들었다.

그림에 재능이 있는지 없는지 알 수 없어 망설여졌지만 그가 찾아간 타투이스트는 레터링이라는 것을 보여줬다. 요즘 사람들은 뭔가 자신을 표현하기 위한 문장이나 단어를 몸에 새기고 싶어 하기 때문에 돈 욕심이 크게 없다면 그것으로 우선 시작해볼 수도 있다며 타투 실습에 관한 책들을 소개해줬다.

배우려 하자 의외로 마음을 열어주는 타투이스트들이 많았다. 그들로부터 많은 것을 배웠고, 지금은 자신의 작업실을 가지고 타투이스트로 살아가고 있다.

타투 시장은 확대 추세이지만 외국과는 달리 한국에서는 의료인이 시술하는 문신을 제외하고는 불법이다. 그래서 그의 작업실은 간판이 없다.

이곳 미늘동에서 타투 일을 시작하고부턴 많은 것이 달라졌다. 우울증이 사라졌고 그렇게 들려왔던 환청도 드문드문해졌다. 어떨 땐 한 달 이상 환청이 들려오지 않는 적도 있었다.

지금은 다시 학교를 다녀도 될 만큼 정상이었지만 그가 송치되어 생활했던 아동보호치료시설이 떠올라 학교란 다시 가고 싶지 않은 곳이 되었다. 어차피 학력이 필요한 일을 하며 살 것 같지도 않았다.

꿍

어깨를 움츠린 채 걷던 도이의 발걸음이 느려졌다.

화장품 로드숍 앞에 한류 아이돌 스타 L의 실물 크기 패널이 세워져 있었다.

"저 집엔 아직도 죽은 애 패널을 세워놨네. 자살한 지가 언젠데."

도이는 혀를 끌끌 찼다.

"뭔 소리래. L 지금 한창 잘나가는데?"

"L, 우울증으로 여친도 죽이고 자기도 자살했잖아."

"헐, 여친은 무슨 여친. L 여친 없어. 너, 나한테 말고 다른 애들한텐 그런 식으로 말하지 마. 다음 날 눈떠보면 폐쇄병동 천장이 보일 거야."

그러고 보니 마트 앞에도 서점 앞에도 한류 스타 L의 패널이 보였다.

'또 내가 이상한 거군.'

도이는 의기소침해졌다.

자신을 둘러싼 주변의 낯섦을 느끼기 시작한 것은 그 사건을 당했던 날, 병실에서 깨어난 후부터였다. 그날 이후로 도이는 이 거대한 '세상'이라는 것의 정체를 의심해왔다.

항상 다니던 길이 이상하게 낯설고, 마치 하루 만에 뚝딱 지어진 것처럼 거리에 쭉 늘어선 건물들 속에 어제까진 보이지 않던 건물이 보인다. 옆에서 같이 걷던 누군가가 그 건물이 오랫동안 그곳에 있었다고 말한다. 그 말을 한 사람도 사실 아침까진 모르는 사람이었는데 반나절 만에 '아는 사람'이 되어 있다. 안드로이드 OS를 구글이 아닌 국내기업이 사서 세계기업이 되어 있었고, 사망한 마이클 잭슨이 존 레논과 함께 국내공연을 앞두고 있거나 아시아에서 처음으로 빌보드차트 1위에 등극했던 국내 아이돌 가수가 이제 겨우 첫 앨범을 발표한 것으로 바뀌어 있다.

도이는 오늘의 '내'가 어제의 '내'가 아니고 10분 전의 '나'는 지금의 '나'와는 다른 사람인 것처럼 느꼈고, 주변의 풍경 역시 매번 낯설게 바뀌고 있음을 감지했다. 그런데 그 변화를 아버지는 물론 어머니도, 학교 아이들도, 지석도, 그 어느 누구도 눈치채지 못한다는 사실이 너무나도 이상했다.

"너 말고 내가 누구한테 말해. 알면서 치ㅡ."

도이는 씩 웃으면서 눈을 흘겼다. 그제야 지석도 씩 웃었다. 서로가 서로에게 유일한 친구라는 사실을 확인하고 확인시켜주는 것이 두 사람의 애정행각이었다. 그런데 웃고 있던 지석의 얼굴이 갑자기 굳었다.

"아, 씨발. 나 준비물 안 챙겨 왔다. 너 먼저 가."

"갖고 와. 여기서 기다릴게."

"버스 온다. 타고 가."

"싫어! 혼자 타기 싫다고!"

"언제까지 그럴 거야!"

지석은 가지 않으려는 도이를 등 떠밀어 버스에 태웠다.

피치 못할 경우를 제외하곤 도이는 늘 지석과 함께 버스를 타고 등하교를 했다. 같은 학교로 가는 학생들로 가득 찬 버스 안에서 혼자 있는 것은 정말 싫다. 왁자지껄한 학생들의 웃음소리와 속삭이는 소리가 들리면 마치 혼자인 자신을 비웃는 것 같아 불안했다. 하지만 지석과 함께 있으면 서로의 얼굴을 흘끗 쳐다보는 것만으로도 그들의 웃음소리에 흔들리지 않을 수 있다.

'나쁜 새끼!'

자신을 혼자 보낸 지석을 원망하며 버스 차창 너머로 구부정하게 걸어가는 지석의 뒷모습을 보고 있던 도이는 갑자기 머리끝이 쭈뼛해졌다.

'내가 언제부터 쟤를 알고 있는 거지? 분명 어제까진 아래층에 노부부만 살았는데?'

지석은 확실히 처음 보는 사람이었다. 소름이 쫙 끼쳤다.

>->

지석은 어두운 얼굴로 주변을 잠시 살핀 뒤, 보는 사람이 없자 엉덩이에 손을 갖다 댔다가 냄새를 맡았다. 악취가 났다. 그는 얼굴을 찡그렸다. 아까부터 엉덩이가 젖어 있었다. 겉에 입은 파카에 가려져 도이에게 들키지 않은 것이 다행이었다.

혼자 보낸 도이가 버스 안에서 얼어붙은 채 앉아 있을 걸 생각하니 걱정되기도 했지만 이대로 학교에 갈 수는 없었다. 제발 빈자리가 있어 도이가 앉아 가기만을 바랄 뿐이었다. 만원 버스 속에서 서서 가면 몸이 작고 바싹 마른 도이는 타인의 몸에 짓눌릴 것이다. 도이에게 그 순간은 지옥이 된다. 어쩌면 겁에 질려 정신이 나가버리든지, 뻣뻣한 사람들의 다리 사이에 쪼그리고 앉아 울어버릴지도 모른다. 아니면 그 무지막지한 발에 밟히든지.

"젠장."

지석은 자신을 나무라듯 욕을 내뱉으며 집을 향해 걸었다.

바지를 갈아입고 등교하자 너무 늦은 것인지 교문을 지키는 생활지도부도 보이지 않았다. 아슬아슬했지만 교실로 들어서는 순간 1교시 수업 시작종이 울렸다.

도이가 교실로 들어서는 지석을 보고 있다가 눈을 맞췄다. 서로 눈을 맞추고 웃긴 했지만 도이의 모호한 눈빛이 잔상처럼 남았다. 도이는 낯설어 보이는 것을 발견했을 땐 꼭 그런 눈빛을 한다. 이번엔 또 무엇이 낯선 것일까.

담임이 정장 차림의 여자와 함께 교실로 들어섰다. 지석은 재빨리 자리에 앉았지만 눈치 빠른 담임의 레이더망을 피해 가지 못했다. 담임은 마음에 안 든다는 듯 얼굴을 찡그렸다.

학생들 모두 정장 차림의 낯선 여자에게 시선을 집중하는데 도이만 이상스레 담임을 뚫어져라 쳐다봤다. 예의 그 놀란 듯 멍한 얼굴에 모호한 눈빛.

담임은 교탁 앞에 서서 정장 차림의 여자를 정중하게 소개했다.

"이분은 미늘동 주민센터에서 성폭력예방 교육을 위해 나온 분이시다. 강사님 말씀 잘 들어라."

담임이 나가고 나자 강사가 교단 중앙에 섰다.

"선생님, 우리 이론은 다 알아요. 실습만 하면 돼요."

한 남학생이 강사가 입을 열기도 전에 짓궂게 웃으면서 말하자 연달아 다른 남학생이 '이젠 테크닉을 알려주세요. 여자를 뿅 가게 하는 테크닉 말이에요'라고 말했다.

"그래요. 이론은 다 안다니 다행이네요. 오늘은 성폭력 피해자가 되지 않는 방법에 대해 강의해보겠습니다."

성폭력 피해자가 되지 않는 방법이라니. 도이는 그 말 자체를 용납할 수 없었다. 왜 아직까지도 피해자가 방법 따위를 찾아야 하는 것일까. 거센 반발심이 일었다. 도이는 의자에서 벌떡 일어났다.

"이젠 내용 좀 바꾸시죠?"

도이는 흥분된 목소리를 가까스로 억누르고 침착하게 말했다.

평소와는 완전히 다른 도이의 행동에 지석은 놀라서 두 눈을 휘둥그레 떴다.

강사는 당황하며 도이의 명찰에서 이름을 확인하고 되물었다.

"이도이? 무, 무슨 내용을 바꾸라는 거지?"

도이는 이런 식으로 행동하는 자신이 낯설었지만 두렵진 않았다.

"피해자가 되지 않는 방법이 아니라, 가해자가 되지 않는 방법에 대해 가르쳐야 하는 거 아닌가요? 왜 결국은 피해자가 될 여자애들이 예방을 해야 하죠? 남자들이 성폭행 못 하게 지금부터 교육시키면 어른이 돼서 안 할 거잖아! 간단하잖아!"

여학생들이 강사의 눈치를 보면서 자기들끼리 수군거렸다.

'대박.'

'쟤 미친 거 아냐?'

'틀린 말은 아니네.'

'존재감 상실년이 웬 갑툭튀래?'

'이도이 성폭행당했나 봐. 히히힛.'

학생들은 마치 게임을 즐기듯 실실 웃으면서 강사의 반응을 기다렸다. 조롱하듯 박수를 치는 남학생도 있었다.

"강사님 자신도 여자면서 그 차이를 모르나요? 매년 들은 예방 교육도 실망스러웠지만 오늘은 시작부터 최악이네요!"

교실이 시끌벅적해지자 담임이 문을 벌컥 열고 들어와 고함쳤다.

"왜 이리 시끄러워!"

경직된 얼굴로 책상 앞에 서 있는 도이와 눈이 마주친 담임은 문제를 일으킨 학생이 도이란 걸 직감하곤 곧장 도이 쪽으로 걸어왔다.

"방금 바꿔라 마라 소리 지른 게 너냐?"

담임은 두 눈을 부라리며 도이를 쳐다봤다. 학생들의 어깨나 등짝, 엉덩이를 때리기 위해 들고 다니는 자로 자신의 왼손바닥을 탁탁 때리며 두 눈을 가늘게 도사렸다.

"니가 그리 똑똑하냐? 아니면 니 아버지가 형사라고 눈에 뵈는 게 없어? 공부는 지지리도 못해. 그 성적으로 대학은 가겠냐? 생긴 건 또."

담임이 혀를 찼다.

"선생님! 너무 지나치신 거 아니에요?"

지석이 벌떡 일어났다.

"이건 또 뭐야? 건방지게. 자리에 앉아, 게이 새끼야!"

담임은 가지고 다니던 자로 지석의 머리를 탁 소리 나게 내리쳤다. 게이라는 말에 도이는 정신이 번쩍 들었다. 지석은 도이를 옹호하려다가 듣지 않아도 될 말을 들었고 맞기까지 했다.

지석은 부들부들 떨더니 서 있을 힘도 없는 듯 의자에 털썩 주저앉았다. 고개를 푹 숙인 채 지석은 수치심을 견뎌내고 있었다. 발갛게 달아오른 지석의 뺨과 귀를 보면서 도이는 너무 속상해 울음을 터뜨렸다.

담임이 지석을 때리고 '게이 새끼'라고 함부로 말할 수 있는 것은 그에겐 울타리가 없기 때문이다. 지석이 아들의 일엔 전혀 관심이 없는 쓰레기 같은 의붓아버지와 함께 살고 있다는 걸 알고 얕보기 때문이다. 지석의 편을 들어줄 친한 학생이 없다는 사실도 그 폭력에 힘을 보탰다. 도이는 지석의 울타리가 되어주지 못하는 자신이 싫었다.

"이것들이 쌍으로 약을 처먹었나. 이도이, 유지석, 니들이 딴 애들한테 피해 주잖아. 바꾸고 싶으면 딴 사람한테 바꾸라고 하지 말고, 니들 성적부터 바꿔봐. 게이 새끼는 성폭력예방이 아니라 성병예방 교육받아야 하니까, 넌 양호실에 가 있어!"

담임은 기다란 자 끝으로 지석의 등을 쿡 찔렀다. 지석은 고개를 푹 숙인 채 교실을 나갔다. 담임은 탁— 소리가 나도록 문을 닫고 교실 한쪽에 서서 도이를 주시했다. 강사가 교육을 다시 시작했다.

"여러분, 성폭행 사건이 하루에 몇 건이나 발생하는지 아세요? 네. 하루 59건, 한 시간에 3건이 발생합니다. 대부분의 성폭행 피해자는 처음 성추행에서 자신의 의사를 분명하게 밝히지 못해 결국은 성폭행 단계까지 발전하게 되는데요. 자, 모두 따라 해봅니다. 안 돼요! 싫어요! 하지 마세요!"

강사는 의욕 있게 외쳤지만 모두 소리 죽여 웃었을 뿐 아무도 따라하지 않았다.

"따라해봅니다. 예방 교육받는 자세도 수행평가에 들어간다는 거 아시죠?"

수행평가라는 말이 나오자 학생들은 마지못해 따라했다. 강사는 성폭행을 당하는 사람들이 저런 말을 하지 않았다고 생각하는 것일까. 음경, 음순이라는 단어를 거침없이 내뱉던 강사는 실제 사례를 들었다.

"등굣길 락스 사건 아는 사람 손들어보세요."

등굣길 락스 사건이라는 말을 듣는 순간, 도이는 손가락 끝으로 온몸의 힘이 빠져나가는 것 같았다. 강사의 말에 몇몇 학생들이 손을 들었다. 강사는 그들 중 한 명을 일으켜 세웠다.

"그 사건이 일어난 해에 학생은 여덟 살쯤 되었을 텐데 어떻게 알게 됐나요?"

"아동성폭행 사건이 일어날 때마다 저희 부모님이 그 사건 이야길 해요. 그때 부모님이 조현조가 다니던 학교 앞에서 분식점을 했거든요."

"뭐라고 이야기하세요?"

"조현조는 어떻게 지낼까? 이렇게 말씀하시기도 하고 최근엔 그 사건 범인이 출소할 날이 다 되었다면서 걱정하기도 하셨어요."

"하긴 워낙 유명했으니까. 다른 학생은?"

"저는요, 중학생 때 아동성폭행예방 강의가 있었거든요. 그때 들었어요. 피해 아동 이름이 조현조라고 했는데 이름이 외우기 쉬워서 아직도 기억해요. 바로 해도 조현조 거꾸로 해도 조현조라서요."

학생들이 조현조라는 이름을 입에 올리며 깔깔댔다.

"여러분, 주목하세요. 그 사건은 만취한 범인이 등교 중이던 조현조를 근처 빈 사무실로 끌고 가······, 온몸을 물어뜯고 성폭행의 증거를 없애기 위해 락스와 세제를 섞은 물에······, 그때 지나가던 행인이 신고를 해서······, 보통 성범죄는 그 자세한 내용에 관해서는 알려지지 않는 것이 일반적인데 조현조 사건의 경우 무슨 일을 어떻게 몇 번 당했고 어떤 체위였는지까지 상세하게 알려졌죠. 그래서 이 사건을 접한 네티즌들은······."

조현조는 언론에서 만들어낸 도이의 가명이었다. 하지만 대부분의 사람들은 그 이름이 가명이라는 것을 알지 못했다. 대중에게 그 사건의 피해자는 도이가 아닌 조현조였다. 도이는 조현조라는 이름 뒤에 숨어 살아왔다.

성기, 가슴, 항문, 체위 같은 단어들이 강사의 입에서 학생들의 입으로 퍼졌다. 강사는 실례를 든 사건의 피해 당사자가 바로 이도이 자신이라는 것을 알게 되면 어떤 표정을 지을까. 현실적으로 성폭력을 예방할 수 있는 방법이 있기는 할까.

수많은 설명보단 몇 장의 강도 높은 사진을 보여주는 것이 오히려 압도적인 교육일지도 모른다. 폭행을 당해 피가 흐르고 눈알이 터지고 안면이 내려앉은 끔찍한 사진 앞에선 그 누구도 자신만큼은 성폭행을 당할 리가 없다는 생각을 하진 못할 것이다.

그들에게 자신의 치부를 모조리 보여준 것 같은 수치심을 느낀 도이는 견딜 수가 없었다.

그때였다.

"아악!"

도이의 옆자리에 앉은 여학생이 비명을 지르며 의자를 박차고 일어났다.

짝의 비명에 놀란 도이는 그제야 자신이 면도날을 쥐고 있다는 것을 인지했다. 상처가 얕았기 때문에 피가 줄줄 흐를 정도는 아니었지만 팔목을 타고 몇 줄기 피가 흘러내리고 있었다.

짝은 손가락으로 도이를 가리키며 피, 피, 하고 소리쳤다.

모두가 행동을 멈추고 도이를 돌아봤다.

"선생님, 이도이가 팔을 그었어요!"

담임이 달려왔다. 학생들은 자기 자리에서 일어나 도이의 책상 주변으로 몰려들었다. 호기심에 사로잡힌 새까만 눈구멍들이 자꾸 늘어났다.

도이는 자신을 붙잡으려는 담임을 확 밀치고 교실 밖으로 뛰어나갔다.

자해하는 것은 죽고 싶어서가 아니었다. 약을 먹고 잠들지 않으면 시도 때도 없이 그때의 두려운 기억, 왜 좀 더 강하게 저항하지 못했을까 하는 자괴감, 자신은 평범하게 일상을 즐기는 친구들과는 다르다는 소외감이 그녀를 집어삼킬 듯 몰려왔다. 일시적이긴 해도 자해는 매번 그런 순간으로부터 버티게 해주는 약이었다.

학교 뒷마당엔 반파된 건물이 있었다. 철거를 하다 만 듯한 그곳엔 부서진 벽들이 흉물스러운 철근과 콘크리트를 드러낸 채 남아 있었다. 이곳은 학교 건물에 가로막혀 하루 종일 그늘이 지는 곳으로, 일부러 찾아오지 않으면 외부에선 잘 보이지 않는 장소였다. 도이와 지석은 종종 학생들과 선생으로부터 숨고 싶을 때 이곳에서 자해를 했다.

　도이는 교복 상의 안주머니에서 하얀 기름종이에 반듯하게 포장된 새 면도칼을 꺼냈다. 안주머니엔 두 개의 새 면도날과 일회용 밴드 그리고 납작하게 눌러 접은 붕대가 들어 있었다.

　'딱 한 줄만 더 긋자. 딱 한 줄만.'

　오래된 상처로 가득한 왼팔을 내밀고 푸른빛이 도는 면도날의 뾰족한 끝부분을 왼팔의 피부 위에 내려놓았다. 힘을 얼마나 주느냐에 따라 상처는 깊어지거나 얕아진다. 도이는 늘 그 부분에서 갈등한다. 하지만 팔을 긋고 죽고 싶은 마음은 없었다. 죽으면 자해도 끝이니까.

　도이는 손에 힘을 빼고 칼날의 날카로움에만 의지한 채 손목부터 팔의 중간쯤까지 한 줄을 그었다. 칼끝이 얇은 피부를 가르자 검붉은 피가 볼록하게 맺혔다가 팔목을 타고 흘렀다. 동맥에까지 닿도록 칼끝을 밀어 넣고 싶은 욕구를 가까스로 참아냈다. 그녀가 무너지면 부모님도 무너진다. 누군가는 누군가의 생명줄인 것이다.

　도이는 피가 흐르는 팔을 사진 찍어 지석에게 보냈다. 지석은 이런 사진을 보여줄 수 있는 단 한 사람이었다.

　그러자 몇 초 후, 지석은 자신의 팔을 찍은 사진과 문자를 보냈다. 피가 흐르는 팔 뒤로 화장실 변기가 보였다.

　─어제 우리 형이랑 가짜 아버지 새끼 죽이고 싶은 거 참느라고 그었어.

또다시 사진이 왔다.

─담탱이 새끼 목 따고 싶은 걸 참느라고 또 그었어.

지석의 가늘고 흰 팔이 온통 상처투성이였다.

타인을 긋는 것은 살인이라 하고 자신을 긋는 것은 자해라 한다. 누군가는 살의의 충동을 타인에게서 해소하고 누군가는 자기 자신에게 향한다. 도이는 서글픈 미소를 지었다.

지석이 아래층에 살지 않았을 땐 위로받을 곳이 없었다. 그런데 지금은 지석이라는 존재로 인해 위로받을 수 있었다.

목을 맸던 순간 이후로 그녀의 기억은 지석을 아는 '나'와 모르는 '나'로 자연스럽게 분리되어 있었다. 양쪽 모두 명확히 기억할 수 있었기 때문에 어느 쪽도 어색하지 않았다. 대체 지석은 어디서 무슨 이유로 나의 인생에 끼어든 것일까. 나와 알기 전엔 어디서 어떻게 살았던 것일까. 어제까지는 자신의 곁에 존재하지 않았던 지석이 별안간 베프가 되어 있었고 오늘의 나는 어제의 나와는 또 다른 사람이 되어 있다. 자신이 받아들일 수 없는 것에 대해 조금도 망설임 없이 싫다고 말하는, 껍데기를 상실한 이도이라니. 도이는 피식 웃으며 주머니에서 꼬깃꼬깃해진 휴지를 꺼내 팔에 흐르는 피를 닦았다. 피가 멈추기를 기다리며 멍하니 앉아 있으려니 왜 이런 생을 살고 있는지, 성폭행의 트라우마에서 벗어나지 못하는 자신이 끔찍했다. 그리고 출소를 2년 남겨둔 백만우가 떠올랐다.

부모님을 생각하자 또 눈물이 났다.

도이의 가족 모두 묵묵히 견뎌내고 있었지만, 언제 어떤 감정이 가족 모두를 갈가리 찢어놓을지 몰라 살얼음 위를 걷고 있는 상태였다.

백만우의 출소에 대한 부담감은 도이를 자살만이 유일한 도피라고 생각하도록 몰아갔다. 도이는 형언할 수 없는 불쾌감과 불안을 느끼며 다시 한 번 손목을 그었다.

몸에서 피가 흘러나올 때 백만우에 대한 기억도 함께 흘러나왔으면. 하지만 끔찍한 불안감은 자신의 몸속에서 더욱 단단하게 똬리를 틀 뿐이었다. 나른함이 몰려왔다. 도이는 팔에서 피가 흘러내리도록 내버려둔 채 반파된 차가운 콘크리트 벽에 기대 눈을 감았다.

잠시 잤을까. 교내 안내 방송이 들려와 도이는 퍼뜩 눈을 떴다. 소지품 검사 및 신체검사를 하겠다는 내용이었다. 2학년이 되고 첫 신체검사였다. 새로 생긴 상처의 피는 굳어 있었다. 도이는 팔에 일회용 밴드를 붙이고 그 위에 붕대를 얇게 감고 교복 상의의 소매를 끌어 내렸다.

도이는 그곳을 걸어 나오면서 방금 자신이 앉아 있었던 자리를 뒤돌아봤다.

오른쪽 눈이 환해지는 느낌이 들더니 처량한 모습으로 앉아 팔을 긋고 있는 자신의 모습이 프레임별로 보였다. 울면서 주머니에서 면도날을 꺼내는 도이, 팔을 긋는 도이, 지석의 사진을 보는 도이. 그 세 명의 도이 사이에도 무수한 도이들이 프레임별로 존재했다.

교실엔 여학생들만 남아 있었다. 아무래도 남학생과 여학생으로 나누어 신체검사를 할 예정인 것 같았다. 도이가 들어가자 여학생들이 그녀를 곁눈질했다.

도이는 자기 자리에 앉다가 칠판에 적혀 있는 글을 봤다. 브래지어와 속옷만 입고 교복 상의는 탈의해야 한다고 적혀 있었다.

반 친구들이 떠드는 소리를 듣고 있는 동안 머릿속이 폭발할 것 같은 긴장감이 들었다. 무슨 일이 있어도 상의 탈의는 할 수 없었다. 도이는 본능적으로 가방을 챙겼다. 도망칠 생각이었다.

"야! 너 뭐하냐?"

왕따 주동자 혜선이 도이의 책상 옆에 와서 섰다. 혜선의 추종 세력들이 하나둘 도이의 책상 근처로 모여들었다. 도이는 그들을 무시하고 가방을 챙겨 일어섰다.

"너 설마 몸에도 그 짓 했냐? 그래서 도망치려고?"

혜선은 반 학생들 모두 들으라는 듯 큰 소리로 말했다.

도이는 혜선을 쏘아봤다.

"어쭈, 그 눈깔은 뭐냐? 재수 없어!"

혜선이 손바닥으로 도이의 얼굴을 밀쳤다. 혜선의 손이 닿은 곳은 흉터가 있는 뺨이었다. 아무리 형사 딸이라도 선생님이 싫어하는 아이다. 그러니 대놓고 왕따시켜도 된다. 혜선은 담임으로부터 공식적인 허락이라도 받은 듯 노골적으로 도이에 대한 혐오감을 드러냈다.

신체검사 준비를 하던 학생들이 행동을 멈추고 도이와 혜선을 돌아봤다.

"얘 소매 좀 걷어봐."

혜선의 명령에 패거리들이 도이에게 달려들었다. 한 학생이 도이의 오른팔을 잡았고 다른 학생이 왼팔을 잡았다. 혜선이 꼼짝 못하게 된 도이의 왼팔 소매를 걷었다. 도이는 고개를 돌렸다.

하얀 붕대의 일부분이 피로 물들어 있었다. 혜선은 뾰족한 연필심으로 붕대를 찔러 아래로 끌어 내렸다. 학생들은 신기한 듯 도이의 팔을 들여다봤다.

"징그러워."

"도대체 몇 번이나 그은 거야?"

"죽고 싶으면 그냥 죽지 그래."

"상의도 벗겨봐!"

혜선이 명령했다.

자해를 들켰지만 최악은 아니었다. 자신이 이도이가 아닌 조현조라는 사실만큼은 들키고 싶지 않았다. 동정과 호기심의 대상이 되기보다 미움받는 것이 나았다.

백만우는 도이의 몸 구석구석을 물고, 핥다가 고기 살점을 뜯듯 물어뜯고, 씹고, 뱉었다. 거무튀튀한 입술 사이로 보이던 백만우의 톱니처럼 생긴 이와 비정상적인 치열.

놈이 물어뜯은 도이의 몸 곳곳엔 아직까지도 우둘투둘한 흉터와 수술 자국이 남아 있었다. 다리 사이, 배, 가슴 그리고 뺨, 생식기의 깊은 곳까지.

선생들은 냄새를 잘 맡는다. 뭔가 낌새를 알아차리면 꼬치꼬치 캐묻는다. 게다가 왼팔에 가득한 자해의 흔적은 또 뭐라고 둘러댈 것인가. 선생이 알면 다음 날 학교에 소문이 퍼질 게 뻔했다. 이도이의 정체는 조현조이고 리스커라고.

누군가의 손이 도이의 교복 상의에 와 닿는 순간 도이의 머릿속은 깜깜해졌다.

~~~

무슨 생각을 하며 걸었는지 정신을 차리고 보니 버스정류장을 한참 지나쳤다. 도이는 고개를 절레절레 흔들었다. 어차피 혼자서는 버스를 타기 싫었다. 도이는 집까지 걸어가기로 결심하고 느린 걸음으로 걷기 시작했다.

문득 오른쪽 눈이 밝아진다고 느낀 순간, 시야가 이상해진 기분이 들었다. 눈앞의 풍경이 겹쳐져 보이기 시작했다. 그녀는 현기증을 느끼며 멈춰 섰다. 오른쪽 눈이 제멋대로 움직였다.

주변의 풍경이 쑥 올라갔다가 내려오는가 하면, 양쪽 시선의 방향이 서로 달라 사물이 굴절되어 보였다. 차들이 쌩쌩 달리는 도로 가운데에 50년대에나 볼 법한 동네가 나타났고, 사람들이 걸어다니는 길에는 군인들이 행인들을 마구잡이로 쏘아 죽이고 있었다. 이해할 수 없는 이미지들이 여기저기 어지럽게 나타났다. 자신이 서 있는 장소가 어디인지, 몇 년도인지조차 혼란스러웠다. 너무 무서워서 도저히 한 발짝도 앞으로 내딛을 수가 없었다.

오른쪽 눈은 도이의 신체 일부가 아니라 독단적인 생명체인 듯 그녀의 통제를 벗어나 제멋대로 움직였다.

도이는 욱— 하고 헛구역질을 하다가 재빨리 눈을 감았다. 눈을 감았지만 오른쪽 눈의 눈꺼풀은 닫히지 않았고 오른쪽 안구는 계속해서 뭔가를 찾아 격렬하게 움직였다. 눈꺼풀이 감기지 않아 결국 손으로 뚜껑을 닫듯 억지로 덮었다. 그러자 격렬한 움직임이 천천히 잦아들었다.

다행히 가까운 곳에 약국이 보였다. 약국으로 들어서자 오른쪽 눈의 움직임은 멈췄지만 여전히 두 눈의 시선은 서로 엇갈렸다.

"눈 떠봐요."

약사가 부드러운 어조로 말했다.

도이는 눈을 떴다.

"어머, 오른쪽 안구가 안쪽으로 돌고 있어."

도이는 재빨리 시선을 내렸다.

"후천적 사시 증상이야. 심해지면 수술까지 해야 해."

약사가 말했다.

도이는 자신의 눈이 왜 제멋대로 움직이는지 모른다. 하지만 약사가 말하는 후천적 사시 증상 따위가 아니라는 것은 확신할 수 있었다. 그렇다고 해서 자신이 알고 있는 것을 타인에게 설득할 자신은 없었다.

도이는 안대를 사서 오른쪽 눈에 착용했다. 순간 오른쪽 눈의 격통도 움직임도 멎었다. 그녀는 약국을 나왔다. 시야가 턱없이 좁아지긴 했지만 왼쪽 눈만으로 보는 것이 훨씬 수월하게 느껴졌다.

안대를 착용한 것을 보면 부모님이 또 놀랄 텐데 싶어 마음이 착잡했다. 뭐라고 변명해야 할지 생각하며 무거운 걸음을 떼어놓는데 휴대폰이 울렸다. 액정 화면에 '예쁜 넘'이라고 적혀 있었다. 지석이었다.

"야, 야!"

"뭐?"

도이는 퉁명스럽게 대답했다.

"너 혜선이 얼굴 들이받고 도망쳤다면서?"

"내가?"

"그래, 혜선이 쌍코피 터졌다던데. 앞니도 흔들린대."

"헐, 기억도 안 난다."

거짓말이다. 다 기억하고 있었다. 혜선이에게 본때를 보여줬기 때문에 이제 앞으로는 자신에게 함부로 하지 못할 것이다.

"어딘데?"

"집에 가고 있어."

"담탱이가 너 지명수배했는데, 헤헤헤."

"지명수배 같은 소리 하고 있네."

"아까 교실에서 담탱일 이상하게 쳐다보던데, 왜 그랬어?"

"담탱이가 어제까진 여자였거든."

"헐! 근데 이도이, 너 갑자기 좀 이상해진 거 알아? 혜선이한테 폭력을 쓰질 않나, 아까 담탱이한테도 대들고."

"내가? 그러고 보니까 좀 이상해진 것 같긴 해. 내가 나 안 같아."

"응. 너 안 같아. 겁 많고 소심한 우리 도이는 어제의 도이인가? 큭큭큭."

"됐고, 그만해."

"근데, 넌 간다는 말도 안 하고 가냐?"

"넌 괜찮아?"

"씨발, 담탱이한테 휴대폰 뺏겼는데 쉬는 시간에 내가 다시 뺏어왔지."

"어떻게 뺏었어?"

"화장실 가는 걸 따라가서 오줌 누고 있을 때 확 갖고 왔지."

"그러다가 또 맞은 거 아냐?"

"나 비겁하고 존나 자존심 없잖아. 화장실 바닥에 무릎 꿇고 다시는 안 그러겠다고 싹싹 빌었지. 뭘 다시는 안 그래야 하는지 모르겠지만. 쳇, 선생이라는 것도 권력이라고 알량한 권위의식 휘두르고 싶어 하는 걸 보면 불쌍하다니까. 복종하는 척해주는 거지."

"그러니까 냅두던?"

"패지는 않더라. 암호 걸어놓길 잘했지. 뒤져보려다가 암호 못 푸니까 그냥 준 거야."

"씨벌."

"헉! 씨, 씨벌이라니. 너 욕하는 거 처음 듣는다. 넌 그런 욕도 할 줄 모르는 소심한 인간이었단 말이야."

"욕해보니 기분 좋네. 씨벌, 씨벌, 씨벌, 씨벌."

"크하하하."

"근데 우리 옆집 아줌마 말이야."

도이는 오늘 새벽부터 줄곧 꺼림칙했던 이야기를 꺼냈다.

"우리가 이사 온 다음 날 그 아줌마가, 우리 집에서 살인사건이 나서 모자가 죽었다고 말했거든?"

"진짜? 2층에서? 그런 소리 들은 적 없는데 나만 모르는 건가?"

"그래서 오늘 새벽에 아줌마한테 다시 물었더니 자긴 그런 말을 한 적이 없대. 근데 나는 내 방에서 그걸 봤거든?"

"뭘 봤는데?"

도이는 목을 맸을 때 자신이 본 이상한 것에 대해 이야기해줬다.

이야기가 끝났는데도 지석은 반응이 없었다.

"야, 뭐야? 왜 대답이 없어?"

"어, 잠깐만. 검색 중이야."

잠시 기다리자 지석이 말했다.

"통화하면서 검색해봤는데 2006년 미늘동 주부 강간 살인사건은 미늘동 윗동네에서 일어났고, 범인은 주부를 28번 찌르고 도주하면서 아홉 살 아들 안 모 군의 얼굴을 칼로 난자했다는 기사가 있네."

"윗동네? 윗동네라면 우리 집에 살던 애가 아니잖아? 사건 내용은 같은데 피해자랑 일어난 장소가 달라졌네? 나는 분명 내 방에서 그 사건을 봤고. 어떻게 된 걸까? 대체 내 방에서 본 것은 뭘까?"

"가만, 생각 좀 해보자. 네가 그 이상한 것을 보고 엄마 마중 나가라고 소리친 후, 그 집에서 모자가 살해당했다고 말한 옆집 아줌마는 그런 말을 한 적이 없다고 했고, 뉴스 역시 사건의 내용은 같은데 피해자와 사건이 일어난 장소가 달라져버렸다, 이 말이지?"

"응."

"그럼 원래 2층에 살던 애 이름 알아?"

"아니, 몰라. 근데 아까 학교에서도 비슷한 일이 있었어. 뒷마당에서 손목을 긋던 내 모습이 그대로 그곳에 남아 있었어. 오른쪽 눈으로 보면 보이는데 왼쪽 눈으로 보면 그런 게 보이지 않았어. 내가 내 방에서 본 것도 오른쪽 눈으로는 보이는데 왼쪽 눈으로는 안 보였거든."

"잠깐, 잠깐, 오오! 뭔가 감이 온다. 나 팬픽 쓰려고 자료 조사하다가 그런 거 본 적 있어. 전화 끊고 잠깐만 기다리셔."

도이는 휴대폰을 쥔 채 골목 담벼락에 기대서서 기다렸다. 3분 정도 지나자 휴대폰이 울렸다. 지석이었다.

"잔류사념."

"잔류사념?"

"네가 네 방에서 본 거랑 학교 뒷마당에서 본 건 아마도 잔류사념이라는 것이 아닐까 싶어. 이거 읽어봐."

도이는 지석이 전송한 글을 읽었다.

[잔류사념]

사람의 원한, 기억, 집착, 숙원, 슬픔 등의 강한 감정이 해소되지
않고 어떤 장소나 물건 혹은 살아 있는 사람에게 오랫동안 고여
있는 것을 잔류사념이라고 한다.

"이런 거 진짜야?"

"응, 진짠가 보더라. 외국엔 아주 오래전부터 이런 사념을 읽
는 초능력자들이 있었어. 사이코메트리라고. 그런데 정말로 이
런 거 있어. 너도 나도 다 경험하는 일이야. 단지 그게 뭔지 모르
는 사람들이 많아서 그렇지."

"……?"

"내가 아주 어렸을 때 일인데, 엄마가 집에 없을 때 난 가끔 엄
마 방 문을 열고 한참 동안 서 있곤 했어. 엄만 그 방 안에 없는데
금방이라도 엄마가 자리를 털고 일어나 아들 왔어? 라고 말할
것 같은 기분을 느꼈거든. 엄마가 그 방에서 지낸 동안의 일들
이 영화 장면처럼 스치는 거야. 엄마의 분 냄새, 옷 냄새, 머리카
락 냄새, 엄마 미소, 우는 모습, 심지어 목소리까지도 그 방 안에
고스란히 남아 있는 것만 같았어. 그래서 엄마 방 안에 쪼그리고
앉아 있으면 아버지가 들어와도 무섭지 않았어. 이상하게 엄마
방이 날 지켜줄 것 같았거든. 그리고 내가 아주 어렸을 때 우리
할아버지가 돌아가셨는데 툇마루만 보면 할아버지가 앉아 계시
는 것 같은 느낌이 들곤 하는 거야. 할아버지는 여름엔 방에서
주무시지 않고 툇마루에서 주무셨거든. 나도 종종 할아버지랑

같이 툇마루에서 자기도 했고. 그게 잔류사념이야. 넌 오늘 새벽에 바로 네 방 안에 남아 있던 잔류사념을 본 거고."

"에이, 그건 아니지. 넌 네가 아는 기억을 되새기는 거고 내 경우랑은 달라. 난 그걸 프레임별로 본다고. 뭔 말인지 이해가 안 되지?"

"프레임이라면, 게임에서 보여지는 정지화면 같은 거? 프레임별로 본다는 건 아마도, 그 정지화면의 낱장들을 본다는 거고. 맞지?"

"응. 첨엔 그것이 무엇인지도 모르고 그 애가 죽기 조금 전의 프레임을 보면서 엄마를 마중 나가라고 소리쳤어."

"소리치니까 그 애가 그 소릴 들었어?"

"그건 나도 모르지. 조금 있다가 내가 본 이미지는 방 안에서 사라져버렸으니까."

"에이, 순전히 네 망상 아냐?"

"아니거든!"

도이는 마치 지석이 앞에 있는 듯 눈알을 부라렸다.

"네가 옆집 아줌마한테 그 사건 이야길 듣고 네 머리가 지어낸 망상일지도 모르잖아."

"하긴 망상일지도 몰라. 목을 매달다가 봤으니 제정신일 리가 없지."

"또 의기소침해지기는. 근데 소리도 들려? 대화나 게임을 하고 있었다니까 게임 소리 같은 거 말이야."

"응, 혼자 중얼거리는 소리까지 들렸어."

"어떤 장소에선 계속해서 물 떨어지는 소리가 나거나, 아기 울음소리 같은 게 들리기도 한다더라. 근데, 야!"

별안간 지석이 소리를 질렀다.

"왜?"

"이도이, 생각 안 나?"

"뭘?"

"석윤 형이 2층에 살았었잖아. 아홉 살 때까지."

"……!"

지석은 도이가 석윤이라는 사람을 아는 것처럼 말했다.

지석이 석윤 형이라 부르는 사람은 누굴까. 자신이 알아야 할 것 같은 그 사람은 기억에 없었다.

"도이야!"

갑자기 아버지의 목소리가 들려왔다. 도이는 흠칫하며 돌아봤다.

아버지가 화난 얼굴로 길에 서 있었다.

〉〉〈

석윤은 마무리 작업을 마치고 일어났다. 시술용 검은색 비닐 장갑을 벗으면서 방금 그가 새겨 넣은 for와 ever라는 영문 타투를 내려다봤다. 두 여자의 오른손과 왼손을 나란히 붙이면 forever라는 단어가 완성된다. 깔끔하게 잘된 것 같았다. 몸에 글자를 새기는 것을 레터링이라고 부른다. 그는 눈썹이나 아이라인 같은 미용 목적의 문신보다는 레터링 작업이 더 좋았다. 고객들이 원하는 문자 속엔 그들만의 은밀한 스토리가 있기 때문이었다.

"일주일 정도는 문신한 부위가 물에 닿지 않도록 해주시고, 바세린이나 비판텐을 하루 2~4회 정도 바르세요. 얇게 바르셔야 합니다. 후시딘은 쓰지 마시고요. 그리고 혹시 가려울 수 있으니 가려워도 가급적 긁지 말아야 합니다."

오늘의 마지막 예약 손님이 가고 나자 석윤은 난로 위에 증기 주전자를 올렸다.

잠시 후 증기주전자가 휘슬 소리를 내며 끓었다. 그는 미리 데워둔 따뜻한 잔에 홍차 잎을 넣고 뜨거운 물을 부었다. 찻잔을 들고 창 쪽을 향해 놓여 있는 소파에 앉아 저녁으로 뭘 먹을지 생각하다가 강렬한 인도홍차 향에 취해 잠시 눈을 감았다.

그가 눈을 떴을 때 작업실 골목으로 검은 승용차 한 대가 스르르 와서 멈추는 것이 보였다. 이 동네엔 어울리지 않는 고가의 승용차였다. 차문이 열리고 남자 셋이 나왔다. 석윤은 그들을 가만히 지켜봤다. 삼십대 초반쯤으로 보이는 성인남자 둘에 십대로 보이는 소년이었다. 소년은 야구모자와 해골이 그려진 검은색 면 마스크를 썼다. 소년은 승용차에서 내린 순간부터 시종일관 고개를 숙이고 있었다. 남들에게 얼굴을 보이기 싫어하는 것 같았다. 성인남자 중 한 명은 거친 일에 몸 담아온 듯 덩치가 크고 인상이 험악했다. 또 다른 남자는 삐쩍 마른 타입이었다. 뭘 하는 사람들일까. 석윤은 묘한 분위기를 품고 있는 그들에게서 눈을 뗄 수가 없었다.

뜻밖에도 그들 셋은 석윤의 작업실로 걸어와 초인종을 눌렀다. 석윤은 반사적으로 엉거주춤 일어나 찻잔을 내려놨다. 지금이 시간에 올 예약 손님은 없었다.

'예약 없이 바로 할 생각인가?'

아무튼 자신의 작업실을 찾아온 손님이니 문을 열었다.

"어떻게 오셨……" 하는데 갑자기 덩치가 큰 남자가 다짜고짜 석윤을 밀고 작업실 안으로 들어왔다. 가방을 든 삐쩍 마른 남자가 들어오고, 소년이 마지막으로 들어오면서 작업실 문을 닫아걸었다.

덩치가 석윤의 어깨를 잡았다. 복부로 주먹이 들어왔다. 맞은 이유를 알지 못한 채 내장을 쥐어짜는 듯한 통증에 석윤은 사지를 움츠렸다.

"지금 뭐하는 짓……."

말을 끝내기도 전에 다시 얼굴을 맞고 바닥으로 나자빠졌다. 석윤을 친 덩치는 뒤에 서 있는 소년을 돌아봤다. 소년이 고개를 까딱하자 덩치가 주먹질을 멈췄다. 두 성인남자의 고용인처럼 보이는 소년은 겉모습만으로 소년이라고 짐작될 뿐 몇 살 정도인지 가늠할 수 없었다.

소년은 느긋한 태도로 바닥에 나자빠진 석윤을 타고 앉았다. 손가락 끝으로 모자챙을 밀어 올리고, 면 마스크를 턱 아래로 끌어내렸다. 그제야 소년의 얼굴이 드러났다.

소년의 얼굴은 흉터로 성한 곳이 없었다. 콧등, 이마, 눈두덩까지 얼굴 전체를 뒤덮은 흉터가 칼에 의한 흉터, 즉 자상임을 깨닫는 순간 석윤의 얼굴을 뚫어지게 내려다보고 있던 소년이 씩 웃었다. 마치 이제야 그 흉터가 자상인 줄 알았느냐는 듯 약간의 비웃음이 섞여 있었다.

"무섭지?"

소년이 말했다. 석윤은 대답하지 않았다.

"이게 네 얼굴이라면 기분이 어떨 것 같아?"

소년은 손가락으로 제 얼굴을 가리키며 말했다.

"……."

"좆같겠지? 안 그러냐?"

소년이 씩 웃었다. 얼굴 근육이 뒤틀렸다.

"휴대폰."

소년이 손을 내밀었다. 석윤은 바지 뒷주머니에 꽂혀 있던 휴대폰을 빼 내밀었다. 삐쩍 마른 남자가 휴대폰을 받아 갔다.

소년은 왼손으로 석윤의 멱살을 잡고 반쯤 일으켜 앉히더니 오른쪽 주먹을 말아 쥐고 석윤의 면상을 세게 후려쳤다.

석윤은 의식을 잃었다.

삐쩍 마른 남자는 석윤의 휴대폰을 분해해 도청장치를 삽입한 후 소년에게 넘겼다.

소년은 석윤의 휴대폰을 바닥에 살며시 내려놓고 일어섰다.

삐쩍 마른 남자는 작업실 구석진 곳에 CCTV를 설치했고 덩치는 작업실 안을 뒤졌다.

덩치는 작업대 서랍장에서 파란색 가죽 노트를 발견하고 페이지를 넘겨보다가 소년에게 건넸다. 표지에 적힌 환청이라는 단어에 소년의 두 눈이 가늘어졌다. 소년은 기록지 내용을 주르륵 살피더니 회심의 미소를 지었다.

"다 됐어."

삐쩍 마른 남자가 뒤로 물러서며 말했다. 그들 셋은 방금 설치한 CCTV가 잘 숨겨졌는지 살핀 뒤 석윤의 작업실을 떠났다.

아버지는 도이 담임선생의 연락을 받고 놀라서 집으로 오던 길이었다고 말했다. 딸이 멀쩡해 보이자 안심했는지 어깨를 축 늘어뜨리며 한숨을 내뱉었다.

"괜찮아? 팔은?"

도이는 대답하지 않았다. 도이의 기분을 눈치챈 그는 조용히 도이의 옆에서 걸었다.

아버지의 침묵과 간간이 내뱉는 한숨이 화살처럼 날아와 도이의 심장에 박혔다.

"눈은 또 왜?"

'또'라는 단어에서 도이는 자신이 아버지를 끝없이 괴롭히고 있다는 자괴감을 느꼈다.

"그냥 가려워서 문지르다 보니 발갛게 충혈됐어. 다래끼가 난 것 같아."

도이는 대충 둘러댔다.

"어디 갔다 온 거야? 학교에선 한참 전에 도망갔다던데."

"걸어왔어."

"험한 일 당하면 어쩌려고. 차라리 버스 타고 오는 게 안전하지."

"알았어. 담엔 그렇게 할게."

아버지 옆에서 시무룩한 얼굴로 걷던 도이는 고개를 돌렸다. 주택들 사이에 한쪽 벽면이 유리거울로 된 건물이 시선을 끌었다. 유리거울에 부녀의 모습이 비쳤다. 도이는 재빨리 고개를 돌렸다. 흉터를 가린 긴 머리카락, 작은 키, 구부정한 자세, 부자연스러운 걸음걸이. 자신의 모습으로 인해 아버지까지 덩달아 못생기고 우스꽝스러워 보였다. 세상의 거울 따위 없어져버렸으면.

뭘 하는 곳인데 꼴 보기 싫은 거울 따위로 건물을 지어놓은 것일까. 그러고 보니 아침에도 얼핏 본 것 같았다. 그때는 무심코 지나쳤는데 지금에야 뭔가 이상하다는 생각이 들었다. 분명 어제까진 보이지 않던 건물이었다.

도이가 건물을 돌아보자 아버지도 흘끗 돌아봤다. 도이는 아버지의 반응이 궁금했지만 별다른 반응을 보이지 않았다. 이번에도 역시 자신에게만 낯선 건물임을 눈치챘다. 도이는 바로 어제까진 이 자리에 없었던 건물이라고 말하려던 입을 꾹 다물었다.

"들어가서 문 잠그고 팔에 약 바르고 좀 자."

아버지가 집 앞에 멈춰 서서 말했다. 도이는 잠자코 고개만 끄덕였다.

"아버진 간다."

아버지는 도이가 대문 안으로 들어가는 것을 확인한 뒤 돌아섰다.

　나중에 결혼을 하고 내 딸이 이렇게 말썽을 부리면 얼마나 화가 날까. 아버지도 사람인데, 공부도 못하면서 학교에서 말썽을 부리고 자해 따위나 하는 딸이 살갑기만 하지는 않을 것이다. 하지만 야단을 치고 화를 내고 싶을 때마다 아버지는 그 사건을 떠올리며 화조차 내지 못한다. 도이는 부모님께 실망만 끼치는 자신이 너무 싫었다.

　현관문을 열고 들어서자 식탁 위에 밥상보에 덮인 저녁이 차려져 있었다. 어머니는 항상 도이가 먹을 밥상을 차려놓고 출근했다. 열여덟의 나이였지만 상처 입었다는 사실 하나만으로 도이는 자신의 손으로 밥상을 차려본 적이 없었다. 그 사건 이후 세 식구가 함께 식탁에 앉아본 적도 없었다.

　도이는 곧장 자신의 방으로 들어가 문을 걸어 잠그던 평상시와는 달리 뭔가를 망설이며 우두커니 서 있었다. 안대 속에 가둬놓은 제멋대로 날뛰는 오른쪽 눈을 자유롭게 해줘볼까 하는 생각이 들었다. 오른쪽 눈은 과연 무엇을 볼까. 자신의 '집'이라는 상자 속에는 어떤 사념들이 잔류할지 두려웠지만 보고 싶었다.

　도이는 천천히 오른쪽 눈을 가둔 안대를 벗었다. 눈은 정상이었다. 양쪽 눈의 시선의 방향도 같았다. 사물은 지극히 정상적으로 보였다. 오른쪽 눈을 자극할 만한 강한 사념 같은 건 없는 것일까, 안도할 때였다. 꿈틀. 도이의 오른쪽 눈알이 움직인다 싶더니 갑자기 안구 안쪽을 훅 치고 멈췄다. 이제 시작되려는 건가. 도이는 조마조마하게 오른쪽 눈의 움직임에 집중했다.

양쪽 눈 시선의 방향이 서로 달라지기 시작했다. 시야의 초점이 흐려지고 겹쳐지고 굴절되었다. 현기증이 나서 속이 메스꺼워진 도이는 털썩 주저앉았다. 먹잇감을 찾은 포획자처럼 오른쪽 눈이 날뛰는 동안 왼쪽 눈은 시력을 상실하고 오른쪽 눈만이 환하게 밝아졌다. 마침내 뭔가가 또렷하게 보였다. 오른쪽 눈은 유백색의 안광을 발하며 어둠 속에 잔류하던 사념과 감응하기 시작했다.

어머니는 라디오를 틀어놓고 인스턴트커피를 타고 있었다.

시간은 오전 10시쯤이었고 집 안에는 어머니 외엔 아무도 없었다. 어머니는 커피 잔이 앞에 있다는 사실을 잊은 듯 멍하니 초점 없는 눈으로 앉아 있었다. 넋이 나간 것 같은 표정은 몹시 공허하고 지쳐 보였다.

휴대폰이 울렸다. 어머니는 휴대폰 액정 화면을 보다가 전화를 받았다.

"응, 엄마. 집이지 뭐. 이 서방은 잘 있지. 도이는 등교했고."

처음에는 무심한 톤으로 짧게 대답하던 그녀가 갑자기 화를 내기 시작했다.

"그렇다고 집에 들어오면 도이가 방긋방긋 웃으면서 힘이 나게 해주는 것도 아니야. 도이는 약에 의지해 가까스로 학교를 다니고, 집에 오면 제 방에 틀어박혀 꼼짝도 안 해. 손목이랑 다리에 자해를 하고 혼자서 멍하니 웃거나 중얼거리는 모습을 보면 난 그냥 죽어버리고 싶어. 도이가 차라리 그때 죽어버렸으면 이토록 고통스럽진 않았을 거야. 알아, 안다고. 이렇게라도 살아서 우리 곁에 있으니까 다행이지. 그건 엄마가 안 당해봐서 몰라. 엄만 내가 아니잖아. 희망이 없어. 내일부턴 잔업도 할 거야. 애 약값에 병원비까지 대려면 잔업까지 해야 해. 내가 애 얼굴 보기 싫어서 일부러 밖으로 나돈다고? 그래, 어쩌면 엄마 말이 맞는지도 몰라. 매시매초 도이랑 남편이 쉬어대는 한숨 소리, 굳은 표정, 그런 것들 보는 게 너무 끔찍해. 도이 얼굴에 남아 있는 흉터도 보기 싫어. 도이 얼굴 안 보는 시간이 길어지면 길어질수록 난 숨쉬기가 편해져. 엄마, 나도 사람이야. 나도 숨을 쉬고 싶다고!"

어머니는 급기야 울음을 터뜨렸고 빠른 말투로 고함을 질러댔다.

전화를 끊은 어머니는 가슴을 쥐어뜯으며 울다가 냉장고 문을 열고 소주를 꺼냈다. 그리고 마치 괴로움의 원흉이 냉장고이기라도 한 것처럼 냉장고 문을 부서져라 세게 닫았다.

도이는 탈진해 쓰러져 누웠다. 온몸의 기운이 빠져나가는 것 같은 심한 체력의 고갈을 느꼈다. 어머니의 진심을 들었다. 어머니가 아니라 한 여자로서, 나약한 인간으로서의 진심이었다. 늘 초점 없는 눈에 무표정한 얼굴이던 어머니의 모습이 떠올랐다. 도이 앞에서는 한 번도 고함을 지르고 울분을 토하는 모습을 보인 적이 없었다.

어머니는 원래 피아노 교실을 했다. 상냥하고 실력도 있는 데다가 미인이어서 인기도 많고 수입도 좋았다. 하지만 도이가 그 사건을 당하고 방송매체에 등장하고부터는 아무도 자기 자식을 피아노 교실에 보내지 않았다. 원래 있던 원생들도 오지 않았다. 결국 원생들이 모두 빠져나가고 피아노 교실은 문을 닫게 됐다.

어머니는 하는 수 없이 다른 직업을 구할 수밖에 없었다. 피아노를 가르치는 것 외엔 어떤 일도 해보지 않았던 어머니는 간신히 식당 주방에서 설거지하는 일을 구했다. 그때부터 어머니는 모든 감정을 삭제한 채 살기 시작했다.

출퇴근 시간이 다른 부모님은 한방을 쓰고 있지만 한 번도 같은 시간에 잠자리에 든 적은 없었다. 이 모든 것이 자신 때문이었다. 자신이 괴물에게 당했기 때문이다. 백만우에 대한 증오심에 도이는 눈물을 흘렸다.

"……!"

이번엔 오른쪽 눈이 바깥쪽을 향했다. 도이는 현관 쪽을 돌아봤다. 아버지가 퇴근해 들어오는 잔류사념이 보였다.

아버지의 점퍼 안주머니가 불룩했다.

아버지는 현관에서 곧장 안방으로 갔다. 옷장 문을 열더니 점퍼 안주머니에서 뭔가를 꺼냈다. 그것은 신문지에 둘둘 말려 있었고 부피가 제법 컸다. 아버지는 그 물건을 옷장 깊숙한 곳에 숨겼다.

그런 다음 거실로 나와 도이의 방문에 귀를 갖다 댄 채 한동안 꼼짝도 하지 않고 서 있었다. 도이의 방에서 무슨 소리가 들리자 혼잣말로 '살아 있네'라고 중얼거렸다.

더 이상은 보고 싶지 않았다. 아니, 더 이상 잔류사념에 접촉할 체력도 남아 있지 않았다. 도이는 안대로 오른쪽 눈을 가리고 일어나 비틀거리며 안방으로 들어갔다. 아버지가 뭔가를 숨기는 행동에서 어떤 위화감이 느껴졌던 것이다. 대체 뭘 숨긴 것일까.

도이는 옷장을 열고 잔류사념 속에서 본 대로 아버지가 물건을 숨긴 위치를 더듬었다. 묵직한 뭔가가 손에 잡혔다. 도이는 그것을 끄집어냈다. 꽤 무거웠다. 물건을 싼 신문지를 벗겨냈다. 그것은 생전 처음 보는 진짜 권총이었다.

집 안에 권총이 있다니. 아버지는 백만우가 출소하는 날, 그를 쏴 죽이고 법의 심판을 받으려는 작정인 것 같았다.

"……!"

도이는 경악했다. 아버지는 평온한 얼굴로 도이를 대하고 있었지만 마음속으로는 이미 결말을 써두고 있었던 것이다. 그것도 몹시 비극적인 결말을.

도이는 권총을 들고 가 자신의 방에 숨겼다.

혹시라도 어젯밤에 봤던 잔류사념이 아직도 남아 있을까 싶어 안대를 끌어 내려 방 안을 살폈다. 묘하게도 그 이미지는 어디에도 보이지 않았다. 돌아서 나가려는데 잠잠하던 오른쪽 눈이 다시 꿈틀 움직였다. 안대를 벗자 방문을 걸어 잠그고 앉아 면도날로 자해하며 울고 있는 자신의 모습이 보였다. 부모님에게 들키지 않기 위해 숨는다고 숨었지만 그녀는 우울과 죽음의 그림자를 집 안 가득 퍼뜨리며 살아왔던 것이다.

도이는 그 사건의 피해자로 살아온 동안, 알게 모르게 가족들에게 정신적 가해자가 되어왔던 것은 아닌지, 처음으로 생각했다.

집이라는 상자 속은 상처 입은 그녀가 토해낸 불안과 긴장감으로 가득했다. 부모님은 도이가 뿜어낸 어둡고 우울한 공기에 짓눌려 매시매초 질식할 것 같으면서도 견디고 있었던 것이다. 단지 자신을 낳은 부모라는 이유만으로.

>>+

자율학습 시간에 도망친 지석은 살며시 대문을 열고 들어와 1층에 있는 자신의 집을 돌아봤다. 불이 켜져 있었다. 그 새끼와 형이 집에 있다. 들어가기 싫었다. 지석은 발소리를 죽이고 2층 외부 계단으로 올라갔다.

지석은 도이의 집 현관문 앞에서 소리 죽여 도이를 불렀다. 도이가 문을 열고 내다봤다.

"배고파."

지석은 어리광을 부리듯 입술을 내밀었다. 도이가 뒤로 물러나며 문을 열었다. 지석은 뒤를 한번 살피고는 도이의 집 현관 안으로 쏙 들어갔다.

"라면 끓여줄까? 식은 밥도 있어."

지석은 아주 배고픈 얼굴로 고개를 끄덕였다.

도이가 라면 물을 올리고 라면을 끓이는 동안 지석은 라면 부스러기를 씹으며 도이 옆에 서서 미주알고주알 수다를 떨었다.

"근데 안대는 모야?"

도이는 그제야 안대를 끼고 있었음을 깨닫고는 안대를 빼 주머니에 넣었다. 집 안에 잔류하는 사념을 모두 본 이상 집 안에서까지 안대를 할 필요는 없다는 생각이 들었다. 그래도 혹시 몰라 긴장했지만 오른쪽 눈은 얌전했다.

"그냥 함 해봤어."

"그냥? 아, 그냥."

지석이 고개를 끄덕였다.

"끓는다."

지석은 행주로 라면 냄비를 들고 식탁으로 가 허겁지겁 라면을 먹기 시작했다.

"우리 도이 라면 진짜 잘 끓이네. 개꿀맛이야. 히히히. 이거 다 먹고 나가자."

지석은 탱탱한 라면 가닥을 후루룩 입안으로 빨아들이며 말했다.

"나가? 이 시간에 어딜?"

"잔사 보러."

"잔사가 뭐야?"

도이는 무심코 물었다가 잔류사념의 줄임말이란 걸 깨닫고는 씁쓸하게 웃었다.

"한 1년 전인가, 우리 동네에 살인사건 났었잖아. 전봇대 앞에서 죽어 있던 어떤 여자 대학생 말이야. 우리가 발견하고 신고했잖아."

"어, 기억나. 나 여태 그 일 잊고 있었어."

"거기 가보면 어쩌면 그 누나가 죽었을 때 당시의 잔사가 남겨져 있을지도 몰라."

"남겨져 있음?"

"내가 오면서 검색해봤는데 그 사건 아직 미해결 사건이야. 우리가 범인을 잡을 수도 있잖아. 그 생각하면서 집에 왔는데 완전 신나던데. 뭐랄까, 이 지겨운 학교-집, 집-학교라는 서클의 사슬을 완전히 끊어버릴 수 있는 새로운 삶이 펼쳐지는 거지. 너는 탐정 하고 나는 네 수석조수. 그리고 해결하는 사건마다 내용을 기록해 책으로 출간하자. 그럼, 돈방석에 앉지 않겠어? 어때?"

"그걸로 팬픽 쓰는 건 도와줄게. 근데 싫어."

"싫어? 왜 싫어?"

"그냥 싫다고 등신아!"

"싫음, 니가 보고 나한테 귀띔해주면 내가 전면에 나서서……."

"빨랑 라면이나 처먹고 내려가."

"쳇, 나쁜 계집애."

"야, 난 내 코가 석 자라고!"

"미제 살인사건을 해결하는 동안 네 코가 석 자인지 넉 자인지 따윈 잊게 될 거야. 왜 그 좋은 능력을 사용하지 않으려는 거야?"

"내가 능력이 있는지 없는지, 그게 좋은 능력인지 아닌지 니가 뭘 안다고 그래?"

"아까 네 방이랑 학교 뒤뜰에서 잔사 봤다면서?"

"싫다니까. 한 번만 더 잔사 이야기 꺼내봐. 너랑은 절교야."

"음…… 뭐랄까, 사람들 입에 오르락내리락하기 싫은 거지? 이해해. 그러니까 넌 뒤에 있고 내가 앞에서……."

"안 한다고!"

도이가 큰 소리로 단호하게 대답하자, 지석은 멍한 표정을 짓
더니 입에 머금고 있던 라면 국물을 주르륵 흘리곤 히히거렸다.
화난 표정을 짓고 있던 도이는 더럽다고 중얼거리다가 피식 웃
고 말았다. 언제나 지석과는 싸울 수가 없다. 지석은 도이와 싸
울 마음이 조금도 없기 때문이었다.

2장

능력에 눈뜨다

집 안에 아이가 있다.

성욕에 굶주린 악마에게 찢겨 영혼은 죽고 넝마가 된 육체만 살아 있는 아이다. 그 아이는 스스로 목을 매는 것도 모자라 칼을 숨기고 다니며 자해까지 한다. 어울리는 친구라곤 단 한 명. 어른의 눈도 마주 보지 못하는 자신감이라고는 없는 놈이다.

이상민은 문득 숨이 막히는 것 같아서 척추를 쭉 펴고 두 번 정도 깊게 숨을 들이마시고 내뱉었다. 침침하던 시야가 조금 밝아지는 것 같았지만 마음을 누르고 있는 바윗덩이는 여전했다. 그래도 먹어야 일한다. 그는 전기밥솥에서 밥을 퍼 밥상보를 벗겼다. 김치와 김, 깻잎장아찌가 반찬의 전부였지만 하루 한 끼라도 따뜻한 밥을 먹을 수 있다는 건 고마운 일이었다.

그는 무표정한 얼굴로 밥을 떠 입안에 넣었다. 왜 끈질기게 살아가야 하는지 알 수 없었지만 먹어야만 사니까, 살아야 아이를 지켜줄 수 있으니까.

철야를 하면 오히려 마음이 편했다. 하지만 마음이 편할수록 불안해져서 어떻게든 시간을 내서 집으로 올 생각을 한다. 그렇게 집에 오면 머릿속이 멍하고 귀에선 이명이 들렸다. 그 사건 이후로 시작된 증세였다.

몽롱한 상태로 밥그릇을 비웠다. 그는 물을 마시면서 딸의 방문을 다시 쳐다봤다. 아무런 소리도 들려오지 않았다.

영원히 이대로 말을 하지 않고 살고 싶은데, 가끔은 어쩔 수 없이 말을 해야 한다는 사실이 싫었다. 병원에 가기 싫어하는 딸과 병원 가는 일을 두고 옥신각신해야 할 일을 생각하니 벌써부터 스트레스가 쌓였다.

그는 일어나 도이의 방문을 노크했다. 도이가 얼굴을 내밀었다. 그는 도이의 오른쪽 눈을 쳐다봤다. 충혈기도 없고 흰자위가 파랗지도 않다. 오른쪽 눈이 정상이라 걱정 하나는 줄었다.

"병원 가야 해."

"무슨 병원?"

도이가 그를 빤히 쳐다봤다.

"너희 담임이 너 정신과 상담받고 정상이라는 결과 받아서 등교시키래. 면도날 들고 다니는 학생은 다른 학생한테 위협이 되기 때문에 너를 정학처분시킬 수도 있단다."

"그때 그 의사한테 가게?"

문을 닫고 제 방에 틀어박혀 정신과 병원에 가느니 죽어버리겠다고 할 줄 알았던 도이는 뜻밖에도 순순히 받아들였다.

잠시 후 도이가 나왔다. 오른쪽 눈에 안대를 착용하고 있었다.

"방금 보니까 오른쪽 눈 멀쩡하던데 웬 안대야?"

"그냥."

또 고집이다. 이럴 땐 스스로 입을 열 때까지 내버려두는 게 서로 편하다. 그는 버릇처럼 한숨을 쉬곤 현관으로 내려가 신발을 신었다.

이상민은 도이를 데리고 정신과 병원을 찾았다. 어제 오후 도이의 담임선생으로부터 연락을 받고 그는 한동안 자리에서 일어날 수 없었다.

도이는 그 사건을 당한 후, 수년 동안 정신과 치료를 받았다. 한동안 호전을 보여 정신과 처방약을 먹지 않았고 병원에도 다니지 않았는데 백만우의 출소를 앞두고 재발한 것 같았다. 그렇잖아도 딸의 자살 시도로 불안했는데 올 게 온 것이란 생각이 들었다. 예전에 상담 치료를 받았던 정신과에 전화를 걸어 예약을 했다. 그동안 리노베이션을 했는지 병원 내부도 달라지고 간호사도 바뀌었다. 접수를 마친 이상민은 도이를 상담실로 들여보냈다.

>>>

도이는 문을 열고 진료실로 들어섰다. 단번에 반겨줄 줄 알았던 의사는 컴퓨터 화면에만 시선을 둔 채 도이 쪽은 쳐다보지도 않았다. 도이는 의사의 눈치를 살피며 그대로 서 있었다. 컴퓨터에 뭔가를 입력하던 의사는 이윽고 도이 쪽을 돌아보며 턱으로 소파 쪽을 가리켰다. 도이는 소파에 앉았다.

"그동안 잘 있었니?"

의사가 책상에서 일어나 도이 맞은편 소파에 앉았다.

"네……."

도이는 얼른 바닥을 내려다봤다. 이런 곳에 다시 왔다는 사실 자체가 불안하고 화가 났다. 의사에게 자신의 심리상태를 내보이고 싶지 않았다.

"눈은 왜 그래?"

의사는 오른쪽 눈의 안대를 흘끗 쳐다보며 말했다.

"아, 그냥 다래끼가 나서요."

"자해를 했다고?"

도이는 굳은 표정으로 바닥만 쏘아보고 있었다.

"팔 좀 볼까?"

도이는 왼쪽 소매를 걷고 팔을 내밀었다.

"심각한 상태구나. 부모님이랑 먼저 어떻게 할지 의논해보고, 입원하는 쪽으로 결정하는 게 좋겠어."

의사가 냉정하게 말했다.

"네? 입원요?"

입원이란, 감금을 의미한다는 것쯤은 도이도 알고 있었다.

몇 년 만에 다시 만난 주치의는 예전보다 더 차갑고 무뚝뚝하고 성미가 급해진 것 같았다. 상담도 없이 다짜고짜 입원하라는 말에 그녀의 내부에서 뭔가가 욱 하고 치밀었다. 분명 무언가 부당한 것 같은데, 어떻게 부당함을 따져야 할지 알 수 없었다. 어제 학교에서 느꼈던 그 억울한 감정과 같았다. 자기 자신을 위해 아무것도 할 수 없다는 사실에 화가 났고, 동시에 의사가 아버지에게 무슨 말을 할지 걱정됐다.

"담임이 먼저 내게 폭언을 했다고요!"

"네가 수업 시간에 애들을 선동해 수업을 방해했다고 하더라. 선생님께 대들기까지 했다던데. 그리고 반항 심리로 자해를 했다면서?"

"그, 그게 아니고, 그러니까 그게 아니라……."

도이는 말문이 막혔다. 똑똑하게 말할 줄 모르는 자신이 갑갑했다.

"차라리 네가 조현조라는 걸 학교에 알리면 어때?"

"네에?"

도이는 경악했다.

"조현조라고 밝히면 오히려 지내기가 더 편해질 거야. 친구도 많이 생길 거고, 선생님도 조심하겠지."

"설마 의사선생님이 우리 담임선생님께 그 사실을 알리겠다는 건 아니죠?"

"네가 싫다면 굳이 내가 그래야 할 필요는 없겠지?"

"싫어요. 싫다고요!"

의사는 눈을 치켜뜨고 소리 지르는 도이를 차가운 눈빛으로 노려봤다.

"일단 오늘은 여기까지 하고 나머진 아버님이랑 이야기할게.

그럼 나가서 아버님 들어오시라고 말해줘."

주치의는 다시 책상으로 가 컴퓨터 화면만을 주시했다. 무시당하는 기분이었다.

자신의 제자를 감싸주지는 못할망정 서슴없이 게이라고 단언하고, 제자의 못난 점만 부각시켜 공격하는 선생 자격도 없는 사람이 교단에 서고, 환자에게 정신적인 모욕감을 주는 사람이 의사 가운을 입고 있다. 담임도, 이 의사도 한 번쯤 자기 자신을 돌아보기는 할까. 도이는 의사와 더 이상 이야기하고 싶지 않았다.

아버지가 상담실로 들어가고 나자 멍하니 휴대폰에 시선을 두고 있던 도이는 그 사건을 당한 후 이 병원을 다녔던 기억을 떠올렸다.

그 당시 아버지는 늘 넋을 잃은 듯한 표정이었다.

'이곳에 아버지의 사념이 남아 있을까?'

잔류사념이라는 것이 이곳에도 남아 있다면 오른쪽 눈이 반응할 것이란 생각이 들었다. 하지만 안대를 벗고 잔류사념을 보는 동안 오른쪽 눈이 제멋대로 날뛸 텐데, 그걸 간호사가 보기라도 한다면 비명을 지를지도 모른다. 도이는 접수대를 지키고 있는 간호사가 자리를 뜨기를 기다리다가 문득 화장실에서 죽은 바퀴벌레를 본 기억을 떠올렸다.

"저기요. 간호사 언니, 화장실에 휴지도 없고 죽은 바퀴벌레도 몇 마리 있던데 봤어요? 엄청 크던데?"

간호사는 부루퉁한 얼굴로 도이를 흘끗 보더니 마지못한 듯 일어나 접수대를 나왔다. 간호사가 자신의 시야에서 벗어나자 도이는 오른쪽 안대를 벗었다.

오른쪽 눈은 빛이 들어오자 제멋대로 날뛰기 시작했다. 양쪽 눈의 시선이 엇갈렸다. 초점이 분명하지 않은 무수한 이미지로 인해 현실감각이 없어지면서 토할 것 같은 현기증이 몰려왔다. 이미 한차례 경험한 바에 의하면 오른쪽 눈이 잔류사념을 찾으면 다른 방향을 보는 왼쪽 눈이 죽기 때문에 사념에 집중하기가 편해진다. 그 상태가 될 때까지 도이는 견뎠다.

"……!"

안쪽, 바깥쪽, 위아래로 구르던 오른쪽 눈알이 움직임을 멈췄다. 왼쪽 눈에서 빛이 사라졌다. 오른쪽 눈이 도이가 보고 싶어하는 잔류사념을 찾은 것이다.

아버지는 상담실 밖 대기실에 앉아 있었다. 간호사 둘이 뉴스를 보고 있었다.

텔레비전에서는 자기 집에서 목을 매고 자살한 사십대 남자에 대해 보도하고 있었다. 남자는 성폭행 전과자로 전자발찌를 착용한 채 근처에서 자취하던 여자를 성폭행한 후 살해한 것으로 의심받고 있던 용의자였다. 경찰 조사를 받고 귀가한 뒤 유서를 써두고 자살했다고 한다.

"저놈 잘 죽었네. 안 그래요?"

아버지는 간호사들 중 누군가가 동조해주길 바라며 큰 소리로 말했다. 간호사들이 그를 돌아봤다. 쌍꺼풀이 두껍게 지고 화장을 짙게 한 간호사가 예의상 살짝 웃고는 이내 무심한 표정으로 차트를 들여다봤다.

"자살한 거 보면 불쌍하기도 해요. 뭐 자긴들 그렇게 살고 싶어 그랬겠어요? 그래도 자살했다는 건 뭔가 억울한 게 있어서겠죠. 여자들도 돈 뜯어내려고 손 한번 슬쩍 닿은 걸 가지고 성폭행했다고 고발하는 세상이잖아요. 저 남자도 억울한 게 있는 거죠."

예쁘장한 간호사가 말했다.

"불쌍은 개뿔. 아가씨들이 성폭행을 아주 가볍게 생각하는가 본데, 성폭행은 말 그대로 강간을 동반한 폭행이에요. 성적 흥분을 위해 주먹으로 안면이 내려앉도록 때리고 칼로 성기를 찌르고 잘라내고 증거 인멸을 위해 아가씨들이 상상도 할 수 없는 짓을 한다고요."

"어머 무슨 말을 그렇게 무섭게 하세요?"

예쁘장한 간호사는 어이가 없다는 듯 눈알을 굴렸다.

"옷을 야하게 입고 돌아다니는 여자들, 만취해서 나 잡아드셔주세요, 라고 말하는 것 같은 술 취한 여자들 잘못도 있는 거 아닐까요?"

"그럼 아동성폭행은요? 세상천지 모르는 어린 여자애들 잘못인가요?"

두 간호사는 아버지를 곁눈질하면서 소곤거렸다.

"저 남자 조현조 아버지지?"

"진짜? 어머, 난 몰랐어."

간헐적으로 들려오는 간호사의 목소리에 그는 깊은 한숨을 내쉬었다.

"안전하다고 생각해온 장소가 경고도 없이 잘못된 시간, 잘못된 장소로 틀어질 수 있다는 사실을 아가씨들은 몰라. 내 딸이 납치됐던 등굣길 역시 매일 걸어다녔지만 아무 일도 일어나지 않았던 안전한 곳이었어. 게다가 내 딸은 선생님들이 교육시킨 대로 모르는 사람이 부른다고 따라가지도 않았다고. 하지만 당했어. 그 악마들은 교묘하거든. 아가씨들도 언젠가 당해봐야 알겠지."

아버지는 눈을 감고 의자에 등을 기댔다.

"얘!"

화장실에 갔던 간호사가 돌아와 멍하니 허공에 시선을 멈추고 있는 도이 앞에 섰다. 간호사는 화난 얼굴로 도이를 불렀다. 사념에 사로잡혀 있던 도이는 퍼뜩 정신을 차리고는 재빨리 오른쪽 눈을 안대로 가렸다. 간호사는 도이의 행동을 수상쩍은 눈빛으로 노려봤다. 요동치던 오른쪽 눈이 잠잠해졌지만 왼쪽 눈의 시력이 생각처럼 빨리 돌아오지 않았다.

"화장실 휴지 있던데 왜 없다고 그랬어?"

"내가 들어간 덴 없었거든요."

그사이 왼쪽 눈의 시력이 돌아왔다. 간호사의 짜증 난 얼굴이 또렷이 보였다.

"거짓말하지 마. 각 칸마다 다 있었거든? 그리고 바퀴벌레는 대체 어디서 봤다는 거야? 샅샅이 뒤졌는데 한 마리도 못 봤어!"

거짓말하지 말라는 어투에서 간호사가 도이를 어떻게 생각하고 있는지 짐작할 수 있었다. 간호사는 도이를 진상, 찐따, 거짓말쟁이 따위로 생각하고 있었다.

도이가 오기 전부터 의사나 다른 간호사와 함께 도이를 흉본 것일까. 주눅이 들려고 했지만 한편으로는 다른 생각이 들었다. 사람은 자기 자신의 내면을 통해서만 남을 본다. 물이 투명하면 그 안에 사는 생물들도 건강한 법이다. 간호사는 혼탁한 물에 사는 사람이다. 그런 사람의 시선에 움츠려들 필요는 없었다.

"전 봤거든요? 천장에 가만히 붙어 있어서 죽은 줄 알았는데 아닌가 봐요. 그 바퀴벌레, 좀 전에 접수대 유리창에도 붙어 있었는데."

간호사는 금방이라도 비명을 지를 듯한 표정으로 어깨를 움츠리며 접수대를 돌아봤다. 도이는 속으로 씩 웃었다. 좀 전에 바퀴벌레를 봤다는 건 거짓말이었다.

이제부턴 바퀴벌레를 찾아내 때려죽이지 않는 이상 조금만 피부가 근질근질해도 바퀴벌레가 달라붙어 있는 줄 알고 기겁하겠지. 쌤통이다.

권위만 가득 차 도이를 무시하던 의사와, 도이가 이 병원에 들어설 때부터 신기한 구경을 하듯이 도이 뺨의 흉터를 빤히 쳐다보며 자신의 호기심을 채우던 간호사의 그 무례한 시선에 대한 나름의 복수였다.

간호사와 실랑이하는 동안 왼쪽 눈의 시력이 정상으로 돌아왔지만, 정상시력으로 돌아오는 데 걸리는 시간이 그녀의 집에서 사념을 보고 난 후보다는 늦었다. 잔류사념을 한 번 볼 때마다 회복 시간이 길어지는 걸까. 그러다가 어느 날은 영영 돌아오지 않는 건 아닐까. 무엇이든 수명이 있는 법이 아닌가.

접수대로 들어간 간호사가 서류 뭉치를 털고 컴퓨터 근처를 치우며 바퀴벌레를 탐색하는 동안 지석으로부터 전화가 왔다. 도이는 대기실을 나가 지석과 통화하며 자격 미달의 의사와 담임에 대해 미주알고주알 험담을 했다.

10분쯤 지나자 상담실로 들어갔던 아버지가 어두운 얼굴로 나왔다. 도이는 서둘러 전화를 끊었다. 두 사람은 말없이 지하철역을 향해 걸었다.

　"뭐라고 그랬어? 나 입원시킬 거야?"

　도이는 아버지의 침묵을 더 이상 참지 못하고 물었다. 그는 한숨을 내쉬었다.

　"보낼 거냐고!"

　"팔은 괜찮아? 안 아파?"

　"안 아파! 보낼 거야? 나 포기할 거냐고!"

　"포기를 왜 해? 자식은 부모 포기해도 부모는 자식 포기 못 해."

　도이는 눈물을 뚝뚝 흘렸다. 아버지가 자신을 포기해도 할 말은 없었다. 차라리 포기해준다면 오히려 기쁠지도 모른다. 부모님을 덜 망가뜨릴 테니까.

　"하지만 한 번만 더 자해하면 그땐 정말 보낼 거야. 그렇게 되면 널 지킬 방법은 입원뿐이니까. 네가 선택해."

　"다신 자해 안 할 거야."

　"아버진 내 딸 믿어."

　말없이 걷는 동안 어색해진 도이가 먼저 말을 꺼냈다.

　"현실에선 아빠 날 포기하지 않지만, 날 포기하는 아빠가 살아가는 평행세계도 있겠지? 거기서 아빠 어떻게 살 것 같아?"

　아버지는 평행세계를 화제 삼길 좋아했다. 둘 사이에 할 말이 없어지면 꼭 둘 중 누군가가 먼저 평행세계에 관한 말을 꺼내는데, 그때마다 쌓인 감정들이 쉽게 풀어지곤 했다.

"난, 너 없인 어디서도 못 살 거다. 네 엄마도 마찬가지고."

아버지의 말에 도이는 아무 대꾸도 할 수 없었다.

"네가 다신 손목을 긋지 않는 걸 선택했을 때, 여전히 손목을 긋는 네가 사는 평행세계도 발생하겠지. 그 세계에서 살아갈 네 인생은 끝이 어떻게 될 것 같아?"

아버지의 어투에 단호함이 묻어났다.

"쳇, 안 할 거라고 했잖아."

"알았어. 약속 지켜라."

"여기서 헤어져. 아버진 경찰서로 가. 난 집에 갈게."

"혼자 가겠다고?"

도이는 고개를 끄덕였다.

"왜?"

아버지는 도저히 이해가 되지 않는다는 얼굴로 되물었다. 고등학교 2학년이지만 그 사건을 겪은 후 지금까지 혼자서는 번화가로 나온 적이 없었다. 도이는 쇼핑을 하기 위해서도, 친구를 만나 놀기 위해서도 번화가를 찾지 않았다. 그녀가 번화가로 나오는 것은 병원에 올 때뿐이었고, 무수한 사람들 속에 섞여야 하는 상황에서는 어김없이 아버지가 곁에 있었다. 단 한 번도 지하철을 혼자 타본 적이 없었다. 등교하는 버스에서조차 늘 지석과 함께였다. 아버지가 놀라는 것도 당연했다.

"아버지가 좀 야단쳤다고 섭섭해서 그래?"

"아냐. 나도 이젠 좀 강해지려고."

"그러다가 발작이라도 일으키면 어쩌려고?"

"발작 안 일으켜. 나 먼저 간다."

"그럼 전철 타고 나서, 내려서 문자 보내고 집에 도착하면 또 문자 보내."

"아빠, 살 놈은 살고 죽을 놈은 죽어. 내가 살아야 할 운명이니까 지금 살아 있는 거겠지. 이젠 좀 내려놔."

도이는 돌아서면서 손을 흔들었다.

아버지는 충격받은 얼굴로 서서 도이가 지하철 계단을 내려가는 것을 쳐다보며 고개를 갸우뚱했다. 도이가 삶과 죽음에 대해 초월한 듯 말한 것이 아무래도 마음에 걸리는 것 같았다.

도이는 자신의 방에서 봤던 이상한 것과, 이상한 것을 보는 오른쪽 눈과, 서로 반대되는 기억을 가진 자신에 대해 아버지와 상의하고 싶었지만, 결국은 한 마디도 못 한 채 지하철역 입구에서 서로 헤어졌다. 도이는 자신의 아버지가 딸을 포기하지 않고 제 생명처럼 생각하는 사람이라서 정말 행운이라고 생각했다.

>>>

지하철역에서 내려 하천 다리를 건너자 다리 끝에서 누군가 도이를 불렀다. 사복 차림의 지석이 핫도그 두 개를 들고 난간에 기대서 있었다. 도이는 지석을 보니 어쩐지 반가웠다.

"어? 안대 아직 하네?"

지석이 왼손에 쥐고 있던 핫도그를 내밀며 말했다.

도이는 대답 대신 설탕 위에 케첩을 잔뜩 묻힌 핫도그를 크게 한입 베어 물었다.

"근데 진짜 지하철 타고 혼자 온 거야? 설마 했는데?"

"안대를 하고 있으니까 눈병 걸린 줄 알고 사람들이 피하던 걸. 어쩐지 자신감이 생겼어. 그래서 앞으로도 안대 쓰고 다니려고. 히히히."

"쳇, 그럼 이제 어디든 너 혼자 갈 수 있으니까 나는 필요 없는 거지?"

"응."

도이는 당연한 거 아니냐는 듯 고개를 끄덕였다. 지석은 네가 그럴 수 있느냐는 표정으로 도이를 쳐다봤다. 두 사람은 서로를 빤히 쳐다보다가 낄낄댔다.

"저기, 안대 말인데. 혹시 잔류사념을 보는 눈이 오른쪽인 거 아냐? 그래서 오른쪽 눈을 안대로 가린 거고."

도이는 말없이 고개만 끄덕였다.

"대단해, 우리 도이. 알았어. 이젠 묻지 않을게. 그런데 병원은?"

"나 한 번만 더 손목 그으면 아버지가 정신병원에 감금시켜버리겠대."

"응."

지석은 혼자만의 생각에 사로잡힌 얼굴로 말없이 걷다가, 이윽고 얼굴을 치켜들고 도이를 봤다.

"그래서 말인데 우리 문신하러 가자."

"문신? 뜬금없이 웬 문신?"

"좀 전에 오다가 만났는데 석윤이 형이 공짜로 해준대."

"누구?"

"석윤 형. 얘가 또 왜 모른 척할까?"

도이는 눈을 동그랗게 뜨고 지석을 쳐다봤다.

도이가 이사 오기 전, 2층 집에 살았던 소년의 이름이 김석윤이었다. 아주 예쁘게 생긴 꼬마라서 기억한다면서 옆집 아줌마가 확인해줬다. 같은 사람일까. 아니면 동명이인일까. 아홉 살까지 자신의 집에 살았다니 같은 사람일 확률이 컸다.

"삐꾸. 너, 그러다가 버릇된다?"

지석은 혼잣말로 "참 특이해요, 특이해"라고 중얼거리면서 걷더니 주택들 사이에 끼어 있는 검은색 건물 앞에 멈춰 섰다. 지석이 턱짓했다.

"석윤 형 작업실. 설마 여기도 기억나지 않는다고 하면 니가 목을 맸다가 산소부족으로 뇌가 어떻게 된 게 틀림없어. MRI 찍어봐야 해."

도이는 흠칫했다. 어제 본 낯선 건물이었다.

"사실 저 건물은 그제까지도 없던 건물이야."

"헐! 네, 네, 알겠습니다."

"그런 식으로 비꼬지 마."

도이는 지석에게 버럭 화를 냈다.

갑갑해 미칠 것만 같았다. 곁에서 걷던 여자가 잠시 한눈을 판 사이에 공기 속으로 사라지고, 길 가던 아이가 던진 공이 바닥을 치고 튕겨 올라 땅에 닿지 않고 사라져버렸지만 아무도 눈치채는 사람이 없었다. 그토록 이상한 일을 눈치채지 못하기는 지석도, 아버지도 마찬가지였다.

게다가 이젠 잔류사념인지 뭔지 하는 것까지 보게 되었다.

남들이 보지 못하는 것을 봤다고 하면 아버지는 한숨을 쉬거나 충격받은 얼굴을 하기 때문에 도이는 아버지에게 솔직히 털어놓을 수도 없었다.

지석의 진심이 뭔지 모르겠지만 그는 오히려 도이의 그런 면을 재미있어하고, 둘이서 함께 상상의 나래를 확장하는 걸 좋아했다. 하지만 정말로 믿는 것 같지는 않았다.

"너 맨날 바닥만 보고 걷잖아. 눈썰미도 없고 늘 멍 때리고 있고. 그러니까 그런 생각이 드는 거야."

"쳇!"

기분이 상한 도이는 검은 유리창 위에 보라색으로 적힌 글씨를 들여다봤다. 무엇을 하는 곳인지 모르겠지만 잉크작업실이라고 쓰여 있었다.

"이 건물 언제부터 생긴 거야?"

"방금 니 입으로 그제까지도 없던 건물이라고 했잖아?"

"취소. 그니까 언제부터?"

"한 1년 전에 형이 이리로 이사 온 걸로 알고 있어."

도이는 고개를 끄덕였다.

"둘이 같이 문신하자. 왼팔에. 나도 이제 더 이상 긋지 않을 거거든."

지석이 씩 웃었다. 자해가 잘못된 일이라는 것은 애당초 두 사람 모두 알고 있었다.

"긋지 않으면 되지, 문신은 무슨."

몸을 홱 돌려 가려는데, 도이의 얼굴이 뭔가에 툭 부딪혔다. 햇볕에 보송보송하게 마른 빨래 냄새가 났다. 기분이 좋아지게 만드는 냄새였다. 얼굴을 치켜들자 키가 크고 늘씬한 체격의 남자가 바지주머니에 양손을 찔러 넣은 채 도이를 내려다보고 서 있었다. 누군가에게 맞았는지 눈가와 입술 끝에 멍이 들어 있었지만 자상한 표정을 짓고 있었다.

"아, 형!"

도이는 처음 보는 남자에게 무심코 '형'이라 부르고는 자신이 이 남자를 모르는 동시에 알고 있으며, 알고 모르는 것이 서로 충돌하지 않고 의식 속으로 자연스럽게 녹아들고 있음을 깨달았다.

지석의 경우도 마찬가지였다. 방에서 이상한 이미지를 본 다음 날 아침, 지석을 처음 봤으면서도 그 사실을 전혀 깨닫지 못한 채 아주 오랫동안 친하게 지내온 친구처럼 스스럼없었다가, 나중에 어느 한순간 위화감을 느끼고서야 지석을 아는 나와 모르는 나, 두 개의 기억이 동시에 존재한다는 걸 알게 됐다.

담임 역시 마찬가지였다. 분명 어제까지는 여자 담임이었는데, 오늘은 남자 담임으로 바뀌어 있었다.

어느 사이엔가 지석의 말대로 잉크작업실이 생긴 건 1년 전이었고, 그 시기쯤에 석윤을 형이라고 부르며 친해진 기억이 만들어져 있었다. 왜 이런 일이 일어나는 것일까? 도이는 자신의 머릿속에서 무슨 일이 벌어지고 있는지 도무지 알 수가 없었다.

도이는 줄곧 석윤에게 오빠라는 호칭 대신 형이라 불렀다. 그 사건 이후로 자신을 나약한 여자 혹은 성적인 대상이라는 뉘앙스를 풍기는 것을 본능적으로 기피하게 됐다.

도이를 내려다보고 있는 남자는 자신이 사는 2층 집에서 아홉 살까지 살았다던, 비극적인 사건의 피해자…… 였다가 어째서인지 그 사건과는 아무 상관없는 사람이 된 김석윤이다. 나이는 열아홉. 복잡한 과거사로 인해 학교는 다니지 않고, 알고 지낸 지 1년째인 동네 오빠.

만약 석윤이 자신이 사는 2층 집에 살았던 소년과 동일 인물이라면, 하고 생각하면서 본 석윤의 얼굴은 멍 자국 빼곤 잡티 하나 없는 깨끗한 얼굴이었다. 그러므로 도이가 본 잔류사념 속의 소년과 석윤은 같은 사람이 아니라는 게 확실해졌다.

"어디 가려고?"

석윤이 말했다.

도이는 애매하게 웃었다.

"형, 얼굴이 왜 그래?"

"별일 아냐. 문턱에 걸려 넘어졌어."

석윤은 지석에게 씩 웃어 보였다.

"근데 도이는 눈병 생긴 거야?"

석윤의 질문에 도이는 지석을 흘끗 쳐다보곤 재빨리 대답했다.

"눈 다래끼. 안심해, 전염성 없어."

그때였다. 골목 맞은편에서 걸어오던 중년남자와 이십대 남자가 그들 앞에서 멈춰 섰다. 지석의 안색이 급격히 창백해졌다. 지석의 의붓아버지와 형이었다.

"야, 핫도그 사오랬더니 만들어 오냐!"

지석의 의붓아버지가 화난 얼굴로 지석의 이마를 세게 쥐어박았다.

순간 도이는 불끈했다.

"아저씨, 말로 하시죠?"

도이는 눈을 부라리며 지석의 의붓아버지를 쏘아봤다.

"말로 안 하면 어쩔 건데?"

지석의 의붓아버지가 다시 손을 들어 지석의 머리를 쥐어박으려는 찰나, 석윤이 그 팔목을 붙잡았다. 지석의 아버지는 키는 작지만 다부진 체격이었다. 그런데 석윤을 쳐다보는 눈빛이 이상하다 싶을 정도로 흔들렸다.

"아버님, 말로 하십시오."

석윤이 말했다. 지석의 아버지는 석윤을 묘한 눈으로 쳐다보더니 금세 생글생글 웃는 얼굴로 말했다.

"우리 지석이가 귀찮게 안 해?"

"네?"

"찾아와서 막 치대고 그러면 나한테 말해. 내가 혼내줄 테니까."

대체 무슨 소리를 하는지 도이는 이해할 수가 없었다. 실실 눈웃음치는 것이 어째서인지 석윤에게 추파를 던지는 것처럼 보였다.

"가, 이 새끼야!"

지석의 형이 짜증 난 듯한 얼굴로 지석의 목덜미를 잡고 끌고 갔다.

지석은 우울한 얼굴로 돌아섰다. 그런 지석을 보면서 두 사람은 마음이 착잡했다.

"방금 지석이 아버지 이상하지 않았어?"

"역겨운 새끼. 늙으려면 곱게 늙지."

"어? 그게 무슨 말이야?"

"애들은 몰라도 돼. 근데 너 또 그었다면서?"

석윤은 도이의 왼팔 소매를 걷어 올렸다. 하얀 팔은 성난 고양이에게 긁힌 것 같은 오래된 갈색의 자해흔과 아직 딱지가 앉지 않은 붉은 상처들로 성한 곳이 없었다. 석윤은 나무라듯 말했다.

"왜 전화 안 했어? 긋고 싶을 땐 나한테 전화하기로 했잖아?"

묘하게도 두 사람이 문자를 주고받았던 새로운 기억이 만들어져 있었다. 그 기억들은 너무도 자연스러워 조금의 위화감도 느껴지지 않았다.

"아무래도 안 되겠다. 하자."

"헉! 뭐, 뭘⋯⋯."

"무슨 상상을 하는 거야? 문신하자고."

"안 돼요. 문신한 거 들키면 큰일 나요!"

"갑자기 웬 경어체람. 하던 대로 하시지."

도이는 솔직히 문신을 하고 싶었다. 조폭처럼 용이나 호랑이 문신을 하겠다는 것도 아니고 마음에 드는 글자나 손톱만큼 작

104

은 꽃잎, 쉼표, 말줄임표 같은 걸 그려 넣고 싶었다.

여름엔 일회용 밴드를 붙이고 다니면 되지 않을까. 어차피 학교에서는 모범생도 아니다. 도이는 불량학생과 구제불능인 학생과 별로 시선이 가지 않는 학생 그 가운데 어디쯤에 존재했다. 하지만 어제 그 일로 정신과 치료가 시급한 요주의 인물이 되어버렸다. 문신 때문에 정학처분을 받거나 퇴학당한다면, 하고 생각하자 부모님의 실망하는 얼굴이 떠올랐다. 용기가 사라졌다.

"그니까 들키지 마."

석윤은 도이를 잡아끌고 작업실로 들어갔다.

그의 단호한 행동에 도이는 심장이 두근거렸다. 어제까진 존재도 몰랐던 석윤이 오늘은 자신이 좋아하는 오빠가 되어 있다니. 도이가 자신의 방에서 이상한 이미지를 보기 전까지는 잉크 작업실 자리에 꽃집이 있었다. 이걸 대체 누가 믿어줄까.

"혼자서 뭘 그렇게 골똘히 생각해?"

"아, 아냐."

"거기 의자에 앉아서 팔을 작업대에 올려봐."

석윤은 문신 도구를 가지고 와 앉더니 '왼팔'이라고 말했다.

도이는 시키는 대로 했다. 석윤은 아직 딱지가 앉지 않은 붉은 상처의 표면을 손가락 끝으로 살살 만져보더니 얇은 플라스틱으로 만들어진 고깔에 물감을 짜 넣었다. 고깔의 뾰족한 부분을 도이의 팔에 대고 적갈색의 가느다란 실선으로 거침없이 그림을 그리기 시작했다.

도이는 석윤의 손이 자신의 팔을 누르는 감촉을 느끼며 눈을 내리깔고 있는 석윤의 얼굴을 바라봤다. 석윤을 처음 만났을 때부터 좋아해왔다. 늘 감정을 숨기느라 눈도 마주치지 못했다.

"신기하지?"

석윤이 물었다.

"응. 그런데 바늘로 안 해?"

"바늘 무섭다면서? 들키는 것도 무섭고. 그래서 이건 언제든 지울 수 있는 헤라문신."

헤라문신이 뭔지 모르지만, 지워진다는 말에 안도하며 도이는 고개를 끄덕였다.

"그럼, 지석이도 이걸로 해줘."

"이걸로 해주려고 물어봤는데 싫대. 자긴 아무래도 정상적으로 죽지 않을 것 같기 때문에 신원파악이 어려워지면 문신이라도 있어야 자기가 누군지 사람들이 알게 될 거라고 영원히 지워지지 않는 걸로 해달라고 했어."

도이는 지석이 했다는 말이 의미심장하게 들렸다. 지석은 어째서 자신의 죽음을 예견하고 있는 것일까. 게다가 지석이 예견하는 죽음은 보통의 죽음이 아닌 신원파악이 어려울 정도로 시신이 훼손된 비정상적인 죽음이다. 왜 그런 생각을 하는지 캐물어도 아무것도 듣지 못할 게 분명했다.

"그 녀석 좀 걱정되지?"

석윤이 중얼거렸다. 도이는 무거운 마음으로 고개를 끄덕였다. 석윤은, 지석이 아버진 왜 말보다 손이 먼저 나가는 건지라면서 속상해했다.

"근데 뭐 그리는 거야?"

"넝쿨손."

"……?"

석윤은 도이가 단 한 줄도 자해할 자리가 없을 만큼 촘촘하게 넝쿨손이라는 것을 그려 넣고 있었다. 무심히 소매를 걷었다가는 제풀에 놀랄 것만 같았다.

"넝쿨손을 본 적 있니?"

"아니. 하지만 이런 무늬는 본 적 있어."

"넝쿨손은 넝쿨식물 줄기에서 나오는 가느다란 실 같은 건데, 이게 실처럼 가느다랗게 보여도 사실 나무조각도 뚫을 만큼 강해. 넝쿨로 자라는 식물들은, 이 넝쿨손을 뻗쳐 줄기를 지탱하는 데 뭐든 움켜잡아. 움켜잡고 위로 올라가. 폭풍이 불어도 넝쿨손으로 다른 물체를 단단히 움켜쥔 식물들은 잎이 찢어지더라도 쓰러지지 않아. 난 네게도 이 넝쿨손이 있었으면 좋겠어. 자신을 지키기 위해 뭐든 움켜잡는 생명력 같은 거 말이야. 너는 지금 너무 나약해."

"……."

"헤, 감동받았구나?"

석윤은 도이의 얼굴을 빤히 쳐다보며 장난스럽게 웃었다. 도이는 멍하니 석윤의 웃는 모습을 바라봤다.

"침 흐른다."

석윤의 말에 도이는 정신을 차렸다.

"아깐 왜 나를 생판 모르는 사람처럼 봤어?"

"내가 언제?"

대답하기 곤란한 질문이었다. 도이는 재빨리 말머리를 돌렸다.

"어디까지 그려 넣을 거야?"

"생각 같아선 네 어깨 끝까지 그려 넣고 싶지만, 일단 여기까지만 할게."

석윤은 일어나 뒤로 물러서서 방금 작업을 끝낸 도이의 팔을 내려다봤다.

"아마도 긋고 싶을 때 이걸 보면 긋고 싶다는 생각이 안 들 거야. 문신이 지워질 때까지만이라도 견뎌봐."

"……."

도이는 문신이 지워질 때까지만이라도 견뎌보라는 석윤의 말에 괜히 코끝이 찡했다.

아버지와 다신 긋지 않겠다고 약속했다.

하지만 백만우가 이 세상에서 사라지지 않는 한 자신은 자해를 멈출 수 없을 것이다. 그놈을 생각할 때마다 끓어오르는 분노를 어떻게라도 분출해야만 숨을 쉴 수 있을 테니까.

"근데 형, 어렸을 때 우리 집에 살았다고 했지?"

"응."

"2006년 12월 2일 새벽에 뭐 했어?"

"요새 그런 거 묻는 게 유행인가?"

"왜?"

"며칠 전에도 사립탐정이니 뭐니 하는 여자가 와서는 내가 아홉 살 때 어느 동네에 살았는지, 2006년 12월 2일 새벽에 어디에 있었는지 뭘 했는지 묻더라고."

"그래?"

"난 그날 그 시간에 집에서 게임했어."

"게임?"

도이는 두 눈을 가늘게 떴다. 방에서 본 잔류사념 속의 소년도 게임을 하고 있었다.

"혹시 어머니 사진 보여줄 수 있어?"

"우리 엄마?"

"응."

"우리 엄만 왜?"

석윤의 표정이 불편해 보였다.

"싫어?"

"뭐, 싫은 건 아니고."

석윤은 휴대폰을 꺼내 앨범 속 사진을 손가락으로 획획 넘기다가 멈췄다.

"이거 딱 한 장뿐이네. 어렸을 때 찍은 사진이야."

귀엽게 생긴 석윤이 어머니의 품 안에 안겨 방긋 웃는 사진이었다. 사진 속의 어머니도 환하게 웃고 있었다. 석윤을 닮은 미인형의 어머니 사진을 보는 순간 도이의 심장이 덜컥 내려앉았다. 범인의 칼에 28번을 찔리고 사망했던 잔류사념 속 소년의 어머니였다.

"혹시 어렸을 때 이상한 소리 들은 적 없어?"

"이상한 소리? 무슨 소리?"

"그러니까 이를테면 '멍청아! 다 죽어! 엄마 마중 나가!' 같은."

석윤은 갑자기 얼굴을 굳히고 도이를 빤히 쳐다봤다. 그걸 네가 어떻게 아느냐는 표정이었다. 소름이 돋았다. 지금까지 도이가 가지고 있던 공간과 시간에 대한 상식이 모조리 깨지는 것만 같았다. 이 이상한 세계에 도이는 걷잡을 수 없는 혼란을 느꼈다.

>~<

"방 안에 아무도 없는데 귓속말 같은 걸 들은 적이 있긴 해."

석윤은 차분한 어조로 어렸을 때 들은 이상한 소리에 대해 털어놓기 시작했다.

석윤은 초등학교 3학년 때 귓속말을 들은 적이 있었다.

그가 어렸을 때 어머니는 섬유회사에서 디스플레이 일을 했다. 회식과 출장이 잦았고 자정이 넘어서 귀가하는 일이 많았다. 아버지는 선박기관사였는데 정확히 배에서 무슨 일을 하는지 몰랐다. 아버지가 집에 오는 날은 드문드문했지만 올 때마다 어머니와 석윤의 선물을 잔뜩 사와서 그는 늘 아버지가 오는 날이 기대됐다. 아버지가 사오는 선물들은 모두 국내에선 볼 수 없는 것들이었다. 그것을 가지고 학교에 가서 친구들에게 나눠주면 엄청난 인기를 끌었다.

아버지 직업의 특성상 석윤은 어린 시절의 대부분을 어머니와 단둘이서 보냈다. 그날 역시 어머니는 회식 때문에 늦는다고 했고 집에는 석윤 혼자뿐이었다. 자정이 넘어가는 시간까지도 어머니가 오지 않자 슬슬 걱정이 되기 시작했지만, 석윤은 '바람의 나라' 게임에 몰두했다. 게임을 하면서도 어머니가 오지 않는다는 사실에 신경을 쓰고 있던 그는 게임 화면에서 눈을 떼고 시계를 봤다. 새벽 1시가 가까워지고 있었다.

"엄마가 왜 이렇게 늦지?"

밖에 나가볼까 하는 생각을 하면서 활짝 열어둔 방문 너머 거실과 현관문을 쳐다봤다. 어두운 창밖으로 겨울비 내리는 소리가 들려왔다. 따뜻한 방에서 나가고 싶지 않았다.

'오겠지.'

석윤이 다시 CD 게임으로 시선을 돌리려는 찰나였다.

—멍청아! 다 죽어! 엄마 마중 나가!

누군가 큰 소리로 그의 귀에 대고 소리쳤다. 온몸의 세포가 곤두섰다.

'뭐지? 방금 그건?'

방 안에 자신 외엔 아무도 없다는 걸 알고 있던 그는 머리끝이 쭈뼛해질 정도로 소름이 돋았다.

누군가 그의 귀에 입을 바싹 대고 소리친 것처럼, 입김까지 느껴질 정도로 생생했는데 방 안에는 아무도 없었다.

그는 심한 불안감에 휩싸였다. 나쁜 일은 밤에 특히 많이 일어난다. 어린 나이였지만 그런 것쯤은 본능적으로 알고 있었다. 석윤은 플립폰과 우산을 챙겨 집을 나섰다. 대문을 나와 골목을 기웃거렸지만 어머니의 모습은 보이지 않았다.

걸어서 5분 정도 내려가면 사거리가 나오고 버스정류장이 있다. 석윤은 우산을 쓰고 사거리 쪽으로 뛰어 내려갔다. 길에는 사람의 모습이라고는 없었고 골목의 어둠은 으스스했으며 길은 질척였다. 조금 더 걸어 내려가자 굵은 빗줄기 너머로 검은 형체가 나타났다. 가로등의 역광으로 인해 잘 보이진 않았지만 또각또각 울리는 하이힐 소리만으로도 석윤은 어머니를 알아볼 수 있었다. 석윤은 안도하며 어머니를 불렀다.

"엄마?"

"윤아! 왜 나왔어?"

"걱정돼서! 왜 이렇게 늦게 와?"

"아이고, 감기 걸리면 어쩌려고"

어머니는 석윤을 향해 발걸음을 빨리했다. 그때였다. 어머니의 실루엣이 두 개로 갈라졌다. 그는 숨을 멈추고 그 자리에 얼어붙었다. 어머니의 등 뒤에서 검은 형체가 스윽 나타났다. 섬뜩했다. 온몸에 소름이 돋았다.

"아빠! 저기 엄마 와요!"

석윤은 본능적으로 두려움을 느끼며 그렇게 소리쳤다. 아버지는 그곳에 없었다. 하지만 아버지가 있다는 걸 알면 상대방이 도망칠 것 같아서였다.

아니나 다를까, 모자를 지켜주는 성인남자가 있다는 사실에 목표물을 수정했는지 어머니 뒤에서 야구모자를 깊게 눌러쓴 어떤 남자가 걸어 나와 옆 골목의 어둠 속으로 유유히 사라졌다.

아무 일도 일어나지 않았지만, 모자는 아랫배를 치고 지나가는 한기를 느꼈다.

"빗소리 때문에 엄만, 뒤에 누가 있는지도 몰랐어."

집 안으로 들어서자 안심이 됐는지 어머니가 어깨 위의 소름을 털어내며 말했다.

"그냥 지나가는 사람이었을까? 골목이 좁으니까."

"골목이 좁아도 두 사람이 지나갈 정도는 돼."

"하긴."

"우리 아들 대단한걸. 어떻게 그런 기지를 발휘할 생각을 했을까."

어머니는 칭찬에 인색하지 않았고, 석윤은 그런 어머니를 좋아했다.

"엄마, 뭔가 신기해."

"응?"

"아까 이상한 일이……."

석윤은 아무도 없는 방에서 귓속말을 들었다는 이야기를 하려다가 말았다. 도대체 어떤 식으로 설명해야 할지 알 수 없었기 때문이다.

그 일은 아무한테도 말하지 않고 마음속에만 넣어두기로 했다. 혼자만의 비밀로 간직하며 X라는 이름을 지어주고 상상 속의 친구로 생각하기 시작했다. 마치 자신을 지켜주는 수호자 같다는 생각이 들어 힘든 일이 있으면 미래를 알고 있을 것 같은 X에게 혼잣말을 하곤 했다. 가끔 대답이라고 생각되는 환청이 들려오기도 했지만 그것이 자신의 생각인지 X의 생각인지 알 수도 없었고, 생각 같은 환청은 자주 중간에 끊기곤 했다. 몇 달 동안 한 번도 들리지 않다가 갑자기 들려오거나 어떨 땐 라디오 방송에 잡음이 끼어든 것 같은 환청이 들릴 때도 있었다.

열아홉 살이 된 지금도 소소한 기억들은 흐릿해졌지만 환청과 그것을 들었던 순간에 느꼈던 오싹함, 귓가에 닿을 것만 같았던 숨결은 조금도 흐려지지 않았다.

석윤이 이야기를 끝냈지만 도이는 충격으로 한동안 멍했다.

본능적으로 외친 그 한마디가 죽었던 소년과 그 어머니를 살리고, 옆집 아주머니의 기억을 바꾸고, 청년으로 자란 그 소년을 도이 앞에 데려다놓고, 이 골목에 존재하지 않았던 잉크작업실을 나타나게 만들었다.

사념 속 석윤에게 경고하지 않았다면 아래층엔 지석 대신 여전히 노부부가 살고 있을지도 모른다. 어떤 이유에선가 자신과 석윤 그리고 지석은 연결되어 있는 것 같았다.

석윤은, 한 번 죽었던 소년이었다. 하지만 이제 소년의 죽음은 이 현실에서 존재하지 않는 일이 되어버린 것이다.

"내가 만약 그때 어머니를 마중 나가지 않았다면…… 그 귓속말처럼 되었을 테지."

석윤이 중얼거렸다.

"그치."

고개를 끄덕이는 도이를 보며 석윤은 다시 말했다.

"그날 미늘동 윗동네에서 살인사건이 일어났어. 그 집 주부는 사망하고 어린 아들은 범인이 휘두른 칼에 얼굴을 난자당했다던가? 사건 자체가 너무 끔찍해서 미늘동 주민이라면 모르는 사람이 없을 정도였어. 담을 넘은 강도가 그 집 주부를 강간하려다가 실패하자 칼로 여러 번 찔러 죽이고 도망쳤다가 붙잡힌 사건이었지. 그날 오후 뉴스에서 봤어. 범인의 범행 시간이 새벽 2시에서 3시 사이라는 걸 듣고는 어머니와 난 경악했어. 어머니가 귀가한 때가 새벽 1시를 넘어가던 시간이었거든. 어쩌면 어머니를 해치려고 따라왔던 범인이 실패하자 범행 대상을 그 집으로 바꾼 것이 아닐까, 그런 생각을 얼핏 한 것 같아."

"방금 그 말, 사립탐정이라는 여자한테도 했어?"

도이가 물었다.

"했지."

"그랬더니?"

"뭐랄까. 사이다 마신 얼굴을 하더니 대답해줘서 고맙다고 하고는 떠났어."

"답을 얻은 걸까?"

"무슨 답?"

도이는 어깨를 으쓱했다. 무슨 답이든 사이다 마신 얼굴을 했다면 원하던 걸 알아냈다는 뜻이겠지.

"혹시 형은 그 사건의 피해자 소년이 누군지 알아?"

"아니. 윗동네 애들은 아랫동네 애들이랑 안 놀아서 그 애가 누군지 몰라."

"탐정에게 그런 의뢰를 한 사람이 누굴까?"

"돈이 남아도는 놈이겠지."

석윤은 뭔가 떠오른 듯 양미간을 모았다.

"왜 그래?"

"어제 작업실로 어떤 사람들이 찾아왔어. 성인남자 둘에 소년이었는데, 그 소년 얼굴에 심한 자상이 있었어. 혹시 그 소년이 윗동네에서 당한 그 애가 아닐까?"

"동일 인물 같은데? 만약 그 소년이 탐정에게 의뢰한 사람이라면, 형이 그날 뭘 했는지 탐정에게 듣고 찾아온 게 아닐까?"

"근데 왜 날 찾아와? 내가 자기랑 무슨 상관이라고?"

"찾아와서 뭐 했어?"

"다짜고짜 날 공격했어. 의식을 잃고 깼을 땐 떠나고 없었어. 환청 기록지만 없어졌어. 거기에 내가 여태까지 들은 환청을 모두 다 기록해뒀거든. 가만, 그런데 넌 내가 어렸을 때 이상한 소리 들은 걸 어떻게 알아? 게다가 그게 무슨 말이었는지도 알잖아?"

정곡을 찌르는 질문에 도이는 입을 꾹 다물었다.

'그 말을 한 사람이 바로 나니까.'

도이는 속으로 중얼거렸다. 하지만 석윤에게 이상한 애라는 이미지를 주고 싶지 않았던 도이는 끝내 사실을 밝힐 생각은 없었다.

"그, 그게…… 지석이한테 들었거든."

얼떨결에 지석이 핑계를 대고 곤란한 순간을 모면했지만 거짓말이 들통날까 봐 조마조마했다. 다행히 석윤은 더 이상 거기에 대해 묻지 않았다. 하지만 자신을 보던 눈빛이 한순간 모호하게 빛나는 걸 보고는 도이는 속으로 뜨끔했다.

"나 집에 가야겠어."

도이가 일어섰다.

"같이 저녁 먹고 촛불집회 가기로 했잖아?"

"난 못 가."

"가기로 약속했잖아?"

"내가 언제? 우리 아버지가 경찰공무원이야. 잊었어? 아버지가 절대로 가지 말라고 했단 말이야. 우리 아버지한테 피해 줄 수 없어. 그리고 나도 사람들이 많은 곳은 무서워."

"지금 모두 다 들고 일어서는데 안 가는 게 이상한 거거든? 아버지도 네가 가는 걸 마음속으로는 허락하고 있을걸?"

"싫어, 가고 싶지 않아."

도이는 가방을 들고 작업실을 나왔다.

"아직 시간이 많이 남았으니까 나중에 데리러 갈게."

석윤은 작업실 문 밖으로 얼굴을 내밀고 싱긋 웃었다. 그 미소 속엔 자신만만한 여유가 느껴졌다. 석윤을 좋아하는 마음을 이용해 자신을 마음대로 다룰 수 있다는 우월감 같은 것이 느껴져 도이는 약간 감정이 상한 채 집을 향해 돌아섰다.

매번 뭔가 하기 싫은 일이 있을 때마다 실컷 고집을 피워놓고는 마지막엔 석윤이 하자는 대로 설득당해왔다. 사실 석윤이 하자고 하는 일들이 특별히 싫은 적은 없었다. 다만, 그녀 스스로가 바깥세상에 대한 자신감이 결여되어 있어서 싫거나 가리는 것이 많을 뿐이었다. 석윤은 그 점을 간파하고 있었다. 결국은 가게 되리라는 걸 알고 있었지만, 또 한편으로는 이번만큼은 절대로 설득당하지 않으리라 결심했다.

좋아한다는 감정은 언제나 약점이 되었다.

>>→

대문을 열고 들어서자 지석이 2층 외부 계단에 앉아 있었다. 휴대폰을 들여다보고 있던 지석은 고개를 번쩍 치켜들고 도이를 봤다. 지석의 얼굴은 멀쩡해 보였다. 아버지와 형에게 맞지는 않은 것 같아 안심했다.

"문신했어?"

"어. 이건 좀 있다 지워지는 거래."

도이는 지석 옆에 앉아 왼팔을 내보였다.

"나는 영구문신 할 거야. 나도 넝쿨하고 싶어. 너랑 같은 걸로."

영구문신이라는 말에 잔소리를 늘어놓으려던 도이는 그러지 않기로 했다.

"근데 여기서 뭐 해?"

"너 기다리고 있었지. 문신보다 더 중요한 일이 있거든."

지석은 안대를 착용한 도이의 오른쪽 눈을 흘끗 쳐다보며 말했다.

"그게 뭔데?"

"나, 어제오늘 줄곧 네 능력에 대해 집중 연구 중이야."

"뭘 또 연구까지……?"

"너, 어린 시절에 그 사건을 겪은 후부터 이 세상을 의심하기 시작했다고 그랬지? 어제까진 자살했던 연예인이 오늘은 멀쩡하게 살아 있다는 둥, 담임이 여자였는데 남자가 되었다는 둥, 석윤 형을 모른다는 둥 이상한 소리 했잖아."

"그래서?"

"내가 그 원인을 찾은 거 같아."

"헐, 또 무슨 헛소리 하려고. 정신과 의사가 그랬어. 그 사건의 충격으로 과대망상증에 이인증이 생긴 거라고."

"그리고 넌 의사 말을 믿지 않는 거고. 잠깐만."

지석은 휴대폰으로 이인증에 대해 검색했다.

"이인증이란 자신이 낯설게 느껴지거나 자신과 분리된 느낌을 경험하는 것으로 자기 지각에 이상이 생긴 상태를 말한다……. 뭐, 네 증상이랑 비슷하기는 하네. 하지만 그렇게 딱 알려진 증상만으로 전부 설명할 수 있는 게 아닐 거야. 원래 의사들은 자기가 모르면 학습한 이론들만 죄다 늘어놓는다고. 네 경우는 다른 방향에서 접근해야 해."

"그래 니가 의사해라."

두 사람은 키득키득 웃었다.

"니가 찾은 원인은 뭔데?"

"들어봐. 잔류사념은 항상 과거야. 과거의 일이 현실에 남아 있는 현상이지."

도이는 고개를 끄덕였다.

"그러니까 넌 네 방에 남겨진 누군가의 과거에 접촉한 게 돼.

달리 말하자면 네가 목을 맨 순간 시신경에 문제가 생겼고, 육안
으로는 보이지 않는 것이 네 오른쪽 눈에 보이게 된 거야."

"말을 잘라서 미안한데 나, 사실 할 말 있어."

도이는 진지한 표정으로 지석을 쳐다봤다.

지석 역시 눈을 빛내며 들을 준비가 되었다는 듯 고개를 끄덕
였다. 도이는 잔류사념에서 본 소년이 바로 잉크작업실의 석윤
이며, 그녀가 소리친 말이 10년 전의 어린 석윤에게 환청으로 들
리는 바람에 죽음에서 도망칠 수 있었다는 이야기를 했다. 그리
고 지석도 석윤도 그녀의 방에서 잔류사념을 본 후에 알게 된 사
람이라는 것까지 덧붙였다.

"대박! 넌 실제로 잔류사념을 통해 그 사람의 과거라는 평행
우주에 접촉한 거야. 어린 석윤 형이 네 환청을 듣고 어머닐 마
중 나간 순간, 새로운 평행세계가 분기된 거지. 석윤 형이 살아
있는 평행세계."

도이는 어리둥절해 '평행세계?' 하고 나지막이 중얼거렸다.

"의사가 말한 이인증이 아니라 네가 어릴 때 당한 그 사건의
충격으로 네 뇌가 잘못되어서 너한테만 평행우주가 분기하는
순간이 보이는 것이 아닐까?"

"평행우주가 분기하는 순간을 보는 거라고?"

도이는 엉켜 있던 머릿속이 환해지는 것 같았다.

아버지는 살면서 앞으로 나아가야 하는데 그럴 용기가 없을
때마다 '선택하는 순간, 분기 가능한 여러 개의 평행세계가 발
생한다'라는 평행세계 이론을 꺼내길 좋아했다.

지석의 말처럼 정말 이 세계는 누군가의 선택에 따라 계속 분기되는 세계인 것일까.

"너뿐 아니라, 석윤 형과 나를 포함한 이 세상의 수많은 사람들이 매시매초 선택이라는 걸 하니까. 그때마다 새로운 평행세계를 분기시키는 거라면? 그 분기점이 너한데만 보이는 거고."

"그럼, 지금 우리가 있는 이곳이 정말 평행세계란 말이야?"

도이의 질문에 지석이 어깨를 으쓱했다.

"그럴 수도 있고, 아닐 수도 있겠지. 진실은 아무도 모르는 거니까."

"평행세계가 맞는다면, 지금은 과연 몇 번째 평행세계일까?"

"사람이 태어나서 죽을 때까지 크고 작은 수많은 선택을 할 텐데 선택할 때마다 분기한다면 그걸 셀 수 있을까? 그러니까 그런 걸 센다는 것 자체가 무의미한 거지."

"……."

"아무튼 너는 네 생각을 잔류사념 속 누군가의 과거에 불어넣어서 과거에 존재하는 사람의 생각과 행동을 바꿔 다른 선택을 하도록 유도할 수 있는 능력을 가진 거야. 그렇다면 넌 네 자신의 과거도 바꿀 수 있는 거잖아? 그날의 네 잔류사념에 접촉해 어린 석윤 형에게 했듯이 사건이 일어날 것을 경고한 뒤 피해 가도록 하면 되잖아. 현재의 니가 보낸 환청을 과거의 네가 받아들이고 다른 선택을 하게 된다면 그 사건을 당하지 않은 네 평행세계가 발생하는 거야!"

지석이 흥분해서 소리쳤다.

도이는 가람동을 떠올렸다.

"거기 내가 남긴 사념이 있을까?"

"그건 네가 가서 보면 알겠지?"

"만약 없으면?"

"그 오른쪽 눈으로 찾아야지. 그래야 그 사건을 당하지 않은 네가 사는 평행세계를 분기시키지."

그 사건을 당하지 않은 나. 그런 일이 가능하다고? 도이는 가슴이 뛰었다.

3장

한 번뿐인 생이 아니었다

석윤은 촛불집회가 시작된 날부터 한 번도 빠지지 않고 참여했다. 과연 하루 벌어 하루 먹고 사는 약자들이 권력이라는 거대한 힘과 싸워 이길 수 있는지, 정의가 존재하는지, 오랫동안 답습되어온 잘못된 과거를 바꿀 수 있는지, 집회의 끝엔 무엇이 있는지 똑똑히 목격하고 싶었기 때문이다. 그곳에 가면 사회 속에서 존재감 없이 살아가는 자신조차도 중요한 일원이 된다. 그 강렬한 연대감을 학교와 집이라는 한정된 장소에 자신을 가두고 살아가는 도이에게도 느끼게 해주고 싶었다.

"사람 많은 데 싫어. 끔찍해. 무섭다고!"

도이는 대문에 등을 기댄 채 부루퉁한 얼굴로 말했다.

"너한테 꼭 보여주고 싶은 게 있다니까. 내가 보여주려는 건 그곳이 아니면 절대로 볼 수 없어."

석윤은 키를 낮추고 도이의 눈을 마주 보며 부드럽게 말했다.

도이는 입을 꾹 다물고 그의 시선을 피해 한동안 다른 곳만 쳐다보고 있다가 마침내 어깨를 축 늘어뜨리고 말했다.

"사실 나…… 사람들이 날 쳐다볼까 봐 무서워."

경찰공무원인 아버지 핑계를 대며 집회 장소에 가는 것을 완강하게 거부하던 도이는 마지못한 듯 진짜 이유를 털어놨다. 가고 싶지 않은 것이 아니라 뺨의 흉터 때문에 두려웠던 것이다.

"얼굴도 이런데 안대까지 했으니까."

"거기 가보면 알겠지만 그곳엔 이상한 기류가 흘러."

"……?"

"너도 가보면 내가 무슨 말을 하는지 알 거야. 그리고 만약에 널 이상하게 쳐다보는 사람이 있으면 내가 바리케이드 쳐줄게."

"바리케이드?"

바리케이드라는 말에 안심이 됐는지 도이가 씩 웃었다. 석윤은 고개를 끄덕이며 도이에게 헬멧을 씌웠다.

>>>

광화문 광장 주변 도로는 경찰들이 길을 막아놓고 교통을 통제했다. 석윤은 근처 골목에 오토바이를 세웠다. 골목 곳곳에 피켓이나 촛불을 든 사람들이 한 방향을 향해 움직이고 있었다.

"내가 너 꼭 잡고 다닐 거야. 그럼 하나도 안 무서울 거야."

석윤은 오토바이에서 내려 도이의 손을 잡았다. 도이는 불안감이 조금 가셨다.

석윤은 누군가 나눠주는 피켓과 촛불을 두 개씩 받아 들고 행진의 인파 속으로 뛰어들었다. 밤이 오기도 전에 사람들은 벌써 촛불을 켜 들었다.

　도이는 석윤에게 이끌려 가면서 쉬지 않고 그 촛불들을 바라봤다. 활활 타오르는 빛에선 알 수 없는 원시적인 힘이 느껴지는 것 같았다.

　촛불은 거대한 빛의 바다를 이루었다. 그야말로 빛의 장관이었다. 서로가 낯설지만 시선이 마주치면 자연스럽게 미소를 지었다. 아무도 도이의 얼굴을 곁눈질하지 않았다. 이상하게 눈물이 날 것 같았다.

　"이상한 기분이 들어."

　"무슨 기분?"

　"모두 다 다른 얼굴들인데 묘하게도 하나의 얼굴로 보여."

　"여기 모인 사람들의 얼굴은 모두 다르겠지만 바라는 게 같기 때문이겠지. 혹시 모두 잘생긴 내 얼굴로 보이는 거 아냐?"

　"자뻑도 병이다."

　"난 말이야, 매주 토요일마다 촛불집회에 왔는데 여기만 오면 내가 달라지는 것 같아. 뭐랄까, 정신적으로 자란다고 할까. 여태 중요하다고 생각되던 것들이 사소한 것이 되어버리는 거야. 그리고 수많은 진실이 보이는 거지. 처음엔 아버지를 살해한 범죄자 새끼도 이런 곳에 올 수 있을까? 그런 자격지심이 들었어. 하지만 와보니까 모두가 날 친구처럼 대해주는 거야. 나한테는 이 공간이 그렇게 따뜻할 수가 없어."

행진하는 무리들 속으로 합류하며 석윤이 말했다. 따뜻할 수가 없다는 끝말이 묘한 여운을 남겼다. 그래서일까, 몹시 추운 날씨인데도 추위 따윈 잊고 있었다.

"여긴 나처럼 뭔가를 바꾸고 싶어 하는 사람들로 꽉 차 있어."

석윤이 말했다.

"뭘 바꾸고 싶은 건데? 너는?"

도이가 물었다.

"너는 바꾸고 싶은 게 없니?"

석윤이 되물었다. 바꾸고 싶은 것, 당연히 있다. 끔찍했던 자신의 과거. 상처 입어 곪아터진 옷이 원래 자신의 옷인 듯 체념하고 살아왔지만 이젠 아니다. 내일은 자신의 과거를 바꿀 것이다.

어쩐지 기분이 좋아졌다. 내일이 기다려지기는 처음이었다. 두 사람은 촛불 속으로 더 깊이 파고들었다.

"코가 빨개."

석윤은 180센티미터의 큰 키로 도이를 내려다봤다.

"안 추워."

"추운 거 같은데?"

석윤은 야상 점퍼의 지퍼를 열고 도이를 자신의 품 안에 쏙 집어넣었다.

도이는 석윤을 올려다보며 한숨을 쉬었다. 춥지 않다고 말하는데 춥다고 단정 짓고 행동하는 건 뭘까. 상남자 같은 석윤의 행동이 좋으면서도 싫었다.

"이렇게 하고 어떻게 걸어?"

"고목나무에 매미 같네. 내 허리 꼭 끌어안아."

도이는 시키는 대로 야상 속에 팔을 집어넣은 채 석윤의 허리를 끌어안았다. 낯선 사람들로 꽉 찬 이곳이 생각보다 무섭지 않았다. 오길 잘했다는 생각이 들었다.

"내 발등에 올라서서 잘 달라붙어 있어. 간다."

석윤은 커다란 야상으로 도이를 감싸고 어기적어기적 걷기 시작했다.

잠시 불쾌했던 기분은 금방 사라지고 바보처럼 웃음이 새어 나왔다. 도이는 석윤의 배에 얼굴을 묻고 낄낄댔다. 간지러운지 티셔츠 아래에서 석윤의 복근이 움찔거렸다. 도이는 웃다가 정색했다. 이상한 감정에 얼굴이 달아올랐다.

"야, 저기 지석이 아냐?"

석윤이 가리키는 곳에 지석이 의붓아버지와 형과 함께 서 있는 것이 보였다. 군중들 틈에서 가수 양희은의 〈아침이슬〉을 따라 부르고 있었다.

무대에 집중해 있는 지석의 옆얼굴이 몹시 진지해 보였다. 도이는 여태 지석의 저런 표정을 본 적이 없었다. 저 표정은 지석의 내면에 숨겨둔 진짜 얼굴이 아닐까. 하지만 묘하게 낯설었다. 저녁 무렵에 아버지, 형과 함께 어디를 가야 한다고 하더니 그곳이 이곳일 줄은 몰랐다.

'지석이도 무언가 바꾸고 싶어 이곳에 온 것일까? 지석인 무엇을 바꾸고 싶은 것일까?'

석윤의 발등에서 내려와 돌아보자 지석은 어디론가 가고 없
었다.

지석은 그 사건을 당하지 않은 도이가 사는 평행세계를 분기
시키라고 했다. 백만우가 떠올랐다. 백만우에게 당했던 그 장소
에 자신의 사념이 남겨져 있을까. 만약 사념이 남아 있다면 자신
은 그 사념을 읽을 수 있을까. 그 사념 속의 어린 도이에게 도망
치라는 생각을 불어넣어주면 그렇게 될 수 있을까.

—이제 내 과거를 바꿀 차례야.

"……!"

석윤은 방금 들려온 환청에 흠칫하며 도이의 표정을 살폈다.
도이는 방금 자신의 생각이 석윤에게 들렸다는 것은 꿈에도 모
르고 있을 터였다. 그가 '엄마 마중 나가!'라는 환청을 처음으로
들은 후부터 줄곧 들어온 환청의 주인이 도이라는 사실을 안 것
은 오전 무렵, 도이의 문신을 해주고 난 뒤였다. 그가 들은 환청
의 내용을 어떻게 아는지 묻자, 지석에게 들었다고 얼버무렸지
만 속으로는 '그게 바로 나니까'라고 말했다.

순간, 그 생각이 석윤에게 정확히 들려왔다. 그때 깨달았다.
지금까지 그에게 들려온 환청이 그녀의 속생각이었다는 것을.
그렇다고 모든 생각이 들리는 것은 아닌 것 같았다. 어떻게 이런
일이 가능한 것인지는 알 수 없었지만 오랫동안 그가 들어온 환
청이 그녀의 속생각임이 확실해진 지금, 도이가 자신의 과거를
바꾸려 한다는 사실이 그를 불안하게 만들었다.

'도이의 과거가 바뀌면 나는 어떻게 되는 거지?'

자상을 입은 얼굴로 그에게 분노를 토해내던 소년이 떠올랐다. 석윤은 두려웠다. 그 소년의 모습이 자신의 모습이 될까 봐.

'그렇다면 혹시 내 생각도 도이에게 들리는 건 아닐까? 들린다면 들린다고 했을 테지. 아니야. 들리지만 모른 척하고 있는 건지도 몰라, 나처럼.'

뭔가 들키지 말아야 할 것을 들킨 것 같은 기분이 든 석윤은 불안한 마음을 숨기려는 듯 도이의 어깨를 꽉 끌어안았다.

두 사람은 집회를 마치고 돌아가는 인파 속에 섞여 오토바이를 세워둔 곳으로 걸었다. 웬 중년남자가 도이 곁을 지나치다가 의도적으로 도이에게 몸을 부딪쳤다. 석윤이 도이를 감싸며 안쪽으로 끌어당겼지만 한발 늦었다.

중년남자에게서 술 냄새가 확 풍겼다.

그 일을 당했던 순간이 도이의 뇌리를 스쳤다. 중년의 남자, 술 냄새 밴 더러운 숨결. 구취. 이른 아침의 어딘지 날카롭고 불안한 공기. 눈을 찌를 듯 날서 있던 형광등 불빛. 팥죽색 고무대야. 고무호스. 누렇게 변색된 엄지발톱. 슬리퍼. 담뱃진에 물든 싯누런 치아. 비정상적인 치열 그리고 크로락스.

이미지에 불과한 것들이 진득진득한 생물이 되어 그녀에게 달라붙었다. 도이는 뼛속까지 한기를 느끼며 거칠게 호흡했다. 그날의 공포가 그녀의 피부 위에서 날뛰기 시작했다. 그놈에게 물어뜯긴 온몸의 흉터가 욱신거렸다. 도이는 악의로 뭉쳐진 생물을 떨쳐낼 수가 없었다.

"악……!"

도이는 마치 몸에 기어 오른 벌레를 털어내듯 온몸을 흔들며 발작했다.

"뛰지 마!"

석윤이 고함을 질렀다. 하지만 도이에겐 들리지 않았다. 자신이 달리고 있다는 걸 느낄 수 없었다. 숨이 찼고 눈앞이 아찔했다. 허리를 숙이고 헛구역질을 하면서도 계속 달렸다.

"이도이, 거기 서."

석윤이 다시 소리쳤지만, 도이의 머릿속은 다른 이미지들로 채워졌다. 입안으로 쏟아져 들어오던 크로락스. 입안 가득 크로락스로 채워진다. 백만우의 거친 숨결에 묻어났던 술 냄새, 마늘 냄새 그리고 담배 냄새. 그녀의 입과 코를 틀어막던 커다란 손에서 풍겼던 더러운 냄새. 변기 곳곳에 묻어 있던 누런 것들. 들숨 속으로 그날의 악취가 파고들었다. 욱, 우욱. 도이는 자신의 입을 틀어막았다. 바짓단 아래로 소변이 흘러내렸다.

도이는 스르르 눈을 감고 맥없이 쓰러졌다. 사람들의 발이 그녀를 피해 오갔다. 밟혀도 상관없어. 차라리 밟혀 죽는 게 나아.

달려온 석윤이 축 늘어진 도이를 끌어안았다. 바지가 젖어 있었다.

"뛰지 말라고 했잖아. 괜찮아. 오토바이 타고 갈 거니까. 아무도 못 봐. 집에 가서 옷 갈아입으면 돼."

석윤은 파르르 떨고 있는 도이를 안고 등을 다독였다. 도이의 생각이 다시 들려왔다.

도이는 가람동에 가야 한다고 자신을 채근했다. 혼자서 가는 것이 두려워 그에게 부탁하고 싶어 했다. 그러면서도 한편으로는 혼자서 그 공포와 맞설 생각도 하고 있었다.

석윤은 함께 가주겠다는 말을 하려다가 입을 꾹 다물었다.

4장

집, 악몽의 상자

요도가 감염되고 방광 기능이 손상되어 기침을 하거나 웃거나 갑자기 뛰면 소변을 지리고 만다. 온몸은 성한 곳이 없었고 시력뿐 아니라 대부분의 장기가 제 기능을 하지 못했다. 너무 창피해도 눈물이 나는 것일까. 도이는 자신이 비참해 견딜 수가 없었다.

"괜찮아, 난 다 알고 있는데 뭘. 오늘은 일요일이니까 푹 자. 전화할게."

석윤은 고개를 푹 숙이고 있는 도이의 어깨를 다독여주고 오토바이에 올라탔다.

도이는 오토바이 소리가 완전히 사라질 때까지 그 자리에 선 채 땅바닥만 쏘아봤다. 좋아하는 사람 앞에서 소변을 지렸다. 두 번 다시 석윤의 얼굴을 볼 자신이 없었다.

날이 밝으면 무슨 일이 있어도 가람동으로 가 자신이 남겼을

지도 모를 잔류사념을 찾아내 그날 아침과는 다른 선택을 하도록 만들 것이다.

도이는 안대를 벗어 주머니에 넣고 소리 없이 흐르는 눈물을 손등으로 닦아냈다.

열쇠를 꺼내 대문을 열었다. 문손잡이를 잡는 순간 오른쪽 눈이 제멋대로 대문 주변에 남은 사념을 쫓기 시작했다.

걱정 가득한 어두운 얼굴로 문손잡이를 잡는 아빠, 지친 표정으로 문손잡이를 잡고 깊은 한숨을 쉬는 엄마. 술에 취해 대문을 발로 걷어차는 지석의 의붓아버지 그리고 누군지 알 수 없는 남자 둘이 주변을 의식하며 대문을 나갔다. 대문 앞에서 지석의 의붓아버지와 홍콩반점 사장이 담배를 피우며 웃고 있었다. 홍콩반점 사장이 가래침을 뱉으며 웃는 얼굴은 어쩐지 기분이 나빴다. 지석의 형이 또래 남자 셋과 마주 서서 돈을 주고받았다. 부루퉁한 얼굴로 지석과 함께 대문을 나서는 자신의 모습도 보였다.

지석이 울면서 대문을 뛰어나가고 있었다. 지석은 대문 손잡이를 꽉 움켜쥐고 바닥을 내려다봤다. 이를 악다문 채 눈에는 눈물이 맺혀 있었다.

"들어가기 싫어. 들어가기 싫어. 들어가기 싫어."

반복해 말하는 동안 대문 손잡이를 꽉 움켜쥔 손엔 점점 핏기가 없어지고 있었다.

지석은 뭔가를 결심한 표정으로 왼팔에 감고 있는 붕대를 풀었다. 손목은 면도날이 그어놓은 자해흔과 흘러나온 피로 엉망이었다.

무수한 이미지가 시간 순서 없이 겹쳐져 있었다. 오른쪽 눈은 더 많은 사념을 쫓으려는 듯 움직였지만 피곤에 지친 도이는 감당할 수 없었다. 집에 들어가 눕고만 싶었다.

—말해주면 넌 날 혐오할 테니까.

금요일 아침 등굣길에서 지석이 했던 말이 떠올랐다.

지석 때문에 마음이 무거웠다. 감춰야 할 자해흔을 일부러 드러내고 집 안으로 들어간다는 것은 소심한 반항처럼 보이지만, 집 안에 자해흔을 보이고 싶은 누군가가 있다는 뜻이었다. 아무런 이유 없이 리스커가 되지 않는다. 지석의 행동은 제발 살려달라고 애원하는 무언의 비명이었다.

~~~

얼마나 잔 걸까, 휴대폰 진동 소리에 도이는 잠에서 깼다. 집 안은 조용했다. 시계를 보니 일요일 새벽 3시였다. 부모님은 아직 들어오지 않은 것 같았다. 도이가 쉬어대는 한숨 소리와 굳은 표정이 보기 싫어 일부러 잔업까지 하고 밖으로 나도는 것인지 모른다던 엄마의 말이 떠올랐다. 부모님도 따뜻한 집에서 마음 편하게 쉬고 싶을 텐데 자신이라는 존재가 부모를 집 밖으로 내몰고 있는 것이다. 밖은 지금 영하일 텐데. 시무룩한 표정으로 휴대폰 액정 화면을 내려다보는 도이의 눈에 눈물이 고였다.

뺨을 타고 흐르는 눈물을 손등으로 지우며 지석으로부터 온 문자메시지를 확인했다.

—잠이 안 와. 불닭 컵라면 먹고 싶어.

—집에 없어?

—나 빼곤 좋아하는 사람이 없어서. 편의점 가서 불닭 컵라면 먹을까, 삼각김밥이랑?

—알았어. 내려갈게.

늘 아무도 없는 집보다는 지석과 같이 있는 것이 덜 외롭다.

도이는 두꺼운 점퍼를 걸치고 나가려다가 용기를 내 석윤에게 문자를 보냈다.

—나, 오늘 어디 갈 건데, 같이 가줄래?

혼자서 지하철이나 버스를 타는 것보단 석윤과 함께 오토바이를 타고 가고 싶었다. 석윤이 문자를 확인했다. 깨운 걸까. 아니면 이 시간까지 자지 않은 걸까. 미안한 마음이 들었다. 곧바로 답 문자를 보내줄 것 같아 기다렸지만, 어째서인지 석윤에게서는 아무런 연락이 오지 않았다.

5장

변화의 시작

24시간 편의점은 지하철역 3번 출구 맞은편에 있었다. 지하철역 아래엔 하천이 흐르고 있고, 하천을 가로지르는 작은 다리가 있다. 환하게 밝혀진 편의점으로 가기 위해 하천 다리를 건널 때였다. 고요한 새벽의 정적을 깨며 남자들의 욕설 섞인 목소리가 들려왔다. 남자 다섯 명이 편의점 앞에서 담배를 피우며 큰 소리로 떠들고 있었다. 겁을 집어먹은 도이는 발걸음을 늦추며 지석의 팔을 잡아당겼다. 지석 역시 위험을 느꼈는지 가던 길에서 되돌아섰다.

"야, 게이 새끼! 너 거기 서봐."

게이 새끼라는 말에 지석이 발걸음을 멈췄다. 덩치가 제법 큰 남자가 피우고 있던 담배를 바닥에 던지며 일어섰고, 또 다른 남자가 맥주병을 세게 집어 던졌다. 와장창 소리와 함께 맥주병이 깨졌다. 담배를 던지고 일어선 남자가 지석에게 손가락을 까

딱였다.

지석은 도망치려다가 낭패한 표정으로 도이를 쳐다봤다. 도이는 뛰면 안 된다는 것을 기억해낸 것이다.

"가, 난 괜찮아. 도망쳐!"

도이가 지석의 가슴을 세게 떠밀며 소리쳤다.

"씨발, 거기 딱 서 있어. 더러운 새끼야."

남자들이 히죽거리며 지석과 도이를 향해 우르르 뛰어왔다. 가로등 불빛에 반사된 그들의 얼굴과 목덜미가 붉었다. 취한 것 같았다.

"누군데?"

도이가 물었다.

"우리 형 친구들. 빵에 갔다 온 새끼도 있어."

"둘이 다정하게 어디 가?"

남자들이 도이와 지석을 에워쌌다.

"쟤는 얼굴이 왜 저래?"

한 남자가 도이의 뺨에 휴대폰 불빛을 비추며 흉터를 자세히 봤다. 도이는 고개를 숙였고, 지석은 주먹을 힘껏 쥐었다.

"난쟁이똥자루네."

"꼭 끼리끼리 논다니까."

남자들이 노골적인 표현을 하며 손가락으로 지석을 쿡쿡 찔러대기 시작했다.

그들 중 하나가 도이의 가슴으로 손을 뻗었다.

"하지 마!"

지석은 버럭 고함을 지르면서 도이의 가슴으로 향하는 놈의 팔을 쳐냈다.

"야, 쳤어? 게이 새끼가 날 쳤어?"

놈들이 웃음을 터뜨렸다. 땅딸막한 남자가 히죽히죽 웃으면서 지석에게 바싹 붙어 섰다.

"어우, 이 좆만 한 새끼가!"

지석에게 우르르 발길질이 날아왔다. 지석은 맥없이 바닥으로 쓰러졌다.

놈들은 스트레스 풀 곳이 없었는데 마침 잘 만났다는 듯 지석을 발로 차고 밟았다.

지석은 몸을 둥글게 말고 필사적으로 머리와 얼굴을 보호했다.

도이는 애타는 마음으로 주변을 돌아봤지만 새벽녘 지하철역 근처엔 행인 하나 보이지 않았다.

"나……."

도이는 넋이 나간 듯한 표정으로 중얼거렸다.

"조현조야."

"뭐라냐?"

남자들이 발길질을 멈추고 도이를 내려다봤다.

"니가 뭐라고?"

한 남자가 손을 귀에 갖다 대고 안 들린다는 시늉을 했다.

"나, 조현조라고. 바로 해도 조현조 거꾸로 해도 조현조……."

"누가 니 이름이 궁금하대? 어우, 또라이 같은 년."

"나, 조현조라고!"

도이는 고함을 질렀다.

그들 중 담배를 귀에 꽂고 있던 놈이 꺼림칙한 표정을 짓더니 다시 지석을 구타하려는 남자들에게 잠깐만, 이라고 말했다. 모두 구타를 멈췄다.

"조현조면, 등곳길 락스 사건 그 조현조?"

고개를 숙인 채 도이가 고개를 끄덕였다.

꼭꼭 감췄던 그 이름을 제 입으로 뱉었다. 남자가 난처한 표정으로 도이를 쳐다봤다. 나머지 일행들도 같은 표정을 지었다. 모두가 그 사건을 아는 것 같았다.

"씨발, 그래서 뭐!"

맥주병을 던져 박살냈던 땅딸막한 놈이 성질을 부렸다.

"야, 가자. 가."

리더로 보이는 덩치 큰 남자가 돌아서며 일행을 불렀다.

"미, 미안."

"어우, 씨발. 모르고 그랬는데 미안은 무슨. 가, 새끼야!"

덩치 큰 남자는 담배를 귀에 꽂은 남자의 목을 잡고 끌고 가다시피 데리고 갔다.

"지석아! 괜찮아?"

도이는 두 팔로 머리를 감싼 채 누워 꼼짝도 하지 않는 지석을 흔들었다. 지석은 소리 죽여 흐느끼고 있었다.

"이 빙신아, 니가 조현조란 건 왜 말해? 남들이 니가 조현조라고 아는 거 싫어하잖아! 꼭꼭 숨어 있어야지. 저 새끼들은 니가 어디 사는지 금방 알아낼 테고, 그러면 소문이 퍼질 거잖아. 백만우가 네가 어디 사는지 알게 되면 어쩔 거야?"

지석은 화를 내며 큰 소리로 울었다. 도이는 속으로 어쩔 수 없다고 생각했다. 지석이 자신을 아끼고 있다는 마음이 느껴져 눈물이 났다.

왜 자신의 이름을 말하면 폭행을 멈출 거라는 생각을 했던 것일까.

도이는 자신의 행동을 이해할 수가 없었다. 그런데 그렇게 두려워하던 일을 제 입으로 말하고 나자 쾌감이 느껴졌다. 숨길 것이 없는 사람은 두려움도 없어지는 것일까.

두 사람은 다리 난간에 등을 기대고 나란히 앉았다.

"네가 더 중요하니까. 무서워도 다 털어놨어. 이제 네 차례야."

도이가 말했다.

"내 차례?"

"왜 리스커가 되었는지 말해줘. 왜 그렇게 집에 들어가기 싫어하는지. 네가 무슨 말을 해도 나는 널 혐오하지 않아. 네가 자해하지 않으면 안 될 정도로 널 괴롭히는 사람, 네 형이니 아니면 의붓아버지니?"

도이는 대문 앞에서 지석과 관련된 사념들을 봤다고 털어놓았다.

지석은 생각보다 담담하게 입을 열었다.

지석은 늘 문 안쪽을 두려워했다. 문 안쪽에는 자신의 의지로는 어찌지 못하는 괴물들이 살기 때문이다. 사람들은 집이 최고의 안식처이자 두 발 뻗고 편히 잘 수 있는 공간이라고 하지만 그에게 집은 악몽의 상자였다. 학교에서도 적응하기가 힘들지만, 집은 더 싫은 곳이었다.

지석은 같은 또래 남자들에 비해 몸집도 키도 작았다. 어려서부터 당해온 동성성폭행의 스트레스가 그를 자라지 못하게 만들었던 것이다.

형과 의붓아버지는 외부인을 받아 지석을 내어주고 돈을 받기도 했다. 지석은 매번 저항했고, 그때마다 의붓아버지는 지석의 목을 조르거나 죽이겠다고 베개로 얼굴을 눌렀고 허리를 걷어찼다. 칼을 들이대며 죽기 싫으면 가만히 있으라고 위협하기도 했다. 일을 당할 때마다 다리며 목이며 온몸이 멍들었다.

도망치거나 누군가에게 말하면 성행위를 하는 사진을 학교에 뿌리겠다면서 협박했다. 차라리 죽여달라고 하면 코를 막고 입안에 술을 들이부었다. 죽은 인형처럼 누워 빨리 끝나길 바라는 것 외엔 지석이 할 수 있는 것이 없었다. 매번 죽여버리겠다고 이를 악다물지만 일이 끝나고 나면 잘해줬다. 그때마다 극으로 치닫던 가족에 대한 증오심은 흐지부지해지고 만다.

집에서 도망치는 것도 생각해봤지만 어머니도 친척도 없는 지석은 갈 곳이 없었다. 사람들은 자기들과는 다른 세계에 속한 사람을 금세 알아본다. 지석은 평범한 사람들과는 다른 세계에 속한 존재였다. 어두운 세계. 끔찍한 세계. 강제만이 있는 세계.

이미 괄약근이 닫히지 않아 기저귀를 차는 몸으로 거리를 헤매다가 의붓아버지보다 더한 새끼들을 만나게 되는 것은 죽는 것보다 더 무서웠다.

이 집에서는 순간만 모면하면 견딜 만했다. 동성성폭행은 아무한테도 털어놓을 수 없는 일이었다. 평생 비밀로 하고 살자고 마음먹었다. 남이 눈치챌까 봐 걸음걸이에 신경을 썼고 몸에서 이상한 냄새가 날까 봐 향수를 뿌렸다.

평생의 비밀은 벌레가 되어 그를 파먹었다. 시간이 갈수록 그는 자신이 이상한 무엇으로 변해가고 있다고 느꼈다. 그런 자신이 불안하고 혐오스러워 견딜 수가 없었다. 지석의 자해는 그렇게 시작됐다. 지석은 그 누구보다 도이가 신경 쓰였다. 도이가 그를 혐오하는 눈빛으로 보는 날이 온다면 정말 죽어버릴 생각이었다.

'어째서 매번 가해자보다 피해자가 더 많은 상처를 입어야 하는 것일까.'

'세상엔 왜 이토록 악마들이 많은 것일까.'

도이는 분노가 치밀었다. 잔류사념 속에서 홍콩반점 사장을 본 이유를 알게 되었다. 지석이 왜 영구문신을 하고 싶어 했는지도 알 것 같았다.

도이는 지석에게 미안했다. 왜 리스커가 되었는지 이유를 말해주지 않아 성질을 부렸던 자신이 한심했다. 얼마나 털어놓기 힘들었을까.

지석은 눈물로 범벅이 된 얼굴로 도이를 쳐다봤다. 도이는 두 팔을 벌려 지석을 세게 끌어안았다.

집으로 돌아온 도이는 울분을 참을 수가 없었다. 이미 잘 시간을 넘겨 잠도 오지 않았다. 도이는 패딩을 입고 밖으로 나왔다. 외부 계단에 앉아 1층 지석의 집을 물끄러미 내려다봤다.

지석의 방은 그 위치에서 보이지 않지만 의붓아버지와 친형이 자는 방의 창은 보인다. 의붓아버지야 그렇다 쳐도 어떻게 친형이 친동생에게 그런 짓을 할 수 있는 것일까.

집이라는 저 상자 속에 꼭꼭 숨으면 누구든 어떤 괴물로도 변할 수 있는 것일까.

텃밭 쪽으로 나 있는 안방 창으로 스탠드 불빛이 흐릿하게 보였다. 아무런 소리도 나지 않았다. 어쩌면 지금도 저 고요한 집 안에서 지석은 변태성욕자들의 장난감이 되고 있는지도 몰랐다.

'지금 이곳은 정말 평행세계일까.'

그녀는 한겨울의 칼날 같은 냉기에 에워싸인 주변의 어둠을 둘러봤다.

'저 집 안에는 어떤 사념이 잔류할까? 과거의 지석에게 접촉해 의붓아버지와는 만나지 않는 또 다른 평행세계로 그를 탈출시킬 수 있을까? 그렇게 되면 지석을 다시 만날 수 있을까?'

'살아가는 동안 괴물과 마주치지 않는 사람은 얼마나 될까? 아마도 70퍼센트?'

이 세상에 괴물들이 득실거린다는 것을 뉴스로만 듣는 그 70퍼센트의 사람들은 이 괴물이 얼마나 평범한 모습으로 우리들 틈에 끼어 살고 있는지 모른다. 나머지 30퍼센트에 속하는 사람들은 대인공포증을 비롯해, 수많은 병증에 시달리며 사람 자체를 두려워하며 살아가고 있다.

피하고 숨고 도망치면서도 죽지 못해 살아간다. 도이 역시 마찬가지다.

도이는 1층으로 내려와 마당에서 돌멩이 하나를 집어 들고 계단으로 다시 올라왔다. 그러고는 있는 힘껏 지석의 집 안방 창문을 향해 돌멩이를 집어 던졌다.

"어떤 새끼야!"

유리창이 부서지는 요란한 소리와 함께 지석의 의붓아버지가 안방 창문을 벌컥 열어젖히곤 얼굴을 내밀었다. 도이는 계단에 선 채 그 얼굴을 노려봤다.

"거기 도이니?"

그는 두 눈을 가늘게 뜨고 어둠 속에 서 있는 도이를 쳐다봤다. 도이는 아무 대답도 하지 않았다.

"뭐라고? 2층 년이라고? 돌 던진 게 2층 년이야? 이 싸이코 년이."

안에서 지석의 친형 목소리가 들려왔다.

현관문이 열리고 잠옷을 입은 지석이 얼굴을 내밀었다. 계집애들이나 입는 치마 잠옷을 입고 있었다. 두 사람은 아무 말도 하지 않고 서로를 쳐다봤다.

지석의 오빠와 의붓아버지가 자신에 대해 쌍스러운 욕을 주고받는 소리를 들으면서 도이는 2층으로 올라가는 외부 계단을 한 칸씩 올라섰다.

"미친년아! 내일 아침에 니네 엄마한테 유리값 변상 받을 거야!"

지금 2층엔 도이의 부모님이 없다는 것을 알고 있는 지석의 아버지가 동네가 떠나가도록 고함쳤다.

— 잘했어! 속이 시원하네. ㅋㅋㅋ

지석에게서 문자가 왔다.

>>>

도이의 어머니 한수명은 아침 7시가 넘어서야 귀가했다. 현관에 도이의 신발과 남편의 낡아빠진 운동화가 놓여 있었다. 도이는 자는 것일까. 늘 그렇지만 그녀가 들어와도 내다보지 않는다. 그녀는 방문에 서서 귀를 갖다 댔다. 아무런 소리도 나지 않았다. 살며시 문손잡이를 돌려 문을 열었다. 문틈으로 자고 있는 도이가 보였다. 가슴이 오르락거리는 것까지 확인하고서야 안심하고 문을 닫았다.

남편은 안방에서 자고 있었다. 이 집으로 이사를 온 후로 안방 문은 항상 열어뒀다. 도이가 지금까지도 악몽을 꾸고 가위에 눌리기 때문이었다. 그럴 때엔 도이가 내는 신음을 얼른 알아듣고 깨워줘야 했기 때문에 방문을 열어놓을 수밖에 없었다. 만약 신음을 듣지 못해 제때 깨워주지 못하면 혼수상태에 빠진다. 피곤에 찌들어 세상모르고 잠들었다가 도이를 구급차에 태워 응급실로 데리고 가야 했던 적이 한두 번이 아니었다.

할 수만 있다면 도이의 꿈속으로 들어가 딸을 괴롭히는 그 악마를 갈가리 찢어발기고 싶을 정도였다.

145

딸의 피해의식과 과거의 끔찍한 기억이 매번 가해자를 다른 모습으로 나타나게 해 가위에 눌리는 거라고 정신과 의사가 설명해줬지만 치료는 큰 효과가 없었다. 돈은 돈대로 썼는데도 도이는 늘 가위에 눌렸다. 게다가 언제가부터 다른 사람에겐 보이지 않는 것을 실제처럼 보는 환각 증세마저 생겼다. 매번 정신과 약을 먹일 때마다 불안했는데 정신과 치료를 다시 시작해야 할지 의문이었다.

남편에게는 잔업까지 시작한 것은 돈을 더 벌기 위해서라고 말했지만, 사실은 도이의 어두운 얼굴을 봐야 하는 집보단 타인들과 어울리고 술이라도 마실 수 있는 밖이 훨씬 정신적으로 편했기 때문이다. 그럼에도 돈을 모아야 도이 학비와 병원비를 댈 수 있다고 합리화하면 모든 감정적인 혼란을 잠재울 수 있었다.

식탁이 깨끗하게 치워져 있는 걸 보니 남편이 설거지를 한 것 같았다. 몸도 마음도 피곤했다. 그녀는 식탁에 가방을 놓고 곧바로 라디오를 켰다가 도이를 깨울까 봐 다시 끄려고 했다. 하지만 마음속의 무엇인가가 끄지 말라고 부추겼다.

'너도 사람이야. 너도 살아야 한다고.'

라디오를 끄는 대신 볼륨을 낮추면서 참 이기적인 엄마라는 생각이 들었지만 무시했다.

집에 들어오면 텔레비전이나 라디오부터 켜두는 것이 버릇이 됐다. 그 소리들이 집 안에 무겁게 가라앉은 침묵을 견딜 수 있게 해줬기 때문이다. 아니, 더 솔직하게 말하자면 텔레비전이나 라디오 소리는 이 집 안에서 숨 쉬고 있는 딸의 존재를 잠시나마 잊게 해주는 약이자, 가끔 소리 죽여 울 때엔 울음소리가 새나가지 않게 막아주는 방음벽이기도 했다.

버릇처럼 터져 나오는 자신의 한숨을 감추기도 좋았다. 자신은 매시매초 한숨을 쉬면서도 딸의 한숨 쉬는 소리는 견딜 수가 없다. 그 한숨이 꼭 자신의 잘못 같아서였다. 이 모든 책임감을 내려놓고 자유로워지고 싶었다.

그녀는 냉장고 문을 열고 무의식적으로 물병으로 손을 뻗다가 흠칫했다. 냉장고 안이 어딘가 낯설었다. 엉망이던 냉장고 안이 깔끔하게 정리되어 있었다. 남편이 했을까? 딸의 방문이 열리는 소리가 난 것은 바로 그때였다.

돌아보자 도이가 서 있었다.

"내가 좀 치웠어."

도이가 겸연쩍어하면서 배시시 웃었다. 딸이 웃는다. 정말 얼마 만에 보는 웃는 얼굴인지 알 수가 없었다. 굳은 표정으로 서 있던 한수명의 두 눈에 눈물이 고였다. 그걸 보는 도이의 눈시울도 붉어졌다. 수년 동안 각자의 상처 속에 똬리를 틀고 들어앉아 있느라 상대방의 마음이 어땠을지는 생각하지 못했다.

"……."

한수명은 두 팔을 벌리고 딸을 끌어안았다.

단 하루만이라도 도이가 없는 곳에서 숨을 쉬고 싶다는 생각을 했던 것이 미안했다. 라디오를 끄지 않았던 것도 미안했다. 하지만 엄마가 돼서 그런 마음을 품었다는 사실이 큰 죄인 것처럼 느껴져 미안하다는 말은 나오지 않았다.

"나 오늘부턴 팔 긋지 않을 거야."

한수명은 두 눈을 동그랗게 뜬 채 기어코 큰 소리로 울음을 터뜨리고 말았다.

"엄마, 왜 울어?"

도이는 눈에 힘을 주고 자꾸만 안으로 삼켜지려는 목소리를 쥐어짜냈다.

"이제부터는 공부도 더 열심히 해서 이번 학기엔 전교 10등 안에 들 거야. 나한텐 내일이 없다는 말 따위 해서 미안해. 다신 그런 말 하지 않을게."

"미안해. 미안해, 엄마 딸."

"미안하긴 뭐가 미안해. 미안한 건 나지."

한수명은 딸을 세게 끌어안고 훌쩍였다. 무엇이 딸을 이렇게 변하게 만든 걸까. 암울한 현실을 이겨내기 위해서는 비현실적인 것일지라도 자기암시와 같은 희망이 필요했다. 자멸하지 않기 위해 매시매초 희망을 지어내야 했다. 이렇게 변한 딸의 속마음은 읽히지 않았지만 이 변화를 희망으로 삼고 싶었다.

6장

지석의 사념을 읽다

―나 오늘 혼자 가람동 갈 거야. 다녀와서 문자할게.

도이는 거실로 나오면서 지석에게 문자메시지를 보냈다. 석
윤은 여전히 답 문자를 보내지 않았다. 섭섭한 마음이 점점 커지
는 것 같아 휴대폰을 껐다.

아버지와 어머니는 잠들어 있었다. 어머니의 코 고는 소리가
어쩐지 도이의 마음을 편하게 했다. 정말 오랜만에 느껴보는 마
음의 평안이었다. 도이는 옅은 미소를 지으며 안방 문을 살며시
닫았다.

'엄마, 이젠 나 악몽 꾸지 않아. 지켜보지 않아도 돼.'

그녀는 왼팔에 새겨진 넝쿨손을 쳐다보며 힘을 냈다. 넝쿨손
은 무엇이든 움켜잡고 기어 올라간다. 지금 자신에겐 그런 악착
같은 생명력이 필요했다.

도이는 혼자 그렇게 생각하면서 씩 웃었다. 오늘은 과거의 조

현조에게 접촉하는 날이었다. 10년 전의 자신은 환청을 듣고 어떤 반응을 보일까. 어서 빨리 과거의 사건현장으로 가서 잔류사념과 접촉하고 싶었다.

외부 계단을 다 내려오도록 지석에게서 답 문자가 오지 않았다. 지석은 항상 도이의 문자메시지를 받으면 몇 초 만에 답장을 보내는 녀석이었기에 평소와는 다른 반응에 어쩐지 기분이 이상했다.

도이는 대문을 나가려다가 알 수 없는 불안감을 느끼고 그 자리에 멈춰 섰다. 지석의 집 현관을 돌아봤다. 일요일 오전 11시가 다 되어가는데 아직까지 가족 모두 자는 걸까? 비정상적일 정도로 고요했다.

도이는 지석의 집 현관을 물끄러미 바라보다가 마당을 지나 현관문을 두드렸다.

"지석아."

지석의 이름을 세 번째 불렀을 때였다. 그제야 집 안에서 기척이 났다. 잠시 후 지석의 아버지가 문을 열었다.

"……?"

훅 하고 밀려 나오는 집 안의 미적지근한 공기가 바깥의 찬 공기와 섞이면서 역한 냄새를 풍겼다. 도이는 얼굴을 찡그렸다.

열린 문틈으로 집 안이 보였다. 그런데 어디에도 지석의 모습이 보이지 않았다.

이미 지석의 고백을 들은 도이는 그의 의붓아버지를 아무런 감정 없이 대할 수가 없었다. 가슴속에서 치밀어 오르는 분노와 미움을 그대로 드러내며 차가운 눈빛으로 상대방을 노려봤다. 지석의 의붓아버지가 도이를 쳐다보는 눈빛 역시 살기로 가득 차 있었다.

"너희 엄마한테 유리창 깬 거 변상하라고 해."

"지석이 있어요?"

도이는 두 눈을 가늘게 뜨고 물었다.

"이게 뭘 믿고 이리 당당해. 남의 집 유리창을 깨부수고도? 니 아버지가 형사라고 이래? 그래 봤자 공무원 나부랭이잖아."

"지석이 어딨냐고! 지석아! 유지석!"

알 수 없는 불안감이 덮쳐왔다. 도이는 고함을 지르며 지석의 의붓아버지를 밀치고 집 안으로 들어가려고 했다.

"지석이 오늘 새벽에 가출했어, 이년아!"

지석의 의붓아버지는 집 안으로 들어오려고 발악하는 도이를 밖으로 밀쳤다. 그때 지석의 친형이 거실에서 나와 눈알을 부라렸다.

"너, 왜 남의 집에 돌을 던지고 지랄이야? 이게 불쌍하다고 봐줬더니 우리가 만만해?"

"뭐가 불쌍하다는 거지? 뭘 봐줬다는 거야?"

갑자기 도이의 등 뒤에서 목소리가 들려왔다. 뒤를 돌아보니 아버지가 굳은 표정으로 계단에 서 있었다.

순간, 지석의 의붓아버지와 친형의 표정이 돌변했다.

"아이쿠! 이 형사님, 오랜만에 뵙습니다. 출근하시는 길인가 봐요?"

지석의 의붓아버지는 재빨리 현관문 밖으로 나와 사람 좋게 웃었다. 뒤가 켕기는 것이 있는지 비열할 정도로 굽실거렸다.

지석의 친형과 의붓아버지가 잠시 도이에 대한 경계를 늦춘 사이, 도이는 지석의 의붓아버지의 등을 확 떠밀고는 집 안으로 뛰어 들어가 안대를 벗었다.

거실로 들어가 벽을 짚는 순간 공기의 순환이 달라졌다. 오른쪽 동공은 이 집 안에 잔류하는 사념들 중 가장 강한 감정이 깃든 것부터 찾아내기 시작했다.

시간 순서 없이 뒤섞인 사념들 속에서 도이가 보고자 하는 사념이 감지되자 오른쪽 눈은 환하게 빛을 발했고 왼쪽 눈은 죽었다.

싸늘한 정적이 집 안 곳곳에 포복해 있었다. 짐승 같은 두 남자의 신음이 공기 속을 유영했다. 공간은 두 남자의 신음과 지석의 공허를 삼키고 뱉어내기를 반복했다. 거실 바닥엔 가학행위를 위해 준비된 기구들이 아무렇게나 뒹굴고 있었다.

두 남자가 지석의 상체와 하체를 나눠 잡고 지석의 방에서 나왔다. 축 늘어진 지석의 팔이 허공에서 맥없이 흔들렸다. 공기가 물처럼 일렁였다. 지석에겐 숨이 붙어 있지 않았다. 두 남자는 이미 싸늘해진 지석을 안방으로 데리고 들어갔다.

바닥엔 오물로 보이는 것들이 점점이 떨어져 있었다. 코끝을 스치는 죽음의 냄새에 도이는 입을 틀어막고 비틀거렸다.

도이는 지석의 방 안에서 무엇을 보게 될지 두려웠고, 무엇을 보게 될지 알 것 같아 분노로 몸을 떨었다. 도이는 마른침을 삼키고 지석의 방문을 열었다.

지석의 의붓아버지가 하얗게 핏기 가신 얼굴로 아래를 내려다보고 있었다. 그의 두 다리 사이엔 입을 벌린 채 숨을 쉬지 않는 지석이 엎드려 있었다. 눈물로 채워진 공허한 두 눈은 방문 쪽을 향해 있었다. 가늘고 하얀 목에는 두 개의 엄지 자국이 선명했다.

"씨발, 좀 작작하라고 했잖아!"

"이 새끼가 누굴 탓해? 너도 좋아했잖아!"

지석의 의붓아버지와 친형이 서로에게 책임을 미루며 싸웠다.

"2층 년, 돌 던진 거 말이야. 아무래도 이 새끼가 분 거 같아. 안 그래?"

"자기 아버지한테 알리면 우리는 어떻게 되는 거야?"

"씨발, 알리기 전에 죽여버려야지."

"내친김에 다 죽여?"

"지금 올라가서 그년 목도 따자. 지금 2층엔 그년뿐이야."

의붓아버지의 눈이 살기로 번들거렸다.

그때였다. 밖에서 열쇠로 대문을 여는 소리가 났다. 지석의 친형이 일어나 안방 유리창 너머로 밖을 훔쳐봤다.

"젠장, 이 형사야."

"그 새낀 왜 하필 딱 지금 들어오냐?"

"씨발, 잘됐네. 그 새끼도 죽이자. 형사라고 죽이지 못한다는 법 있냐?"

"권총 갖고 있을지도 모르잖아?"

지석의 의붓아버지와 친형은 낭패감이 깃든 눈으로 서로를 쳐다봤다.

지석의 집은 비정상적인 성적 충동에 사로잡힌 괴물들이 벽과 지붕이라는 은밀한 울타리 안에 숨어 음탕한 짓을 마음껏 저지르던 곳이다. 도이는 지석의 시신을 옆에 두고서도 살 궁리를 하고 있는 두 사람의 행동에 구역질이 났다.

아버지가 집에 없었다면 도이는 지금 죽은 목숨이었다. 그 사실을 떠올리자 목덜미가 서늘했다. 내친김에 다 죽여버리자는 무시무시한 말을 아무렇지도 않게 내뱉는 지석의 의붓아버지는 대체 어떤 인간일까. 그녀의 가족이 몰살당할 수도 있었다.

도이는 주먹을 움켜쥔 채 지석의 방에서 나와 안방으로 갔다.

"야, 너 어디 가?"

현관에 서서 도이의 행동을 눈으로 좇으며 좋은 이웃을 가장하고 있던 지석의 형과 의붓아버지는 마침내 인내심이 바닥난 듯 거의 동시에 소리를 지르며 거실로 뛰어 올라가려 했다. 하지만 그들보다 먼저 도이의 아버지 이상민이 현관 앞을 막아섰다.

"내가 데리고 나갈 거야. 내 딸 손끝 하나라도 건드리면 니들 가만 안 둬!"

지석의 의붓아버지와 친형은 이상민의 기세에 멈칫했다. 이상민은 거실로 뛰어 올라가 도이의 팔을 붙잡고 애원했다.

"도이야, 집에 가자. 제발!"

딸의 오른쪽 눈 흰자위에 언젠가 봤던 그 파란 기운이 서려 있었다. 그가 멈칫하는 순간, 도이는 그의 손을 뿌리치곤 안방 문을 열었다. 방 안은 텅 비어 있었다. 도이는 원망의 눈초리로 지석의 의붓아버지와 친형을 돌아봤다. 두 남자는 눈을 가늘게 뜨며 보란 듯 도이와 시선을 맞췄다. 도이는 후덜후덜 떨면서 방바닥에 깔려 있는 이불과 요를 밟고 가 커다란 자개옷장 문을 활짝 열었다.

"……!"

옷걸이에 걸린 옷들 아래에 지석이 누워 있었다. 도이의 오른쪽 동공이 커다랗게 벌어졌다. 바로 그 순간 그것이 도이에게 뛰어들었다.

"나가!"

안방으로 뛰어 들어온 지석의 의붓아버지가 자개옷장 문을 거칠게 닫으며 고함을 질렀다. 이상민은 도이를 붙잡았다.

"도이야, 이게 무슨 짓이야?"

"아빠, 저 안에 지석이가…… 지석이 시체가……."

그 말을 가까스로 내뱉은 도이는 의식을 잃었다.

7장

시신과의 교감

무엇인가 도이를 향해 다가오고 있었다. 방 안에 혼자 있던 도이는 소름이 돋았다.

눈에는 보이지 않는 어떤 힘이 도이의 상체를 확 밀쳤다. 도이는 그 힘에 떠밀려 벽에 뒤통수를 부딪히고 쓰러졌다. 방 안에는 그녀 혼자뿐인데, 계속 보이지 않는 힘에 공격당하고 있었다. 그것은 도이를 바닥에 내리꽂더니 허리를 들어 올려 엉덩이를 세웠다. 무엇인가 강한 힘이 몸 안으로 파고들었다. 엉치뼈가 강제로 벌어지는 듯한 극악한 고통에 비명을 질렀다. 도이는 그것으로부터 벗어나기 위해 필사적으로 버둥거렸다. 눈에 보이지 않는 극악무도한 힘은 도이의 입을 틀어막고 목을 조르며 그녀의 몸을 마음대로 유린하기 위해 거침없는 폭력을 썼다.

도이는 이 불가사의한 힘이 대체 어디서 왔는지, 어떻게 해야 하는지 알 수 없었다. 계속 신체에 가해지는 폭력이 지옥 같을 뿐이었다.

폭력이 끝났다. 그 힘을 감당할 수 없었던 도이는 시체가 되어 누워 있었다.

기분 나쁘게 바스락거리는 무엇인가가 몸을 친친 감기 시작했다. 갑자기 진공상태가 되었다.

도이는 꿈인지 환각인지 알 수 없는 상태에서 지석의 시신과 교감했다. 도이는 지석이었고 지석은 곧 도이였다. 도이는 시체 상태의 지석이 듣고 느낀 것을 그대로 듣고 느꼈다.

텔레비전 소리가 났다. 축구 중계방송이었다. 라면 끓이는 냄새가 났다. 면발을 빨아올리는 후루룩 소리와 쇠 젓가락이 냄비 뚜껑에 부딪치는 소리도 들렸다.

도이가 보고 싶었다. 도이와 함께 손목을 긋고 난 후, 팔에 흐르는 피를 서로 문질러 피를 섞던 때가 떠올랐다. 도이만 있으면 다른 사람은 필요치 않을 만큼 도이를 좋아했는데 고백도 하지 못했다.

지석은 고개를 돌릴 수가 없었다. 손가락 하나도 마음대로 움직여지지 않았다.

배변으로 젖은 더러운 팬티를 깨끗한 것으로 갈아입고 싶었다.

냄새를 맡고 온 쉬파리가 그의 몸 위로 기어다녔다. 파리는 그를 친친 감은 두꺼운 압축 비닐을 뚫고 들어가지 못한 채 계속 그 위를 배회했다.

시체 상태로 일곱 시간이 지났다.

도이는 지금 자고 있겠지?

도이에게 게이가 아닌 멋진 남자로 보이고 싶었다. 학교 친구들은 모두 그를 게이라고 놀렸지만 그는 게이가 아니었다. 그는 도이를 좋아했다. 도이에게만큼은 자신이 성폭행을 당하며 산다는 것을 들키고 싶지 않았다.

시체 상태로 열 시간이 지났다. 시체 주제에 숨을 쉬고 있다. 배가 고프다고 중얼거려봤지만 소리가 나지 않는다.

시체 상태로 아침을 맞이했다. 밖에서 요란한 소리가 들려왔다. 밖에서 도이가 그를 부르는 소리였다.

가슴이 벅찼다. 도이가 찾아왔다. 기다림이 그리 길지 않아 다행이었다. 도이에게 작별 인사를 할 수 있게 됐다. 시커멓게 죽은 심장이 두근거렸다.

"도이야! 정신 좀 차려봐. 이 애가 왜 이러는 거야!"

도이는 정신을 차렸다. 어머니가 하얗게 질려 그녀를 내려다보고 있었다.

"정신이 좀 드니? 난 니가 죽은 줄 알았어. 아무리 불러도 대답도 안 하고, 숨도 안 쉬는 것 같아서 얼마나 놀랐다고. 지금 구급차 부르려던 참이었어."

"온몸이 찢기는 것처럼 아파."

도이는 울었다. 울면서 깨달았다. 눈에 보이지 않던 힘은 지석의 의붓아버지와 친형이 지석에게 가한 비열한 짓들이었다.

그 자개옷장 속에는 투명한 비닐에 압축된 지석의 시신이 있었다.

지석은 등을 바닥에 붙인 채 반듯하게 누워 있었는데 도이의 오른쪽 동공이 지석의 탁해진 검은 동공과 마주치는 순간, 지석이 죽어가면서 유서처럼 남겨둔 사념이 그녀의 오른쪽 동공 속으로 뛰어들었던 것이다.

도이는 가까스로 지석과 자신을 분리했다.

"그래, 그래. 병원 가자. 일어나 옷 입자, 응?"

도이는 고개를 가로저었다.

"응? 왜 그래? 또 악몽 꿨어? 가위 눌린 거야?"

확실히 꿈은 아니었다. 하지만 동시에 왜 그런 현상을 겪었는지도 알 수 없었다. 어머니가 흔들어 깨우지 않았다면 계속 지석이 되어 죽음의 공포를 느꼈을지도 모른다.

"아냐. 엄마, 이제 괜찮아졌어. 일 안 나갔어?"

"월요일이잖아. 식당 쉬는 날이야. 진짜 괜찮아?"

"지석이 시신은?"

"세상이 왜 이러니! 아래층에서 그런 일이 벌어지고 있다는 걸 누가 알았겠어? 의붓아버지치곤 자식한테 잘해준다 싶어서 좋게 봤는데, 정말 사람은 겉만 보고는 모르는 거야. 나쁜 인간들."

어머니는 한숨을 내쉬었다.

"학교는?"

"학교에 결석 전화해뒀어."

"지석이 아버지랑 형은 잡혔어?"

"아니, 둘 다 도망쳤어. 지금 경찰이 찾고 있대."

도이는 죽은 지석의 모습을 떠올렸다. 비닐 속 지석은 솔기가 뜯어져 너덜너덜해지고 오래 입어 칙칙한 색으로 변한 흰색 팬티를 입고 있었다. 그 팬티가 도이의 마음을 아프게 했다. 지석이 방탄소년단*을 좋아해서 최근 몇 년 동안 생일 선물은 방탄소년단의 사진으로 해줬다. 이렇게 사는 줄 알았다면 차라리 비싼 속옷을 선물할걸.

도이는 매번 지석에게 비싼 방탄소년단의 사진을 선물했는데 지석은 항상 연필 한 자루라든가 자기가 쓰던 물건, 직접 그린 그림 같은 걸 그녀의 생일에 선물했다. 그때마다 말로는 그녀를 하나뿐인 베프라고 하면서 돈을 쓰는 것은 그렇게 아까운 건가 싶은 생각이 들어 서운해지곤 했다. 속 좁았던 자신이 미웠다.

"내 안대는?"

"여기. 아버지가 사다놓고 나갔어."

어머니는 새 안대를 내밀었다.

안대를 받아 착용하는데 하반신 쪽으로 엉치뼈가 강제로 벌어질 때의 극악한 고통이 스쳤다. 그녀에게 달라붙었던 지석의 사념은 아직 떠나지 않았다. 도이는 분노와 환상통으로 몸을 떨었다.

* 방탄소년단—2013년 6월 13일에 데뷔한 대한민국의 7인조 보이그룹. 전 세계에 걸쳐 팬덤이 있으며 대한민국 최초로 빌보드 뮤직 어워드에서 수상했다. 방탄소년단(防彈少年團)이란 십대들이 살아가면서 겪는 편견, 억압을 선두에 서서 막아내겠다는 뜻이라고 한다. 팬클럽 이름인 'A.R.M.Y'는 '군대'라는 뜻으로 방탄복과 군대는 항상 함께하므로 방탄소년단과 팬클럽도 항상 함께라는 끈끈한 연대감을 보여준다.

도이는 오후 5시쯤 경찰의 전화를 받고 경찰서로 갔다. 지석의 사건 담당 형사에게 참고인 진술을 했다. 형사는 옷장 안에 지석의 시신이 있다는 걸 어떻게 알았는지 물었다.

도이는 '등굣길 락스 사건'을 당한 후로 정신과 치료를 받고 있는데, 그냥 그런 기분이 들었다고 얼렁뚱땅 넘겼다.

"아, 네가 이상민 선배님 딸이구나."

도이가 고개를 끄덕이자 형사는 더 이상 그 질문을 되풀이하지 않았다. 정신과 치료를 받고 있다고 말하면 대부분의 사람들은 색안경을 끼고 본다. 단지 상담 치료를 받고 있을 뿐인데 정신병 환자 취급을 한다. 그녀를 참고인으로 부른 형사 역시 정신병 환자와 이야기해봤자 얻을 것이 없다고 생각했거나 아니면 대중의 동정심을 한꺼번에 받았던 '조현조'를 취조한다는 사실에 죄책감을 느낀 것인지도 모른다.

도이가 자리에서 일어났을 때였다. 젊은 형사가 도이의 어깨에 손을 얹으며 말했다.

"음…… 백만우 출소일이 다가온 건 알고 있겠지만……."

"……!"

"무서워하지 않았으면 좋겠다. 이 아저씨가 매일 밤낮으로 네집 앞을 방범 돌 거니까."

그냥 하는 말이 아닌 것 같았다. 도이를 응시하는 눈빛에서 어떤 강한 의지 같은 것이 느껴졌다.

'등굣길 락스 사건'이 세상에 알려진 후 대중의 무의식 속엔 조현조는 보호받아야 마땅한 아이라는 인식이 자리 잡았다. 그러고 보면 다른 아동성폭행 피해자들과 달리, '조현조'는 운이 좋게도 대중의 보호 아래 살아온 것이라 해도 틀린 말은 아니었다.

그녀는 조현조를 아는 모든 사람들의 눈으로부터 도망치려 했고 숨으려 했고 그 눈들을 관음증이라 생각하며 증오했다. 하지만 지금 생각해보면 사람들의 표현 방식은 각자 달랐지만 사랑받아왔던 것이다. 무엇이든 삐딱하게 받아들이면 삐딱하게 보일 수밖에 없다. 처음 만난 경찰이 건넨 따뜻한 한마디에 도이는 그것을 어렴풋이 깨달았다. 이젠 다른 사람의 진심을 믿어볼 때가 된 것 같았다.

도이는 경찰서에서 나왔다. 밖에서 기다리고 있던 석윤이 손을 들었다 내렸다.

"날 살린 것처럼, 지석이도 살리자."

석윤이 말했다. 도이는 놀란 눈으로 석윤을 쳐다봤다.

"지석이한테 다 들었어, 네 능력."

석윤은 도이가 지석이 핑계를 대고 둘러댔듯이 거짓말을 했다. 순진한 도이는 아랫입술을 잘근 깨물고 고개를 끄덕였다.

이번에야말로 그 잔류사념에 접촉한다는 걸 실제로 볼 수 있을지도 모른다. 석윤은 끓어오르는 기대감으로 마른침을 삼켰다.

8장

지석의 사념과 접촉하다

노란색 접근 금지 띠가 지석의 집 현관문 손잡이에 친친 감겨 있었다. 안방 창문은 깨진 그대로였다. 사건현장이 아니라 폐가 같았다. 현관으로 들어가면 접근 금지 띠를 건드릴 것 같아 망설여졌다.

"어떻게 하려는 거야?"

석윤이 물었다.

"안에 들어가서 지석이 살해당하기 직전의 잔류사념을 찾아 도망치라고 말할 거야."

"그 잔류사념이라는 거 내 눈에도 보일까?"

도이는 의뭉스러운 표정으로 석윤을 돌아봤다. 불현듯 석윤의 어투에서 위화감이 느껴졌다. 도이의 눈빛이 의심스럽게 바뀐 것을 깨달았는지 석윤은 속내를 숨기려는 사람처럼 주변으로 시선을 돌렸다.

"부엌 쪽 문으로 들어가면 돼."

도이는 좁은 통로 뒤에 있는 부엌으로 갔다. 부엌문은 싸구려 합판으로 대충 만들어 붙인 문이어서 방치되어 있을 거라 생각했는데 뜻밖에도 자물통으로 잠겨 있었다.

석윤은 문을 흔들어보더니 다짜고짜 세게 걷어찼다. 빠직—하고 통쾌한 소리를 내며 문이 부서졌다.

"뭐 어차피 이런 문이라면 집주인이 새로 다는 게 나을 것 같아서 말이야."

석윤은 별일 아니라는 듯 말하며 도이를 들여보냈다. 도이는 안으로 들어가서 안대를 벗었다. 부엌에 고여 있던 어두운 사념들이 일제히 피어올랐다. 부엌에 퍼지고 앉아 벽에 뒤통수를 찧으며 신세를 한탄하고 있는 지석과 지석을 두들겨 패는 친형과 한쪽 팔로 지석의 목을 가두고 다른 손을 지석의 바지 속으로 집어넣는 의붓아버지의 모습이 무질서하게 뒤섞여 있었다.

"뭐가 느껴져? 보여?"

석윤이 끼어들었다.

"쉿, 밖에서 망봐줘. 혹시 경찰이 올지도 모르니까."

"알았어. 하지만 지석이를 살리면 우린 어떻게 돼? 우리 현실도 바뀌는 거야? 평행세계인지 뭔지로 다 같이 건너뛰는 거야? 그럼 지금 이곳의 나는 어떻게 돼?"

도이는 안대로 오른쪽 눈을 다시 가리고 석윤을 바라봤다. 질문을 하고 있을 때가 아니라는 걸 그제야 깨달았는지 석윤은 더이상 방해가 되지 않으려고 부엌을 나갔다.

도이는 무수한 사념들 속에서 지석이 죽기 전에 남긴 사념을 찾기 위해 집중했다. 오른쪽 눈은 차근차근 사념의 프레임들을 넘겼다.

지석이 부엌에서 저녁 준비를 하고 있었다. 전기밥솥에 밥은 이미 되어 있고, 싱크대 위에는 콩나물 무침과 멸치 그리고 고추장이 반찬으로 놓여 있었다.

자신에게 닥칠 끔찍한 일은 상상도 못 한 채 이어폰으로 방탄소년단의 노래를 들으며 풋고추를 썰었다.

도이는 시간을 확인했다. 현재 시간은 월요일 밤 8시. 지석은 일요일 새벽 도이와 함께 편의점을 다녀온 후 살해당했다. 도이는 부엌에 남아 있는 토요일 오후, 지석의 사념에 접촉했다. 그러고는 온 힘을 다해 생각을 불어넣었다.

—도망가. 그 집에 있으면 넌 죽어!

지석은 저녁을 먹고 나면 형과 의붓아버지와 함께 촛불집회에 가야 한다는 것이 싫었다. 혼자 가거나 도이, 석윤 형과 함께 가고 싶었지만 어쩔 수 없다.

—도망가. 그 집에 있으면 넌 죽어!

생각에 잠겨 밥을 푸던 지석은 흠칫했다. 갑자기 떠오른 생각에 위화감이 느껴졌다.

'죽는다고?'

—넌 내일 새벽에 네 아버지와 형 손에 죽어.

분명, 묻고 대답하는 것은 그 자신이 틀림없었음에도 누군가 그에게 생각을 불어넣어주는 것처럼 여겨졌다. 하지만 그런 묘한 생각이 어디에서 비롯되었는지는 알 수 없었다.

　─도망가.

　다시 생각이 들려왔고 그는 귀를 기울였다. 불현듯 도이가 떠올랐다. 잔류사념, 생각을 불어넣어 선택의 기회를 주는 환청, 평행세계 어쩌고 저쩌고 신이 나서 떠들었는데, 설마 그런 건 아니겠지?

　지석은 자신의 생각 같기도 하고 아닌 것 같기도 한 생각에게 물었다.

　'어디로?'

　환청과 대화가 가능할 줄 알았는데 답은 돌아오지 않았다.

　지석은 초조했다. 평소에도 죽게 될지도 모른다는 위험을 느껴왔다. 의붓아버지는 매번 그 짓을 하면서 지석이 기절하기 직전까지 목을 조르거나 서슴없이 주먹을 항문 속으로 집어넣고 휘젓는다.

　몇 분 전까지만 해도 죽고 싶다고 생각했는데 막상 정말 죽을지도 모른다는 생각이 들자 두려웠다. 밥그릇에 밥을 퍼 담던 지석은 손에 들고 있는 것을 내려놓고 부엌문으로 나갔다.

　의붓아버지가 볼록 튀어나온 배를 철썩이며 마당에서 줄넘기를 하고 있었다. 지석은 2층 외부 계단과 대문을 번갈아 쳐다봤다.

　'2층으로 올라가면 아버지가 쫓아올 거야. 그리고 도이가 이상하게 생각하겠지?'

　"거기서 뭐해? 밥 다 됐어?"

　의붓아버지는 줄넘기를 멈추고 숨을 헐떡이며 물었다.

　"두, 두부가 상했어. 두부 한 모 사올게."

　"아, 씨발, 두부 같은 건 빨리빨리 먹어치워야 한다고 했잖아? 돈 아깝게. 빨리 사와!"

"뭐래? 된장국 다 끓여졌던데?"

부엌문 쪽에서 형이 걸어 나왔다.

"두부 안 넣었다잖아."

"안 넣긴 뭘 안 넣어? 두부 들어 있던데."

"그, 그건 쉰 거야. 다시 끓여야 해서."

지석은 재빨리 대문을 열고 도망쳤다. 그에게 도망치라고 경고한 목소리에 대해서는 나중에 도이와 이야길 해볼 생각이었다.

"저 새끼 왜 저래!"

의붓아버지는 줄넘기를 다시 시작하며 중얼거렸다.

"빨리 와!"

지석의 친형은 어디론가 달려가는 지석의 뒷모습에 대고 소리쳤다.

부엌에 고여 있던 지석의 사념이 흐릿해지고 있었다. 잔류하던 사념이 지워진다는 것은 그 장소에 맺혀 있던 사념의 원인이 해소되었다는 의미고, 동시에 새로운 평행세계가 분기되었다는 뜻이다. 이곳은 지석이 살아 있는 또 다른 평행세계. 하지만 지석이 살아 있는지 아닌지는 아직 알 수 없었다.

"야! 여기서 뭐하냐?"

한숨 돌리려는데 누군가 그녀를 불렀다.

도이 앞에 지석의 의붓아버지가 서 있었다.

"악!"

도이는 비명을 지르며 뒤로 물러났다.

"왜 그렇게 놀래? 근데 넌 학교도 안 가고 남의 집 부엌에서 뭐해?"

그는 핫도그를 와작 베어 물고, 들고 있던 캔 맥주를 마셨다. 역한 술 냄새에 도이는 숨을 참았다.

"지, 지석인요?"

"지석인 학교에서 아직 안 왔지. 넌 왜 여기 있어?"

도이는 안도했다. 다행스럽게도 이곳은 지석이 살아 있는 평행세계였다.

2부

제3평행세계의 시작

1장

수혁

　집을 나온 도이는 대문에 기대서서 지석에게 문자메시지를 보냈다. 지금은 학교 야간자율학습 시간이었다. 문자를 전송하자마자 금세 답 문자가 왔다.

　—뭐야, 너 어디야? 왜 결석했어?

　지석의 문자를 보자 울컥했다. 옆에 있었다면 안아줬을 것 같았다.

　—죽으면 안 돼. 넌 나한테 너무너무 소중한 친구란 말이야. 알았지?

　—쳇, 이도이 삐꾸. 무슨 소리를 하는지 모르겠네. 소중은 무슨 얼어죽을 놈의…….

　—살아 있으니 됐다.

　—그럼 내가 죽었었냐? 너 똑바로 말해봐. 그렇잖아도 이상한 경험을 해서 찝찝한데.

―이상한 경험?

―나중에 만나서 이야기해줄게.

뭐라고 답 문자를 쓰려는데 누군가 도이 앞에 와서 섰다.

도이는 무심코 고개를 들다가 악, 하고 짧은 비명을 질렀다. 자상으로 뒤덮인 얼굴을 한 남자가 서 있었다.

"니가 이도이냐? 바로 해도 이도이 거꾸로 해도 이도이?"

도이는 남자의 얼굴을 보자마자 누군지 직감했다. 한 번도 만나본 적은 없지만 자상으로 뒤덮인 얼굴만으로 그가 누군지 알수 있었다. 석윤이 당했어야 할 일을 대신 당한 윗동네 소년. 그녀는 무의식중에 손바닥으로 자신의 오른쪽 뺨을 가리며 뒤로 물러섰다.

"내가 누군지 아는 것 같은데?"

"내가 여기 사는 거 어떻게 알았어?"

"궁금하면 타."

도이는 불안한 시선으로 골목길에 주차되어 있는 검은 승용차를 돌아봤다.

남자가 검은 승용차 쪽을 보며 고개를 끄덕이자 뒷좌석의 창문이 스르르 내려왔다.

재갈이 물린 석윤의 얼굴이 보였다. 몇 대 맞은 듯 얼굴에 피멍이 들어 있었다. 검은 창문은 다시 닫혔다.

남자는 그래도 제 발로 타지 않겠느냐는 듯 도이를 쳐다봤다. 도이는 할 수 없이 차에 올라탔다.

차 안에는 그 남자 말고도 바싹 마른 몸매의 운전기사를 포함

해 한 명의 남자가 더 있었다. 커다란 덩치의 그 남자는 뒷자리에 앉아 있는 석윤 옆을 지키고 있었다. 도이는 그 남자를 사이에 두고 앉아 석윤을 돌아봤다.

'괜찮아?'

석윤이 고개를 끄덕였다. 두 사람은 눈빛을 주고받았다.

"풀어줘."

도이가 말했다.

"니가 일을 제대로 하면."

차가 출발하자 조수석의 남자는 고개를 뒤로 돌려 두 사람을 쳐다봤다.

"내가 이 얼굴 땜에 초등학교 졸업장도 없어. 그때부터 지금까지 홈스쿨링하고 있지. 다행히 우리 집이 좀 살거든. 윗동네잖아. 니들은 아랫동네고."

석윤도 도이도 비위를 긁는 그의 말에 대꾸하지 않았다. 아무런 반응이 없자 그의 눈빛이 싸늘해졌지만 잠시였다.

"내가 니들 둘을 어떻게 찾았는지 궁금하다고 했지? 말해줄게."

그의 눈동자는 흥분으로 반짝였다.

만화 속의 캐릭터처럼 차려입은 소년은 사립탐정 사무실로 들어갔다. 소년은 색 바랜 청바지에 운동화, 흰색의 헐렁한 스웨터를 입고 샤기컷의 약간 긴 머리에 얼굴은 희고 갸름했다. 구부정한 자세에 묘한 눈빛의 소년은 츄파춥스를 입에 물고 있었다.

"어서 오세요."

사립탐정은 이 생소한 캐릭터에서 시선을 떼지 못한 채 말했다.

"의뢰를 하려는데요."

소년은 어눌하게 말했다.

"일단 거기 좀 앉아요."

소년이 소파 위에 올라가 쪼그리고 앉는 걸 본 사립탐정은 갑자기 픽 웃었다.

"엘?"

"어떻게 아셨어요?"

"내가 데스노트 광팬이거든."

"데스노트 엘, 코스프레 중이에요."

"아, 편하게 앉지 그래?"

"이게 제 캐릭터라서요."

"아, 뭐, 그렇다면. 마실 거라도?"

"핫초코요. 전 당이 떨어지면 안 되거든요."

사립탐정은 핫초코가 담긴 머그잔을 소년 앞에 내려놓고 늘 하듯 의뢰 내용을 녹음하기 위해 휴대폰의 녹음 버튼을 눌렀다.

"나이, 이름, 주소, 학교를 말해주겠니?"

"안수혁, 열아홉, 미늘동 윗동네 거주. 홈스쿨링 중."

홈스쿨링이라는 말에 사립탐정은 다시 한 번 수혁을 흘끗 쳐다봤다.

"의뢰할 건?"

"2006년 12월에 미늘동에 거주했으며 12월 2일 자정에서 새벽 3시 사이에 아버지는 집을 비웠고, 어머니는 그 시간에 집으로 귀가했으며, 아들 혼자 집 안에 있었던 집 혹은 그 아들을 찾고 싶어요."

수혁의 하얀 얼굴이 신기해 빤히 쳐다보던 사립탐정은 그제야 가면 같은 두꺼운 파운데이션 아래에 덮인 무수한 자상을 발견하곤 놀랐다.

"의뢰가 꽤 독특하구나. 왜 그런 의뢰를 하는 건지 알고 싶은데?"

"그건 그런 사람을 찾아오면 알려드릴게요."

"장난치는 건 아니지?"

"녹음기 앞에 놓고 장난칠 사람도 있나요? 제가 말한 조건에 딱 맞는 사람을 찾아주세요."

사립탐정은 곰곰이 생각해보고 대답했다.

"불가능한 일은 아니야. 발품만 부지런히 판다면. 일단 착수비는 선불로 지불하고 사람을 찾게 되면 실비를 청구할게. 미늘동 안을 뒤지는 건 어렵지 않아. 운이 좋아 미늘동 안에서 찾아지면 좋겠지만 그 시기에 미늘동에 살다가 이사를 갔다면 일은 복잡해지겠지. 하지만⋯⋯."

사립탐정은 눈알을 굴리더니 다시 말을 이었다.

"너 미늘동 주부 강간 살해사건 피해자 아들 맞지?"

수혁은 씩 웃었다.

"탐정은 그냥 되는 게 아니네요. 눈치가 몹시 빠른걸요?"

"눈치가 아니라, 난 한번 본 건 다 기억하거든. 네 사건은

2006년도에 일어났지. 뭐 아무튼, 그러니까 네가 찾는 그 남자란······."

"내가 당한 불행을 피해 간 놈."

"······?"

끔찍한 사건을 당한 수혁은 그날 이후로 공황장애에 시달렸다. 바깥출입이 불가능할 정도였다. 하지만 코스프레를 하면 아무 문제도 없었다. 묘하게도 코스프레를 하면 사람들의 시선을 오히려 더 받게 되는데 그때는 그 시선이 조금도 두렵지 않다는 것이다.

'내가 아닌 다른 사람'이 되어 있기 때문이었다.

코스프레를 하면 내부에서 꿈틀대는 불안감과 공포감이 없어지고 공황장애도 사라진다.

VIP 고객인 수혁을 위해 전문 코스프레숍 사장이 직접 만든 컨실러에는 실리콘이 잔뜩 들어가 있어 그것을 바르면 자상을 입어 엉망이 된 얼굴의 표면을 매끄럽게 보이게 했다. 물론 자세히 보면 아니지만.

그 얼굴에 짙은 화장을 하고 가발을 쓰고 거울 앞에 서면 다른 사람이 된 자신의 모습을 보게 된다. 그러면 행동과 말에 자신감이 생겨 바깥으로 나갈 용기가 생겼다. 하지만 얼굴은 그렇게 감춰진다고 해도 이 불행을 왜 하필 자신이 겪어야 하는지라는 원망은 계속 그를 쫓아다녔다.

그 원망은 잊고 있다가 어쩌다가 간헐적으로 떠오르는 그런 종류의 감정이 아니었다.

미늘동에만 해도 수많은 사람들이 있는데 왜 하필 그의 집이었을까. 왜 하필, 그날 그 시각 서진구란 악마는 그의 옆집도 그의 뒷집도 아닌 그의 집으로 숨어든 것일까.

왜 서진구는 삐쩍 마르고 완력이라고는 없었던 아홉 살짜리 꼬마를 단숨에 죽이는 대신 뚝뚝 흐르는 엄마의 피가 묻어 있는 칼로 그의 얼굴을 난자하고 도망쳤던 것일까. 차라리 죽였다면 이토록 고통스러운 삶을 살지 않아도 되었을 텐데. 살아남아 다행이 아니라, 살아남아 끔찍했다. 그것은 범인이 남긴 악의라고밖에는 설명할 수 없었다. 뉴스에서도 고의적이고 악의적인 면이 더 강한 사건이라고 말했다.

"왜 하필 나였을까요?"

수혁은 몸이 어느 정도 회복되고 난 후, 병실의 다른 환자들에게 물었다.

"그게 왜 하필 너였는지는 누가 알겠니? 그냥 그 새끼가 그날 더럽게 기분이 나빠서였다고 생각하고 살아갈 수밖에."

"부모가 지은 죄가 많나 보다."

"만약 니 집이 아니라 니 옆집이나 뒷집이 당했다고 가정한다면 그 집들도 너처럼 생각할 거야. 왜 하필 우리 집이었을까? 다 그런 거야."

"잘못된 시간, 잘못된 장소에 니 어머니가 있었던 거야."

다들 한 마디씩 대답해줬지만 그나마 그의 마음을 끈 것은 마지막 답이었다.

서진구가 침입했던 비극의 그날 밤, 어머니는 감기에 걸려 앓고 있는 수혁을 혼자 두고 외출했다. 그가 병원에서 의식을 회복

했을 때 아버지는 어머니가 그 시각에 밖에 나간 이유를 말해줬다. 어머니는 분리수거한 음식물 쓰레기와 재활용품이 든 쓰레기 봉투를 버리고 돌아오면서 서진구를 달고 들어온 것이라고. 그때는 그 말을 믿었지만 시간이 지난 후 그가 깨달은 것은 그날은 아버지가 야근하던 날이란 점이었다. 야근했던 아버지가 어머니가 재활용 쓰레기를 버리러 나갔다는 걸 어떻게 알았을까. 그는 아버지에게 다시 물었고, 아버지는 경찰 조사 때 옆집 아주머니에게 들었다고 둘러댔다. 그는 아직까지도 그 시각에 아픈 아들을 혼자 두고 어머니가 외출한 이유를 알지 못했다.

이 세상의 그 누가 자신이 있는 곳이 잘못된 시간, 잘못된 장소란 걸 알고 행동할까.

그 대답 역시 그의 마음을 완전히 치유해주진 못했다. 그러던 중 코스프레 모임에서 만난 여자애가 해준 대답이 그를 사로잡았다. 여자애의 이름은 안정희. 할아버지가 모 여고 교장이고 아버지가 대형기획사 사장, 어머니가 변호사인 집 딸로 그와 동갑이었다.

두 사람 모두 잘사는 집안 자식에 생각하는 것도 잘 맞고 무엇보다 성씨가 같아 만나자마자 서로에서 무척 호의적이었다.

"모든 일엔 원인과 결과가 있지."

정희가 심각한 표정으로 말했다.

"그럼 내가 이렇게 된 원인이 뭔데?"

"네게 도착한 불운은 누군가가 피해 갔기 때문에 네게 간 거야."

수혁은 갑자기 눈이 뜨이는 것 같았다. 비난할 실체가 생긴 것이었다. 그토록 해답에 목이 말랐던 것은 본능적으로 그가 겪은 사건의 이면에 숨겨진 불가사의한 뭔가를 느끼고 있었기 때문이다.

묘하게 변질된 희망일지 모르지만 불운을 그에게 떠넘긴 '그 누군가'를 찾아내고 싶다는 것이 삶의 목표가 되었다. 그 목표는 그에게 살아야 할 이유를 줬다. 그는 살기 위해 필사적으로 그것을 믿었다.

"나한테 그 불운을 던진 놈을 찾고 싶어."

"놈? 그게 남잔지 여잔지 어디 사는 누군지는 아무도 모르지."

"어디 사는 누군지 찾고 싶어."

"그걸 어떻게 찾아? 피해 간 그 사람도 자기가 피해 갔다는 걸 모르고 자기가 안 당했으니 다행이라고만 생각하고 살 텐데."

"피해 간 놈은 모르겠지만 당한 놈은 알지. 찾을 거야. 평생이 걸려도 찾고 싶어. 그러니까 방법을 말해봐."

"찾아서 뭘 하게? 시간을 되돌릴 수 있으면 몰라도 할 수 있는 일이 없잖아? 그리고 그게 하루아침에 찾아지는 것도 아니고."

"시간이 오래 걸릴수록 좋아. 그놈을 찾는 동안 내가 살 수 있으니까. 그거면 충분해. 난 매시매초 내 얼굴을 볼 때마다, 코스프레를 할 때마다 자살충동과 싸우고 있거든? 또 네 생각을 말해줘. 난 니 생각이 너무 마음에 들어. 넌 좀 특별한 애 같아."

수혁의 말에 《공의 경계》의 주인공 '료우기 시키'*를 코스프레한 정희는 잠시 눈을 굴리고 있더니 뭔가 생각이 떠오른 듯 진지

---

* 료우기 시키—《공의 경계(空の境界)》의 주인공. 나스 키노코가 쓰고, 타케우치 타카시가 삽화를 담당한 전기소설이다. 한국에서는 '학산문화사'를 통해 2005년에 출간되었다.

한 얼굴로 입을 열었다.

"굳이 방법을 찾는다면 그 시각 네가 사는 동네에 너의 경우처럼 집엔 성인남자가 없고, 가족 중 여자가 집 밖에서 안으로 들어오는 상황에 놓이고, 너와 같은 또래가 있는 집을 찾으면 되겠지. 하지만 이미 시간이 너무 흘러버려서 그런 집을 찾아내기란 불가능에 가깝지 않을까? 이사를 갔을 수도 있고."

"불가능하다니 더 해보고 싶은걸? 난 지금 누구하고라도 싸우고 싶거든."

"불가능이랑 싸워보겠다는 거야?"

"어."

"너 좀 웃겨. 근데 은근히 멋지기도 해."

정희가 멋지다고 말해주자, 어쩐지 의욕이 더 불타올랐다.

"넌 정말 예리해. 다른 사람이라면 너처럼 생각하지 못할걸."

수혁의 칭찬에 정희는 별것 아니라는 듯 피식 웃었다.

"내가 미스터리 소설 마니아거든. 혹시 교고쿠도 시리즈* 읽어본 적 있어?"

수혁은 대답을 할 수 없었다. 교고쿠도 시리즈가 뭔지도 모르고 소설은 1년에 한 권 읽을까 말까였다.

"뭐 모름 됐고. 나중에 한번 읽어봐. 교고쿠도 시리즈를 읽다 보면 이 세상에 일어나는 일은 단 하나라도 그냥 일어나는 게 아니라는 걸 알게 돼."

---

* 교고쿠도 시리즈—1994년부터 발표된 교고쿠 나츠히코의 미스터리 소설 시리즈. 한국에서는 '손안의책'에서 출간되었다.

수혁은 고개를 끄덕이긴 했지만 발음하기조차 어려운 이름 따 윈 이미 기억나지도 않았다.

"그래서 어쩌려고?"

"이럴 땐 우리 아버지가 돈이 많다는 것이 자랑스러워."

수혁은 잠시 생각한 후 대답했다. 돈지랄을 한다는 생각도 들 었지만 얼굴 때문에 자살을 생각하는 자신의 목숨값이라 생각하 니 속이 편했다. 그놈을 찾을 때까진 자살충동을 이겨낼 수 있을 것 같았다.

수혁이 이상한 의뢰를 하는 이유를 말하자 사립탐정은 천천히 고개를 끄덕이더니 수혁을 빤히 쳐다봤다.

"정말 찾고 싶은 것인지 아니면 찾지 않아도 그만인데 충동적 으로 내 사무실을 찾아온 것인지 확실히 하고 싶어. 의뢰비와 착 수비를 지금 일시금으로 지불해. 그럼 네가 정말 찾고 싶은 거라 고 생각하고 나도 최선을 다할게."

수혁은 당당하게 크레딧카드를 내밀었다.

"그런데 아무리 기다려도 탐정이 중간보고를 안 하는 거야. 연락도 물론 안 되고. 처음엔 사기꾼한테 의뢰비와 착수비를 떼 였다고 생각했어. 그래서 그 탐정을 사기죄로 신고할 생각을 했 는데 그때쯤 미늘동 잉크작업실에 사는 김석윤이라는 타투이스 트가 바로 내가 찾는 사람이라는 연락이 왔지."

석윤이 관심을 드러내기 시작했다.

"김석윤은 그날 그 시각, 어머니를 마중 나가라는 환청을 듣고 마중 나간 바람에 불운을 피해 갈 수 있었다고 탐정에게 신이 나서 떠들었다지. 나는 한 가지 궁금한 게 생기면 답을 얻을 때까지 파고들지 않으면 다른 일은 아무것도 하지 못하는 성격이야. 그 사건이 날 이렇게 만든 거지. 남들이 들으면 미쳤다, 혹은 할 일 없다고 생각할 비현실적인 것에 대한 의문이 김석윤이라는 실체로 답을 가지고 나타나자 나는 고무됐어. 정말로 찾게 될 줄 누가 알았겠냐고."

"그래서?"

"이번엔 김석윤에게 경고의 메시지를 보낸 환청을 추적해보자 싶었지. 나한텐 돈과 시간뿐이니까. 그래서 김석윤의 작업실에 CCTV를 설치하고 도청장치도 해뒀지."

수혁은 그렇게 말하고는 석윤의 반응을 살폈다. 석윤은 수혁을 빤히 쳐다보며 비웃었다.

"그리고 김석윤이 오랫동안 기록해온 환청 기록지를 손에 넣었어. 환청의 내용을 고스란히 기록해둔 그 노트만으로도 환청 발신자에 대한 많은 것들이 파악됐지."

도이는 두 눈을 가늘게 뜨며 수혁의 다음 말을 기다렸다.

"김석윤은 그날 이후로 단 한 사람의 환청만 줄곧 들어왔다고 적어뒀던데 그게 누군지는 나도 알 수 없었어. 그런데 CCTV를 감시하다가 알게 됐지. 그게 너라는 걸."

'내 생각을 계속 들어왔다고?'

도이는 석윤을 돌아봤다. 석윤은 무슨 생각을 하는지 알 수 없는 표정으로 수혁의 얼굴만 보고 있었다.

"긋고 싶어. 죽고 싶어. 내가 죽으면 우리 엄마 아버진 어쩌지? 중년남자는 무서워. 진짜 미쳐버리겠어. 밥 먹지 마! 넌 밥 먹을 자격도 없어! 죽어. 그 얼굴로 어딜 가. 모두가 널 이상한 눈으로 쳐다볼걸. 부모님을 자유롭게 해주기 위해선 네가 죽어야 해. 어디서 많이 들어본 것 같은 말 아냐?"

그 말들은 모두 도이가 자기 자신에게 한 것이었다. 도이는 그 말들이 석윤에게 들렸다는 것이 놀라웠다. 석윤은 그녀가 한 온갖 생각을 다 들은 것이었다.

"몰랐나 봐?"

수혁은 실실 웃으면서 도이와 석윤의 표정을 살폈다.

"뭐 그건 니들 사정이고, 오늘은 네가 내 얼굴을 원래대로 돌려줘야겠다."

"네가 그 사건을 피해 가면 또 다른 피해자가 생길 거야. 아니, 어쩌면 지금보다 더 불행한 일을 겪게 될지도 몰라."

도이는 담담하지만 단호한 목소리로 말했다.

"됐고. 헛소리 집어치워. 무슨 상관이야? 내가 왜 다른 피해자 걱정을 해야 해? 나더러 모든 걸 고스란히 받아들이라고? 난 이 얼굴 때문에 모든 걸 잃었어. 친구들은 아닌 척 괜찮은 척했지만 난 내 자신이 징그러워서 학교도 다닐 수가 없었고 여자를 사귈 수도 없었어. 길 가다가 이유 없이 경찰에 체포된 적도 있어. 우리 아버진 내 얼굴을 제대로 보지도 못해. 나중엔 번듯한 직장도 가질 수 없겠지. 이렇게 사느니 저 새끼랑 같이 죽는 게 나아."

도이 역시 백만우로 인해 망가져버린 자신의 과거를 바꿀 생각을 하고 있지 않은가. 자신이 간절한 것처럼 수혁 역시 간절할 것이다.

두 사람을 이렇게 만든 원흉인 서진구와 백만우는 지금 감옥에서 몸을 사리며 사회에 나와 보복할 순간을 기대하고 있을 것이다. 사형제도가 없는 한국에서는 어쩌면 놈들에겐 교도소가 살아남아야 할 사회이고, 이 사회는 놈들이 음흉한 망상을 마음껏 펼쳐도 되는 놀이터인지도 모른다. 동종 전과 3범 이상이면 이미 갱생의 의지가 없다고 판단해야 하는 것이 아닐까.

"알았어. 일단 한번 볼게."

도이가 협조적으로 변하자 수혁이 싱긋 웃었다. 그러자 얼굴이 더 일그러졌다.

석윤이 뭔가 할 말이 있는 듯 고개를 끄덕였다. 옆에 앉은 덩치가 석윤의 재갈을 풀었다.

"도이와 같이 가겠어."

"그건 안 되지. 넌 이도이가 일을 끝낼 때까지 차 안에 있어야 해."

"그렇게까지 하지 않아도 돼. 한다고 했잖아."

"널 믿을 수 없어."

수혁이 두 눈을 부릅떴다.

>>>

그들은 수혁의 집이 있는 미늘동 윗동네로 갔다. 도이는 석윤을 차에 두고 수혁과 함께 청동주물로 만든 대문 앞에 섰다. 한눈에 봐도 부잣집 같았다. 바로 그곳이 끔찍한 사건이 일어났던 수혁의 집이었다. 이 집은 건축업을 하는 아버지가 직접 지은 집이라면서 수혁은 자랑스럽지만 슬픈 목소리로 말했다. 담벼락 위로 가지만 앙상하게 남은 모과와 무화과나무 두 그루가 보였다.

"안에 들어가봐야겠어."

도이가 말하자 수혁이 열쇠로 대문을 열었다.

빈집에 들어서자 피비린내가 났다. 10년이 지난 빈집에 피 냄새가 남아 있을 리가 없지만 도이의 입안엔 피가 고이는 것만 같았다. 이 집이 품고 있는 사념 때문이리라. 도이는 수혁을 따라 그의 방으로 들어갔다. 텅 빈 방 안의 공기가 도이에게 확 달려들었다. 강력한 사념이 느껴지는 것인지 안대 뒤편의 오른쪽 눈알이 요동치기 시작했다.

"나, 나가 있어줘."

오른쪽 눈알이 사방팔방으로 도는 걸 보이고 싶지 않았다.

수혁이 나가고 나자 도이는 안대를 벗었다. 방 안에 남겨진 사념이 워낙 강한지 오른쪽 눈은 곧바로 선명한 잔류사념을 찾아냈다. 동시에 왼쪽 눈의 시력이 죽었다.

하루 종일 멀쩡하던 수혁은 저녁을 먹고 난 후부터 기침과 함께 열이 나기 시작했다. 수혁의 어머니는 자고 있는 아홉 살 아들의 뺨과 이마에 손을 갖다 댔다. 열이 꽤 있었다. 그녀는 일어나 세숫대야에 얼음물을 붓고 수건을 적셔 아들의 이마에 얹었다. 약장 안에 반쯤 남은 부루

펜시럽이 있었다. 먹이려고 보니 유통기한이 한참 지나 있었다. 아무래도 새것을 사와야 할 것 같았다.

아들이 뭐라고 입 모양을 벙긋거리며 신음했다. 응급실에라도 가야 하는 걸까. 아니면 내일 아침까지 기다리는 것이 나을까. 그녀는 갈등하면서도 외투를 입고 지갑을 주머니에 넣었다.

재활용 쓰레기봉투를 묶어 쥐고 현관 신발장 위의 집 열쇠를 집어 들려는 찰나, 도이가 속삭였다.

─지금 나가면 안 돼요! 나가면 다 죽어!

집 열쇠를 집어 들 때였다. 갑자기 영문 모를 불안감이 덮쳐왔다.

이 시간에 나가면 어째서인지 나쁜 일이 생길 것만 같았다. 이 불안감이 어디서 오는지 알 수 없었다. 피를 흘리며 쓰러져 있는 자신의 모습, 피투성이가 된 얼굴로 누워 있는 아들, 울부짖는 남편의 모습. 소름 끼치는 이미지가 간헐적으로 떠올랐다. 미쳤나 봐. 어째서 이런 말도 안 되는 상상이 떠오르는 거지. 늦은 밤이라서 그런 거겠지. 게다가 비도 오니까.

그녀는 아들이 누워 있는 방 쪽으로 고개를 돌렸다가 끔찍한 상상을 지워내려는 듯 머리를 흔들었다.

그때였다. 그녀의 휴대폰이 울렸다. 남편이었다.

"일이 이제야 끝났어."

"야근이라더니?"

"생각보다 일이 잘 풀려서. 수혁이는 자?"

"수혁이가 열이 나네."

"열? 심해?"

"응급실 갈 정도는 아닌 거 같아. 약 먹이고 지켜봤다가 상태가 안 좋아지면 병원 가려고. 지금 약 사러 나가려던 중이었어."

"내가 들어가면서 사갈까?"

그녀는 잠시 생각에 잠겼다. 남편이 해열제를 사러 가다가 혹시 차 사고라도 나면 어떡하지? 그리고 남편이 회사에서 집까지 오는 시간까지 기다리느니 약국이 코앞이니 그냥 내가 사오면 되지. 괜히 나 편하려고 일 시켰다가 사고라도 나면 집 안에 앉아 약 사오라고 시킨 나는 평생 자책하며 살겠지.

"아냐. 그냥 내가 가면 돼."

그녀는 전화를 끊고 서둘러 현관문을 열고 나갔다.

나쁜 생각을 하면 나쁜 일을 끌어온다.

'난 늘 이게 문제야.'

그녀는 매 순간 일어나지도 않은 일을 상상하며 불안해하는 좋지 않은 버릇이 있었다. 지금 이 순간도 마찬가지였다. 춥고 어두운 거리로 나서고 싶지 않았지만 해열제를 먹이면 수혁이 조금 편하게 잘 수 있을 것이다.

빨리 해열제를 사와야지. 그녀는 잰걸음으로 마당을 가로질러 대문을 나갔다.

문을 잠그고 돌아선 그녀는 사거리로 쭉 뻗은 골목과 마주했다. 추적추적 비에 젖어가는 어두운 골목이 그녀를 압박해왔다.

그녀는 사거리 약국을 향해 뛰기 시작했다.

도이가 보낸 생각이 받아들여지지 않았다. 도이는 당황하며 사념으로부터 떨어져 나왔다. 오른쪽 눈의 통증이 관자놀이를 타고 올라가 바늘로 찌르는 듯한 두통이 일었다. 도이는 풀썩 바닥에 주저앉았다. 이대로 포기하고 싶지 않았다. 수혁의 아픔이 자신의 아픔처럼 생각됐다. 하지만 한편으로는 수혁이 그 일을 피해 가면 또 다른 누군가가 희생되어야 한다는 생각이 들어 망설여졌다. 그 누구도 그런 끔찍한 범죄에 희생당하고 싶지 않을 것이다. 그녀가 망설이고 있는 동안 수혁이 문을 벌컥 열고 들어왔다.

"우리 엄마 봤지? 나가지 말라고 했어?"

수혁의 목소리가 떨렸다. 눈에는 눈물이 그렁그렁했다. 그날의 참극을 되새기는 수혁이 애처로웠다.

"응."

"그런데?"

"네 어머니는 마음을 고쳐먹기는커녕 널 위하는 마음이 더 강해져서 내 생각 따윈 먹히지 않았어."

"젠장!"

수혁은 주먹으로 벽을 쳤다. 늘 아들과 남편의 일이 먼저였던 어머니였다. 외출을 막을 수 없을 것 같다는 불안감이 그를 화나게 했다.

"내가 불어넣는 생각을 받아들이느냐 아니냐를 결정하는 건 당사자니까. 당사자가 받아들이지 않는다면 나는 아무것도 할 수 없어. 나도 지금 안 거야."

"우리 엄마가 그 시간에 날 혼자 두고 외출한 이유가 뭐야?"

"그걸 몰랐어? 네 약 사러! 네가 감기에 걸려서 열이 심했어."

수혁은 충격을 받은 듯 두 눈을 동그랗게 떴다. 그 눈동자 위로 빠르게 눈물이 고였다.

"결국 나 때문이었구나. 아버진 내가 죄책감을 느낄까 봐 쓰레기 버리러 나갔다고 거짓말했고."

"……."

"그럼 나한테 말해줘. 김석윤에게 했던 것처럼, 내게 어머니를 못 나가게 말리라는 생각을 보내줘."

"너는 열 때문에 눈도 뜨지 못하고 있던데?"

"……!"

수혁의 불끈 쥔 주먹이 부르르 떨렸다.

"분명, 우리 엄마의 사념이 남아 있다면 서진구의 사념도 남아 있겠지. 서진구가 우리 엄마를 따라오지 못하게 막아!"

수혁은 도이의 팔을 잡고 대문 밖으로 끌고 나가며 소리쳤다.

"봐! 보라고!"

도이는 수혁을 뿌리치곤 그의 얼굴을 똑바로 쳐다보며 안대를 벗었다.

"……!"

수혁은 도이의 오른쪽 눈의 흰자위가 파란 기운을 띤 것을 두려운 눈빛으로 쳐다봤다. 파란 기운을 띤 흰자위 가운데의 검은 동공이 별안간 어둠 속의 고양이 눈처럼 발광하며 미친 듯이 요동치기 시작했다.

수혁은 비명을 삼키며 뒤로 물러섰다.

도이는 계단을 내려가 골목을 노려봤다. 오른쪽 눈은 이제 도이의 생각과 한 몸이 된 듯 곧장 도이가 보고자 하는 사념을 찾아냈다. 마침내 이물스럽게만 느껴졌던 오른쪽 눈과 교감을 이룬 것 같다는 생각이 들었다.

골목 저쪽에서 더벅머리에 코가 크고 아랫입술이 두꺼운 남자가 수혁의 어머니로 보이는 중년여자의 뒤를 따라 걸어오는 것이 보였다. 바로 서진구였다. 석윤의 사념 속에서 본 바로 그 악마.

수혁의 어머니가 주머니에서 열쇠를 꺼내 계단을 올라가는 순간, 하이에나가 먹잇감을 향해 몸을 날리듯 서진구는 계단을 화락 뛰어올라 수혁 어머니의 목에 칼을 들이댔다.

"헉, 헉, 헉."

심장이 떨렸다. 아찔한 현기증이 일었다. 도이는 비틀거리며 주저앉았다.

"서진구에게 무슨 생각이든 전해. 이 집에 오면 안 된다고 무슨 말이든 해서 막아!"

"고함지르지 마!"

도이는 두 눈을 부릅뜨고 수혁을 노려보며 다시 소리쳤다.

"알아서 할 테니까 입 닥치고 있으라고."

수혁은 자신의 얼굴을 되돌릴 희망이 무산될까 절망적인 얼굴로 도이를 쳐다보다가 성질을 죽이며 계단에 주저앉았다.

도이는 다시 집중했다. 수혁의 어머니 뒤를 조심스럽게 따라

붙은 서진구에게 생각을 불어넣으려 할 때였다.

— 하면 안 돼.

갑자기 목소리가 들려왔다. 도이는 석윤이 잡혀 있는 승용차 쪽을 돌아봤다. 석윤의 목소리라는 생각이 들었기 때문이다. 머릿속으로 석윤의 말을 듣고 각성한 것은 이번이 처음이었다.

도이는 반사적으로 되물었다.

— 왜 하면 안 돼?

— 네가 생각을 불어넣으면 그 상대와 네 생각이 연결되는 것 같아. 지금의 너와 나처럼.

도이는 흠칫했다. 서진구 같은 흉악범과 머릿속 생각을 공유하게 된다면 끔찍한 일이 아닐 수 없었다.

하지만 어째서일까. 석윤은 지금껏 그녀의 생각을 환청으로 들어왔는데 그녀는 단 한 번도 석윤의 생각을 듣지 못했다. 자신의 방에서 어린 석윤의 잔류사념을 처음으로 본 그날 들은 환청이 처음이자 마지막이었다. 그때 역시도 석윤의 혼잣말이었지, 어떤 대상에게 말을 건넨 것은 아니었다.

지금까지 살아오면서 나답지 않은 생각, 내 생각이 아닌 듯한 생각이 떠오를 때도 있었다. 내 속엔 무수한 내가 살고 있으니 결국은 그 모든 다른 생각들이 내 생각일 뿐이라고 생각했다. 어쩌면 그 속에 석윤의 생각이 섞여 있었던 것일까.

그런데 지금은 텔레파시가 가능해졌다.

어쩌면 서로에게 얽힌 환청의 비밀을 각성했기 때문이거나, 생각을 보낼 대상이 명확해졌기 때문에 그것이 가능해진 것인지도 모른다.

'그렇다면 지석과도?'

타인의 과거에 관여하게 될수록 그녀의 머릿속은 점점 복잡하게 뒤엉켜버리는 것 같았다. 그렇게 되기 전에 도이는 자신의 과거부터 바꾸고 싶었다. 갑자기 초조해졌다.

"했어? 했냐고? 아무것도 바뀌지 않았어! 내 얼굴은 그대로란 말이야!"

수혁이 고함을 질렀다.

"서진구한테 생각을 불어넣는 건 하지 않을 거야! 그건 못 해!"

도이가 완강하게 나갔다.

"하지만 다른 방법이 있어. 어느 누구도 피해자가 되지 않는 방법!"

"그게 뭐야?"

"서진구를 체포한 형사가 누군지, 그 형사가 네 사건이 터지기한 시간 전에 어디에 있었는지 알아봐. 그다음에 날 다시 불러."

도이가 찾아본 바에 의하면 서진구는 그날 수혁의 집에 침입하기 앞서, 이미 앞 동네 철물점에서 철물점 사장의 딸과 손녀를 살해했다고 신문 기사에 나와 있었다.

"그러면?"

"어디에 있었는지 알면, 그 장소에 가서 그 형사의 사념을 읽고 철물점에 가보고 싶다는 마음이 들도록 생각을 불어넣어줘야지. 조금만 빨리 철물점에 간다면 서진구를 잡을 수 있을 거야. 서진구는 전자발찌 제한 구역을 벗어나 전자발찌를 빼고 숨어 살았어. 그러니까 보이는 즉시 체포하게 되어 있었을 거야. 그 형사가 그 시점에서 서진구를 잡을 수만 있다면 너는 물론 철물점 가족들도 죽지 않을 수 있어."

도이는 막상 말을 하고 보니 여러 사람의 목숨을 한꺼번에 구할 수 있는 좋은 방법이라는 생각이 들었다. 성공한다면 그들 모두가 죽지 않은 평행세계를 분기시킬 수 있다.

"그 탐정에게 의뢰하면 그 정도는 쉽게 찾아낼 수 있잖아?"

"약속하는 거지?"

수혁이 못 미더운 표정으로 물었다. 도이는 다시 안대를 착용하며 고개를 끄덕였다.

사람이란 알 수 없는 것

　수혁은 석윤의 작업실 앞에 두 사람을 내려주고 돌아갔다. 도이는 몇 대 맞아 울긋불긋해진 석윤의 얼굴이 안쓰러웠다.

　"병원 안 가도 돼?"

　"찢어진 덴 없어. 약 발라줘."

　도이는 구급상자를 열고 석윤의 상처에 약을 발라주면서 그의 눈치를 살폈다. 석윤이 가람동까지 같이 가줬으면 하고 바랐지만 지금 상태로는 그런 부탁을 할 수 없을 것 같았다.

　자신의 속생각을 들어왔다면 지금 이 생각도 알고 있을 텐데, 왜 아는 척하지 않는 걸까. 직접 부탁하려니 자존심이 상했다. 도이는 말하지 않기로 했다. 하지만 다른 곳도 아닌 끔찍한 기억이 도사리고 있는 가람동에 과연 혼자 갈 수 있을까.

　불안해하자 갑자기 그녀의 머릿속에서 목소리가 툭 불거졌다.

　—갈 수 있어. 넌 이제 조현조가 아니라 뭐든 할 수 있는 이도

이니까.

도이는 머릿속으로 들려온 환청의 어투가 낯익었다. 누군지 직감했다.

—유지석?

—으하하하, 이거 실화냐? 지금 우리 텔레파시 하는 거지? 너 어디야? 나 지금 학교에서 도망쳐 나왔어.

—미쳤냐? 공부 좀 해라.

—네가 보고 싶어서 견딜 수가 있어야지.

—제대로 미쳤군.

—보고 싶다. 보고 싶다. 보고 싶어. 가람동, 내가 같이 갈게.

도이는 지석 혼자 떠들도록 내버려두고 석윤을 쳐다봤다. 석 윤은 평소와는 달리 도이와 시선을 맞추지 않았다.

석윤은 왜 그동안 자신의 생각이 들린다는 사실을 털어놓지 않았을까. 도이는 불신감에 마음 한 켠이 불편해졌다.

"왜 한 번도 머릿속으로 말을 건네지 않았어?"

"너라는 걸 몰랐으니까."

"그럼 그 후에도 털어놓을 기회가 있었잖아?"

"난, 네 생각이 들린다는 걸 알리고 싶지 않았어."

"……?"

"괜히 관계가 어색해질 테니까."

틀린 말은 아니었다. 도이였다고 해도 아마 그랬을 것이다.

"너한테는 내 생각이 환청으로 들린 적 없어?"

"아까 형이 내게 보낸 텔레파시를 제외하곤 형 속생각이 들린

적은 없었어. 지금 역시도 형이 무슨 생각을 하는지 알 수 없어."

석윤은 고개를 끄덕였다. 그의 얼굴 위로 잠시 안도의 표정이 떠올랐다 사라졌다.

"거기 안 가면 안 돼?"

시종일관 불안한 눈빛으로 도이의 시선을 외면했던 석윤이 마침내 도이의 눈을 정면으로 쳐다봤다.

"거기? 거기 어디?"

"가람동."

석윤의 말에 도이는 얼굴을 굳혔다.

"네 과거를 바꾸러 갈 거잖아. 네가 네 과거를 바꾸면 우린 어떻게 되는지 생각해봤어? 네가 네 과거를 바꾸면 난 어떻게 되는 건데?"

"⋯⋯!"

등굣길 락스 사건을 당하지 않은 평행세계가 분기되면, 도이는 원래 살던 가람동에서 미늘동으로 이사 오지 않을 것이다. 미늘동으로 이사 오지 않는다면 석윤이 살던 집에 살지 않게 되므로 석윤의 사념과 만날 수 없을 테고, 죽은 석윤이 남긴 사념에게 엄마 마중을 나가라는 생각을 불어넣을 수 없게 된다. 그러면 석윤은, 서진구 사건의 피해자로 돌아가 죽거나 수혁처럼 얼굴에 돌이킬 수 없는 자상을 입게 될 것이다.

"지금 이곳의 형에겐 아무런 일도 일어나지 않아. 이곳엔 여전히 지금의 나와 형이 살아갈 거야. 다른 선택을 한 나는 새로 분기된 평행세계에서 그 일을 당하지 않은 이도이로 살아갈 거고, 그곳에서 형과 내가 다시 만날 수 있을진 나도 몰라."

"새로 분기된 평행세계의 나는 수혁이처럼 자상 입은 얼굴로 살아가겠지? 네 존재는 전혀 알지 못한 채. 그쪽의 나 역시 고통 스럽겠군. 미친 소리 집어치워! 넌 지금 우리의 과거를 바꾸려는 거잖아? 널 못 믿겠어! 네가 과거를 바꿔버리면 지금의 난 존재 하지 않아. 죽었거나 그 새끼처럼 살고 있겠지. 난 그 새끼처럼 되고 싶지 않아. 그 새끼 같은 얼굴로 살 자신 없어."

석윤의 말은 수혁이 얼마나 고통스럽게 지냈을지를 반증했다.

"나, 날 못 믿겠다고? 그럼 난 이 얼굴 그대로, 그 끔찍한 악몽 속에서 살아도 된다는 말이야?"

도이 역시 현재의 자신이 싫긴 마찬가지였다.

"네 미래, 내가 책임질게."

"그게 무슨 말이야?"

"너 나 좋아하잖아. 나랑 결혼하면 돼. 그럼 내가 널 평생 먹여 살릴게."

"결혼? 어이없네. 내 미래라는 것이 고작 너랑 결혼하는 거라 고 생각해?"

도이는 자존심이 짓밟히는 것 같았다. 벌써 비참해졌다.

"그러니까 나는 정상적인 여자들이 가지고 있어야 할 것들을 가지고 있지도 않고, 내 몸의 끔찍한 흉터 때문에 남자도 사귈 수 없을 뿐더러 신체적인 조건 때문에 취업도 하지 못할 게 뻔하 고, 잉여인간보다 못한 존재로 부모님한테 기대 살다가 자살하 든가 병들어 죽게 될 불쌍한 인간이니까 네가 선심 쓰듯 결혼이라는 걸로 구제해주겠다는 거야?"

스스로의 입으로 이미 정해져 있는 자신의 미래를 말하는 동안 도이의 뺨 위로 눈물이 흘렀다. 속마음을 털어놓고 보니 이젠 부끄러울 것도 없다는 생각이 들었고, 그 생각은 그녀를 강하게 만들었다.

"틀린 말은 아니잖아. 넌 내 보호 아래서 안전하게 살면 돼."

"내 미래는 내가 정해. 내 자신을 보호하는 것도 내가 해."

"도이야!"

"맙소사. 도대체 내가 누굴 좋아했던 거야? 너 너무 이기적이야."

석윤은 도이 앞에 무릎을 꿇었다.

"제발, 날 구석으로 몰지 마. 내가 무슨 짓을 할지 몰라."

"나도 단 하루만이라도 정상적인 삶이라는 걸 살아보려 해. 그리고 우리 부모님이 잃어버린 억울한 시간도 돌려주고 싶어."

도이는 모든 것을 포기하고 자신 하나만을 살리기 위해 애썼던 부모님을 떠올리자 석윤에게 가지고 있던 미련이 싸늘하게 식어버렸다.

더 이상 가람동 따위 무섭지 않았다. 혼자 갈 수 있을 것 같았다. 도이는 돌아섰다.

석윤은 벌떡 일어서더니 갑자기 도이의 목을 팔로 가두고 입을 틀어막았다.

"못 가! 니가 이렇게 만들었어. 난 그 끔찍한 일을 겪고 싶지 않아. 그 새끼처럼 그런 얼굴로 살 자신도 없고. 너만 없어지면 내겐 아무 일도 일어나지 않아!"

도이를 바닥에 내꽂은 석윤은 도이의 목을 조르기 시작했다. 핏발 선 눈에는 이미 이성이 사라지고 없었다. 도이는 필사적으로 버둥거렸다. 소변이 새어 나와 바지가 흥건해졌다.

'뛰지 말라고 했잖아. 괜찮아. 오토바이 타고 갈 거니까. 아무도 못 봐. 집에 가서 옷 갈아입으면 돼.'

파르르 떨고 있는 도이를 안고 등을 다독이던 다정했던 석윤은 어디로 간 것일까. 사람의 '속'은 알 수 없다. 그 속에 괴물이 살기 때문이다. 적어도 석윤 속엔 괴물이 살지 않을 거라 믿었던 도이는 그 배신감에 견딜 수가 없었다.

도이의 체력으로는 괴물이 된 석윤을 감당할 수 없었다. 점점 힘이 빠져나갈 때였다.

둔탁한 소리와 함께 갑자기 석윤이 바닥으로 나뒹굴었다. 교복 차림의 지석이 의자를 들고 씩씩대며 서 있었다.

"이 새끼 뭐야? 너 왜 여기 있어! 가자, 가자고! 어서 일어나!"

지석이 도이를 일으켰다.

3장

변칙적인 존재

석윤은 머리를 감싸 쥔 채 일어나 앉았다. 뒤통수가 얼얼했다. 만져보니 두피가 찢어졌는지 손에 피가 묻어났다.

이도이는 대체 무엇인가. 그는 고개를 가로저었다. 이도이 덕분에 10년을 더 살았다. 그에겐 애당초 주어지지 않은 10년이었다.

'그렇다고 내가 고마워해야 하나?'

도이로 인해 얻은 환청과 우울증으로 망상증 환자로 살았고 친모가 아들의 손에 피 묻은 칼자루를 쥐어주는 비극을 겪었다.

늘 외로웠다. 교복을 입고 등하교하는 학생들이 부러웠다. 이미 죽은 그를 살려낸 도이가 이젠 그를 원점으로 돌려놓으려고 한다는 것을 간파했을 때, 그의 내면에 있는 무언가가 이도이를 죽여야 한다고 말했다.

사람은 자신이 감당할 수 없는 일을 당하면 자신을 지키기 위해 변칙적인 존재로 변한다고 한다. 도이는 백만우의 손을 탔을 때부터 다른 무엇인가로 변했고, 자신 역시 막다른 골목에 몰리자 그 속에 숨어 있던 괴물이 깨어났을 뿐이다.

"이곳의 나는 그대로일 거라고? 거짓말!"

그는 지금 손에 쥐고 있는 이 삶을 놓고 싶지 않았다. 돈을 많이 버는 일은 아니지만, 누구에게나 호감을 주는 외모로 좋아하는 공간에서 좋아하는 일을 하며 평온하게 살고 있었다. 지금의 삶도 얼굴이 멀쩡하지 않았다면 불가능했을 것이다. 그는 현재의 삶이 좋았다. 그런데 이도이가 흔들어놓으려고 한다.

하지만 대체 자신이 무슨 짓을 한 것일까. 육체와 정신 모두가 상처뿐인 그 아이에게 지울 수 없는 상처 하나를 더한 셈이다.

갑자기 뛰어든 그 자식이 아니었다면 정말 도이를 죽였을까? 그런데 그 자식은 대체 누굴까?

석윤은 자신의 머리카락을 쥐어뜯으며 괴로워했다. 그 자식 덕분에 거기서 멈출 수 있었다. 그런데 그 자식은 어떻게 그 절묘한 순간에 작업실에 나타난 것일까.

그는 무엇이 어떻게 바뀌었는지, 이곳이 현실인지 평행세계인지 알지도 못하며, 지금의 자신이 바뀌기 전의 자신인지 아닌지조차 짐작하지 못한다. 생각하면 할수록 점점 도이가 무서웠다.

이도이의 능력이 정확히 어떤 원리를 가지고 있는지 알지 못하지만, 도이는 한 사람이 살아온 과거를 통째로 바꿔 현재를 바꿀 수 있는 그런 능력이 있다. 석윤은 그것이 가능한 이 현실에 망연자실했다.

그는 넋 나간 사람처럼 앉아 작업실 안을 바라봤다. 저 벽, 저 물건들, 채광창 아래서 자라고 있는 시계초. 그리고 자신의 살과 뼈. 이 모든 것은 뭘까. 진실을 눈치채지 못하도록 우리의 뇌가 셋업되어 있는 것일까. '나'를 포함한 이 세계는 '현실'이라는 명제를 태어나면서부터 DNA 속에 품고 나왔기 때문에 그 명제의 울타리에 갇힌 우리는 무슨 수를 써도 현실 이면의 것은 보지 못하는 것이다.

선택하는 순간 선택 가능한 모든 가능성만큼에 해당하는 평행세계가 발생한다고 했던가. 대체 그게 무슨 말인가. 무엇이 어떻든 간에 그가 인식할 수 있는 것은 고작 그가 선택한 이 세계뿐이다.

154센티미터를 겨우 넘을까 말까 한 작은 키에 정신적인 스트레스로 삐쩍 마른 몸, 락스의 독성에 시력이 약해져 회색기를 띠는 갈색 눈동자, 핏기 없이 창백한 얼굴에 한쪽 뺨의 동그랗고 넓은 상처. 몸의 장기 일부분이 손상된 끔찍한 범죄의 피해자인 이도이는 어떻게 그런 능력을 갖게 된 것일까.

석윤은 도이처럼 그 이상의 것, 현실 너머의 것을 보고 싶었다.

'내게 보이는 이 현실이란 무엇일까.'

석윤은 일어나 야구방망이를 집어 들고 주변의 것들을 모조리 때려 부수기 시작했다. 그는 파괴를 선택했다. 한동안 광기를 폭발시킨 석윤은 소파에 털썩 주저앉았다.

파괴를 선택하자 파괴된 작업실이 그의 눈앞에 펼쳐져 있었다.

이 시간 어딘가엔 파괴되지 않은 작업실이 과거의 시간 속에 존재하겠지.

그는 그 과거로 건너갈 수 없다. 자신과 같은 평범한 인간은 단 한 번의 삶밖엔 살 수 없는 것이다. 하지만 이도이는 그녀가 원하는 만큼의 삶을 살아볼 수 있다.

그는 허탈하게 웃었다.

이 정교한 세계에 기만당한 기분이었다.

4장

이제부턴 혼자

도이는 앞만 보고 걸었다. 석윤에 대한 미련 따윈 남아 있지 않았다. 좋아했던 마음이 이렇게 쉽게 정리되다니. 자신이 이토록 냉정한 사람이라는 사실에 놀랐다.

"괜찮냐?"

옆에서 말없이 따라 걷던 지석이 물었다. 도이는 고개를 끄덕였다.

"너 석윤 형 몰라?"

"석윤 형이 누구야? 아까 그 자식이야?"

이곳에서의 지석은 석윤을 알지 못하는 것이 분명했다. 작업실에서도 이 새끼 뭐야, 라고 말했다. 도이는 가볍게 한숨을 쉬었다. 평행세계를 뛰어넘을 때마다 펼쳐진 현실은 현실과 꼭 같지만 어딘가 미묘하게 다르다. 그럼에도 불구하고 셋의 인연은 계속해서 이어진다. 어째서일까.

"어떻게 내가 거기 있다는 걸 안 거야? 그리고 어떻게 텔레파시를 보낼 생각을 한 거고?"

"갑자기 네 생각들이 들려오기 시작했거든. 그래서 다 알아버렸지. 나는 죽었었고 네가 잔류사념을 통해 나한테 도망치라고 권유했고 나는 네 권유를 받아들여 도망친 거야. 맞지?"

잔류사념이라는 개념도 지석이 도이에게 알려준 것이다. 지석은 환청에 대해 빠르게 이해하는 게 가능했을 것이다.

"너한테 텔레파시를 보냈을 때 집으로 달려오고 있던 중이었어. 어떻게 거길 찾은 건지는 잘 모르겠어. 네가 위험에 처해 있다는 걸 들으면서 잉크작업실이 있는 건물 앞을 지나는데 네가 거기 있다는 게 강하게 느껴지더라고."

"너한테 들린 생각이 내 생각이라는 건 어떻게 알았어?"

"삐꾸냐? 내가 아니면 누가 알아? 아마 네 부모님보다 내가 더 널 많이 알걸?"

도이는 피식 웃었다. 그건 지석의 말이 맞았다. 적어도 이 평행세계에서 그런 친구를 뒀다는 사실이 흐뭇했다. 그러고 보니 그녀의 속생각을 들었어도 그게 누군지 몰랐다는 석윤의 말도 거짓말은 아니었던 것이다.

그때였다. 툭— 하고 빗방울이 돋았다. 12월 들어 처음 내리는 비였다.

"비 온다."

지석이 하늘을 올려다보며 손바닥을 내밀었다. 그는 이어폰을 꺼내더니 한쪽을 도이의 귀에 끼웠다. 방탄소년단의 〈세이브

미〉가 들려왔다. 노랫말을 따라가느라 생각은 사라졌다. 두 사람은 바지 주머니에 손을 찔러 넣은 채 지하철역을 향해 말없이 걸었다.

"크게 따라 불러. 쓸데없는 생각은 모두 사라질 거야."

지석이 큰 소리로 말했다.

"어우 씨."

"따라 불러봐!"

지석이 재촉했다. 도이는 마지못해 흥얼거렸다.

"그 손을 내밀어줘 세이브 미, 세이브 미, 아이 니드 유어 러브 비포 아이 폴, 폴."

두 사람은 동시에 노래를 따라 불렀다.

지나가던 사람들이 흘끗 돌아봤다. 약간 민망한 기분이 든 도이는 진지한 표정으로 따라 부르는 지석을 흘끗 쳐다보다가 웃음을 터뜨리고 말았다. 지석도 뻘쭘했는지 씨익 웃었다.

"자, 여기까지. 여기서부턴 너 혼자 가."

지석은 지하철역 입구에 멈춰 서더니 도이에게 말했다.

"섭섭하냐?"

"그렇잖아도 혼자 가려고 했거든?"

도이는 눈을 흘기며 쏘아붙였다. 지석이 피식 웃었다.

"사실은 같이 가고 싶은데 네가 진짜 강해지고 싶어 하는 것 같아서 일부러 놔주는 거야. 진짜 강해지려면 의지했던 것들로부터 떠나야 하는 거야."

"알아. 잘난 척은."

"그리고 이어폰을 끼고 음악을 들으면 네 생각이 들리지 않았어. 혹시라도 나한테 감추고 싶은 생각이 있으면 이어폰 끼고 음악을 들어. 아무리 친해도 공유하고 싶지 않은 생각이 있을 테니까."

이곳에서의 지석은 어른스러웠다. 아마도 원래 넌 그런 녀석이 아니었다고 말해도 그 말뜻을 지석은 모를 것이다.

"근데 나한테는 안 들려. 네 속생각들이."

"어? 아깐 내 텔레파시에 대답했잖아?"

"응. 네가 나한테 보내는 생각만 들어와. 대상이 또렷할 때만. 네 속생각은 안 들려."

"네가 잔류사념을 통해 생각을 건넨 상대방은 네 속생각을 듣는데, 정작 너는 상대방의 속생각을 못 듣는다는 말이지?"

도이는 고개를 끄덕였다.

"당연한 거 아냐?"

"뭐가 당연해?"

"금기의 영역으로 네 생각을 불어넣은 게 너잖아, 내가 아니라. 그 순간부터 네 생각은 계속 내게 방전되는 거고. 우리가 텔레파시가 통하게 된 건, 네가 우리 사이의 시공간에 통로를 뚫어 놨으니까 가능한 것일 테고."

"그런 걸까? 넌 확실히 우뇌형 인간인가 봐."

"삐꾸, 어케 알았어? 나 적성테스트에서 좌뇌보다 우뇌가 발달했다고 나왔었어."

삐꾸라는 말과 지석의 수다를 다시 듣게 돼서 기뻤다.

"근데 네 과거가 바뀌면 우린 다시 못 만나는 거야?"

"나도 몰라."

"한번 안아줘도 돼?"

도이는 고개를 끄덕였다.

지석은 도이에게 성큼 다가서 꼭 껴안았다.

"내가 눈떴을 때 네가 내 앞에 있었으면 좋겠다. 잘 다녀와."

지석은 도이의 등을 툭, 치더니 돌아섰다.

이번엔, '넌 어때? 너도 네 앞에 내가 있었으면 좋겠니?' 하고 자신 없이 동의를 구하지 않았다. 도이의 마음이야 어떻든 자신의 마음을 지키겠다는 담대함이 생긴 것 같았다.

'내 과거를 바꾸면 정말 석윤도 지석도 모르는 평행세계가 펼쳐질까?'

그렇게 생각할 때였다. 문득 묘한 생각이 떠올랐다.

자신의 방에서 잔류사념을 통해 석윤을 구한 뒤, 지석과 석윤이라는 생전 처음 보는 두 소년이 도이 앞에 나타났다.

도이 자신도 범죄의 피해자인데 왜 하필 자신 앞에 나타난 두 소년 역시 범죄의 피해자였을까. 그냥 우연일까. 분명 이 두 소년과의 인연에는 어떤 필연적인 이유가 있으리라는 생각이 들었다.

'차차 알게 되겠지.'

조바심을 낸다고 운명이 가려놓은 답을 알 수 있는 것은 아니다. 때가 되면 운명이 그 이유를 드러낼 것이다.

지하철역을 꽉 채운 수많은 사람들이 목적지를 향해 오갔다.

이제부터 혼자였다. 도이는 고개를 들고 걷다가 사람들과 눈이 마주치자 다시 시선을 내리깔았다.

잔류사념을 읽는 능력을 갖기 전에도 지하철이 싫었다. 지하철역에만 들어오면 으스스한 기분이 들기 때문이었다. 그때는 왜 으스스한 기분이 드는지 몰랐다.

안대를 살짝 들추고 지하공간을 살폈다.

어둡고 외롭고 절망으로 가득 찬 잔류사념이 지하도를 걷는 사람들의 몸을 휘감으며 유영하는 것이 보였다.

지하철이라는 넓은 공간에 잔류하는 사념은 여태 사람이나 사물, 집이라는 폐쇄된 작은 공간에서만 느껴지던 것과는 질적으로 달랐다. 이것은 거대한 사념의 집결체로 사람들을 집어삼키고도 남을 만큼 생생했다.

잔류사념의 집결체는 사람들을 휘감고 뱀처럼 미끄러져 나가다가 그 불온한 사념을 의식하는 사람에게 고개를 치켜든다.

'그나저나 음악이 생각의 방전을 막아주는 방화벽 역할을 한다니…….'

도이는 안대를 바로 착용하고, 이어폰을 꺼내 귀에 꽂았다. 한스 짐머의 〈타임〉을 재생시켰다. 비장한 선율이 도이의 머릿속을 꽉 채웠다.

⸙

—그나저나 음악이 생각의 방전을 막아주는 방화벽 역할을

한다니…….

도이의 속생각이 들려왔다. 인파를 헤치고 계단을 달려 내려오던 석윤의 눈에 선로를 향해 서 있는 도이의 모습이 확 들어왔다.

"이도이!"

도이를 불렀지만 도이는 귀에 이어폰을 낀 채 돌아보지 않았다. 그가 뒤쫓아 올 거라고는 생각지도 못하고 안심하고 있는 것이 틀림없었다.

선로 쪽으로 밀면 끝이다. 이 세계의 룰을 거스르는 존재는 없어져야 한다.

석윤은 도이에게 시선을 둔 채 사람들 틈으로 숨어들었다. 지하철이 들어오고 있었다. 사람들이 앞으로 몰려갔다. 석윤도 그 속에 섞여 도이의 등 뒤로 접근했다.

살짝만 밀면 끝이다.

주변 사람들은 전혀 보이지 않고 도이만 보였다. 그녀의 긴 머리카락이 바람에 흩날렸다. 주변 풍경이 마치 느린 화면처럼 천천히 움직였다. 석윤은 팔을 들었다.

지하철 문이 열렸다. 도이는 지하철에 올라 손잡이를 잡고 창을 마주 보고 섰다. 지하철을 타는 사람들 사이로 우두커니 서 있는 석윤이 보였다. 두 사람의 시선이 마주쳤다.

" ……!"

석윤은 도이를 똑바로 바라보면서 이어폰을 꽂았다. 단절. 석윤은 도이의 속생각을 듣지 않겠으며, 도이에게 보내게 될지 모를 자신의 생각도 차단하겠다는 걸 행동으로 보여줬다.

석윤이 여기까지 따라왔다는 사실에 도이는 오싹했다. 하지만 물끄러미 서로의 얼굴을 보고 있자니 이유 없이 눈물이 흘렀다. 모든 것이 구차하다는 생각이 들었다. 석윤을 정말 좋아했다는 걸 깨달았다.

출입문이 닫혔다. 지하철이 출발하자 석윤이 이어폰을 뺐다. 석윤의 생각이 들어왔다.

—미안. 내가 잠시 미쳤었나 봐.

—나도 미안. 우리 부모님의 웃는 얼굴이 보고 싶어.

—우리 다시 만날 수 있는 건가?

가보지 않고서는 아무것도 알 수 없다.

석윤의 모습이 빠르게 멀어지고 있었다. 도이는 대답을 미룬 채 이어폰을 꼈다. 왼팔에 새겨진 핏빛 넝쿨손을 멍하니 내려다봤다.

과거의 자신으로 하여금 다른 선택을 하도록 만들면, 현재의 자신은 다른 선택을 한 평행세계에서 깨어난다. 그땐 넝쿨손 문신을 했던 일 자체가 없던 일이 될 것이다.

사람들의 시선이 한 번씩 도이의 안대에 와 닿곤 했다. 무심코 옆에 섰던 사람들이 슬그머니 멀어져갔다.

도이는 지하철 안을 가득 메운 사람들을 바라봤다.

그녀를 포함한 모든 사람들은 매시매초 선택을 한다. 지하철을 탈 것인가 버스를 탈 것인가부터, 오늘 저녁에 무엇을 먹을 것인지, 사랑하는 사람에게 이별을 고하는 문자를 보낼 것인지

말 것인지. 종국엔 무엇인가를 선택하게 되고, 그 순간 평행세계
가 분기된다.

자살로 생을 마감했던 유명인이 살아 있고, 부실공사로 붕괴
되어 수많은 사람이 죽었던 건물이 멀쩡해져 있어도 사람들은
모든 것을 의심 없이 받아들인다. 현실은 매시매초 바뀌고 있음
에도 불구하고 오직 자신만이⋯⋯.

멍하니 생각의 흐름에 빠져 있던 도이의 왼쪽 눈이 별안간 명
멸했다.

"⋯⋯!"

석윤을 구할 묘안이 떠올랐다. 도이의 입가에 비로소 미소가
떠올랐다. 그녀는 이어폰을 빼고 생각을 보냈다.

—걱정하지 마. 내가 형 꼭 구할 테니까.

5장

신이 내린 숙제

어둠에 섞여들지 못하는 가로등 불빛 때문일까, 아니면 자신의 기억 때문일까. 가람동은 어딘지 모르게 극악하고 비밀스러운 분위기를 뿜어냈다. 와선 안 될 장소에 온 것 같은 불길한 생각이 빠르게 증식했다.

어려서 살던 동네는 일종의 기억을 품고 있었다. 어떤 음악을 들으면 음악을 듣던 당시의 상황과 감정이 고스란히 되돌아오는 것처럼.

동네 풍경은 그때와는 많이 달라졌다. 그런데도 이 동네에 살던 때의 기억과 감정은 조금도 퇴색하지 않은 채 그녀를 덮쳐왔다. 흘러가지 않는 것은 고인다. 대체 그러한 것들은 이 동네라는 공간 어디에 고여 있다가 그녀가 나타나자마자 달라붙는 것일까.

도이가 자신의 새로운 평행세계를 분기시킬 때 그 사건을 당하지 않은 석윤의 평행세계도 동시에 분기시킬 수 있다면 두 사람 모두 불행하지 않을 수 있다.

그 당시 미늘동에 살던 석윤이 그 사건을 당한 것은 2006년 12월 2일 새벽이었다. 2006년이면 석윤은 아홉 살, 도이는 여덟 살이었다. 그러니까 12월 2일 전에 도이의 사념이 남은 장소만 찾는다면 석윤을 그 사건으로부터 피해 갈 수 있게 만들 수 있다.

도이는 자신이 살던 아파트를 향해 걸으면서 엄마에게 전화를 걸었다.

"엄마, 나 여덟 살 때 기억나는 거 없어?"

"여덟 살 때?"

휴대폰 너머에서 왁자지껄한 웃음소리가 들려왔다. 달그락거리는 소리와 아줌마 여기 국밥 한 그릇 더요, 라는 소리도 들려왔다.

"글쎄, 집 앞 문방구에서 눈이 파란색인 고양이를 키웠는데 그 고양이 보느라 문방구에서 살다시피 한 것 외엔 딱히 기억나는 건 없어. 그 고양이가 죽었다고 며칠 동안 대성통곡했던 게 기억나."

"고양이? 맞아, 기억나. 그동안 까마득히 잊고 있었어. 정말 눈이 바다처럼 파랬어. 근데 그게 언제쯤이었어?"

"날짜까지는 모르겠는데. 11월 말 아님 12월 초였던 기억이나. 네가 고양이 준다고 크리스마스 선물을, 네 가요. 엄마 가봐야 해."

통화가 뚝 끊겼다.

묘하게도 여덟 살 때를 떠올리면 기억나는 것이 없었다. 그런데 초등학교 1학년 때라고 기억을 더듬으면 그 사건과 관련된 끔찍한 기억을 중심으로 많은 것들이 기억났다. 엄마와의 통화 덕분에 문방구 고양이에 대한 기억이 선명하게 떠올랐다. 그런데 그날이 크리스마스 바로 전인지 아니면 크리스마스 한참 전인지가 분명하지 않았다.

아무튼 제 집 드나들 듯했고 고양이가 죽었을 때 대성통곡을 했다니 문방구를 찾으면 분명 그때의 잔류사념이 남아 있을 것 같았다. 도이는 엄마와의 통화를 마치고 아파트 근처에 있었던 문방구로 발걸음을 옮겼다.

문방구가 있던 곳을 찾은 도이는 모든 것이 생각처럼 쉽게 풀리지 않으리란 것을 직감하곤 아연실색했다. 과거의 문방구는 분식점으로 변해 있었다. 그렇게 되면 자신이 문방구에 남겼던 사념은 어떻게 되는 거지? 도이는 초조함을 느끼며 분식점으로 들어갔다. 사람들의 눈에 잘 띄지 않도록 구석진 자리에 앉았다.

김밥을 주문한 도이는 슬그머니 안대를 내리고 오른쪽 눈으로 실내를 살폈다. 이곳은 문방구가 식당으로, 식당이 휴대폰 판매점으로, 치킨집으로, 만화방으로 바뀌었다가 현재 분식점이 된 곳이었다. 도이는 10년이라는 세월 동안 끊임없이 바뀌어간 이 건물에 고여 있는 사념 속에서 2006년 11월 말이나 12월 초에 자신이 남긴 사념을 찾아내야 하는 셈이었다.

과연 그것이 가능할까. 조금 자신이 없어졌다. 수혁의 집은 새로 지어서 들어간 집이었기 때문에 살인사건이 일어난 후, 그 집에는 잡다한 사념이 쌓이지 않았다. 때문에 10년이란 세월에도 불구하고 강렬했던 사건의 잔류사념을 찾기가 쉬웠다. 쉬웠다 고는 하지만 결국엔 탈진했다.

딱히 다른 방법이 떠오르지 않았다. 오른쪽 눈과의 감응을 믿 고 해보는 수밖에 없었다.

"김밥 나왔어. 국물 더 필요하면 말해."

분식점 주인이 김밥과 국물을 내려놓았다.

"아줌마, 저 뭐 좀 생각해야 하니까 이상하게 보여도 말 걸지 마세요."

도이의 말에 분식점 주인이 웬 뜬금없는 소리냐는 듯 도이를 쳐다보더니 흉터 진 뺨과 안대를 보고는 불편한 기색으로 돌아 섰다.

김밥 접시를 한쪽으로 밀어놓고 도이는 이어폰을 꼈다. 후드 를 덮어쓴 뒤 안대를 벗고 테이블에 오른쪽 뺨을 댄 자세로 엎드 렸다. 오른쪽 눈은 분식점에 수없이 겹쳐진 프레임들을 빠르게 훑으며 그녀가 보고자 하는 그날의 문방구에 남은 사념을 쫓았 다. 오른쪽 눈은 점점 시간을 거슬러 올라가기 시작했다. 그리고 마침내 오른쪽 눈이 환하게 밝아지며 고양이와 노는 어린 소녀 를 발견했다.

도이는 파란 눈 고양이와 함께 놀고 싶어 학교를 마치자마자 문방구 로 뛰어갔다. 학교 미술 시간에 고양이에게 줄 낚싯대를 만들었는데 고 양이가 자신이 만든 선물을 좋아할지 궁금했다. 좋아한다면 고양이 낚

싯대를 흔들며 놀아줄 생각이었다. 그런데 늘 냐옹거리며 문방구 통로를 지나다니던 고양이가 보이지 않았다.

"냐옹아, 언니 왔어."

주인아저씨 대신 주인아저씨의 아들이 풀이 죽은 얼굴로 도이 왔니, 라고 말했다.

"냐옹이는요?"

"이제 없어."

"왜요? 왜 없어요?"

없다는 말이 무엇을 의미하는지 알아챈 도이는 오빠의 대답을 듣기도 전부터 울먹울먹했다.

"쥐약 먹고 죽었어."

숨을 참고 있던 도이는 울음을 터뜨렸다.

"문방구 옆에 누가 쥐약 든 생선을 일부러 놔둔 거 같아."

"왜요? 네? 왜요?"

도이는 큰 소리로 엉, 엉 울면서 물었다.

"미워서? 그냥 고양이가 싫어서? 고양이 싫어하는 사람들도 꽤 있으니까. 아니면 심심해서?"

"고양이를 죽이는 게 뭐가 재미있어? 나쁜 사람이야! 냐옹이가 얼마나 예쁜데."

"그만 울고 집에 가. 오빠가 묻어줬으니까. 좋은 곳으로 갔을 거야."

도이가 너무 큰 소리로 울자 오빠는 문방구를 찾는 손님들의 눈치를 보면서 난처해했다.

"나, 냐옹이 집 있는 데 엉, 엉 조금만 있다가 엉, 엉 가면 안 될까요?

으으으응?"

오빠가 고개를 끄덕여줬다. 도이는 문방구 한 켠의 고양이 집 옆에 쭈그리고 앉아 소리 죽여 눈물만 뚝뚝 흘렸다.

고양이가 죽은 날은 12월 20일로 이미 석윤은 그 사건을 당한 후였다. 도이는 잔류사념에서 빠져나와 11월 말이나 12월 2일 전에 남겨져 있을 사념을 찾아 다시 집중했다. 다행인지 운명인지 도이는 11월 말의 잔류사념을 찾아냈다.

곧, 자신의 인생을 수렁에 빠뜨리게 될 끔찍한 사건을 겪게 되리란 것을 꿈에도 상상하지 못하는 도이는 크리스마스카드를 만들 생각에 한껏 부풀어 있었다. 겨울방학을 앞둔 숙제이기도 했지만 선생님이 내건 공약 때문에 더 욕심이 났다.

카드를 가장 잘 만든 1등과 2등은 담임선생님이 직접 카드 만드는 디자인 회사에 데리고 가 견학을 시켜주고 당선자의 이름이 찍힌 카드를 고아원과 양로원에 100장씩 보내주겠다고 약속했다.

준비물을 고르는 사이 문방구에서 키우는 고양이가 냐옹거리면서 도이의 다리 사이에서 맴돌았다.

"언니가 카드에 널 그릴 거야."

늘 그림에 재능이 있다는 칭찬을 들어온 도이였다. 그림 그리기라면 자신 있었다.

필요한 물건들을 하나씩 바구니에 집어넣고 있을 때였다. 난데없이 머릿속으로 어떤 주소가 떠올랐다. 서울시 중구 미늘동으로 시작되는 주소가 반복해서 들려왔다. 그 생각은 처음엔 어린 도이를 어리둥절하게 만들었고, 그다음엔 무슨 계시라도 받은 듯한 기분을 느끼게 했다. 도이는 주소가 반복해 들려오는 동안 외워버린 주소를 수첩에 적었다. 어쩐지 중요하게 느껴졌던 것이다.

─12월 2일 새벽에 살인범이 그 집으로 찾아갈 거니까 피하라고 써. 안 그럼 모두 죽는다고.

도이는 기겁해 두 눈을 동그랗게 뜬 채 문방구 안을 살폈다. 아무도 도이에게 신경 쓰지 않았다. 자신의 모습이 이상하게 보이지 않는다는 걸 확신한 도이는 수첩에 방금 들은 목소리의 지시 내용을 받아 적었다.

"뭐 적어?"

민주가 도이의 어깨 너머로 고개를 스윽 들이밀었다. 아파트 옆 동에 사는 친구였다. 같은 반이었지만 매번 하는 짓이 싸가지가 없어서 그리 친하지 않았다.

"앗, 깜짝이야! 놀랐잖아!"

"모두 죽어? 누가?"

"아무것도 아냐."

도이가 멍하니 생각에 잠겨 있자 민주가 도이 눈앞에서 손을 흔들었다.

"만약에 어떤 사람이 언제 살해당하는지 알게 된다면 어떡해야 하지? 너라면 어떡할래?"

"그걸 어떻게 알아?"

"그냥 누가 말해줘서 알게 되는 거야."

"뭔 소릴 하는지 모르겠네. 그 사람한테 찾아가서 말해주면 되지."

"완전 모르는 사람인데 찾아가?"

"그럼 전화 걸어."

"전화번호도 모르면?"

"그럼 집은 알아? 살해당할 사람이 누군지 안다면 어떻게든 연락처나 집을 알아내야지."

"주소는 알아."

"누군데 그래?"

"그 집 찾아가서 초인종 누르고 그렇게 말해?"

민주가 고개를 끄덕였다.

도이는 문방구 구석 자리에 쪼그리고 앉아 종이와 편지봉투를 꺼냈다. 책가방을 책상 삼아 편지를 썼다. 고양이는 도이 옆에 앉아 발톱을 세우고 도이의 치맛자락을 가지고 놀았다.

볼펜을 쥐고 한 자 한 자를 꾹꾹 눌러썼다. 세 번 정도 다시 읽고는 봉투에 넣었다. 보내는 사람을 뭐라고 쓸지 고민했다. 지나가던 사람, 경고, 오늘 밤에 당신에게 일어날 일이에요, 위험한 일이 일어날 겁니다, 안 보면 후회.

"아, 뭐라고 쓰지?"

도이는 머리카락을 헝클었다. 아무리 생각해도 그럴싸한 생각이 나지 않았다.

"'안 보면 후회'라고 써. 그렇게 쓰면 꼭 볼 거야. 사람들은 후회하는 걸 싫어하니까."

도이는 고개를 끄덕였다. 민주가 꽤 똑똑하다는 생각이 들었다.

누군지도 모르는 사람의 집을 혼자서 찾아가야 한다는 사실에 모험을 앞둔 사람처럼 흥분이 됐지만 동시에 무섭기도 했다.

집으로 돌아와서도 가방 속 편지 때문에 오후 내내 찝찝했다. 저녁시간이 되자 뜻밖에 아버지가 식사를 하러 들어왔다. 도이는 식탁에서 자신의 머릿속에 떠오른 주소에 대해 털어놓았다.

"그거 환청 아냐?"

부모님은 도이의 말에 놀랐다.

"여보, 도이가 환청을 들은 거 아냐?"

"너 이런 일 처음이야?"

"응."

"주소에 내용까지. 흠, 그 주소 좀 줘봐."

도이는 수첩을 건넸다.

"어쩌려고?"

도이의 어머니 한수명은 남편을 걱정스럽게 봤다. 남의 일에는 관여하지 않는다는 것을 원칙으로 삼는 그녀와는 달리, 남편은 남의 일이라면 물불 가리지 않고 나서는 성격이었다.

"이건 단순한 환청은 아닌 것 같아."

"그치, 아빠?"

"하지만 역시, 나서긴 뭣해. 네 말만 믿고 그 집에 찾아가서 12월 2일 새벽에 그런 일이 있을 테니 그날 꼭 피하라고 해놓고, 만약 아무 일도 일어나지 않는다면 어떡해? 더군다나 오늘 밤도 아니고 며칠 뒤인데."

세 식구 중 어느 한 사람도 결정을 내리지 못한 채 서로를 바라보기만 했다.

도이는 자신의 방으로 들어와 시계를 봤다. 밤 7시 30분.

아무래도 버스를 타는 것보단 택시를 타고 가야 할 것 같았다. 택시라면 주소만 말해주면 기사 아저씨가 그 집 앞까지 데려다줄 테니까.

저금통엔 택시비 정도는 되고도 남을 액수가 들어 있었다. 내일 가도 괜찮지만 내친김에 당장 가서 편지를 전해주고 싶었다.

갈까. 말까. 갈까. 말까. 아무리 생각해봐도 한밤중에 혼자 택시를 탄다는 건 역시 무서웠다. 민주에게 함께 가자고 할까?

도이는 민주에게 전화를 걸었다. 모험을 좋아하는 민주는 단번에 같이 가자고 말했다. 흔쾌히 같이 가자고 말해주는 바람에 도이는 갑자기 민주가 좋아졌다.

도이는 민주와 함께 택시를 타고 미늘동으로 가 초인종을 눌렀다. 문을 열어주러 나온 사람은 도이 또래로 보이는 소년이었다.

도이는 어떤 사람이 전해주라고 했다면서 편지를 전했다. 소년은 불쾌한 눈빛으로 편지를 봤다. 옆에서 민주가 소년을 보면서 자꾸 배시시 웃었다. 소년은 한심하다는 듯한 표정으로 민주와 도이를 쳐다보더니 한마디 말도 없이 대문을 닫고 들어가버렸다.

"……!"

도이는 어이가 없었다.

"진짜 잘생겼지? 배우 해도 될 거 같아."

민주는 넋을 잃고 말했다. 소년에게 한눈에 반한 것 같았다.

"잘생기긴 개뿔. 저거 왕싸가지네. 기껏 여기까지 택시 타고 와서 편지를 전해줬는데 고맙다는 말도 없어."

"편지에 우리 이름이랑 연락처 적었어?"

"미쳤냐? 그걸 적게?"

도이는 기어들어가는 목소리로 '전화번호랑 내 이름 적었어'라고 중얼거렸다. 그런 멍청한 짓을 한 자신에게 화가 났다.

"다시 초인종 누르고 편지 돌려달라고 할까?"

민주가 말했다. 민주는 소년이 한 번 더 보고 싶은 것이다.

"어우, 재�어! 가자!"

"야, 좀만 더 기다려봐. 편지 읽고 나면 놀라서 뛰어나올지도 몰라!"

민주는 소년의 이름과 다니는 학교라도 알고 가자고 고집을 부렸다.

두 소녀는 소년의 집 대문 앞에 앉아 소년이 다시 나오길 기다렸다. 도이는 소년이 편지에 대해 물으면, 잘난 척하며 갑자기 들려왔던 신비한 환청에 대해 이야기해줄 기대감에 부풀어 30분 정도 기다렸지만 소년은 나오지 않았다.

"그냥 우리가 다시 초인종 누르는 건 어때?"

"됐어!"

도이는 총총걸음으로 대문에서 멀어졌다. 민주는 부루퉁한 얼굴로 눈을 흘기며 도이의 뒤를 쫓아갔다.

3부

제4평행세계의 시작

1장

어린 수혁의 잔류의식

서진구는 마우스를 집어 던지고 일어났다. 아침부터 컴퓨터 앞에 앉아 꼼짝도 하지 않고 지금 이 시간까지 음란물을 봤다. 시커멓게 치밀어 오르는 성욕을 풀고 싶은 욕망뿐이었다. 자위를 해도 그때뿐, 강간에 대한 망상은 도무지 가라앉질 않았다. 머릿속은 온통 강간에 대한 생각뿐이었다.

서진구는 라면을 끓여 소주와 함께 저녁을 해결하는 동안 경찰에 잡히지 않고 강간을 할 방법을 찾아 머리를 굴렸다.

집에서 나온 서진구는 무작정 버스를 타고 한 정거장을 지나 내렸다. 처음 와보는 동네였지만 어쩐지 꼭 와본 것 같은 기시감이 느껴졌다. 박스테이프와 노끈 그리고 범행에 사용할 칼을 사기 위해 마트를 찾던 그의 시야로 철물점 하나가 보였다.

젊은 여자가 의자에 앉아 딸로 보이는 작은 계집애와 놀고 있었다. 젊은 여자는 한쪽 다리에 깁스를 하고 있었다. 노인이 검은 비닐봉지에서 양념치킨을 꺼내놓았다. 그들 셋은 뭐가 그리 행복한지 연신 웃어대며 손으로 닭봉을 집어 들고 뜯기 시작했다.

서진구는 돈을 내고 물건을 살 생각은 애당초 없었기 때문에 여자와 노인을 보는 순간 도망치거나 제압하기 쉽겠다는 생각을 하면서 철물점으로 들어갔다. 칼들을 모아둔 선반 앞에 서서 이 칼 저 칼을 손에 쥐어보기 시작했다.

칼은 위협용이었다. 절도, 성폭행, 상해로 전과 11범이 되는 동안 가장 강렬했던 기억은 '강간'이었다. 돈을 주고 산 여자와 정상적인 성교를 시도해봤지만 단 한 번도 발기된 적이 없었다. 하지만 강간은 달랐다. '강간 중독자' 서진구의 몸은 강간의 짜릿함을 다시 맛보고 싶어 미칠 지경이었다.

요즘엔 보기 힘든 구식 전화기가 울렸다. 노인은 전화를 받고 끊더니 결혼한 딸처럼 보이는 젊은 여자에게 "빨리 갔다 올 테니까 가게 좀 보고 있어. 내가 오면 가!"라고 말하곤 허둥지둥 철물점을 나갔다.

젊은 여자를 해치울 칼을 고르느라 돌아서 있는 그의 뒤통수로 시선이 느껴졌다. 슬그머니 돌아보자 여자가 의뭉스러운 눈빛으로 그를 쳐다보고 있었다. 양미간을 좁히고 멍하니 아랫입술을 물어뜯으며 기억을 더듬고 있는 것 같았다. 뭔가 감을 잡은 듯한 표정이었다. 분명 수배자 전단 속 사진에서 자신의 얼굴을 본 것이다.

서진구는 계산대 쪽으로 걸어가면서 벽에 붙어 있는 액자를 돌아봤다. 눈꼬리가 처진 것이 꼭 닮은 엄마와 딸이 아이의 아빠로 보이는 남자와 함께 정면을 보며 활짝 웃고 있었다. 그들 뒤엔 서울가정법원 소년부 조사관 임명식이라고 적힌 플래카드가 붙어 있었다.

'재수 없어.'

서진구는 '법'이라는 단어만 봐도 하루 종일 체기와 두통이 생긴다.

여자가 휴대폰을 내려다보면서 어디론가 빠르게 문자메시지를 입력하는 것을 보는 순간 강간에 대한 생각은 사라져버렸다. 지금부턴 생존의 문제였다. 죽이지 않으면 잡힌다. 그는 여자의 머리채를 덥석 움켜잡았다. 계집애가 놀라서 엄마에게 달라붙었다. 그는 성가신 계집애의 몸 어딘가를 찔렀다. 풀썩 주저앉더니 덜덜 떨며 엄마를 쳐다보는 계집애의 배를 세게 걷어찼다. 작은 몸은 철물점 문에 부딪혀 바닥으로 떨어지더니 꼼짝하지 않았다. 그는 철물점 문을 걸어 잠갔다.

일을 끝낸 서진구는 철물점 화장실에서 피 묻은 손을 씻고 집 안을 뒤져 새 옷으로 갈아입었다.

사거리로 나간 그는 다시 아무 버스나 잡아탔다.

이번에 잡혀 들어가면 무기징역 혹은 사형을 피할 수 없을 것이란 걸 알고 있었다. 사형보다 무서운 건 갇히면 두 번 다시 강간을 할 수 없다는 것이었다. 어차피 망가진 인생 될 대로 되란 생각이 강하게 들었다. 잡히기 전에 빨리 아무 여자나 잡아 한 번 더 성욕을 채우고 싶었다.

버스 안내방송이 나왔다.

"다음 역은 미늘동, 미늘동역입니다. 하차하실 분은……."

어딘지 맹해 보이는 여자가 뒷자리에서 일어나 통로로 나왔다. 긴 머리, 짧은 치마에 이어폰을 양쪽 귀에 꽂고 있었다. 검은색 스타킹의 올이 나가 있는 걸 보는 순간 심장이 쿵쿵 뛰면서 아무 소리도 들리지 않았고 그 여자만 보였다.

검정 스타킹의 올이 길쭉하게 나가 있었다. 어딘지 허술하고 어수룩

해 보이는 것이 따먹기 좋아 보였다. 서진구는 슬그머니 일어나 여자의 뒤에 섰다.

"아빠, 저 아저씨 좀 이상해."

아까부터 서진구를 눈여겨보고 있던 아홉 살 수혁은 아버지 안명환에게 속삭였다.

안명환은 어린 아들이 지목하는 남자를 곁눈질했다. 야구모자를 쓴 흔히 볼 수 있는 중년남자였다.

"뭐가 이상해?"

그는 아들에게 되물었다.

"저기 손목에 묻은 거 피 같아. 그리고 옷도 자기 옷이 아닌 것 같고."

겨울 점퍼의 팔 길이가 짧긴 했다. 하지만 그는 짧을 수도 있지, 라고 아무렇지도 않게 생각했다.

안명환과 수혁은 버스 출입문 앞으로 나와 야구모자를 눌러쓴 남자 옆에 섰다. 모자챙 아래로 옆의 여자를 보는 눈빛이 어째서인지 꺼림칙하긴 했다. 게다가 손목 안쪽에 묻어 있는 붉은 것이 묘하게 그를 자극했다.

'수혁이 말대로 피 아닐까? 에이, 설마. 그래도 이상하잖아? 어쨌든 참 눈빛이 안 좋네.'

수혁은 시종일관 남자에게서 시선을 떼지 않았다.

"너 사람을 그렇게 뚫어져라 보면 안 돼. 기분 나쁘잖아."

안명환이 수혁의 귀에 대고 속삭였다.

남자도 뭔가를 느꼈는지 흘끗 부자를 돌아봤다.

그때까지도 수혁이 남자에게서 시선을 떼지 않고 있자 안명환은 수

230

혁을 달랑 들어 안고 남자의 시선으로부터 수혁을 보호했다.

안명환은 버스에서 내리자마자 수혁을 내려놓고 집에 전화를 걸었다.

"어, 여보. 수혁이랑 집으로 가고 있어. 군고구마 사갈까? 먹고 싶은 거 없어? 뭐 다이어트?"

아내는 다이어트를 한다면서 야식은 먹지 않겠다고 했다. 전화 통화를 하는 동안 그의 발걸음이 느려졌다. 뒤에서 오던 행인들이 그의 옆을 지나쳐 갔다.

"저녁? 차리지 마. 내가 알아서 챙겨 먹을게. 부대찌개 라면이나 끓여 먹지 뭐. 알았어. 좀 있다 봐."

전화를 끊고 집으로 가는 길 쪽으로 향하려던 그는 주춤 그 자리에 멈춰 섰다. 몇 발짝 앞에 그 남자가 걸어가고 있었다. 그 남자 앞에는 머리가 길고 짧은 치마에 이어폰을 낀 여자가 걷고 있었다. 어떤 위화감이 느껴졌다.

"저 누나 따라가는 것 같아. 나쁜 짓 하려는 거 아냐?"

수혁이 그의 귀에 대고 속삭였다.

그렇잖아도 그 역시 아들의 말처럼 야구모자를 쓴 남자가 여자의 뒤를 따라가고 있다는 기분이 들었던 것이다. 하지만 단지 기분일 뿐이었다. 안명환은 집으로 가는 길과 그 남자 쪽을 쳐다봤다. 그냥 집으로 가면 그만이었다.

갑자기 비가 쏟아졌다. 나쁜 일이 벌어질 거라는 생각을 의도적으로 밀어내며 안명환은 집으로 가는 건널목을 건넜다.

"아빠, 저 누나 우리 동네 사는 것 같은데 저 누나가 집에 들어가는 것까지만 보고 집에 가자."

수혁이 말했다.

수혁의 말대로 한다고 손해 볼 것도 없었다. 다만 여자가 가는 방향이 아랫동네 쪽이라 조금 찝찝했을 뿐이다. 같은 동네라도 아랫동네엔 가본 적이 없었다.

비가 오자 여자가 뛰기 시작했다. 서진구도 비를 피하는 척, 여자를 따라 주택가로 접어들었다. 앞서가던 여자가 좁은 골목으로 들어섰다. 연탄재들을 투척해놓은 공터를 낀 주택가가 나타났다. 이때다 싶은 그때, 갑자기 앞쪽 집 대문이 열리고 젊은 남자가 나왔다.

"야, 지금 몇 신데 이제 와."

"그놈의 부장 새끼가 기어코 치맥하러 가자고 직원들 끌고 가서 어쩔 수 없었어."

"비 쫄딱 맞고 잘한다. 감기라도 걸리면 어쩌려고?"

남자의 질책에 여자가 쫑알거리며 대문 안으로 쏙 들어갔다.

다 잡은 토끼를 놓쳤다. 서진구는 짜증이 치밀었다.

"이런 씨발, 너 오늘 운 좋은 줄 알아라."

입에서 절로 욕이 나왔다.

대문 앞을 지나가며 흘끗 보자 신혼인 듯 보이는 두 사람은 서로의 허리에 팔을 감고 다정한 표정으로 웃고 있었다. 남자는 자기 마누라가 강간당했다는 걸 알면 병신처럼 울면서 자살이라도 할 놈처럼 보였다. 서진구는 평생 느껴보지 못한 부부의 애틋함에 눈꼴이 시렸다. 저것들 둘 다 골로 보내버려? 하지만 어쩐지 내키지 않았다.

'이년아, 기다려라. 다음엔 꼭 따먹는다.'

속으로 다짐하며 골목을 빠져나올 때였다. 어떤 여자가 우산을 쓰고 골목으로 들어오고 있었다. 또각또각 지면을 때리는 하이힐 소리가 그를 자극했다. 여자는 날카롭지도 너무 높지도 않은 단아한 콧날에 입술은 뭘 발랐는지 촉촉해 보였다. 콧대가 세 보이는 인상이었다.

저런 여자는 먼저 주먹으로 몇 대 패고 시작해야 할 것 같았다. 그래도 반항하면 칼로 얼굴을 못쓰게 만드는 거다.

그는 무심한 표정으로 여자의 옆을 스쳐 지나갔다. 순간 여자에게서 살짝 술 냄새가 풍겼다. 그 냄새가 여자를 그냥 지나쳐 가려던 서진구를 붙잡았다. 늦은 시각에 술을 마신 여자가 혼자 걷고 있다. 여자는 헤프게 웃고, 남자에게 눈웃음으로 추파를 던지는 싸구려다. 그렇게 제멋대로 판단한 서진구는 천천히 돌아서 여자의 뒤를 따라 걷기 시작했다.

골목엔 아무도 없었다. 모든 소음을 삼켜주는 고마운 비가 퍼붓고 있었다. 서진구는 그 순간 확신했다. 오늘의 먹잇감은 바로 저 여자라는 것을.

>→←

아홉 살 석윤은 비가 오자 어쩐지 불안했다. 회식 때문에 늦는 것이긴 했지만 어머니와 단둘이 살다 보니 어머니가 늦게 오는 게 싫었다.

왜 비 오는 날은 그렇지 않은 날보다 더 불안하고 어수선한 기분이 드는 것일까.

집 안에는 석윤뿐이었다. 자정이 넘어가는 시간까지도 어머니가 오지 않자 슬슬 걱정이 되기 시작했지만, 그럴수록 석윤은 게임에 몰두했다. 게임을 하면서도 어머니가 오지 않는다는 사실에 신경을 쓰고 있던 그는 곧 게임 화면에서 눈을 떼고 시계를 봤다. 밤 11시가 가까워지고 있었다.

"엄마가 왜 이렇게 늦지?"

나가볼까 하는 생각을 하면서 활짝 열어둔 방문 너머 거실과 현관문을 쳐다봤다. 겨울비 소리에 따뜻한 전기담요에서 나가고 싶지 않았다.

'오겠지?'

다시 게임에 집중하려던 석윤은 며칠 전 책상 위에 던져놓았던 편지를 찾아 들었다. 편지 봉투 위에 적힌 '안 보면 후회'라는 말이 경박하게 느껴졌다. 석윤은 콧방귀를 꼈다. 진짜 웃긴 계집애들이야.

잘생긴 외모 때문에 학교는 물론, 이웃 학교에서까지 인기가 많아 걸핏하면 계집애들이 하트를 그린 고백 편지를 보내오거나 선물을 사들고 찾아오기도 한다. 게다가 편지를 건네준 애랑 같이 있던 계집애는 한쪽에 서서 배시시 웃고 있기까지 했다. 보나마나 고백 편지일 것 같아 열어보고 싶지 않았다.

"⋯⋯?"

봉투를 열고 편지를 꺼내려는데 밖에서 무슨 소리를 들은 것 같았다. 쇠붙이끼리 부딪치는 소리. 엄마가 온 거란 생각이 들었다. 석윤은 그제야 안도하며 의자에서 일어났다.

여자는 대문 앞에 서서 우산 손잡이를 어깨에 받친 채 집 열쇠를 찾았다. 초인종을 누르지 않고 열쇠를 찾는 걸 보니 집 안에 아무도 없는 것이 틀림없었다. 웬 횡재냐. 서진구는 웃음을 질질 흘렸다. 그는 준비해온 칼을 꺼내 쥐고 대문 기둥 옆에 몸을 숨긴 채 숨을 죽였다.

여자가 문을 열고 안으로 들어서는 순간, 그는 여자의 등 뒤에 바싹 붙어 여자의 목에 칼을 들이댔다.

>>>

수혁의 아버지 안명환은 당황했다.

분명 이 골목 모퉁이를 돈 것 같은데 어디에도 젊은 여자와 야구모자를 눌러쓴 남자의 모습은 보이지 않았다.

수혁이 계속해서 그 누나 죽을지도 몰라, 라는 소릴 해대며 고집을 부리는 바람에 집으로 갔던 그는 아들과 함께 다시 나왔다. 무시하려 했지만 오늘따라 수혁의 고집이 보통이 아니었다.

'한밤중에 이게 무슨 개고생이람.'

여자가 자기 집까지 무사히 들어가는 것만 봤어도 그냥 집으로 돌아갔을 텐데. 두 사람이 동시에 시야에서 사라져버리자 더 불안해졌다. 자꾸 뭔가 나쁜 일이 일어날 거란 생각이 그의 발목을 잡고 놓아주지 않았다.

경찰에 신고할까 망설이며 조금 더 골목 안쪽으로 걸어 들어갔을 때였다.

수혁이 아빠 저기, 라면서 누군가의 집 대문을 가리켰다. 대문 앞에 검은 우산이 떨어져 있었다.

'그 여자는 우산이 없었는데. 그럼 여긴 아닌가?'

"아빠, 나 이상해. 꼭 여기 와봤던 거 같아."

돌아서려는데 수혁이 뜬금없는 소리를 했다.

갑자기 비가 더 거세졌다.

"안 되겠다, 가자."

"저기 대문이 열려 있는데?"

수혁이 남의 집 대문 쪽으로 뛰어갔다.

"야, 어딜 가! 이리 안 와?"

안명환은 나지막한 소리로 아들을 부르며 그 뒤를 따라갔다. 그리고 반쯤 열려 있는 대문 안을 들여다봤다. 그때였다. 집 안에서 날카로운 여자의 비명 소리가 났다. 분명 2층에서 난 소리였다.

비명은 곧 세찬 빗소리에 섞여 비 오는 골목 안으로 사라져버렸다. 아주 먼 곳에서 들려오는 것처럼 현실감이 없는 비명은 부부싸움 중에 여자가 내지르는 비명처럼 들릴 수도 있을 테지만 단순히 부부싸움이 아니라는 것을 본능적으로 알아차렸다.

그다음 순간부터는 머릿속에서 생각 자체가 사라졌다.

"너 여기 꼼짝 말고 있어!"

그는 대문 안으로 뛰어들어가 외부 계단을 달려 올라갔다.

정신을 차리고 보니 여자는 의식이 없고, 소년의 얼굴은 피투성이였으며, 그가 쫓았던 남자는 자신의 손안에 붙잡힌 채 두 눈을 희번덕이고 있었다. 그는 부들부들 떨리는 주먹을 꽉 움켜쥔 채 침입자의 면상을 다시 한 번 후려쳤다. 침입자의 머리가 쿵, 하고 방바닥에 부딪쳤다. 멀리서 들려오던 경찰차 사이렌 소리가 선명하게 들렸다. 공포에 질려 텅 비어버린 아이의 눈이 감기고 있었다.

"꼬마야, 눈떠. 눈떠봐. 정신 놓으면 안 돼!"

안명환은 붉은 피로 범벅이 된 소년의 얼굴을 내려다보며 소리쳤다.

소년이 필사적으로 눈을 떴다. 소년의 얼굴에서 눈동자만이 유일하게
피가 묻어 있지 않았다.

나의 과거를 바꾸다

도이는 양손을 후드점퍼 주머니 속에 찔러 넣고 고개를 숙인 채 걸었다. 길고 검은 머리카락이 후드 아래로 흘러내려 상처로 흉해진 얼굴을 가려줬다. 도이는 자신의 과거를 바꾸기 위해 가람동으로 가고 있었다. 지하철역을 향해 걷는 도이의 발걸음이 점점 빨라졌다.

백만우에게 당한 후, 어째서 그 환청은 소년의 미래는 예언했으면서 자신의 끔찍한 미래는 예언해주지 않았던 걸까. 환청을 원망해왔다. 하지만 어린 석윤을 구하라는 환청이 다른 평행세계의 자신에게서 온 것임을 알게 된 후, 그녀는 빠르게 평행의식을 각성했다.

선택하는 순간 선택 가능한 모든 가능성만큼에 해당하는 평행세계가 발생한다. 지금 이 평행세계는 선택 가능한 모든 가능성 중 하나의 가능성이 분기된 곳.

그 평행세계의 도이는 지금의 자신처럼 자신의 과거를 바꾸기 위해 달려가고 있겠지. 하지만 그곳의 도이와 이곳의 도이는 한 사람이면서도 다른 시공간에서 살고 있다. 같은 선택이라도 다른 결과를 가지고 올 수 있다. 왜냐하면 도이 혼자 사는 곳이 아니기 때문이다. 타인의 선택이 그녀의 선택에도 영향을 미친다.

누군가 도이 앞을 막아섰다. 온통 검정색 복장을 한 남자는 검은색 야구모자를 눌러쓰고 면마스크로 얼굴을 가리고 있었다. 도이는 석윤임을 알아차렸다. 야구모자 챙 아래로 드러난 석윤의 눈빛은 시종일관 불안했다. 도이를 보고 있으면서도 재빠르게 주변을 살피곤 했다. 이 세계에서 석윤과 마주친 것은 처음이었다. 지석과도 아직 만나지 못했다.

석윤은 주머니에서 뭔가를 꺼내더니 도이 앞으로 바싹 다가섰다.

"이도이?"

석윤의 시선이 도이의 교복 명찰에 가 있었다.

"이거, 기억하지?"

그가 내민 것은 우표가 붙어 있지 않은 편지였다. 오랫동안 간직해온 것인지 봉투 모서리가 닳아 있었다. 그는 날카로운 눈빛으로 편지봉투를 받아 드는 도이의 표정을 지켜봤다.

보내는 사람을 적는 곳에 커다랗고 삐뚤삐뚤한 글씨로 '안 보면 후회'라고 적혀 있었다.

도이는 두 눈을 동그랗게 뜨고 자신을 내려다보고 있는 석윤을 올려다봤다.

그것은 도이가 여덟 살 때 문방구에서 환청을 듣고 썼던 편지였다. 석윤은 도이의 눈을 뚫어질 듯 쳐다보며 마스크를 벗었다.

자상으로 엉망인 끔찍한 얼굴이 드러났다. 도이는 결국엔 석윤을 구하지 못했다는 자책감에 그의 시선을 피했다. 하지만 동시에 석윤이 자신의 목을 조르던 장면이 떠올랐다.

"그 편지에 대해 설명을 좀 해줘야겠어."

석윤이 도이의 팔을 움켜잡는 것을 신호로 길에 세워져 있던 검은 승용차가 두 사람의 곁으로 다가와 섰다. 석윤은 도이를 떠밀 듯 승용차에 태우려 했다. 도이는 순순히 차 뒷좌석에 앉았다.

"난 서울가정법원에서 일하는 소년부 조사관 황인준이라고 한다."

조수석에 앉아 있던 중년남자가 돌아보며 말했다. 황인준은 미늘동 주부 살인사건의 첫 번째 피해자 가족으로, 사건 당시 아내와 딸이 철물점을 하는 친정아버지 집에 갔다가 서진구에게 살해당했다고 설명했다.

핸들을 쥐고 있던 남자가 눈인사를 했다. 안수혁이었다.

"10년 전 석윤이가 그 사건을 당할 거란 걸 넌 어떻게 안 거지?"

황인준이 취조하듯 도이에게 물었다.

도이는 평행세계에 관한 것과 잔류사념으로 과거에 접촉하는 능력 등 모든 것을 있는 그대로 말해주기로 결심했다. 어차피 믿지 않을 테니까.

오랜 대화가 끝난 후에 황인준이 말했다.

"도이 양의 말이 모두 진실이라면 우린 손에 피 한 방울 묻히지 않고 이 세상을 흉악범죄가 없는 곳으로 만들 수 있어."

자신의 말을 믿다니 뜻밖이었다.

"제 말을 전부 믿는 건가요?"

도이는 믿을 수가 없어 두 눈을 동그랗게 뜨고 다시 물었다. 그들의 시선이 도이의 오른쪽 눈을 가린 안대에 잠시 머물렀다.

"우리와 함께 해줬으면 해."

황인준은 신중한 표정으로 말했다.

"하지만 전……."

자신의 말을 믿어주는 사람들과 만나는 것은 쉬운 일이 아니었다. 이들과 함께 자신의 능력을 사용한다면 자신이 바라는 세상도 쉽게 이룰 수 있을지도 모른다. 하지만 지금 그녀는 자신의 과거를 바꾸는 것이 우선이었다.

"아니야. 시간은 기다려주지 않지. 지금 당장 같이 가서 선생님을 만나보자."

도이가 우물쭈물하고 있자 황인준은 도이의 대답을 기다리지도 않고 자신의 의견을 강하게 밀어붙였다. 황인준의 말이 떨어지자마자 수혁이 시동을 걸었다.

이들이 무슨 일을 하고 있는지 보고 나서 자신의 행동을 결정해도 늦진 않다. 하지만 반 강제적인 동행에 도이는 마음이 편하지 않았다.

그곳은 1970년대에 가정법원 소년부의 조사관으로 지내다가 은퇴한 전직 조사관의 아파트였다.

32평 정도 되는 거실엔 먼지가 내려앉은 오래된 종이 냄새가 공간을 꽉 채우고 있었고, 짙은 고동색 마루를 깐 거실엔 책과 무엇인지 모를 자료 더미로 발 디딜 틈이 없었다. 현직 조사관 황인준 그리고 석윤은 자료 더미 속에서 전직 조사관이 맡았던 서진구 관련 자료를 찾고 있었고, 도이는 그들이 이미 한 번 훑은 자료를 한쪽에 차곡차곡 모았다.

팔순은 훨씬 넘어 보이는 전직 조사관은 휠체어에 앉아 조사관 시절 그가 면담했던 소년범죄자들에 대해 이야기했다.

"……소년보호 원칙도 좋지만, 피해자 가족들은 가해자가 범죄에 상응하는 벌을 받길 바라지. 그래야만 너덜너덜해진 피해자의 고통을 어느 정도 내려놓을 수 있을 테니까. 하지만 소년범들에 대한 정보는 엄중히 차단되지. 게다가 가해 소년들에 대해선 보호니 교육이니 해서 관련자들이 모두 합심해 사회 복귀를 돕지만 피해자에 대해선 어떤 관리도 해주지 않아. 하다못해 트라우마를 극복할 수 있도록 국가가 나서서 도움을 줘야 하는 것일 텐데도 말이야. 어떻게 보면 정말 소년법이란 이해할 수 없는 면이 많아."

노인은 소년범에 대한 사회적 비난이나 낙인현상을 방지하기 위해 소년범과 관련된 정보는 어떤 식으로도 조회가 불가능하며, 소년범의 사진과 본인이 드러날 수 있는 사진 및 내용과 관련된 것은 보도할 수 없다는 금기조항에 대해 토로하고 있었다.

"얼마 전에 여중생 집단 폭행사건의 가해 소녀에게 주변인들의 도움으로 영구임대주택과 직장이 생겼다는 뉴스를 봤습니다. 가해 소녀는 보호처와 시설 관련자는 물론, 판사로부터도 경제적 도움을 받았더군요. 집단폭행을 당한 피해 소녀는 사망했는데 말입니다."

현직 조사관 황인준이 말했다. 그의 목소리엔 분노가 서려 있었다.

서진구에게 살해당한 아내와 어린 딸을 떠올리는 듯 그의 눈빛이 흐려졌다. 노인은 조사관이 안쓰러운 듯 어깨를 가만히 다독였다.

"어쩌겠나. 소년법 자체가 가해자를 보호하는 법일세. 피해자의 마음을 풀어주는 조항은 단 하나도 없어. 서진구는 당시 고작 15세였지만 덩치가 크고 성격이 포악했어. 마치 범죄성을 타고난 것 같은 놈이었다고 할까. 내가 조사한 바에 의하면 그 사건이 첫 사건도 아니었어. 열 살이 되기 전부터 동네 여자애를 집에 데리고 와 창고에 가둬놓고 못된 짓을 하질 않나, 길고양이나 유기견들을 잡아 해부해 죽이길 밥 먹듯 했다고 아주 자랑스럽게 떠벌리던 놈이었어. 소년이긴 했지만 성인보다 더 잔인한 놈이었지. 1958년에 소년법이 제정되어 시행된 후 수차례 소년법 개정이 있었지만 현행촉법소년의 기준은 단 한 차례도 개정되지 않았어."

노인은 띄엄띄엄 말을 이어갔고 움푹 들어간 눈에서 흐르는 진물 같은 것을 쉼 없이 닦아냈다.

"선생님, 찾은 것 같습니다."

석윤이 누렇게 바랜 서류 뭉치를 들고 기쁜 듯 말했다.

그가 찾아낸 서류 뭉치는 노인이 아직 젊었을 때 모아둔 파일들로 서진구의 비행 사실에 관한 기록과 서진구 법정 대리인의 이름과 주소, 재판 결과, 심사관이 작성한 사회 기록 카피본, 서진구의 성격이나 성장 과정, 가정환경 등을 서술한 기록들이었다.

도이는 석윤이 찾아낸 서류를 들여다봤다. 대부분의 내용에 한자가 섞여 있어 쉽게 내용을 파악할 수 없었다. 황인준은 도이와 석윤을 돌아보며 의미심장한 시선을 던졌다.

'이제 장소만 찾아내면 된다.'

황인준과 석윤은 도이의 능력을 이용해 서진구가 첫 범죄 자체를 저지르지 못하게 할 계획을 세우고 있었다.

그 아이디어를 생각해낸 것은 황인준이었다. 도이의 능력을 알게 된 그는 처음엔 자신의 아내와 딸이 살아 있는 평행세계를 분기시켜달라고 하더니, 피해자가 자신의 가족만은 아니니 그들 모두를 위해서라도 아예 처음부터 서진구를 이 세상에 존재하지 않게 만들어버리자고 말했고 도이는 동의했다.

"내 기억이 정확한지는 모르겠지만 서진구는 당시 나이 만 15세였고 일가족 몰살 사건에 가담해 현장에서 붙잡혔는데 무기형을 받았지. 하지만 소년법에 따라 보호처분됐던 걸로 기억해. 서진구는 몇 호 처분을 받았지?"

노인의 질문에 황인준은 석윤에게서 건네받은 기록 파일을 살폈다.

"7호 처분을 받은 것으로 기록되어 있습니다."

"어, 그랬지. 기억나. 그 녀석은 비행성이 몹시 강해 교정이 특히 시급했었어. 그놈이 지은 죄에 비하면 소년원 송치는 실질적으로는 자유형이나 다름없었지. 그때……."

노인과 황인준이 대화를 주고받는 동안, 도이는 석윤을 빤히 쳐다봤다. 지금 도이 앞에 앉아 진지한 얼굴로 노인의 말을 듣고 있는 석윤은 도이의 능력을 알고, 목을 조르던 그 남자가 아니었다. 게다가 이번엔 그의 잔류사념에 직접적으로 생각을 불어넣지 않았으니 그와는 생각을 공유하지 않을 것이다.

그때였다. 누군가 아파트 현관문을 열고 들어왔다. 낯설지만 낯설지 않은 남자가 긴장한 표정으로 그들을 바라봤다. 안수혁이었다. 수혁은 조그만 흉터조차 없는 깨끗한 얼굴이었다. 도이는 속으로 씁쓸하게 웃었다. 수혁은 자신이 어떤 상황에 처했었는지 얼마나 간절하게 멀쩡한 얼굴을 바랐는지 전혀 기억하지 못할 것이다.

이번 평행세계에서는 석윤의 삶에 안수혁과 가정법원 소년부 조사원이 뛰어들었다. 시공간이 바뀌어 자신이 겪은 불행이 존재하지 않는 일이 되어버렸지만, 그런 삶을 한차례 살아본 사람은 그 사건과 관련된 모든 것에 무의식적으로 깨어 있게 되는 것일까. 그래서 이렇게 무엇인가를 바로잡기 위해 우연인 듯 운명인 듯 서로의 곁으로 모여드는 것일까.

생각이 차원을 넘어갈 수 있는 것처럼 경험에 의해 쌓이는 무의식 역시 시공간의 통제를 받지 않는 것 같았다.

"형사들이 이리로 오고 있어요."

수혁이 말했다. 모두 안색이 창백해졌다.

"여길 어떻게 안 거지? 너희들 먼저 피해. 나는 선배님과 조금 더 있다가 상황을 봐서 피하지."

황인준이 말했다.

"선생님, 조만간 다시 찾아뵙겠습니다."

도이와 수혁, 석윤은 노인에게 고개를 숙였다. 노인은 각오하고 있었다는 듯 담담한 표정으로 고개를 끄덕였다. 황인준을 제외한 그들은 모두 노인의 아파트를 나갔다. 비상구 계단을 내려오자 형사 둘이 계단을 올라오다가 그들을 발견하고 소리쳤다.

"여긴 내가 맡을게, 가!"

석윤이 수혁과 도이를 밀어냈다. 수혁은 도이의 손을 움켜쥐고 계단을 다시 올라갔다.

"거기 서!"

석윤을 발견한 형사 둘이 계단을 뛰어 올라왔다.

석윤 앞에 형사가 테이저건을 겨누었고, 뒤에서 접근한 형사가 민첩하게 그의 팔을 붙잡고 등 뒤로 꺾으며 소리쳤다.

"김석윤! 미늘동 연쇄 살인범으로 체포한다."

아파트 뒷문에서 미리 기다리고 있던 형사들은 도망쳐 나오던 도이와 수혁까지 체포했다.

등 뒤로 수갑이 채워진 석윤이 형사의 손에 떠밀려 뒷문으로 나왔다.

수혁의 손에 수갑이 채워졌다. 또 다른 형사가 도이에게 수갑을 채우며 거칠게 대하자 석윤이 소리를 질렀다.

"걔한테 함부로 하지 마! 아픈 애라고! 그리고 쟤는 공범 아냐!"

"이 자식이 왜 자꾸 반말이야!"

형사는 석윤의 뒤통수를 세게 한 대 쳤다.

"공범이 공범이라고 말하는 것 봤냐?"

도이는 초조했다. 형사들로부터 빠져나가야 했다. 갇히면 끝이다. 자신의 과거를 바꿀 마지막 기회다.

"고, 공범이 더 있어요."

도이는 간신히 말을 내뱉었다. 형사들이 미심쩍은 눈으로 도이를 쳐다봤다.

"30분 후에 다른 애랑 만나기로 했어요. 우린 모두 넷이에요."

석윤은 두 눈을 동그랗게 뜨고 도이의 거짓말을 듣고 있었다.

"우리가 안 나타나면 그 애 혼자 누굴 죽일 거예요."

형사들이 도이의 말의 진의를 파악하려는 듯 석윤과 수혁의 표정을 살폈다. 하지만 석윤과 수혁 역시 도이의 진의를 파악하지 못하고 있는 중이었다.

"어디서 만나기로 했지?"

도이는 대답 대신 석윤을 쳐다봤다.

순간 도이의 진의를 파악한 석윤은 경악했다. 도이는 아예 석윤의 시선을 피해 고개를 돌렸다. 형사는 석윤과 수혁을 한 차에 밀어 넣었다.

"이도이! 너 실수하는 거야! 이도이!"

차 안으로 떠밀려 들어가면서 석윤이 발악했다.

석윤은 도이가 다른 평행세계를 분기시키면 도이를 잃는다고 생각하는 것 같았다. 그녀 역시 다른 평행세계를 분기시키면 이곳의 그들이 어떤 변화를 겪는지 모른다.

'미안해. 하지만 나는…… 단 하루라도 이런 내가 아닌 나로 살아보고 싶어.'

무슨 일인지 여전히 감을 잡지 못한 수혁은 어리둥절해 눈치만 살피고 있었다.

"타, 새끼야!"

형사가 두 소년을 경찰차에 밀어 넣고 문을 닫았다.

"이도이, 어디서 만나기로 했어?"

또 다른 형사가 승용차의 뒷문을 열어주며 물었다.

"가람동. 가람 아파트 가동 입구요."

수혁과 석윤을 태운 승용차가 출발하는 것을 보면서 도이는 깊은 한숨을 내쉬었다. 어쩐지 후련했다.

"이도이, 넌 네 아버지한테 미안하지도 않냐? 네가 공범인 게 밝혀지면 그 즉시 네 아버진 경찰 배지 내놔야 해."

조수석의 형사가 뒤를 돌아보며 도이를 나무라듯 말했다.

형사는 지나온 평행세계에서 백만우가 출소하고 나면 꼭 도이를 지켜주겠다던 바로 그 형사였다.

도이는 굳은 표정으로 시선을 내리깔았다. 가람동 아파트에 도착하기 전까진 안심할 수 없었다. 새로운 평행세계로 건너뛰지 못할까 봐 불안했다.

'갇히면 끝이다.'

도이는 속으로 그 한 마디만을 곱씹었다.

가람동 아파트는 도이가 어렸을 때와는 달리 세월의 흔적이 많이 보였다. 아파트 벽면 구석구석엔 금이 가 있고 녹슨 철근이 장기를 드러낸 채 세월의 사념을 품고 있는 듯했다.

바닥과 닿은 부분엔 이끼가 끼어 있고 페인트가 벗겨진 표면엔 시멘트가 부스러져 나뒹굴었다. 백만우와 마주쳤던 그날 아침의 일이 생생하게 기억났다.

2006년 12월 13일, 수요일 아침. 등교 준비도 하지 않은 채 도이는 짜증을 부렸다. 집에 돌아오면 자신을 반겨줄 고양이라도 있으면 좋겠으니 고양이를 사달라고 부모님을 졸랐는데 집 안에 고양이 똥 냄새, 오줌 냄새를 어떻게 감당하려고 그러냐면서 철없다는 소릴 들었다. 도이는 부루퉁한 얼굴로 등교했다.

형사는 신문을 보는 척 아파트 입구가 보이는 맞은편 어린이 놀이터 벤치에 앉아 공범이 나타나길 기다렸다.

도이는 눈앞에 펼쳐진 아파트 단지를 바라봤다. 아파트 지붕 위로 붉은 노을이 내려앉고 있었다. 노을은 주변을 붉은빛으로 물들이며 도이를 향해 뻗어왔다. 도이는 안대를 벗었다.

오른쪽 눈은 아파트 현관에 잔류하는 수많은 프레임들을 빠르게 넘기기 시작했다. 눈알이 움직이는 방향을 따라 도이는 좌우, 위아래로 머리를 움직였다.

도이의 이상한 움직임을 발견한 형사가 신문을 접고 벤치에서 엉거주춤 일어났지만 공범이 나타나지 않을까 봐 가까이 가진 못했다.

2006년 그날 아침에서 오른쪽 눈의 움직임이 멈췄다. 순간, 왼쪽 눈의 시력이 죽었다.

여덟 살 도이가 부루퉁한 얼굴로 아파트 현관 밖으로 걸어 나오고 있었다.

사념을 보고 있던 도이는 사념 속의 풍경 어딘가가 이상하다는 것을 깨달았다. 현재의 아파트 현관으로 내려앉는 노을빛이, 2006년 이른 아침 안개 낀 아파트 현관까지 투과되고 있었던 것이다.

'늦은 오후도 아닌 한겨울의 이른 아침인데 어디서 붉은빛이 오는 걸까?'

그렇게 생각하며 어린 도이가 주변을 두리번대는 동안, 시공간의 건너편에서 사념을 보고 있는 열여덟 살 도이의 눈에 묘한 것이 보였다. 싸늘한 감각이 등골을 타고 올라왔다. 여덟 살 도이가 둘이었다.

"……!"

놀랍게도 한 명의 도이가 늘 등교하던 길로 들어서는데 마치 분신술처럼 입구에서 두 명으로 분기하더니 각자 다른 방향으로 걸어가는 것이 아닌가. 도이가 빨리 가는 등굣길을 선택한 순간, 선택하지 않은 길로 가는 또 다른 도이가 발생했던 것이다.

도이는 사건을 당한 후, 장장 열두 시간 동안 대수술을 했고 그 후 중환자실로 옮겨졌다. 중환자실에서 생과 사를 헤매던 도이는 결국 살아서 중환자실을 나갔다. 그렇다면, 죽어서 중환자실을 나간 도이도 존재하겠지. 죽은 도이가 존재하는 평행세계의 부모님은 어떤 마음으로 살아갈까.

자신의 평행세계가 분기하는 순간을 목격한 도이는 고무됐다. 하지만 동시에 두렵기도 했다.

평행세계를 강제로 분기시키려 하는 행위는 결코 해서는 안 되는 일처럼 느껴졌기 때문이다. 해서는 안 되는 일이기 때문에 인간들에겐 잔류사념을 읽는 능력이 주어지지 않았을 것이다. 하지만, 자신이 아는 것이 전부일 리는 없다. 인간의 머리로는 답을 찾을 수 없는 일들로 가득 찬 것이 이 세상이 아닌가. 무엇인가 이유가 있었기 때문에 자신에게 이런 능력이 허락된 것이리라.

능력의 원인이 뭔지, 이유가 뭔지 알 수 없었지만 그 사건을 겪은 후에 생긴 능력이니까 자신의 과거를 바꾸면 어쩌면 이 능력도 사라질지 모른다. 그 전에 단 하루라도 조현조가 아닌 이도이로 살아보고 싶었다.

"……!"

스윽, 차갑고 날카로운 것이 도이의 옆구리로 들어왔다.

신문을 보는 척 매복하고 있던 형사가 신문을 집어 던지고 도이를 향해 달려왔다. 차 안에 숨어 있던 형사도 재빨리 차에서 내려 도이를 향해 뛰었다. 칼을 쥐고 있는 것은 조사관 황인준이었다.

수혁과 석윤 그리고 도이가 체포될 때 아파트 근처에 숨어서 지켜보고 있던 그는 경찰이 도이만 따로 데리고 어딘가로 출발하자 수상쩍게 여기고 곧 그 뒤를 밟았다.

도이를 태운 승용차가 가람동으로 들어서는 순간부터 그는 이성을 잃었다. 도이가 무슨 짓을 하려는 것인지 직감했다. 아내와 딸에 대한 복수도, 이 세상의 정의를 위해 세운 그의 계획도 모조리 물거품이 될 것이 분명했다. 가람동은 이도이가 여덟 살 때 그 사건을 당했던 동네였다. 이도이가 그 사건을 겪지 않은 다른 평행세계로 도망치려 하고 있었다. 그렇게 되면 이곳은 어떻게 되는 거지? 머릿속이 한꺼번에 뒤죽박죽이 되어버렸다. 어떡해야 도이를 멈추지? 머릿속이 하얗게 비어버린 조사관은 품고 있던 칼로 도이의 옆구리를 찔렀다. 달려온 형사들이 그를 덮쳤다.

황인준은 바닥에 쓰러져 신음을 흘리는 도이와 자신의 손에 묻은 피를 보며 경악했다.

황인준의 손에 수갑이 채워졌다. 다른 형사가 구급차를 불렀다. 도이의 의식은 그 모든 소리와 분주함으로부터 점점 멀어지고 있었지만 오른쪽 눈만은 사념을 놓치지 않았다. 도이는 아직 등굣길로 나서지 않은 여덟 살 도이의 사념에 속삭였다.

─오늘은 돌아가는 길로 가. 매일 가던 길로 가면 끔찍한 일을 당하게 될 거야.

아파트를 나서는 순간, 갑자기 환청이 들렸다. 도이는 얼마 전 자신을 찾아왔던 그 환청의 감각을 기억하고 있었다. 자신의 생각처럼 들리지만 자신의 생각이 아닌 환청. 도이는 전율했다. 그때의 환청이 돌아왔다.

환청이 알려준 그 집에 살던 소년은, 도이가 편지를 가져다줬음에도 환청이 예언했던 대로 사건을 당했고 얼굴에 끔찍한 자상을 입었다. 아버지가 세세히 알려줘서 도이는 소년이 어느 병원에 입원해 있는지도 알고 있었다. 자신을 찾아오는 이 환청은 망상이 아니었다. 신기하게도 앞날을 예언했다.

환청은 도이에게 늘 가는 등굣길이 아닌 다른 길로 가야 한다는 것과 다른 길로 가지 않으면 끔찍한 일을 당하게 되리라는 것과 그 소년을 절대로 찾아가서는 안 된다고 말한 다음, 힘든 일이 생길 때마다 선택하는 것을 두려워하지 말라고 했다.

도이는 늘 가던 길로 발걸음을 떼어놓으려다가 주춤했다.

'다른 길로 가면 먼데.'

다른 길은 원래 등굣길보다 5분 정도 더 걸린다. 어차피 집에서 일찍 나왔으니까 시간이 조금 더 걸려도 지각은 아니란 생각이 들었다. 망설이고 있는데 머릿속으로 이상한 이미지가 떠올랐다.

발가벗겨진 소녀, 커다란 세숫대야. 어른 아저씨의 커다랗고 검버섯이 핀 손이 크로락스 병을 거꾸로 들고 여자아이가 담긴 세숫대야에 크로락스를 콸콸 쏟아부었다. 어른 아저씨의 어깨 너머로 검은색 선팅지를 붙인 무수한 유리창이 보였다.

"도이야!"

민주가 달려와 도이를 부르는 바람에 멍하니 머릿속 이미지에 정신을 빼앗기고 있던 도이는 정신을 차렸다.

"같이 가자. 나 오늘 당번이라 일찍 가야 하거든."

민주가 도이의 팔짱을 끼면서 등굣길 방향으로 걸음을 옮겼다.

"싫어. 너 먼저 가. 나는 돌아가는 길로 갈 거야."

둘이니까 괜찮을 거라고 생각하면서도 도이는 자신의 팔에 감겨 있는 민주의 팔을 야멸차게 풀었다.

"왜? 그 길로 가면 시간 더 걸리잖아?"

"난 당번 아니라서 좀 늦게 가도 괜찮아!"

"쳇."

민주가 삐져서 등을 보이고 걸어갔다. 그러든가 말든가 도이는 돌아가는 길을 택했다.

조금 전에 머릿속에 떠오른 것은 잡혀간 여자아이가 무섭다고 울자 시끄럽다면서 어린아이의 오른쪽 뺨을 세게 물어뜯는 나쁜 아저씨의 갈색 입술이었다. 아이의 뺨에서 얼굴을 뗀 그 아저씨는 입에 피를 잔뜩 묻힌 채 여자아이를 내려다봤다.

그 입에는 아이의 뺨에서 뜯겨 나온 살점이 물려 있었다. 나쁜 아저씨는 살점을 우물거리다가 꿀꺽 삼켰다. 그 장면이 상상되는 내내 꼭 자신이 당하는 것처럼 심장이 덜덜 떨려왔다.

도이는 소리 없는 비명을 지르며 뒤를 돌아봤다. 민주는 벌써 사라지고 없었다.

'혹시 민주가 당하는 거 아냐? 당하든 말든 무슨 상관이야. 조그만 게 빨리도 걸어!'

도이는 민주를 붙잡기 위해 몸을 확 틀어 필사적으로 뛰었다. 숨을 몰아쉬며 학교 앞길로 달려갔지만 민주의 모습은 보이지 않았다.

아무리 빨리 갔어도 여기쯤이면 교문으로 들어가는 민주의 뒷모습 정도는 보여야 정상일 텐데. 그 이상하고 불안한 기분이 현실이 될까 봐 도이는 울먹이면서 교실을 향해 달렸다.

교실에도 민주는 보이지 않았다. 이럴 때 휴대폰이 있으면 얼마나 좋을까. 반 친구들의 절반 이상이 휴대폰을 가지고 있었지만 민주도 도이도 휴대폰을 가지고 있지 않았다.

'어디로 간 걸까.'

도이는 학교 앞길로 되돌아가 주변 음식점과 가게들을 돌아봤다. 저 많은 곳들 어딘가에 지금 민주가 납치당해 있을 것 같았다. 주변의 소리는 사라지고 자신의 심장 뛰는 소리만이 들려왔다. 그때 도이의 머릿속에 떠올랐던 여자아이가 있던 곳이 기억났다. 무엇을 하는 곳인지는 알 수 없었지만 건물의 유리창이 검은 선팅지로 가려져 있었다.

거리엔 등교하는 학생들이 하나둘 나타나기 시작했다. 선생님들도 보였다. 선생님에게 민주가 납치되었다고 말할까. 하지만 정말 납치되었는지는 알 수 없었다. 게다가 납치되었다고 말하면 자초지종을 물을 것이고, 그러면 민주 혼자 보낸 자신을 못된 애라고 비난할 것이다. 민주가 어떻게 되기 전에 찾아내야 한다!

검은 선팅지가 붙어 있는 유리창을 어디선가 본 것 같았다. 학교와 가까운 곳이었다. 정문에서 왼쪽 골목 끝, 사거리가 시작되는 곳 어디쯤.

'맞아. 거기야!'

그곳은 당분간 리모델링을 위해 폐쇄된 상가 건물이었다.

도이는 본능적으로 그곳을 향해 뛰었다.

얼마나 달렸을까. 상상 속에 떠오른 그곳이 바로 눈앞에 보였다.

'뉴월드 복합상가 증축 및 리모델링'이라는 플래카드가 커다랗게 보였다.

초등학교에 들어가기 전, 어머니를 따라 이 상가의 미용실에 몇 번 와 본 적이 있었다. 노래방, 만화방과 식당, 카페 같은 간판이 걸려 있었다.

1층 건물은 모조리 검은 선팅지가 붙어 있었다. 출입문을 당겨봤지만 굳게 잠겨 있었다. 도이는 건물을 빙 돌아 좁은 골목 쪽으로 들어갔다. 골목 쪽으로 나 있는 유리창에도 검은 선팅지가 붙어 있었다. 선팅지는 안에서 붙여진 것이라 밖에서는 무슨 수를 써도 안을 볼 수가 없었다. 실망하고 돌아서려던 그때, 선팅지의 모서리가 말려 올라간 곳이 시야에 들어왔다.

"……!"

도이는 얼굴을 바싹 붙이고 안을 들여다봤다. 민주의 노란 가방이 보였고 바지를 벗고 있는 어른 아저씨의 뒷모습이 보였다. 머릿속으로 떠올랐던 상상은 자신이 지어낸 망상이 아니었다.

도이는 뒷걸음질 쳐 땅에 나뒹구는 돌멩이를 잔뜩 집어 들고 유리창을 향해 던지기 시작했다.

퍽! 와장창! 요란하게 유리창 박살나는 소리가 들리는데도 안은 조용했다. 사람 목소리 하나 들려오지 않았다.

도이는 나쁜 아저씨든 민주든 누군가 뛰어나올 때까지 돌멩이를 던졌다. 그러자 마침내 나쁜 아저씨가 모습을 드러냈다. 유리창 깨지는 소리가 연속해서 들려오자 이웃 가게 주인이 짜증스러운 얼굴로 뛰어나왔다.

"얘! 너 미쳤어? 왜 그래?"

주머니에서 뭔가를 꺼내며 도이를 향해 걸어오던 나쁜 아저씨는 이웃 사람과 얼굴이 마주치자 슬그머니 돌아서 빠른 걸음으로 골목을 걸어 나갔다.

도이는 나쁜 아저씨가 나온 문으로 뛰어들어갔다.

민주는 천장을 보며 반듯하게 누워 있었다.

민주의 팬티가 변기 뚜껑 위에 놓여 있었다. 민주의 오른쪽 뺨 한가운데가 빨갛게 되어 피가 흘렀다. 의식이 없는 민주의 목 근처에 붉은 손자국이 나 있었다.

4부

제5평행세계의 시작

1장

능력이 사라지다

도이는 자신의 왼팔을 한참 동안 내려다봤다.

넝쿨손 모양의 자해흔에서 흘러나온 핏방울이 팔목을 타고 바닥으로 뚝 떨어졌다. 늘 줄만 긋다가 언젠가부터 넝쿨손 모양으로 자해를 해왔다. 왜 특별히 넝쿨손 모양인지는 알 수 없었지만 긋다 보면 매번 무의식적으로 넝쿨손 모양을 그려 넣고 있었다.

이른 저녁을 먹고 잠시 눈을 붙이는 동안 민주 꿈을 꿨다. 꿈속에서 민주는 학교에 같이 가자면서 도이의 팔을 끌어당겼다. 싫다는데도 계속 잡아당기는 민주의 얼굴이 얼마나 무섭던지 도이는 비명을 지르면서 잠에서 깼다. 온몸이 식은땀으로 젖어 있었다.

이 세상에서 오로지 자신만이 아는 죄책감이 공포가 되어 돌아왔다. 그녀는 죄책감이 들 때마다 손목에 자해를 했다.

'나 때문에 민주가 그렇게 됐어.'

'그게 무슨 내 잘못이야. 제 발로 갔는데.'

'넌 그 길로 가면 나쁜 일을 당하게 된다는 것을 알고 있었으면서 그 길로 가려는 민주를 내버려뒀잖아.'

"아니야. 난 그냥 그 길로 가지 않았을 뿐이야. 민주더러 그 길로 가라고 등 떠민 적 없어!"

"그건 모두 그 목소리가 시켜서 한 일이야!"

도이는 두 손으로 귀를 막고 소리쳤다.

머릿속에서 또 다른 목소리들이 한목소리로 그녀를 비난했다. 목소리는 한두 개가 아니었다. 매번 한 가지 일에 수많은 생각이 든다. 그 생각들은 모두 자신의 생각인 것 같은데 각기 성격이 다르다. 못된 이도이, 나약한 이도이, 자학하는 이도이, 감정 없는 이도이, 남탓하는 이도이……

생각이란 대체 어디서 오는 것일까. 마치 자신의 머릿속에 '생각이 다른' 수많은 '이도이'가 사는 것 같다.

도이는 여덟 살 때 처음 들은 환청에게 묻고 싶었다. 왜 함께 가면 된다고 말해주지 않았을까.

그날 이후로 도이는 민주의 꿈을 꿔왔다. 매번 가위에 눌릴 정도로 심한 악몽을 꾸고 잠에서 깨면 너무도 이기적이었던 자신이 혐오스러워 견딜 수가 없었다.

도이는 눈물을 닦고 피가 마른 팔을 붕대로 감았다. 바닥을 깨끗하게 정리하고 일어섰다. 도이는 죄의식에 사로잡혀 손목을 그어야 할 만큼 한순간의 잘못된 선택에 대해 후회하고 있었다. 그때는 환청을 신이 내준 숙제처럼 느꼈다. 비록 양심의 가책에 시달리고 있지만 마음 깊숙한 곳에서는 그런 일을 당한 것이 자신이 아니라 다행이라고 생각하는 자신도 존재했다.

언론은 민주를 '조현조'라는 가명으로 부르고 민주의 사건을 '등굣길 락스 사건'이라 불렀다. 그날 등굣길 락스 사건을 당한 사람이 민주가 아니라 그녀 자신이 될 수도 있었다는 아찔한 생각은 하루에도 몇 번씩 낯선 사람의 손이 자신의 몸을 만지는 장면을 떠올리게 했다. 길을 걷다가, 밥을 먹다가, 텔레비전을 보다가 친구들과 수다를 떨다가, 그럴 때마다 도이는 정신 줄을 놓고 민주가 된다. 자신의 몸에 닿는 미지근하고 축축하며 꺼끌꺼끌한 피부 감각에 그녀는 소스라치며 넌더리 치곤 했다.

자지러질 듯 힘껏 비명을 질러야 가까스로 그녀 몸속으로 스며들던 그 징그럽고 끔찍한 감각이 배출되는 것만 같다. 비명 끝에서 도이는 매번 울음을 터뜨렸다.

도이는 후드점퍼를 입고 도복이 든 가방을 메고 거실로 나왔다.

어머니는 아이들을 앉혀놓고 피아노 레슨을 하고 있었다. 어머니가 돌아보며 생글생글 웃었다. 어째서인지는 알 수 없지만, 환하게 웃고 있는 어머니의 얼굴이 낯설어 보였다.

"왜 그래? 왜 그런 눈으로 엄말 봐?"

"그냥 웃는 얼굴 자주 못 본 거 같아서."

"뭐? 엄만 늘 웃는데?"

그랬다. 어머니는 늘 웃는다. 어머니는 자신이 하고 싶은 일을 하면서 돈을 번다는 사실에 행복해했다. 그런데 왜 자신은 그런 어머니의 얼굴이 종종 생소하게 느껴지곤 하는 것일까.

"내일 아버지가 모처럼 쉰대. 같이 외식하기로 했어."

"응. 그런데 민주랑 민주 부모님은 어떻게 지내?"

"민주?"

어머니는 되물어놓고 그런 질문을 하는 도이의 진의를 알고 싶은 듯 딸을 빤히 쳐다봤다.

"엄마도 민주 소식 들은 지 오래됐어. 민주 그렇게 되고, 부모님 두 분 이혼했어. 민주 엄마도 이혼 후엔 연락 끊더라. 그 사건을 아는 사람들과는 만나고 싶지 않은 거지. 자꾸 생각나니까. 민주 엄만, 그때 네가 아니었으면 민주 죽었을지도 모르는 일이라면서 네가 너무 고맙대."

도이는 어머니의 눈을 똑바로 쳐다볼 수가 없었다.

도이 자신 외에는 그날 민주와 자신 사이에 어떤 대화가 오갔는지 아무도 모른다. 도이는 우울한 얼굴로 현관을 나왔다.

>>>

도이가 다니고 있는 도장은 특공무술과 주짓수를 함께 가르친다. 도이는 이곳에서 초등부 학생들에게 주짓수와 특공무술을 가르치는 사범이었다.

도장에 들어서자 도이가 지도하는 초등학생부 미나가 도장 언니와 오빠들을 모아놓고 수다를 떨고 있었다. 그들 곁을 지나면서 대충 들어보니 공교롭게도 환청에 대한 이야기였다. 어쩐지 솔깃해져 발걸음을 멈추고 미나의 이야기를 들었다.

"자꾸 귀에서 빨리 나가, 빨리 나가라는 귓속말이 들리는 거야. 그래서 할머니한테 이상한 목소리가 들린다고 이야기했더니 할머니가 그러면 빨리 나가야지, 하면서 내 손을 잡고 귀중품 챙겨서 집을 나갔어. 그러고 나서 몇 초 후에 꽝! 그 아파트에서 도시가스가 폭발했잖아. 그래서 그 시간에 집 안에 있던 1층 사람들은 모두 죽고 나랑 할머니만 살았어. 그때 엄마는 회사에 있어서 괜찮았고."

미나는 찐만두 하나를 입안에 쏙 집어넣고 우물거렸다.

"으아, 소름 돋는걸? 진짜 그 목소리는 뭐였을까?"

"어떤 사람은 귀신이 하는 말이라던데."

"선생님은 그런 거 들은 적 없어요?"

중등부 학생이 도이에게 물었다.

"응, 전혀. 신기하네."

환청 이야기에 끼어들었다가 자기도 모르게 민주의 일을 털어놓게 될까 봐 도이는 아연실색했다.

"이 사범님, 전화요."

사무직원이 도이를 불렀다. 도이는 사무실로 들어가 문을 닫았다.

"네, 이도이 사범입니다."

"미늘동 지구대 서은미 경장입니다. 정미나 학생 어머니가 귀가하던 길에 안 좋은 일을 당했습니다. 지금 미늘 종합병원 응급실에서 수술 중인데요. 아무래도 미나를 좀 데리고 와주셔야겠어요."

사무직원은 자판에 손을 얹은 채 잔뜩 궁금한 얼굴로 도이의 통화를 엿듣고 있었다.

도이가 전화를 끊자 득달같이 무슨 일인지 물었다.

"귀갓길에 안 좋은 일을 당했대요. 응급실에서 수술 중이라고."

통화 내용을 들은 사무직원은 쏜살같이 사무실을 나가더니 홀에 서 있던 다른 사범을 붙잡고 호들갑스럽게 말했다.

"어머, 진짜 어떡하지?"

"왜 그래요?"

두 사람 주변으로 도장 사람들이 모여들었다.

"미나 엄마가 지금 응급실에서 수술 중이래."

"왜요?"

"몰라. 집에 가다가 안 좋은 일을 당했다니까, 강도? 묻지마? 성폭행일 수도 있고 암튼 수술 중이래요. 걱정돼서 죽겠어."

안 좋은 일이라는 것이 성폭행으로 연결됐다. 같은 여자면서 성폭행이라는 단어를 사람들이 다 있는 곳에서 아무렇지도 않게 내뱉다니. 뒤따라 나오던 도이는 사무직원의 뒷모습을 기분 나쁜 표정으로 흘겨봤다. 평상시에 미나에게 살갑게 대하지도 않던 사무직원은 어두운 표정으로 금방이라도 눈물을 흘릴 것 같은 표정을 했다. 마치 진심으로 미나 엄마의 상태를 걱정하는 것 같았다. 하지만 표정과는 달리 눈빛만큼은 묘하게 들떠 있었다. 이야기의 화자가 되어 마음껏 관심이라도 받고 싶은 것일까. 그 와중에도 그녀의 건조하고 흥겨운 눈이 얼핏, 모두가 잘생겼다고 인정하는 남자 사범을 곁눈질하는 것을 목격한 도이는 어이가 없었다.

언니와 오빠들 사이에 끼어 똘망똘망한 눈을 빛내며 듣고 있던 미나는 만두를 씹던 입을 커다랗게 벌리고 으앙, 하고 울음을 터뜨렸다. 도이는 사무직원을 원망스러운 눈으로 흘겨보곤 미나를 데리고 도장에서 나왔다.

미늘동 종합병원 수술실 복도에 도착하자 전화를 건 사람이라면서 여자 경찰이 도이와 미나를 맞이했다.

"학생인 것 같은데 맞아?"

"네, 고2입니다."

"나는 사범이라고 해서 나이가 많은 줄 알았는데."

미나가 울고 있자 서은미 경장은 미나를 자기 자식인 듯 안아 들고 엄마는 괜찮을 거라고 다독였다.

"어떻게 된 건가요?"

"미나 엄마가 귀가하던 길에 강도폭행을 당했어."

경장은 미나의 두 귀를 막고 나지막이 말했다.

"많이 다쳤나요?"

"갈비뼈가 부러지고 얼굴 한쪽이 함몰되었어."

"돈이 목적이면 지갑만 뺏어가지 왜 사람을…… 어떡해요! 범인은요?"

"지금 조사 중이야."

여자 경찰의 눈빛에서 수사에 관해서는 함구하겠다는 의도가 느껴졌다.

"미나 할머니가 학생 연락처를 줘서 연락했어. 괜찮으면 이따가 미나 어머니 수술 끝나면 미나 좀 집에 데려다줘."

"네. 미나 데려다주고, 옷가지 좀 챙겨서 다시 올게요."

"아마 지금으로선 피해자가 믿고 의지할 사람이 학생뿐인 것
같아."

>~<

수술 경과는 그리 좋지 못했다. 의사는 환자가 깨어나지 못할
지도 모른다고 했다. 도이는 울어대는 미나를 데리고 미나의 집
으로 향했다. 마음이 착잡했다.

범죄 취약 지역으로 알려져 있는 미늘동은 처음 와보는 곳이
었다. 눈앞에 펼쳐진 동네는 음산했다. 합판이나 검은색 비닐로
막아둔 집 유리창들이 군데군데 보였다. 집을 매매한다는 스티
커가 붙은 대문, 범죄의 현장인지 노란색 접근 금지 띠가 붙은 가
게, 파헤치다 만 공사현장, 앙상한 나뭇가지에 걸려 있는 운동화
한 짝, 목 없는 마네킹만 덩그러니 남겨진 가게의 쇼윈도, 술에
취해 비틀거리는 중년의 남자와 야하게 차려입고 짙은 화장을
한 십대로 보이는 여자들. 금방이라도 범죄가 일어날 것 같은 동
네가 주는 음산한 인상에 도이의 어깨 위로 소름이 내려앉았다.

'이런 동네가 있었다니.'

"동네가 좀……."

미나가 불안해할까 봐 우범지대 같다는 말은 삼켰다. 이런 동
네에 살고 있는 미나를 불안하게 할 필요는 없었다.

어둠 속에서 중년남자 하나가 슬리퍼를 끌며 도이 쪽으로 다가오는 듯싶더니 흘끗 쳐다보면서 그녀를 지나쳤다. 온몸의 신경이 절로 긴장됐다. 도이는 미나를 번쩍 들어 안았다.

미나의 집에는 거동이 불편한 할머니 혼자 있었다. 할머니의 얼굴에 수심이 가득했다. 도이는 미나 어머니의 상태를 천천히 설명해주고 할머니와 미나를 위해 간단히 저녁상을 차렸다.

병원에 뭘 챙겨 가야 할지 몰라 망설이는데 할머니가 두 손으로 바닥을 짚고 엉덩이를 끌고가 딸에게 전해줬으면 하는 가방을 내밀었다. 도이는 병원에 도착하면 미나에게 전화로 상황을 알려주겠다고 약속하고 미나의 집에서 나왔다.

말할 수 없이 속이 상했다. 하반신을 못 쓰는 노인과 어린 미나. 두 사람이 의지할 곳은 생계를 책임지는 어머니뿐이었을 텐데, 어머니가 이런 일을 당해 앞으로 살 일이 막막하게 됐다. 평상시 미나의 이야길 들어보면, 풍족하진 않았지만 소소한 행복을 누리며 살고 있었던 것 같은데 그들이 가까스로 쌓아올린 행복이 타인으로 인해 파괴당했다.

절로 한숨이 나왔다.

미나를 도울 방법을 생각해봐야겠다고 생각하며 도이는 미늘동 지하철역을 향해 걸었다.

2장

낯설지 않은 소년

지하철역 근처에 불량배로 보이는 남자들이 담배를 피우며 서 있었다. 남자들은 한 소년을 빙 둘러서서 발로 툭툭 차거나 뭐라고 소리치곤 했다. 소년은 교복 상의에 헐렁한 사각팬티만을 입은 채 무릎을 꿇고 앉아 고개를 푹 숙이고 있었다. 그들 중 한 남자가 손가락 사이에 담배를 끼운 손으로 소년의 머리를 툭 때렸다. 속에서 뜨거운 것이 울컥 솟구쳤지만 그들과 엮이고 싶진 않았다. 그들이 지하철역 입구에서 떠나길 바라며 도이는 천천히 걸었다. 남자들이 바닥에 내팽개쳐둔 가방을 들자 무릎을 꿇고 있던 소년이 일어섰다. 그들은 모두 도이가 걸어가는 방향으로 걸어오기 시작했다. 그들과 점점 가까워질수록 도이는 시선을 피했다.

남자들이 도이의 곁을 스쳐 지나갈 때였다.

일행에게 붙잡혀 가는 것 같은 소년이 도이를 흘끔 쳐다보곤 황급히 다시 고개를 숙였다. 겁에 질려 있었다. 도이를 쳐다보던 그 눈길은 도움을 요청하는 눈이었다. 그냥 지나치려 했지만 그 눈길이 도이의 정의감을 건드렸다. 약한 사람을 강해지도록 돕는 것이 도이의 천성이었다. 부모님은 늘 남의 일엔 참견하지 말라고 가르쳤지만 그럴 수가 없었다.

"너 오늘 괄약근에 힘줘야 할 거다. 우리가 돌아가면서 다 한 번씩 찔러볼 테니까."

그들은 큰 소리로 떠들고 웃었다. 도이는 방금 자신이 들은 말에 소름이 돋았다. 괄약근이라니. 소년에게 하는 말일 것이다.

"잠깐만요!"

도이가 부르자 일행이 발걸음을 멈추고 돌아봤다. 가까이서 보니 남자들의 얼굴이 붉었다. 술에 취한 것 같았다. 소년만 하얗게 질려 있었다.

"일행 맞아요?"

도이는 남자들을 외면하고 소년에게 단도직입적으로 물었다.

도이의 당돌함에 남자들은 피식피식 웃음을 흘리면서도 노골적인 시선으로 도이를 쳐다봤다.

"일행 아니면 니가 어쩔 건데?"

남자들 중 하나가 가래를 끌어모으더니 퉤 하고 뱉었다. 도이에게 겁을 주려는 의도적인 행동이었다.

"괜찮아요?"

도이는 다시 소년에게 물었다. 소년의 눈은 더욱 겁에 질렸다. 소년의 입술이 달싹거렸다. 이상한 기분이 든 것은 그때였다. 어째서인지 그 표정이 낯설지가 않았다.

"신고해줄까요?"

소년이 벗어나려 몸을 버둥대자 팔짱을 끼고 있던 남자가 소년의 머리채를 움켜잡았다.

"신고? 아, 씨발, 이년이 뭐라는 거야?"

순간, 도이는 주먹을 쥐고 자신의 앞으로 다가서는 남자의 목을 관수로 친 뒤 무릎으로 얼굴을 쳤다.

남자가 뒤로 나자빠졌다. 놀란 남자들이 주춤하더니 이번엔 한꺼번에 덤볐다. 몇 놈이 칼을 꺼내 들었다. 맨 앞의 놈에게 족도차기로 무릎을 공격하고 허리를 굽힌 놈의 얼굴을 무릎으로 가격했다. 들고 있던 카터칼이 바닥으로 떨어졌다.

두 번째로 달려오는 놈의 다리를 밟고 올라가 머리를 움켜잡고 펑수로 턱을 쳐서 쓰러뜨렸다. 두 놈이 한꺼번에 덤볐다. 앞차기로 놈의 낭심을 찍은 뒤 뒤차기로 뒤에서 오는 놈을 공격했다.

뒤를 방심한 순간, 첫 번째로 나가떨어진 놈이 도이를 뒤에서 끌어안았다. 도이는 몸을 틀어 업어치기로 놈을 제압했다.

몸집이 작은 여자라고 얕보고 있던 남자들은 돌아가면서 한대씩 얻어맞은 후에야 도이가 자신들의 상대가 아니라는 걸 깨달았는지 주춤주춤 뒷걸음질 쳐서 도망쳤다.

도이는 가까스로 붙잡은 남자의 팔을 뒤로 꺾어 무릎을 꿇린 뒤 물었다.

"니들이지? 지하철역 앞에서 어떤 아줌마 집단폭행하고 돈 빼앗은 거."

"우린 그런 짓 한 적 없어! 저 새끼한테 물어봐."

도이는 소년을 쳐다봤다. 소년은 창백한 얼굴로 두 눈만 깜빡일 뿐, 아무런 대답도 하지 않았다. 그제야 교복 상의에 붙은 명찰이 보였다. 미늘 고등학교 2학년 유지석이라고 적혀 있었다. 도이는 스스로를 지킬 줄 모르는 사람을 보면 가만히 내버려둘 수가 없었다.

"쟤 바지 줘."

도이는 붙잡힌 놈의 팔을 더 세게 꺾으며 말했다.

"내, 내가 안 갖고 있어."

"그럼 뒈지기 전에 니 바지 벗어."

도이는 남자의 팔을 비틀었다.

"아, 알았어."

남자를 풀어주자 그는 바지를 벗는 척하더니 줄행랑을 쳐버렸다.

유지석은 바닥에 떨어져 있는 가방 속에서 뭔가를 꺼냈다. 교복 바지였다.

"아니, 네가 갖고 있으면 갖고 있다고 하지?"

그는 손을 덜덜 떨면서 바지의 버클을 채우더니 한 마디도 하지 않고 남자가 간 방향과는 반대방향으로 도망쳤다.

저대로 보낼 순 없었다. 어찌 되었건 자신을 지킬 수 있도록 방법을 알려줘야 한다는 의무감 같은 것이 그녀의 등을 떠밀었다. 도이는 소년을 쫓아갔다.

"야! 거기 서! 유지석!"

도이는 자신의 입에서 나간 이름을 자신의 귀로 듣고 나서야 이상한 기분이 들었다. 오래전부터 알고 있었던 듯 낯익은 이름이었다.

이 다리, 이 길, 이 동네, 어째서 꼭 이곳에 살았던 것 같은 기시감이 드는 것일까.

도이는 달리면서 영문 모를 감정에 사로잡혔다. 아무것도 떠오르지 않는다. 그런데도 그녀의 감정은 이 길을 수십 번 오간 것 같았다.

블랙 재킷과 블랙 헬멧을 쓴 라이더가 두카티 하이퍼모타드를 타고 CCTV 사각지대를 천천히 배회하고 있었다. 스모크 쉴드 아래로 그의 얼굴은 보이지 않지만, 단순한 배회를 하는 것 같지는 않았다. 누군가를 찾고 있는 라이더의 모습은 두카티 L-트윈 엔진 특유의 배기음만큼이나 무겁고 어두웠다.

두카티가 천천히 주행하고 있는 맞은편 골목 모퉁이에서 지석을 성폭행하려던 불량배들이 나타났다. 놈들은 지석의 친형 친구들이었다.

지석일 가만두지 않겠다는 둥, 그 계집애가 누군지 알아내 반드시 조져주겠다는 둥, 험악한 소리를 내뱉으며 석윤 쪽으로 다가왔다.

"오토바이 죽인다. 캭, 퉤!"

놈들이 오토바이를 돌아봤고, 그중 한 놈이 침을 뱉었다.

두카티는 놈들로부터 무심한 듯 멀어져갔다. 그 골목을 이미 알고 있는 석윤은 골목을 되돌아가 어느 지점에서 바이크를 세우고 내렸다.

석윤은 헬멧을 벗어 두카티에 내려놓고 가죽 장갑을 열 손가락에 바싹 당겨 꼈다. 그리고 주먹을 단단히 움켜쥐고 놈들을 기다렸다.

수컷이 할 수 있는 온갖 성적인 상상과 함께 음담패설을 주고받는 놈들의 목소리가 점점 가까워지고 있었다. 놈들의 얼굴이 가로등 불빛 아래로 드러나는 순간, 석윤의 주먹이 허공을 가로지르고 그의 무릎은 상대방의 뼈를 부쉈다.

초 단위의 외마디 비명 외엔 살점이 짓이겨지고, 뼈가 부러지는 소리만이 어둠 속을 치고 지나갔다. 놈들은 무엇에 공격당했는지도 모른 채 노상방뇨와 하수구 썩는 냄새로 질퍽한 좁은 골목에 드러누워 손가락 하나 움직이지 못했다.

"이 동네에서 다시 한 번 누군가를 건드리거나 표적으로 삼는 게 내 눈에 보이면 그땐 불알이 터지고 갈비뼈가 나가는 것으로 해결되지 않을 거야. 쥐도 새도 모르게 죽여서 까마귀 먹이로 던져줄 테니까. 알았냐? 특히, 지석이 두 번 다시 건들지 마."

놈들이 겁에 질린 눈으로 고개를 끄덕였다.

"가라. 셋 셀 동안에. 하나, 둘……."

놈들은 의리 따윈 씹어 먹은 듯 저만 살겠다고 각자 따로 도망쳤다.

석윤은 보복 따위 두렵지 않았다. 자신의 얼굴을 본 사람 치고
그런 마음을 오래 품는 놈들은 없었으니까.

><><

어딘가 불편한 걸음으로 뛰던 지석은 자신을 구해준 여자가
뒤쫓아 오는지도 모르고 다리 위에 멈춰 서서 가쁜 숨을 골랐다.
비참한 자신의 모습에 울음이 그치지 않았다. 집에서 그 새끼들
에게 당하는 것만으로도 모자라 친형의 친구들에게도 따먹히며
버러지처럼 살고 있다.

'뻐꾸 새끼.'

지석은 자신을 욕하며 바닥에 무릎을 꿇고 울었다.

'죽을 용기도 없는 뻐꾸 새끼!'

지석은 다리 난간에 머리를 찧기 시작했다.

'대갈통이나 터져버려라!'

하지만 난간에 머리를 처박는 힘도 약하다. 자신은 그런 병신
인 것이다.

"야!"

도이는 지석 앞으로 와락 달려들어 머리를 끌어안았다. 자신
도 의도치 못한 무의식적인 행동이었다.

"······!"

두 사람 모두 놀라서 흠칫했다.

"저, 저리 가! 저리 가라고!"

놀란 지석은 도이를 확 떠밀었다.

도이는 엉덩방아를 찧은 그대로 지석을 쳐다봤다.

"그런다고 죽냐?"

날아온 도이의 말에 지석은 모멸감을 느끼며 창백해진 얼굴로 울음을 터뜨렸다.

"넌 뭐야! 니가 뭘 안다고 함부로 말하는 건데. 나 알아?"

"미안. 아는 척해서. 어쩐지 기분이 엿 같네. 가자. 집까지 데려다줄게."

"냅둬. 집도 지옥이긴 마찬가지니까."

"……?"

지석의 머리를 끌어안았던 손에서 짙은 향수 냄새가 났다. 냄새가 너무 강해 역하게 느껴졌다. 그때, 도이의 시야로 지석의 가방이 들어왔다. 병원에 가져가야 할 가방을 지하철 다리 근처에 던져두고 온 걸 순간 기억해냈다.

"젠장!"

도이는 벌떡 일어났다.

"야, 나랑 친구 먹고 싶음 우리 도장으로 와. 적어도 네 자신을 보호할 호신술 정도는 배워둬. 돈 없으면 와서 청소라도 하면서 배워. 싸우진 못하더라도 토낄 순 있을 테니까. 글고 거기 적힌 게 내 핸폰 번호야. 갈 곳 없음 전화해. 그럼 난 간다."

도이는 지석의 손에 명함을 쥐어주곤 뛰어갔다. 지석은 어쩐지 다급한 마음이 들어 소리쳤다.

"진짜 전화해도 돼?"

지석은 싸움을 잘하는 여자친구가 생긴 것이 믿어지지 않는다는 듯 재차 물었다. 도이는 손을 흔들어 보이며 다리를 건넜다. 지석은 조금 전까지의 모욕감과 굴욕감은 잊고 기분이 좋아졌다.

3장

미늘동의 파수꾼

아까부터 멀리 떨어져 두 사람을 지켜보고 있던 석윤은 여자
가 가고 나자 오토바이에서 내려 지석에게 다가섰다. 하체가 풀
려 비틀거리는 지석을 석윤이 붙잡았다.

"방금 그 앤 뭐냐?"

"봤어?"

"어."

지하철역에서부터 두 사람을 따라온 석윤은 자기 덩치보다
큰 놈들을 단숨에 제압한 여자애를 유심히 지켜봤다.

160센티미터 정도의 키, 말랐지만 균형 잡힌 체격, 단아한 콧
날, 짧은 머리, 검은 워커에 검은 야상. 어딘지 모를 그로테스크
한 분위기와 동시에 모범생 같은 분위기를 풍기던 여자였다.

지석이 놈들에게 끌려가는 걸 발견하고 개입하려던 순간, 석
윤보다 한발 먼저 그 여자가 뛰어갔다. 여자까지 끼어 골치 아프

게 됐다고 생각하던 석윤은 다음 순간 놀랐다.

가냘프게만 보였던 여자는 보통내기가 아니었다.

"아는 애냐?"

"아니, 처음 본 애야. 우리 동네 사람은 아닌 것 같던데."

"그건 뭐야?"

석윤은 지석의 말을 자르고 지석이 쥐고 있는 것을 봤다.

"명함. 호신술 배우러 오래."

석윤은 지석의 손에서 명함을 건네받아 가로등 빛을 향해 치켜들고 읽었다.

'이도이. 특공무술 유치부, 초등부 사범.'

이도이라는 이름을 눈으로 훑는 순간 석윤은 양미간을 모았다. 어떤 이미지가 휙, 하고 그의 뇌리를 스쳤기 때문이다.

이미지는 반복해서 꿔온 꿈속 이미지였다. 묘하게도 감기에 걸리거나 알 수 없는 이유로 우울하고 화가 나는 날 밤이면 어김없이 같은 소녀가 나오는 꿈을 꿔왔다. 꿈속에서 그는 그 소녀를 사랑하기도 하고 미워하기도 하고 심지어 목을 졸라 죽이려고도 했다. 꿈에서 깨고 나면 죽이려 한 이유 따위는 기억나지 않았지만 소녀의 모습은 흐릿하게나마 기억났다. 소녀는 키가 작았고 긴 생머리로 뺨의 상처를 가리고 있었다. 분명 조금 전에 그가 본 여자는 키가 크고 균형이 잘 잡힌 몸에 짧은 머리였다. 물론 뺨엔 상처뿐 아니라 어떤 흉터도 없었고 몸 전체에서 건강미가 흘렀다.

자신의 꿈속에 등장하는 계집애는 대체 누굴까. 그리고 조금 전 여자애를 보는 순간부터 계속해서 의문이 드는 이유는 뭘까. 스스로도 정체를 알 수 없는 그리움 같은, 잠재워지지 않는 상실감 같은 것이 그를 모호한 기분에 휩싸이게 했다.

>>>

두 사람은 집으로 돌아왔다. 석윤은 지석이 집 안으로 들어가고 나서도 한동안 외부 계단에 앉아 있었다. 지석의 집에서 큰소리가 날 줄 알았는데 의외로 조용했다.

지석은 의붓아버지와 친형에게 성폭행을 당해왔다.

지석은 그 사실에 대해 한 마디도 하지 않지만, 석윤은 알고 있었다. 지석 역시 강간은 여성만이 당하는 범죄라는 사회적 통념에 사로잡혀 있기 때문에 피해 사실을 털어놓지 않으려 했다. 남자가 남자에게 강간을 당하면 범죄를 범죄 자체로 보지 않고 피해자의 성정체성까지 의심하고 드니까, 그 자체가 금기가 되는 것이다.

언젠가는 지석의 의붓아버지와 형이란 놈을 손봐줄 생각이었다.

'지석이 다시 건드리는 날이 니들 죽는 날이다.'

그는 피우던 담배를 계단 바닥에 꾹 눌러 끄고 일어났다. 한 계단 한 계단 체중을 싣고 2층으로 올라갔다.

비밀번호를 입력하게 되어 있는 현관문을 열고 안으로 들어섰다.

아버지는 떠나기 전, 어머니가 살해당한 후 지급받은 생명보험금을 석윤의 통장에 넣어줬다. 그는 그 돈으로 집 안을 싹 뜯어고쳤다. 이 집이 품고 있을 어둠을 씻어내고 싶었다.

자신의 목숨을 살려줬던 안명환을 대리인으로 삼아 시내 중심에 사무실을 얻었다. CCTV 설치 업체를 열고 안명환을 사장으로 앉혔다. 안명환은 정직하고 수완도 좋았다. 안명환 덕분에 돈은 충분했다. 먹고살 걱정은 하지 않아도 됐다.

'먹고살 걱정……'

석윤은 쓸쓸하게 웃었다. 산다는 것이 무슨 의미인지 알 수 없었다.

석윤은 턱 아래로 끌어 내리고 있던 면마스크를 벗어 던졌다. 그에겐 면마스크로 얼굴을 숨기지 않아도 되는 집이 가장 편했다.

냉장고 문을 열고 맥주 캔 하나를 꺼냈다. 책장을 밀자 비밀의 방이 나왔다. 방 한가운데엔 미늘동 전체를 들여다볼 수 있는 컴퓨터 시스템이 갖춰져 있었다.

그는 의자에 등을 묻고 앉아 컴퓨터 스크린들을 멍하니 바라봤다. 수십 개로 분리된 화면 속엔 미늘동 초입에서부터 골목 곳곳을 오가는 행인들의 모습이 실시간으로 보였다.

지금 이 시간, 다른 장소에서 같은 화면을 보고 있는 사람은 몇 명 더 있었다. 현직 프로파일러, 가정법원 조사관, 경찰 그리고 안명환의 아들 안수혁, 그들 다섯은 석윤과 함께 하나의 목표를 위해 일해오고 있었다. 그들은 그들 스스로를 '일가친척'이라고 불렀다.

석윤은 담배에 불을 붙여 목에 혈관이 돋을 만큼 세게 빨아들인 다음, 재떨이에 꾹 눌러 껐다.

'자, 이제 시작해볼까.'

그는 CCTV 화면에서 시선을 떼, 온라인 카페에 접속했다. 각각의 컴퓨터에 달려 있는 IP 조작기계의 전원도 켰다.

그는 자신이 가지고 있는 무수한 아이디들을 차례로 바꾸며 몇몇 온라인 카페에 반복해 접속했다. 성폭력 전과자들의 모임과 소아성애자들의 인권보호 카페, 전과자 갱신카페, 일간베스트, 오늘의 유머 같은 곳들이었다. 그는 누군가의 글에 댓글을 달았다.

―미늘동 빈 건물에 가면 시간(屍姦)도 할 수 있다고 합니다.

댓글을 달아놓고 씨익 웃었다.

'한번 보자고. 어떤 미친놈이 어떤 미친 댓글을 달아주시는지.'

몇 초 지나지 않아 그의 댓글 아래에 다른 회원들의 댓글들이 주르륵 달렸다.

―그 새끼 맞죠? 다시 온 거죠?

―그 새낀 방장이 탈퇴시켰는데.

―시간이 뭐요?

―시신이랑 거시기하는 거.

―얘는 잊을 만하면 나타나서 미늘동 저주 글 올리고 튀네.

—도대체 어떤 새끼람.

　—미늘동이 어디지? 빈 건물 어디요? 거기 혹시 시체보관실이라도 있나요?

　—이거 레알 실화?

　새로 고침을 할 때마다 강도 높은 댓글들이 달렸다. 그는 낄낄 웃으면서 화면을 지켜보고 있었다. 잠시 후, 그가 만족할 만한 댓글 하나가 올라왔다.

　—미늘동은 신고를 해도 경찰이 잘 안 오려고 하는 동네랍니다. 낮에도 미늘동으로 들어오는 건 꺼린대요. 칼 맞을까 봐. 거기 지구대 건물 하나 있는데 순경들이 딱 그 근처까지만 방범 돈다네요.

　그는 화면을 보면서 묘한 미소를 지었다. '카더라 통신.' 그가 뿌린 카더라 통신은 수년 동안 저 거대한 웹 속 여기저기에 뿌리를 내리고 있었다. 이 댓글 역시 그가 뿌린 카더라 통신에서 파생된 꽃이나 마찬가지였다. 진실 확인 여부보다는 퍼 나르기 바쁜 생각 없는 자들을 겨냥한 노림수였다.

　CCTV 화면을 흘끗 보던 석윤의 눈빛이 문득 날카로워졌다.

　보스턴백을 든 어떤 남자가 항아리칼국수 집으로 들어가는 게 보였다. 여름 복장이었다. 분명 이제 막 출소한 사람 같았다. 수혁으로부터 보스턴백을 든 남자의 정면 사진 한 장과 함께 범죄 이력이 날아왔다. 수혁이 보내긴 했지만 현직 경찰관과 프로파일러의 네트워커를 통해 전송되어온 정보였다. 전과자의 범죄 이력은 죽어 마땅한 놈과 갱생할 수 있는 놈으로 나누는 데 큰 역할을 한다.

—이름: ○○○, 전과 이력: 강간 및 특수절도 11범.

어떤 사람은 범인에게도 인권이 있다고 하지만, 수십 번의 동종 전과를 되풀이하는 범인에겐 인권 따윈 없다. 전과 11범이라는 것은 같은 짓을 열한 번이나 되풀이했다는 뜻이다. 반성하지 않고 같은 짓을 되풀이하는 자는 인간이 아니라 마물이다. 마물은 도륙되는 게 마땅하다. ○○○은 죽어 마땅한 놈으로 분류되었다.

그는 어디론가 문자를 보냈다.

—마물 사냥 시작한다.

석윤의 눈빛이 돌변했다. 그것은 지금까지와는 다른, 광기에 사로잡힌 눈빛이었다.

4장

공포의 양면성

도이는 집으로 돌아왔다. 어머니 한수명은 얼굴에 마스크시트를 붙인 채 문을 열어줬다. 그녀는 1일 1팩을 목표로 매일 밤 얼굴에 시트를 붙였다. 소소한 것이지만 일상의 여유가 엿보여 도이는 그 모습을 좋아했다. 도이에게 어머니의 마스크시트는 걱정할 일이 없다는 상징 같은 것이기도 했다.

"미나 엄만 좀 어때?"

어머니가 걱정스러운 얼굴로 물었다.

"별로 안 좋아. 오늘 밤이 고비래. 나 옷 갈아입고 다시 병원에 가보려고."

"그쪽도 딱하지만, 너도 내일 학교 가야 하잖아. 너 내년에 고3이야."

"알아. 거기서 바로 학교 가면 돼."

"숙제는?"

"병원에서 하지 뭐."

어머니는 아랫입술을 잘근 깨물며 뭔가 불안해했다.

"오늘 밤은 그냥 집에 있어."

"왜?"

"그놈이 가람동에 다시 나타났단 말이야."

어머니의 목소리에 분노와 불안이 묻어났다.

"그놈이라니?"

"어떤 애가 민주가 당한 거랑 똑같은 방법으로 당했대."

"애는?"

"병원으로 옮겨지는 동안 죽었대. 아버지한테 문자 보냈는데 아버지가 그 사건을 맡았어. 왜 하필 우리 동네야. 불안해죽겠어. 난 아무래도 그놈이 우리한테 복수하러 온 것 같아."

10년 전 그날, 도이는 민주가 잡혀 있는 건물 유리창을 향해 돌멩이를 던졌다. 그때 도이가 생각해낼 수 있었던 방법은 그게 전부였다. 경찰망을 피해 유유히 사라져 오늘까지 붙잡히지 않고 있는 민주의 살인범은 자신에게 앙갚음을 하려고 나타난 것일까.

'하지만 지금의 나는 그날의 내가 아니다.'

도이는 이제 노쇠해졌을지도 모를 그놈과의 대결을 상상하며 두 눈을 가늘게 떴다. 이날을 위해 무술을 배워왔다. 어떤 성인 남자가 덤벼도 이길 수 있는 자신감이 있었다.

"그 집도 딱하긴 하지만, 그냥 오늘 밤은 집에 있어. 나한테 자식이라고는 너 하나뿐이야! 너한테 무슨 일 생기면 난 어쩌라고!"

"무슨 일 안 생겨. 미나한테는 내가 있어야 해. 그 아줌마 상태가 안 좋아."

"참, 그 집도 안됐다. 돈은 없어도 행복하게 살고 있었다면서?"

도이의 고집을 잘 알고 있는 어머니는 포기한 듯 소파에 털썩 주저앉으며 중얼거렸다.

"민주 집도 그랬어. 부부 모두 힘들게 일했지만 민주 대학 보낼 날을 상상하면서 꼬박꼬박 돈 모으는 재미로 살았잖아. 세 식구가 늘 웃고 서로 위해주면서 그렇게 살았는데 그 악마 새끼가 다 부순 거야. 생각만 하면 마음이 너무 아파. 그 악마는 아예 처음부터 이 세상에 태어나지 않았어야 해. 엄마는 한동안 그날 민주가 당하지 않았으면 네가 당했을 수도 있었을 거란 생각 때문에 밤에 잠을 못 잤어. 너도 그 길로 다녔잖아? 이젠 이 동네에서 이사 가야 할 때가 온 것 같아. 미친놈이 왜 하필 우리 동네만 노려?"

어머니가 '악마는 아예 처음부터 이 세상에 태어나지 않았어야 해'라는 말을 하는 순간, 도이는 자기도 모르게 고개를 갸우뚱했다. 그와 비슷한 말을 어디선가 들은 적이 있는 것 같았다. 드라마인가, 영화인가 아니면 최근에 읽은 소설 속에 나왔나? 기억을 더듬으면 더듬을수록 알 수 없는 기분이 들었다.

도이는 제 방으로 들어가 포털 사이트에 접속했다. 검색어 1위에 가람동 아동성폭행이 올라와 있었다.

인터넷 뉴스에 첨부된 동영상을 재생했다. 데스크의 아나운서가 현장에 나가 있는 기자를 불렀고 기자는 목격자를 인터뷰했다.

"새벽 6시 30분쯤 됐을 겁니다. 가람동에 볼일이 있어서 갔는데 어둑한 골목에서 허연 뭔가가 바닥에 엎드려 있는 겁니다. 가까이 다가가니 옷을 입지 않은 여자아이였어요. 놀라서 자전거도 팽개치고 내려서 아이부터 안았는데 이미 의식이 없었어요. 어젯밤에 그 애 부모가 동네를 뒤지고 다니면서 애를 찾았는데, 그 애 같아서 구급차 부르고 경찰에 신고했고요. 발견했을 때 아이 몸에서 락스 냄새가 심하게 났었어요. 구급대원이 동행하지 않아도 된다고 해서 연락처만 주고 전 인력사무소로 왔어요."

락스 냄새라는 말에 코끝에서 락스 냄새가 나는 것 같은 착각이 들었다. 화면은 다시 데스크의 아나운서를 비췄다.

"피해 아동 우명희 양은 응급실로 옮겨졌지만 사망했습니다. 가람동 아동성폭행 사건은 2006년에 일어났던 조현조 양 사건의 재현이라고 부를 수 있을 만큼 수법이 동일하다고 합니다. 경찰은 이번 사건이 동일범의 소행인지 아니면 모방범죄인지 두 가지 가능성을 열어두고 수사에 착수했습니다."

맥박이 툭툭 불거졌다. 그 악마는 아예 처음부터 이 세상에 태어나지 않았어야 한다는 어머니의 말이 도이의 귓속에서 웅웅댔다. 식은땀이 흘렀다. 오른쪽 안구로 맹렬한 통증이 왔다. 그녀는 통증을 견딜 수가 없어 손바닥으로 오른쪽 눈을 누른 채 방바닥을 굴렀다. 왜 멀쩡한 오른쪽 눈이 이토록 아픈지 알 수 없었다. 그때였다. 감은 눈 속으로 어떤 이미지들이 마구잡이로 떠올랐다.

플라스틱 슬리퍼, 깨진 발톱. 누런 이빨 사이로 흥건하게 고인 피.

'살려줘. 엄마, 살려줘!'

어떤 아이가 필사적으로 바닥을 기고 있었다. 아이는 바로 도이 자신이었다.

양쪽 어깨와 팔, 가슴, 배, 허벅지, 다리를 타고 피가 흘러내렸다. 살점째 물어뜯긴 상처 자리가 불붙은 듯 쓰라렸다. 온몸에서 락스 냄새가 났다. 눈이 잘 보이지 않았다. 계속 토악질이 났다. 머릿속은 엄마 살려줘, 라는 말 외엔 아무것도 생각나지 않았다.

"헉!"

휴대폰 벨소리가 가위에 눌린 도이를 깨웠다.

미나의 전화란 직감이 들었다. 벨소리엔 다급함이 묻어났다. 몽롱한 최면 상태에 빠진 것처럼 의식이 선명하지 않은 채 어느 시간인지 모를 곳과 현실을 오갔다. 도이는 빨리 전화를 받아야 한다고 생각하며 방바닥을 더듬어 휴대폰을 찾았다. 예상했던 대로 미나였다.

"어, 미나야."

도이는 가까스로 목소리를 쥐어짜냈다.

"선생님, 엄마가, 엄마가!"

죽었다는 것일까, 전화기 너머에서 미나가 울음을 터뜨렸다. 언제나 불길한 예감은 맞아떨어진다.

"미나야, 선생님이 지금 곧 갈게. 미나야?"

전화는 어느 사이엔가 끊겨 있었다.

거동을 못하는 노모와 고작 초등학생인 미나의 삶이 거꾸로 추락하고 있었다. 세상이 미쳐가고 있었다. 도이는 비명을 질렀다. 이런 식으로 파괴된 가정이 어디 한둘인가. 뉴스만 틀어도 매시매초마다 들려온다. 미친 세상. 도이는 울면서 야상점퍼를 집어 들고 방을 나갔다. 오른쪽 눈은 통증과 함께 마치 마그네슘 결핍증 환자처럼 떨리곤 했다.

새벽 2시. 이 시간에 병원까지 갈 방법은 택시뿐이었다. 어머니는 화장실에 있는 것 같았다. 나간다고 말하려는 순간 휴대폰이 다시 진동했다. 미나인 줄 알고 액정 화면을 확인하는데 문자 메시지가 떠올랐다.

ㅡ안녕. 내 마지막을 누군가에게 털어놓고 싶었는데 네가 떠올랐어. 난 이제 여길 떠나. 더 이상 견디는 건 무리야.

알 수 없는 번호로 보내온 문자메시지였다. 직감처럼 유지석이라는 소년이 떠올랐다. 나쁜 일은 항상 한꺼번에 온다.

ㅡ바보 같은 생각 마. 내일 우리 도장으로 와. 꼭 와.

도이는 재빨리 문자를 찍어 전송하고 집에서 나왔다.

사거리 쪽으로 뛰어가는데 빈 택시 한 대가 도이가 서 있는 곳으로 달려와주었다. 도이는 택시의 조수석 문을 열고 올라탔다.

"아저씨, 미늘동요."

"미늘동 어디?"

기사가 천천히 택시를 출발시키며 흘끗 돌아봤다. 무심코 택시기사의 얼굴을 보는 순간, 도이는 숨을 쉴 수가 없었다. 피가 역류했다. 단전 아래서부터 올라온 묵직한 통증으로 사지가 굳었다. 도이는 기사 유니폼을 입고 있는 택시기사를 알아봤다.

"……!"

택시기사로 위장한 남자는 민주를 죽인 바로 그 남자였다. 10년 전 그때와는 달라진 얼굴이었지만 도이는 확신할 수 있었다. 나이가 들어 주름과 함께 눈가가 처지고 볼이 움푹 들어가고 검버섯이 광대뼈 주변으로 퍼져 있고 왼쪽 눈 아래에 새까만 쥐젖이 붙어 있었지만 분명 그놈이었다.

이날을 위해 특공무술을 배웠다. 만취한 남자들 몇쯤은 거뜬히 이길 수 있는 실력이었다. 하지만 도이는 손가락 하나 움직일 수 없었다. 뜻밖에도 그녀를 옭아맨 공포는 뼛속 깊은 곳에 뿌리를 내린 근원적인 것이었다.

'침착해.'

침착해야 공격할 수 있다.

'나는 이놈을 이길 수 있다. 침착하지 않으면 죽을 수 있다. 놈은 아직 내가 누군지 모른다.'

"아, 다음 버스정류장에서 세워주세요."

"싫은데요?"

놈은 여자처럼 가는 목소리로 빈정거리며 고개를 돌려 도이를 빤히 쳐다봤다. '너 나 기억나?'라고 말하는 것 같았다. 놈이 히죽 웃었다.

한발 늦었다고 깨닫는 순간 철컥하는 소리가 들렸다. 도이는 반사적으로 손을 뻗어 조수석 문손잡이를 잡았다. 조수석 유리창에 푸른 불꽃이 비쳤다. 저게 뭔가 하는 생각이 드는 순간 뜨거운 것이 도이의 목을 찌르고 들어왔다. 전기충격기였다.

택시는 끝없이 펼쳐진 어둠 속을 달려 재개발 동네로 들어갔다. 군데군데 현수막과 바리케이드가 쳐진 동네는 부서진 가로등과 함께 폐허 도시를 연상시켰다. 택시는 붉은 페인트로 철거라고 큼지막하게 적힌 건물 뒤편에 멈췄다. 주변엔 불빛이라고는 보이지 않았고 조그만 인기척조차 없었다.

"⋯⋯."

시간이 얼마나 흘렀을까. 어디선가 락스 냄새가 코끝을 찔렀다. 이해할 수 없는 이미지들이 몰려왔다. 숨통이 막히는 것 같아 도이는 얼굴을 찡그렸다. 감겨진 눈꺼풀 아래서 안구는 머릿속에 떠오르는 이미지를 쫓아 마구 흔들렸다.

빈 사무실의 화장실에 가득 찬 락스 냄새, 타는 듯 따갑던 눈과 목, 숨통을 틀어막던 유백색 가스. 목구멍 안으로 넘어오던 이물질. 두껍고 누런 발톱들.

그리고 울면서 그녀의 목을 조르던 석윤. 시신이 된 지석과 그녀가 되살린 지석. 오른쪽 눈에 안대를 한 자신. 자상으로 얽어 있던 석윤과 수혁의 얼굴. 찌들고 어두운 얼굴로 살아가던 부모님. 칼로 자신을 찌르던 소년부 조사관. 평행세계가 분기하는 순간을 봐온 자신.

도이는 각성했다. 평행의식이 돌아왔다.

그녀는 번쩍 눈을 떴다. 백만우의 얼굴이 시야에 들어왔다. 놈은 칼끝으로 도이의 셔츠 단추를 자르고 있던 중이었다. 칼끝은 날카로웠고 단추는 쉽게 떨어져 나갔다. 백만우는 도이를 지그시 내려다보며 나지막한 목소리로 물었다.

"그동안 꽤 많이 컸구나. 이도이, 올해 열여덟 살이지? 너 내 이름을 어떻게 알았니? 네가 아까 중얼거리던데. 내 이름은 나랑 우리 부모밖엔 모르는데."

백만우가 실명이란 말인가? 다른 평행세계에선 그 이름이 가명이었다.

"10년 전 그때도 손에 돌멩이를 쥔 채 나를 똑바로 노려보던 널 보면서 뭔가 이상하다고 생각했는데, 넌 여전히 이상해."

'침착해, 이도이. 넌 이제 조현조가 아니야! 겁낼 거 하나도 없어!'

"가슴이 크구나? 징그러워."

놈은 도이의 브래지어를 내려다보며 얼굴을 실룩거렸다.

"피부도 까칠까칠하고 쫄깃한 맛도 없어."

놈은 손가락 끝으로 도이의 뺨을 꾹 눌렀다 뗐다.

"그때 찾아서 죽여버렸어야 했는데. 눈도 망가진 건가?"

놈은 각각 다른 지점을 바라보는 도이의 두 눈을 이상하다는 듯 빤히 쳐다봤다. 도이는 할 말이 있다는 신호를 보냈다. 그러자 놈은 그녀의 입에 쑤셔 넣어둔 수건을 뺐다. 도이는 들릴락 말락 한 목소리로 중얼거렸다. 놈과의 거리를 좁히기 위해서였다.

"뭐라고?"

놈이 얼굴을 바싹 갖다 댔다. 놈의 숨결조차 역겨웠지만, 도이는 놈의 뺨을 물어뜯었다. 뜯어내고야 말겠다는 일념으로 개처럼 물고 늘어졌다.

백만우는 도이의 얼굴을 밀어내려 안간힘을 쓰다가 전기충격기로 도이를 찔렀다. 도이는 다시 정신을 잃었다. 의식이 끝없이 추락했다. 어디선가 비포장도로를 달리는 오토바이 소리가 흐릿하게 들려오는 것 같았다.

5장

능력이 돌아오다

규칙적인 기계음이 들려왔다. 정신을 차리고 보니 환한 병실에 어머니와 아버지의 얼굴이 보였다. 아침 햇살이 창 안을 가득 비췄다. 다음 날 아침인 것 같았다.

"정신이 좀 드니?"

부모님이 걱정스러운 얼굴로 도이를 내려다봤다.

'살아 있다. 이번에도 날 살려뒀다.'

놈이 다시 나타날 그날까지 매시매초 공포에 사로잡혀 살라는 뜻이었다.

'니가 실수했다는 걸 깨닫게 해줄게.'

도이는 속으로 중얼거렸다.

그런데 어떻게 병원까지 오게 된 것인지 전혀 기억이 나지 않았다.

"어떻게 된 거야?"

"지나가던 사람이 널 발견하고 신고해줬어. 좀 어때?"

"괜찮아. 별로 아픈 곳은 없는걸?"

"타박상 외엔 다친 곳이 없다는데 피는 뭐야? 네 얼굴이랑 티셔츠 목 근처에 묻어 있던데?"

"민주 살인범 얼굴을 내가 물어뜯었어. 민주 살인범이 흘린 피야."

어머니는 두 눈을 휘둥그렇게 뜨고는 입을 벌렸다.

"택시를 탔는데 기사가 그놈이었어."

도이는 택시에서 일어났던 일을 간략히 설명했다. 어머니도 아버지도 소스라치게 놀랐다.

"택시 번호나 뭐 기억나는 거 없어?"

아버지가 초조해하며 물었다.

"택시 번호는 기억 안 나. 기사 프로필엔 이름이 박종환으로 되어 있었어."

아버지가 휴대폰을 꺼내 들며 자리에서 일어났다.

"내 휴대폰은?"

어머니가 핸드백에서 휴대폰을 꺼내 건넸다.

도이는 지석과 미나에게 차례로 전화를 걸었다. 신호음만 계속 들릴 뿐 연결이 되지 않았다. 이러고 있을 때가 아니란 생각이 든 도이는 침대에서 일어났다.

"어디 가려고?"

"나 아픈 데 없어. 가봐야 할 곳이 있어."

"그냥 좀 있어!"

어머니가 화를 내며 도이를 붙잡았다.

"너 왜 정신 못 차려! 엄마가 나가지 말라고 했었잖아! 엄마 말도 안 듣고 나가더니 이렇게 된 거잖아! 그놈은 널 죽이려고 다시 온 거야."

"가. 가게 놔둬. 크게 다친 곳이 없다고 하니까, 평소대로 학교도 가고 운동도 가."

아버지가 명령조로 말했다.

"여보, 당신 무슨 소릴 하는 거야?"

어머니의 목소리가 날카로워졌다.

"미안하지만 이번엔 꼭 잡아야겠어."

"당신 어떻게 그래? 애를 미끼로……."

"괜찮아. 나 이젠 겁먹지 않을 자신 있어."

"피 묻은 옷은 아버지가 갖고 갈게."

그때 아버지 이상민의 휴대폰이 울렸다. 그는 전화를 받고 고개를 끄덕이더니 지금 가겠다고 말했다.

"그 택시 찾았대. 그런데……."

이상민은 말을 하다 말고 어두운 얼굴로 도이와 아내를 쳐다봤다.

"당신은 좀 나가 있어."

도이의 어머니는 못마땅한 얼굴로 딸과 남편을 쳐다보고는 병실을 나갔다.

이상민은 동료 형사가 전송해온 사진을 도이에게 보여줬다.

사진을 보던 도이는 제 입을 틀어막았다. 택시 트렁크 안에 미나가 숨겨 있었다.

>>>

　그 시각, 석윤은 어둠 속에 숨어 미늘동의 집 앞 골목을 가득
채운 구경꾼들과 울긋불긋한 불빛을 지켜봤다. 구급대원들이
자살한 지석의 시신을 들것에 실어 나오고 있었다. 경찰들이 신
발을 신은 채로 집 안팎을 들락거렸다.
　'불쌍한 놈.'
　지석은 오늘 아침 문자로 이렇게 살 바엔 왜 살아야 하는지 물
었다. 석윤은 자신도 왜 살아야 하는지 모른다고 답 문자를 보냈
다. 거짓말이라도 희망을 주는 문자를 보낼 걸 후회가 됐다. 무
표정하게 굳은 석윤의 뺨 위로 눈물이 흘렀다.
　몇몇 경찰들이 2층으로 올라갔다가 수혁과 이야길 나누고는
별 소득 없이 내려오는 것이 보였다. 석윤은 수혁에게 그의 행세
를 하도록 시켰다. 자상으로 얽은 석윤의 얼굴은 누구에게나 쉽
게 각인되고, 괜한 의혹과 의심을 불러일으키기 때문이었다. 그
의 얼굴이 경찰들의 기억에 남아서 좋을 것은 없었다.
　지석의 시신을 실은 구급차가 출발했다. 석윤의 휴대폰이 진
동했다. 일가친척으로부터 문자가 와 있었다.
　─찾았음. 아지트.
　도망친 지석의 아버지와 친형을 아지트에 잡아뒀다는 연락이
었다. 석윤은 피우던 담배를 손가락으로 튕겨 버리고 오토바이
에 시동을 걸었다.

6장

미늘동, 그들만의 게토

한 해에 1만 2천 명이 초미세먼지로 조기 사망한다는 내용과 함께 서울시에 미세먼지주의보가 발령됐다. 기상청에서는 미세먼지를 '은밀한 살인자'라고 은유했다.

만원버스, 승객들 사이에 파묻힌 서진구는 마스크 속에 얼굴을 감추고 히죽거렸다.

미세먼지라는 것이 이토록 고마운 것일 줄은 몰랐다. 서울 거리 여기저기에 검고 흰 면마스크로 얼굴을 가린 사람들이 활보했다. 버스 안에도 마스크를 쓴 사람이 여기저기 앉거나 서 있다. 정체를 숨기기 위해 마스크와 모자로 얼굴을 가린 서진구는 특별히 주목받을 필요도 없이 그들 곁에 서 있었다. '오늘의 날씨'가 끝나자 서진구의 교도소 탈출 사건 보도가 시작됐다. 서진구는 마치 남의 일을 전해 듣듯 묵묵히 뉴스를 듣다가 버스에서 내렸다.

생각에 잠겨 목적 없이 걷다 보니 길을 막아놓고 불심검문을 하고 있는 것이 보였다. 딱히 갈 곳도 없었기에 불심검문을 지나야 할 필요도 없었다. 서진구는 발길을 돌려 여관을 찾아 들어갔다.

방에 컴퓨터가 있었다. 그는 편의점에서 산 오징어와 소주를 비닐봉지에서 꺼내놓고 여관에 비치된 포르노 CD를 재생시켰다. 술을 마시면서 미늘동을 생각했다.

현재 그곳은 경찰들도 개입하길 꺼려하는 동네가 되어버렸다는 걸 교도소 신입으로부터 들었다. 신입은 만약 숨어야 한다면 그 동네만큼 좋은 곳이 없다며 슬쩍 귀띔해줬다. 인터넷에서도 본 적이 있었다. 그 소문이 진짜인지 알아보고 싶었다.

그는 컴퓨터를 켜고 검색창에 미늘동, 전과자라는 검색어를 넣었다. 관련 검색어가 들어간 글들이 떴다.

출소하신 분들 갈 곳이 없으면 미늘동으로 가세요. 그곳은 경찰도 겁나서 들어가기 싫어하는 구역이라고 '코리언 굿 타임즈' 신문에 났던데요. 미늘동엔 빈집도 많지만 특히 미늘동 주민들이 범죄자들에게 엄청 우호적이라고 합니다. 갱생도 도우려 하고 밥도 공짜로 먹여주고 일자리도 준답니다.

날짜를 보니 한 달 전에 올라온 글로 뉴스 기사에 달린 댓글이었다. 그런데 왜 미늘동 주민들이 범죄자들에게 엄청 우호적인지 이해가 되지 않았다. 그 이유를 좀 더 확실히 알기 위해 그는

'코리언 굿 타임즈'라는 신문 기사를 검색했다.

"범죄자들을 향해 내민 상냥한 미소. 미늘동으로 오세요."

미늘동은 그동안 몇 건의 강도 높은 성폭행과 살인사건이 연달아 일어난 이후부터 범죄율이 가장 높은 동네가 됐다. 치안조차 불안해 미늘동 주민들은 더 이상 밤에 마음 놓고 걸어다닐 수 없다. 이곳은 낮에도 어두침침하고 음침한 분위기를 풍긴다. 도로는 곳곳이 파헤쳐져 있거나 싱크홀로 함몰되었고 예전에 있던 서점과 빵집 대신 술집과 인터넷카페가 들어섰다. 곳곳의 낙서들이 동네의 황폐함을 짙게 한다.

많은 사람들이 살던 집을 버리고 떠났다. 부동산 가격이 폭락하자 외국인 노동자와 가출한 비행청소년들이 유입됐으며 술집과 성인 나이트클럽들이 우후죽순처럼 생겨났다.

갈 곳 없는 비행청소년들과 외국인 노동자 그리고 전과자들이 이곳에서 살고 있다는 것을 동네 사람들도, 경찰도, 부동산 업자들도 알지만 속수무책이다. 미늘동의 지하철역 주변과 주거밀집구역은 경찰들도 들어가기 어려운 위험구역이 되어버렸다.

지구대가 있긴 했지만 방범대원이 살해되는 사건이 일어난 후로는 방범조차 제대로 이루어지지 않고 있다. 공권력이 발을 들여놓지 못하는 미늘동은 이 위기에서 벗어나기 위해 전과자 및 범죄자들을 적극 수용, 그들을 위한 재활활동에 초점을 맞춘 동네로 거듭나기로 했다. ─ '코리언 굿 타임즈' 서진구 기자

서진구는 고개를 갸우뚱했다. 기사 내용이 뭔가 이상했다. 범죄취약지역이 왜 범죄자들을 적극 수용한다는 건지 이해가 잘 되지 않았다. 기사의 끝줄, 기자의 이름을 읽던 서진구는 큭 하고 웃었다.

"웃겨. 기자 이름이 서진구? 나랑 같잖아."

서진구는 기자의 이름이 자신과 같다는 사실도 어쩐지 그가 미늘동으로 가야 한다는 운명처럼 느껴져 기분이 좋았다.

다음으로 찾은 것은 어느 블로그 글이었다.

난 미늘동에서 편의점 알바를 한다. 평소에 냄새에 민감한 나는 며칠 연속으로 심한 악취를 맡았고, 그 악취는 살면서 맡아본 어떤 악취와도 비교가 되지 않았다.

편의점을 찾아오는 손님들에게 물어봤지만 나처럼 심하게 느끼는 사람은 없었다. 어떤 사람은 좀 나네요, 또 어떤 사람은 아무 냄새도 안 나는데요? 라고 말했다.

참다참다 너무 이상해서 지구대에 찾아가 경찰 아저씨들이랑 함께 동네를 뒤지기 시작했다. 결과는 헐. 빈집 두 곳에서 각각 시신 2구가 나왔다. 2구 모두 이십대로 보이는 여자였는데 옷을 입지 않고 있는 걸 보면 성폭행 후 살해당한 것 같았다.

첫 번째 시신은 구석에 처박힌 채 썩어가고 있었고 두 번째 시신은 변기에 머리를 처박은 채 죽어 있었다. 경찰은 이번 기회에 전부 뒤져보자며 동네 어른 두 사람을 더 불러 빈집들만 뒤지기 시작했다.

미늘산 바로 아랫집에서도 칠십대 할머니의 시신이 발견되었다. 노인의 사망 원인도 마찬가지였다. 성폭행 후 목 졸라 죽임. 또 다른 빈집에서는 연탄을 피워놓고 동반자살한 것처럼 보이는 남녀 시신 3구가 나왔다. 동네를 뒤진 하루 만에, 방치된 시신 6구가 발견됐다. 미늘동 사람들은 사는 데 지쳐서일까 집 밖의 일에는 무관심하다. 오후 6시가 되면 아무도 밖을 다니지 않는다. 비명 소리를 들으면 오히려 문을 더 꼭 닫는다. 시체가 발견된 집의 옆집은 시신을 옆에 둔 채 일상을 살고 있었던 것이다.

나는 친구들에게 이 끔찍한 사실을 이야기해주고 싶어 입이 근질근질했는데 경찰이 내게 정식으로 발표될 때까지는 입을 다물고 있으라고 했다. 만약, 오늘 일을 소문내면 허위사실 유포죄로 체포될 수도 있다고 한다. 헐, 무슨 소릴 하는 걸까. 시신이 발견된 걸 내 눈으로 직접 봤는데 허위사실 유포라니.

그날 이후로 나는 매일같이 뉴스를 보고 인터넷 신문을 뒤진다. 하지만 아직까지도 이 사건은 보도되지 않고 있다.

갈 곳은 정해졌다. 취기가 오르자 여관 프런트의 젊은 여자가 눈에 밟혔다. 하지만 지금은 최대한 참아야 한다. 살인충동은 몰라도 성충동은 어지간히 참기 어렵다. 직업이 없어서 하루 종일 할 일이 없다는 것도 문제가 된다. 할 일이 없어 빈둥대면 꼭 머릿속에 떠오르는 것은 여자와 관련된 잡생각뿐이다.

날이 어둑해지자 여관에서 나온 그는 대중교통을 이용하는 대신 택시를 잡았다. 여전히 마스크로 얼굴을 가린 채 무뚝뚝한 말투로 미늘동으로 가달라고 했다. 말을 많이 시키는 인간은 딱 질색이다. 다행히 택시기사는 과묵한 성격인지 목적지에 도착하도록 이것저것 캐묻지 않았다.

"여기서 내리세요."

기사는 항아리칼국수라는 식당 앞에 택시를 세웠다.

"여기 말고, 어린이 놀이터 앞에 세워주세요."

"손님, 죄송하지만 6시 이후로는 미늘동 안까지는 들어가지 못합니다."

"왜 그렇죠?"

"손님도 여기가 처음이시면 안 들어가는 게 안전할 겁니다."

"그러니까 왜요?"

"6시 이후로는 치안이……, 아무튼 내리세요."

말을 하다 말고 아무튼이라니, 무시당한 기분이 들었다. 울컥하고 살인충동이 일었다.

'아 씨발, 조금만 더 참자. 개새끼, 너 운 좋은 줄 알아라. 확, 그냥.'

택시에서 내린 서진구는 잠시 동안 식당을 지켜봤다. 더럽게 맛이 없는 곳인지 식당 안에 손님이 없었다. 그는 사람이 없다는 사실에 안도하며 식당 앞으로 걸어갔다. 그때 문이 열리고 냄비를 든 중년여자가 나오더니 식당 앞길에 놓아둔 화초들에게 물을 주기 시작했다.

그가 다가서자 여자가 올려다봤다.

"소주도 팔죠?"

여자가 두 손으로 제 무릎을 짚고 일어났다. 여자의 입에서 끙하는 소리가 났다.

서진구는 순간 짜증이 확 솟구쳤다. 앓는 소리가 거슬렸다. 시골에 처박혀 살던 그의 어머니가 떠올랐다.

움직일 때마다 입에서 노래처럼 새어 나오던 앓는 소리. 그 소리가 얼마나 듣기 싫었는지 모른다. 앓는 소리는 직업도 없이 문제만 일으키고 다니던 그를 업신여기고 비웃는 소리처럼 들렸기 때문이다. 죽여서 돼지우리에 묻어놓고 나서야 겨우 평화를 얻었다. 돼지가 다 뜯어 먹었는지, 아니면 아무도 어머니를 찾는 사람이 없어서인지 그의 첫 살인은 세상에 드러나지 않았다.

여자가 한 번만 더 앓는 소리를 내면 주둥이를 짓뭉개버릴 생각이었다.

"저녁도 먹을 거요?"

"칼국수 한 그릇."

그는 여자를 따라 식당 안으로 들어갔다.

주방에서 나온 여자가 칼국수 그릇을 내려놓았다. 가까이에서 보니 얼굴이 반반했다. 과부일까. 이 동네에서 살아가려면 한 사람 정도는 자기편으로 만들어놔야 한다. 그의 뱀 같은 눈이 여자의 몸을 핥았다.

그때 십대로 보이는 소년 대여섯이 문을 열고 들어왔다. 그런데 소년들의 눈 색깔이 모두 빨갰다.

그들 중 가장 키가 크고 체격이 좋은 놈이 리더 같았다. 뭘 처먹었는지 키도 덩치도 자신보다 컸다. 리더로 보이는 소년은 자

306

신과 복장이 비슷했다. 검은 마스크에 야구모자를 쓰고 있었다. 서진구는 짜증이 나서 모자를 벗었다. 새치 머리가 드러났지만 상관없었다. 이런 곳에서 그의 얼굴을 알아볼 사람은 없을 거라고 믿고 싶었다.

소년은 검은색 마스크를 쓰고 있어 눈과 오뚝한 콧대 외엔 얼굴이 어떻게 생겼는지 가늠할 수가 없었다. 다른 소년들은 의자에 앉아 휴대폰에 얼굴을 처박고 있는데, 리더로 보이는 소년은 서진구의 눈빛이 전혀 두렵지 않은지 그의 눈을 빤히 마주 봤다. 보고 있으면 있을수록 소년의 눈빛이 예사롭지 않았다.

"아줌마, 쟤들은 눈깔이 왜 저래?"

서진구는 칼국수를 내오던 주인여자에게 통명스럽게 물었다.

"아저씨 야광컬러렌즈 몰라? 요즘 애들 저러고 놀아요. 국수 불겠다, 어서 드셔요."

여자가 챙겨주는 것 같아 어쩐지 기분이 좋아진 서진구는 피식 웃고는 칼국수 그릇으로 시선을 돌렸다. 아무도 자신의 얼굴을 알아보지 못하는 것 같아 안심이 됐다.

뜨거운 국물로 배를 채운 그는 소주와 안주거리를 사들고 식당에서 나왔다.

이 동네에도 작은 철물점이 있었다. 그는 철물점에서 손전등과 노끈, 면장갑 그리고 칼을 샀다.

10년 전, 그가 강간하고 얼굴을 못쓰게 만든 모자를 떠올렸다. 그 모자의 집이 미늘동 바로 이곳이었다. 그는 10년 전의 기억에 의존해 그 집을 찾아 걸었다.

여기 어딘가에 그 집이 있을 텐데. 여자랑 아들 놈은 살아 있을까? 모자가 참 더럽게 잘생긴 것들이었다.

'진짜 그년이랑 그 새끼 얼굴 한번 다시 보고 싶네.'

그 가족에 대한 속죄의 마음은 티끌만큼도 없이, 그는 어두침침한 가로등 불빛이 비치는 2층 집 앞에 멈춰 섰다.

아무도 살지 않는 건지, 아무도 없는 건지, 밤 9시인데도 불빛이 없었다. 아니면 저 집에 사는 누군가가 자고 있을지도 모르지. 그 누군가가 여자일 확률은 50퍼센트다.

그는 발로 대문을 슬쩍 밀어봤다. 꼭 자신을 위해 열어둔 것처럼 대문이 스르르 열렸다.

그는 주변을 스윽 한번 훑어보고는 대문 안으로 들어섰다. 마당에 서서 2층 외부 계단과 1층 현관을 살폈다. 1층에도 아무도 없는지 불이 모조리 꺼져 있었다. 그는 10년 전 사건현장이던 2층으로 올라갔다. 2층도 불빛 하나 없었다. 그런데 그땐 현관문이 미닫이문이었는데 지금은 비밀번호 잠금장치로 바뀌어 있었다.

2층을 한 바퀴 돌아봤지만 들어갈 만한 구멍이라고는 찾을 수 없자 서진구는 얼굴을 일그러뜨리며 1층으로 내려왔다.

1층으로 가 현관문을 엉덩이로 슬쩍 밀어봤다. 아무런 저항 없이 현관문이 스윽 밀렸다. 가슴이 두근거렸다. 오늘은 그를 위한 날이란 생각이 들었다.

여자라도 자고 있으면 좋겠다. 그는 짜릿한 스릴을 느끼며 안으로 들어섰다. 손전등을 켜 실내를 비췄다.

'빈집이었나?'

가구가 하나도 없었다.

싱크대에서 수돗물을 틀어봤다. 물이 나왔다. 단수하지 않은 걸 보니 빈집은 아닌 것 같았다. 방이 두 개 있었는데 큰 방엔 커다란 자개옷장이 있었다. 잘 찾아보니 컵라면과 냄비, 김치도 있었다. 사람이 살긴 사는 곳 같았다.

'여긴 뭐 하는 곳이지?'

그는 추위를 잊기 위해 사온 소주 두 병을 선 채로 비웠다. 그리고 칼을 쥐고 옷장으로 갔다. 굳게 닫혀 있는 옷장 안에 꼭 누가 숨어 있을 것만 같았다. 그는 옷장 문고리를 확 잡아당겼다.

처음엔 텅 빈 옷장이라고 생각했다. 옷이라고는 하나도 없었으니까. 그런데 옷장 선반 위에 무엇인가가 있었다. 사람의 머리였다. 그는 흠칫했다. 알딸딸하던 술기운이 확 깨는 것 같았다.

남자의 머리 두 개가 두꺼운 비닐에 압축되어 놓여 있었다.

'이야, 여긴 시체가 쌓여 있어도 모르는 동네라더니 소문이 진짜네.'

이런 곳이라면 무슨 짓을 해도 될 것 같았다. 어쩐지 이 동네가 좋아졌다.

그는 손전등을 비춰 머리 두 개를 좀 더 자세히 구경했다. 둘 다 머리카락이 노랬다. 한 명은 중년 정도의 나이로 보였고, 또 다른 한 명은 이십대로 보였다.

'어떤 놈 솜씨야?'

'몸은 어디에 있을까?'

그 식당 년에게 저걸 보여주면 기겁하겠지, 히힛. 입이 절로 벌어졌다. 그년을 이리로 데리고 와야겠다. 서진구는 칼과 노끈을 주머니에 넣고 마치 제 집인 양 현관문을 열고 나섰다.

"......?"

어둠 속에 이상한 것이 떠 있었다. 어둠 위로 툭 불거져 나와 있는 빨갛게 빛나는 원형 고리들. 다음 순간, 식당에서 본 컬러 렌즈를 끼고 있던 십대들이 떠올랐다.

그는 반사적으로 주머니에 손을 넣어 칼을 꺼내 들었다. 하지만 그들이 더 빨랐다.

"으악!"

그는 십대들의 무차별 폭행에 떠밀려 거실 안으로 굴러들어 갔다. 아킬레스건이 선득했다. 현관문이 닫혔다. 어떤 소년이 문을 걸어 잠갔다.

비명을 지르려고 입을 벌리는 순간, 칼이 그의 입을 찢었다. 얼굴 위로 칼끝이 수십 번을 오갔다. 그의 얼굴에 칼질을 하는 소년의 얼굴은 자상으로 울퉁불퉁했다. 10년 전 땀구멍 하나 없이 완벽한 피부를 하고 있던 꼬마의 얼굴이 떠올랐다.

'그놈이 이놈일까?'

소년의 칼이 얼굴에서 내려와 서진구의 목을 그었다.

서진구는 이곳이 소문처럼 범죄자들이 은둔하기에 최적화된 구역이 아니라 범죄 전과자들을 유인해 먹어치우는 개미지옥이란 것을 숨이 넘어가기 직전에 깨달았다.

피는 햇살 아래에서 보는 것보다 손전등 불빛 아래서 보는 것이 더 선명하다.

석윤은 손전등을 비춰 피웅덩이 안에서 죽어가는 서진구를 내려다봤다. 그의 머릿속에 각인된 죽어가던 어머니의 얼굴이 떠올랐다.

'그것에 비하면 네 놈의 죽음은 죽음이라 부를 가치조차 없다.'

놈은 곧 숨이 멎을 것이다.

그동안 석윤이 버텨온 것은 서진구에 대한 증오심 덕분이었다. 그런데 그 목표를 이뤄서일까, 통쾌하기보단 허탈했다.

동생들이 시신을 들고 화장실로 갔다. 조용히 문이 열리고 청소 도구를 든 옆집 아주머니와 칼국수집 주인아주머니가 들어왔다. 두 사람은 빨간색 고무장갑을 끼고 청소를 시작했다.

'놈이 죽었다고 무엇이 달라질까?'

놈이 때려 부순 그의 삶도, 놈에 의해 엉망이 된 그의 얼굴도 그대로다. 달라진 것은 하나도 없었다.

성폭행 강간 전과 11회, 나머지 3회는 강도 특수 폭행. 전과 14범.

서진구의 손에 죽거나 장애자가 된 피해자들 속엔 석윤의 가족도 포함됐다. 그들이 잃어버린 삶은 누가 보상해주는 것일까. 그런 범죄자들을 계속해서 사회로 돌려보내는 이유가 뭘까. 정말로 그들이 반성하고 다시는 같은 잘못을 저지르지 않을 거라고 믿는 것일까. 무엇으로 보상을 해준다고 해도 한번 파괴된 육체와 정신은 회복이 불가능하다.

이런 일을 당하지 않았다면 남들처럼 정상적으로 학교를 마치고 대학생이 되어 있을 것이다. 원하는 대학에 다니면서 하고 싶은 분야의 공부를 하며 여자친구도 사귀고 미래를 꿈꿨을 것이다. 이렇게 타인의 피를 손에 묻히며 살고 있진 않았을 것이다. 아니, 핑계일 뿐이다. 이런 얼굴로도 다른 삶을 살려고 했다면 다르게 살았을 것이다. 석윤은 자신이 복수를 선택했음을 인정했다.

석윤과 함께 괴물들을 죽여온 동생들 다섯은 모두 흉악범죄로 인해 가족을 잃은 그와 비슷한 처지의 십대들이었다. 석윤은 그들에게 있을 곳을 마련해주는 대신, 그들의 손에 칼을 쥐어줬다.

자신의 복수에 이용하기 위한 것이라 해도 그들의 궁극적인 목적은 같았다.

모든 것을 잊고 열심히 네 인생을 살라는 말로 회유하기엔 이들 여섯이 당한 범죄의 피해는 회복이 불가능한 것이었다.

아홉 살에 잔혹한 범죄의 피해자가 된 소년은 10년 후 살인마로 변했다. 지금부터 10년 후엔 무엇으로 변해 있을까. 석윤은 여기서 멈추고 싶었다.

다음 날 아침, 도이는 안대를 착용하고 등교했다. 능력이 되돌아온 이유는 능력이 생긴 이유를 알지 못하듯 역시 알 수 없었다. 그 사건을 당하지 않은 이도이로 살아온 18년 동안 전혀 기억하지 못했던 능력과 평행세계에 대한 기억을 어째서 백만우와 재회한 후 각성한 것일까.

학교를 마친 도이는 도장 대신 그녀가 납치되었던 재개발 지역으로 갔다. 동네 사람들이 길을 오가며 경계의 눈빛으로 교복 차림의 도이를 쳐다봤다. 그 눈빛은 노골적인 적의를 품고 있어 어쩐지 살갗에 소름이 돋았다. 빨리 이 동네를 벗어나고 싶었지만 능력을 이용해 놈의 뒤를 추적하려면 공터에 남아 있을지도 모르는 잔류사념을 봐야만 했다.

도이는 어두침침한 길에 서서 안대를 벗었다. 길에 잔류하는 사념을 따라 택시가 서 있던 장소를 추적하던 그녀는 뜻밖의 이미지를 찾아내곤 놀랐다. 하지만 동시에 불가사의한 기쁨을 느꼈다.

의식을 잃은 도이를 병원까지 옮긴 사람은 석윤이었다. 그는 오토바이를 타고 택시의 뒤를 추적하다가 놓치고, 동네를 몇 바퀴 돌며 택시가 갔을 위치를 물색했다. 마침내 택시를 찾았을 땐 도이가 놈의 얼굴을 물어뜯고 전기충격기에 의식을 잃은 순간이었다.

"씨발! 트렁크 열어! 뒤에 애 있지?"

석윤은 오토바이에서 내려 택시로 돌격했고 쇠파이프로 택시 운전석을 후려쳤다.

조수석에 의식을 잃은 여자가 있다는 걸 발견한 석윤은 후진해 도망치는 차에 매달려 조수석의 문을 열고 도이를 끌어냈다.

놈은 훌쩍 자라버린 도이에겐 관심이 없었다. 석윤이 아니었다면 도이는 죽은 목숨이었을 것이다.

석윤은 미늘동 병원에서부터 미나가 납치당하는 것을 보고 택시를 추격해 그곳까지 쫓아왔다가 도이를 발견한 것이었다.

지석과 석윤. 이번 생에서도 그들과 만났다.

도이는 무의식적으로 '이번 생'이라고 생각해놓고는 옅은 미소를 지었다. 도대체 몇 번의 생을 살고 있는 것일까. 만약 남들처럼 '평행의식'에 대한 기억이 없다면 한 번뿐인 생을 살고 있다고 믿었을 것이다.

7장

제2의 지석들을 위하여

일반적인 시신은 염과 습을 하고 수의를 입힌 다음 입관하여 발인과 화장 날짜를 맞춰 장례식을 치르는 반면, 무연고자의 시신은 아무런 절차도 없이 쓰레기처럼 화장터에 버려지거나 해부용 혹은 장기기증용으로 사용된다고 한다.

덩그러니 혼자가 된 지석의 시신을 그렇게 보낼 수는 없었다.

장례식 당일 조문객은 도이와 아버지 이상민뿐이었다. 도이의 어머니는 얼굴도 모르는 아이를 위해 장례식 비용을 쓰는 것을 아까워했다. 장례를 시작할 때부터 기분 나쁜 표정을 하고 있더니 결국 장례식엔 오지 않았다.

지석도 한때 누군가의 아들이었고 어머니와 아버지가 있었고 누군가를 사랑했을 테고 누군가에게 사랑을 받으면서 산 적도 있었을 것이다. 그런데 어머니가 재혼하면서 모든 것이 뒤틀려 버렸다. 더 화가 나는 것은 친형이라는 놈이었다. 의붓아버지와 합세해 아무런 양심의 거리낌도 없이 친동생에게 인간으로서는 해선 안 될 짓을 해왔다. 어떤 의식구조를 가지고 있으면 그렇게 될 수 있을까.

'사람이라고 다 사람은 아니다'라는 어른들의 말 속 후자의 '사람'은 바로 그들을 가리키는 것이리라.

지석은 살아서도 행복하지 못했는데 죽어서도 쓰레기 취급을 받아야 한다니 가슴이 찢어지는 것 같았다.

도이는 담당 경찰에게 지석의 의붓아버지와 친형의 행방을 물었지만 만족할 만한 대답을 들을 수가 없었다. 두 사람은 종적이 묘연했다.

그 와중에 지석의 죽음이 보도된 기사를 읽은 도이는 혼란스러웠다.

의붓아버지로부터 오랫동안 성폭행을 당해온 유 모 양이 목숨을 끊은 채 발견되었다는 한 줄 보도였다. 기자가 지석을 유 모 군이 아닌 유 모 양이라고 써놓고 수정하지 않은 것을 보면서 도이는 의아했다. 의도적인 것일까 아니면 단지 오탈자일까.

포털에서 기자를 검색해보니 인터넷 신문사에서 일하는 오십 대 후반의 남자였다.

도이는 검색을 통해 기자의 전화번호를 알아내 신문사에 전화를 걸었다.

과거의 사념에 접촉해 지석의 자살을 막고 지석이 살아 있는 평행세계를 분기시키면 그만이겠지만 그렇게 되면 이곳의 지석은 여전히 '유지석 양'이 되어 사람들의 기억 속에 남는다.

중저음의 남자가 전화를 받았다. 도이는 상대방이 전화를 건 사람이 어린 학생이라고 생각하지 않도록 목소리를 깔고 말했다. 전화를 건 이유를 다 들은 상대방이 말했다.

"양이 아니라 군이라 적혀 있어서 전화를 걸었다고요?"

"네. 팩트 확인 안 하고 기사 쓰셨습니까?"

전화기 너머의 기자가 피식 비웃는 소리가 들렸다. 뭐 글자 하나가지고 전화하고 난린가 하는 그런 뉘앙스가 느껴졌다.

"그러면 의붓아버지가 아들을 성폭행했다는 말인데, 의붓아버지도 피해자도 게이인가요?"

기자의 말에 화가 치밀었다.

"뭐 게이든 뭐든 고인을 위해서라도 그냥 양으로 남겨두는 게 좋겠습니다."

기자가 덧붙였다.

이곳의 지석은 죽었지만 제2의 지석들이 어둠 속에 숨어 살아가고 있을 것이다. 그들 역시 밖으로 나와 자신을 상하게 만든 가해자를 당당하게 고발할 수 있는 세상을 만들어야 한다고 도이는 생각했다. 세상이 알아야 변화도 생기는 법이 아닌가.

"아뇨. 정정하세요. 만약 정정하지 않겠다면, SNS에 군이라는 것을 알면서 의도적으로 양으로 쓴 기자님의 저의가 뭔지 묻는 글을 올리겠습니다."

"뭐 좋은 일이라고 세상이 알 것까지야. 유명인이 자살해도 하루만 지나면 묻히는데."

기자는 혼잣말로 구시렁거리더니 네 알겠습니다, 정정할게요, 라고 대답하고 전화를 끊었다. 그 후 몇 시간 간격으로 기사를 확인했지만 수정은 되지 않았다.

화장터에 도착하고 기사를 다시 검색했다. 마침내 '양'은 '군'으로 바뀌어 있었다. 잘한 짓인지 알 수 없었다. 입안에서 쓴맛이 났다.

지석의 관이 화로 속으로 옮겨졌다. 도이는 담담한 얼굴로 굳게 닫힌 화로 앞을 지켰다. 나무관에 불이 붙더니 활활 타오르기 시작했다.

지석은 새로운 환경에 처하게 될 것이 두려워 도망치지도 못했다. 그래서 아무것도 깨부수지 못한 채, 견디기만 하다가 결국엔 자신을 찌른 것이다.

자살도 하나의 선택이다. 하지만 수많은 선택을 두고 지석이 자살을 선택했다는 사실이 안타까웠다. 지석에겐 살아낼 용기가 없었던 것이다. 의붓아버지에게 '살아갈 용기'를 갉아 먹히지 않았다면 그런 선택은 하지 않았을 것이다.

자신만의 생을 단 한 번도 살아보지 못한 지석이 이렇게 허망하게 생을 끝내도록 내버려둘 순 없었다. 스스로 용기를 내서 의붓아버지와 친형의 굴레에서 벗어나는 날까지 몇 번이고 지석의 사념에 접촉해 선택의 기회를 줄 것이다. 지석이 넝쿨손처럼 생을 단단히 움켜잡도록.

8장

터닝포인트

도이는 한참 동안 거울 앞에 서 있었다. 주홍글씨 같기만 하던 뺨의 흉터가 떠올랐다. 그 흉터가 사라지고 없는 지금, 그녀의 피부는 매끄럽고 건강해 보였다. 무엇보다 놀라운 것은 키였다. 트라우마로 154센티미터까지밖에 자라지 못했던 그녀의 키는 현재 160센티미터였다. 어린 나이에 당했던 끔찍한 사건은 정신적, 육체적 발육을 멈추게 했던 것이다. 도이는 등을 꼿꼿하게 세우고 거울 속 자신을 향해 활짝 웃었다.

오늘은 오랫동안 기다려왔던 대통령 탄핵선고 판결이 나는 날이었다.

반장인 도이는 2교시 쉬는 시간이 되자 교실 텔레비전을 틀었다. 학생들은 모두 숨을 죽인 채 판결 과정을 지켜봤다. 3교시 시작종이 치기도 전에 담임이 들어왔다. 그녀는 조용히 의자를 빼고 앉아 생방송을 지켜봤다. 그런 담임을 보면서 도이는 학생을 함부로 대하던 남자 담임을 떠올리곤 쓴웃음을 지었다.

"피청구인 ○○○를 파면한다."

지루한 기다림이 끝나고 마침내 헌법재판관이 탄핵선고를 선언했다.

학생들 사이로 정적이 흘렀다. 텔레비전 화면 아래에 자막이 떴다.

'탄핵 인용.'

역사적 순간이었다. 학생들은 누가 먼저랄 것 없이 박수를 치고 기쁨의 비명을 질렀다.

도이는 가슴이 뭉클했다. 작은 힘들이 모여 거대한 파도가 됐고, 그 파도는 결코 무너지지 않을 것 같던 철옹성을 무너뜨렸다. 명백히 잘못된 것을 바꿔야 한다는 한마음이 그 모든 것을 가능하게 한 것이리라. 함께 촛불집회에 나갔던 석윤과 촛불집회에 참가했던 지석이 떠올랐다. 이 세계에서는 존재하지 않는 일이 되어버렸지만, 아련한 추억이었다.

도이가 귀가하자 어머니는 다짜고짜 뉴스를 봤는지부터 물었다. 도이는 애써 미소 짓고 고개를 끄덕였다.

"다들 난리야. 좋아서. 이제야 세상이 정상적으로 돌아갈 건가 봐."

어머니는 세상이 좋아지려나 봐, 라는 말 대신 정상적이라는 말을 썼다. 여태 이 나라는 상식적이지 못한 나라였던 것이다.

도이는 옷을 갈아입은 뒤 엄마 몰래 집을 빠져나와 지하철역

으로 갔다. 지석은 의붓아버지와 어떻게 만나게 된 것일까. 의붓
아버지와 만나기 전엔 어디에 살았을까. 종적이 묘연하다던 지
석의 의붓아버지와 친형은 집에 있을까. 지석의 새로운 평행세
계를 분기시킬 지점이 어딘지를 알아내야 했다. 차분하게 머릿
속을 정리하고 있을 때였다. 불현듯 이상한 시선이 느껴졌다. 도
이는 등 뒤로 와 꽂히는 시선을 향해 고개를 돌렸다. 순간 삼십
대쯤으로 보이는 남자가 재빨리 고개를 돌렸다. 단정한 외모에
온화한 얼굴이지만 얼굴에 어울리지 않는 예리한 안광은 아버
지와 닮았다. 순간 도이는 싱긋 웃었다.

언젠가의 평행세계에서 백만우가 출소하면 반드시 도이를 지
켜주겠다고 말했던 그 젊은 형사였다. 이곳에서 다시 보게 되니
반가웠다. 도이는 아버지에게 문자를 보냈다.

—아빠, 나 미행시켰어?

—우리 팀이야. 그놈 잡으려고 미행 붙인 거니까 신경 쓰지
마. 그런데 지금 어디 가는 거야?

—몰라. 내가 대답해주면 미행 아저씨가 보고할 게 없어지잖
아. 저녁 잘 챙겨 드시고 집에서 봐요.

도이는 씩 웃으며 휴대폰을 주머니 속에 집어넣었다. 미행자
를 붙이고 목적지까지 갈 생각은 없었다.

지하철역 화장실로 들어간 도이는 가방 속에서 모자를 꺼내
쓰고 후드점퍼로 갈아입었다. 겉은 검은색, 안은 체크무늬로 되
어 있는 리버서블 점퍼였다.

또래로 보이는 이십대 여자들이 거울 앞에서 화장을 고치고

요란하게 화장실을 나갈 때 도이도 그들 옆에 슬쩍 끼어들었다.

형사를 지나쳐 지하철역 통로를 걸어갔지만 형사는 여자 화장실 입구만 뚫어져라 지켜보고 있었다. 도이가 나오기만을 기다리고 있는 형사에게 미안했다.

도이는 미늘동으로 가는 지하철에 올랐다. 휴대폰이 울렸다. 아버지였다. 형사를 따돌린 걸 눈치챈 건가 싶어 잔뜩 긴장한 채 전화를 받았다.

"너 지금 어디 가는 거야?"

"어, 미나 집에 잠시 들르려고."

지석의 집에 간다는 말은 하고 싶지 않아 핑계를 댔다.

"야 임마, 미늘동은 6시 이후에는 가면 안 되는 곳이야! 지금 당장 내려서 집으로 돌아와!"

"아빠, 미늘동 그런 곳 아냐!"

"아니긴 뭐가 아냐! 니가 거기 살아봤어?"

아버지를 설득시킬 수 없을 거란 생각이 들었다. 이럴 땐 빨리 꼬리를 내려야 한다.

"아무튼 빨리 돌아갈게. 걱정 마. 중간에 문자도 보낼 테니까."

"너 참 간도 크다. 백만우가 그 지하철에 같이 타고 있으면 어쩌려고!"

아버지의 말에 도이는 흠칫해 주변을 살폈다. 다행히 백만우로 보이는 사람은 없었다.

"지금 김 형사 다음 지하철 탔다니까, 미늘동 지하철역에서 만나서 같이 와."

"네."

아버지의 말을 들을 순 없었다. 도이는 휴대폰을 껐다.

평행의식이 돌아오지 않았다면 도이도 아버지처럼 생각했을 것이다.

이 평행세계에서는 가람동에 살고 있지만 다른 평행세계에서는 미늘동에 산 적이 있었다. 미늘동은 아버지가 생각하는 그런 곳이 아니었다.

언젠가부터 인터넷상에서 미늘동이 우범지역이라는 뉴스가 떠돌았다. 평행의식이 없었을 때는 미늘동에 살았던 기억이 없었으므로 그런 기사만 보고 미늘동에 대해 겁을 먹기도 했다. 하지만 그 뉴스는 가짜 뉴스였다. 미늘동은 그런 곳이 아니었다. 누군가 고의적으로 가짜 뉴스를 퍼뜨리는 것 같았다. 설사 진짜라고 해도 도이는 무섭지 않았다. 지석의 잔류사념과 접촉하려면 미늘동에 가야만 했다.

도이는 미늘동 지하철역에서 내리자마자 뒤쫓아 오는 형사에게 붙잡히지 않기 위해 달렸다. 불량배들에게 붙잡혀 사각팬티 차림으로 무릎을 꿇고 있던 지석이 떠올랐다. 평행의식의 기억이 없었던 그때는 지하철 하천 다리 난간에 머리를 찧으며 울먹이던 지석의 절망을 이해하지 못했다.

미나가 시신으로 발견된 후, 미나의 어머니는 병원에서 종적을 감췄다고 한다. 미나의 할머니는 시에서 나온 사람들이 요양원으로 보냈다. 아직도 누가 왜 미나의 어머니를 폭행했는지 모르지만 미나 집을 생각할 때마다 가슴이 갑갑해지면서 범죄자와 백만우에 대한 분노가 치밀었다.

도이는 지석의 집 앞에 섰다. 지금 2층에 누가 살고 있는지 모르겠지만 1, 2층 모두 불빛이 없었다. 도이는 궁리 끝에 옆집 초인종을 눌렀다. 옆집과 지석의 집은 쌍둥이처럼 내외부의 설계가 꼭 같았다. 옆집의 외부 계단을 통해 지석의 집 외부 계단으로 넘어갈 생각이었다.

"누구세요?"

"고, 공이 옆집 담을 넘어가서요. 공만 주워 나갈게요."

잠시 후, 슬리퍼 끄는 소리가 나고 옆집 아주머니가 대문을 열었다. 아주머니의 얼굴을 보자 반가운 마음이 든 도이는 자신도 모르게 웃으며 큰 소리로 인사했다. 하지만 아주머니는 어리둥절한 얼굴로 눈만 껌뻑였다. 그제야 도이는 이 세계에서는 두 사람이 한 번도 만난 적이 없다는 것을 상기했다.

도이는 옆집의 외부 계단을 손가락으로 가리켰다.

"맘대로 하렴. 어차피 옆집엔 아무도 없어. 거기 살던 총각이 자살했거든."

아주머니는 그 집이 사람이 죽은 집이라는 사실만으로도 도이가 겁을 집어먹고 허튼짓을 할 마음을 가지지 못할 것이라고 생각하는지 별 의심도 하지 않고 총총걸음으로 돌아섰다. 도이가 2층으로 올라가는 외부 계단으로 올라가 옆집의 외부 계단으로 내려설 때였다.

"도둑이야!"

누군가가 쉰 목소리로 나지막하게 중얼거렸다. 담을 넘던 도이는 그대로 얼어붙었다.

천천히 돌아보자 키 큰 남자가 외부 계단 위에 앉아 월담하는 도이를 보고 있었다. 그녀는 그가 누군지 단번에 알아볼 수 있었다. 두려움과 반가움이라는 혼란스러운 감정이 동시에 도이를 흔들었다.

"내가 누군지 아는 것 같은데?"

도이의 눈빛을 읽은 것인지 석윤이 말했다. 웃음기라고는 없는 눈빛이었다.

석윤은 일어나서 한 계단, 한 계단 도이에게로 다가왔다.

"내가 누군지 어떻게 알지? 우린 한 번도 만난 적이 없었을 텐데."

석윤은 적당한 거리를 유지하며 멈춰 서더니 도이를 유심히 쳐다봤다.

"며칠 전 재개발 지역 공터에서 네가 날 구해줬잖아."

"넌 그때 의식이 없었는데 내 얼굴을 어떻게 알아?"

석윤이 두 눈을 가늘게 떴다. 도이는 아차 싶었다. 두 사람은 말없이 서로를 쳐다봤다. 석윤은 긴 목을 옆으로 살짝 기울이고 말했다.

"뭐냐. 네 정체는?"

"정체라니?"

"지석일 안 지 며칠 되지도 않는데 지석이 장례를 치러주질 않나, 이젠 공 평계로 월담까지? 옆집으로 들어가면 이쪽으로 넘어올 수 있다는 건 또 어떻게 안 거지?"

"지석이한테 뭘 맡겨뒀는데 그걸 가지러 왔어."

"그걸 가지러 왔으면 당당하게 초인종을 누르지 그랬어?"

"안에 아무도 없는 것 같아서."

"뭐, 그렇다고 믿어주지. 근데 맡겨둔 게 뭐지?"

빈정대면서도 두 눈은 도이의 행동 하나하나를 살피느라 바빴다. 석윤은 도이가 쩔쩔매는 걸 즐기고 있는 것 같았다.

"맡겨둔 거 없어. 난 지석이가 그 엿 같은 의붓아버지를 만나기 전에 어디에 살았는지가 알고 싶을 뿐이야!"

도이는 단도직입적으로 말했다.

석윤은 잠시 생각하는 듯 침묵하고 있더니 이윽고 입을 열었다.

"어디에 살았는지 알면?"

도이는 적당한 변명거리를 찾기 위해 머뭇거리다가 꼭 대답할 필요가 없다고 생각하고, 다시 석윤에게 말했다.

"알면 말해줘."

석윤은 자신의 게임에 말려들지 않는 도이 때문에 잠시 얼굴을 굳혔지만 이내 어이가 없다는 듯 피식 웃었다.

"이 집으로 이사 오기 전까진 묘화동이라는 곳에서 어머니와 함께 살았다고 했어. 새아버지를 맞은 후에 어머니가 돌아가셨고 그 후 이 집으로 이사 왔다지."

안대에 갇힌 오른쪽 눈이 꿈틀거렸다. 오른쪽 눈은 자꾸 지석의 집 안을 들여다보고 싶다는 감각을 보냈다.

"그 집이 어딘지 알면 날 데려다줬으면 좋겠어."

이렇게 말하면 무슨 짓을 하려는 것인지 지켜보자란 심정으로 부탁을 들어줄 수도 있을 것 같았다. 도이는 석윤이 말려들기를 기대했다.

"미안하지만 그 집이 어딘지 몰라."

"……."

"다만 살던 집이 주변보다 낮은 터에 위치하고 있어서 동네 사람들이 조리터라고 불렀다던데."

"조리터가 뭐야?"

"그게 무슨 풍수지리에서 쓰는 말이라고 했는데, 글쎄."

"어머닌 어떻게 돌아가셨는데?"

"그러게 그 녀석, 그걸 기억 못 하더라고."

"자기 어머니가 어떻게 돌아가셨는지를 기억 못 해?"

석윤의 표정이 뭔가 달라졌다. 추궁하는 형사 같던 표정을 지우고 약간은 조롱하는 듯한 어투로 말했다.

"넌 내가 무섭지 않냐?"

석윤이 질문을 던지고 나자, 두 사람 사이에 미묘한 침묵이 내려앉았다.

"내 얼굴을 보면서도 날 너무 스스럼없이 대하니까 뭔가 느낌이 묘해서 말이야."

"나, 나도 뺨에 큰 점이 있었는데 레이저수술로 없앤 적이 있어서."

도이는 자신도 모르게 거짓말을 했다.

"내 얼굴은 그런 수술로 회복할 수 있는 상태가 아니라서. 신

327

경이 모조리 끊어져버렸거든. 나를 무서워하지 않는 앨 만나서
그런지 기분이 아주 이상해. 꼭 그 집이 어딘지 알고 싶다면 알
아봐줄 수는 있어. 하지만 이유를 말해줘야 해."

"이유는 말해줄게, 나중에."

석윤은 두 눈을 가늘게 뜨고 도대체 도이가 무슨 생각을 하고
있는지 꿰뚫어 보려는 듯했지만, 이내 포기한 듯 나중에 꼭 말해
줘야 한다고 다짐시켰다.

>><

다음 날, 수업을 마치고 교문을 나서는데 누군가 도이를 불
렀다.

"바로 해도 이도이, 거꾸로 해도 이도이."

"······!"

도이는 그 자리에 우뚝 멈춰 섰다. 이 세계에서는 그녀를 그런
식으로 부르는 사람이 없었다. 대체 누가? 천천히 돌아보자 검
은 야구모자에 마스크를 착용한 남자가 담벼락에 비스듬히 등
을 기대고 팔짱을 낀 채 도이를 보고 있었다. 모자와 마스크에
가려진 얼굴에선 눈빛만이 강렬하게 빛났다.

"갈까?"

석윤이 엄지를 치켜들고 오토바이 뒷좌석을 가리켰다. 며칠
시간을 주면 지석이 살던 조리터라는 곳을 찾아줄 테니, 그 후엔
꼭 이유를 말해줘야 한다고 못을 박더니 어지간히 그 이유가 궁

금했는지 하룻밤 만에 찾아낸 것 같았다. 도이가 오토바이로 다가가자 석윤은 뒷좌석에 묶여 있던 헬멧을 꺼내 도이의 머리에 씌워주려 했다.

문득, 군중 속에 섞이는 걸 두려워하는 도이에게 바리케이드가 되어주겠다고 말하며 흉터 하나 없는 얼굴로 웃고 있던 석윤이 떠올랐다. 성격 같아서는 "나도 손 있어"라고 말하곤 헬멧을 직접 쓰고 싶었지만 어째서인지 도이는 석윤이 자신의 머리에 헬멧을 씌워주도록 가만히 있었다. 예상 외로 도이가 고분고분하게 나오자 기분이 좋아졌는지 석윤은 "꼭 잡아. 치마 입고 뒤로 발랑 나자빠지면 무슨 꼴불견이야"라고 말하곤 즐거운 듯 웃었다.

석윤이 오토바이를 멈춘 집은 오래된 주택과 물류창고 그리고 소규모 가게가 밀집한 골목에 있었다. 치킨집에서부터 열쇠수리 점까지 살림집을 끼고 있는 가게들은 장사가 되는지 의심스러울 만큼 기름때와 먼지와 각종 광고 스티커로 더럽혀져 있었다. 저녁 무렵이라 그런지 동네는 더욱 을씨년스럽게 느껴졌다.

두 사람은 소규모 가게들을 지나 조금 더 안쪽으로 들어갔다. 석윤이 파란색 철제 대문이 달린 집을 가리켰다.

"저 집이야. 지석이 살던 집. 지금은 남자 둘이 살고 있어. 오십대 중반의 남자와 이십대 남자. 오십대 남자가 웹툰 작가고 이십대 남자는 문하생."

"그걸 어떻게 알았어?"

"네가 여길 찾은 이유를 알려주면 그때 나도 답해주지. 이 두 사람은 직장에 나갈 필요가 없으니 소속 회사와의 미팅을 제외하곤 하루 종일 집에 있는 편이야."

"이상하게 들리겠지만, 나 저 집에 들어가봐야 해."

"점점 재미있는 소릴 하네?"

"꼭 들어가서 봐야 하는데, 저 집에 살고 있는 두 사람을 잠시만 불러낼 수 없을까? 5분이면 돼."

"뭔가 범죄의 냄새가 나는걸?"

말은 그렇게 했지만, 가능하다는 뉘앙스를 풍겼다. 무슨 소릴 하느냐고 다그치거나 발을 빼려 하는 것이 정상일 텐데, 도이는 석윤의 태도에 안도하면서도 동시에 위화감을 느꼈다.

"너 나한테 빚지는 거다?"

도이는 고개를 끄덕였다.

석윤은 어디론가 문자메시지를 보냈다. 잠시 후, 대문이 열리고 두 남자가 불안한 표정으로 걸어 나왔다. 도이는 대체 어떻게 한 거냐는 듯 두 눈을 동그랗게 뜨고 석윤을 돌아봤다. 답은 돌아오지 않았다. 모자챙과 검은 마스크 사이에서 도이가 뛰어넘지 못할 어둠 같은 눈빛이 고요하게 빛나고 있을 뿐이다.

"따라와."

그들이 골목 끝으로 사라진 것을 확인한 석윤은 주머니에서 작고 가는 쇠붙이를 꺼내 간단하게 대문과 현관문을 열고 도이를 들여보냈다. 남의 집 잠금장치를 간단하게 해체하고, 단 하루

만에 남의 사생활을 파악하는 석윤에게 놀랐다. 이 세계의 석윤은 대체 어떤 삶을 살고 있는 것일까.

아니, 무엇보다도 상식적으로 이해가 되지 않는 도이의 무리한 요구를 별다른 저항감 없이 받아주고 있다는 사실이 놀라웠다. 그녀가 월담을 했을 때 도둑이야, 하고 조용하고 부드러운 목소리로 마치 상대방을 놀리듯 말했을 때부터 묘하게도 그에게 달콤한 감정이 발산되고 있다는 것을 느꼈다.

서둘러야 했다. 언제 이 집 주인이 돌아올지 알 수 없었다.

도이는 현관으로 들어섰다. 거실엔 조명등이 켜져 있었다. 도이는 오른쪽 눈의 안대를 풀었다.

오른쪽 눈은 오랫동안 굶주린 짐승처럼 요동을 치며 이 집 안의 사념을 탐색하기 시작했다. 오른쪽 눈이 빠르게 움직이며 과거로부터 이질적인 공기를 끌어왔다.

이 집에 사는 두 남자를 비롯해 여러 명의 남녀가 모여 도박판을 벌이고 있었다.

시선이 서로 다른 양쪽 눈은 굴절과 조절장애를 일으킨다. 원하는 것을 빨리 찾지 못하면 목적한 사념에 닿기도 전에 매스꺼움과 현기증으로 나가떨어지고 말 것이다.

두 남자가 남긴 사념들의 프레임을 재빨리 넘기고 지석을 찾으라고 명령하려는데 오른쪽 눈은 거실 바닥과 소파에 남자 아이용 로봇과 미니어처 자동차들이 아무렇게나 어질러져 있는 프레임을 보여줬다. 오른쪽 눈은 도이의 의식을 앞지르고 있었다.

'지석이 살던 시간일까?'

왼쪽 눈이 스르르 닫혔다. 시야가 또렷해졌다.

반 평 정도 되는 거실은 고요했다. 옷가지가 아무렇게나 던져져 있고 빈 상자와 페트병들이 한쪽 구석에 쌓여 있었다. 벽시계는 오전 6시를 가리키고 있었다. 거실 창밖으로 비가 추적추적 내렸다.

탁자 위에 우편물들이 쌓여 있었다. 도이는 우편물들을 내려다봤다. 수취인은 모두 나기만이라는 이름으로 되어 있었다.

방 안에는 열 살도 안 돼 보이는 두 소년이 자고 있었다. 도이는 미소를 지었다. 한눈에 알아볼 수 있었다. 두 소년 중 키가 큰 쪽이 지석이었다. 하지만 자라는 동안 형이 지석보다 키나 덩치가 커졌다. 지석은 형과는 서로 등을 돌린 채 자고 있었다.

안방에는 성인남자가 자고 있었다. 지석의 의붓아버지였다. 그의 머리맡에는 빈 소주병과 담배꽁초가 수북한 재떨이가 놓여 있었다.

집 안엔 지석의 의붓아버지와 두 꼬마뿐이었다. 성인여자의 물건들이 간혹 눈에 띄긴 했지만 여자의 기척은 나지 않았다. 우편물의 수취인 난에 적힌 나기만은 지석의 의붓아버지 이름임이 확실했다.

나기만은 동네 사람들이 조리터 집이라고 부르는 자신의 집 요 위에

서 눈을 떴다. 눈을 뜨자 맨 먼저 머릿속에 떠오른 것은 소리였다. 더 이상 다락방 바닥을 긁는 소리는 들려오지 않았다. 죽은 것이 분명했다.

잠들 때마다 자신을 내려다보며 기어다닐 그년을 생각하면 소름이 끼쳤다. 그는 바로 일어나지 않고 요 위에 그대로 누워 창밖 처마 밑에서 떨어지는 빗소리를 즐겼다. 어젯밤의 폭풍우는 엄청났다. 덕분에 다락 바닥을 긁어대는 소리가 들리지 않아 잠을 푹 잔 것 같았다.

잠시 그대로 눈을 감은 채 이제부터 어떻게 해야 할 것인지를 차근차근 생각하고 있을 때였다. 인기척이 났다. 방문이 열리고 유령같이 다가와 서는 느낌. 지석이겠지.

그는 자는 척 돌아누웠다.

"꿈꿨어."

그가 듣든 말든 지석이 말했다. 그와는 피가 한 방울도 섞이지 않은 애새끼. 하지만 제 어미를 닮아 뼈대도 가늘고 얼굴도 계집애처럼 곱상하다.

"무슨 꿈?"

그는 팔베개를 하며 퉁명스럽게 물었다.

"엄마 꿈."

아랫배로 욱 하는 뭔가가 치밀어 올랐다.

"그래서?"

그는 슬슬 짜증이 나기 시작했다.

"엄마, 어디 있어?"

"니 엄마, 니가 너무너무 싫어서 도망갔다니까. 몇 번 말해야 알아들어?"

큰 소리를 내지르고 그딴 소리 한 번만 더 하면 그냥 확 죽여버리겠다고 소리치고 싶었지만 꾹 참았다. 아직 어리니까.

"아냐. 저 위에 있어."

"시끄러! 입을 확 꿰매버릴라!"

그는 더 이상 참지 못하고 소리를 버럭 지르고는 옆집까지 들렸을까 싶어 움찔했다. 동네 사람들은 그를 착한 남편, 좋은 아버지로 알고 있었다.

지석은, 울음을 터뜨리며 다락방 문으로 달려가 등을 붙이고 서서 그를 노려보았다.

"거기서 떨어져! 죽고 싶어?"

지석은 암상궂은 눈빛으로 그를 노려보며 다락방 문에 버티고 서서 소리를 질러댔다.

"이리 오기만 해! 아저씨 죽일 거얏!"

그는 요를 박차고 단숨에 달려가 지석의 머리를 때렸다. 그 힘에 여섯 살짜리 소년은 힘없이 바닥으로 쓰러졌다. 그는 버둥거리는 지석의 입에 테이프를 붙이고 손발을 묶은 뒤 질질 끌고 가 욕실 안에다 떠밀어버리고는 문을 꽝 닫았다.

그는 자물쇠를 열고 다락으로 올라갔다. 역시 아무런 기척이 없었다. 상체를 구부린 채 계단을 올라가 자신의 아내가 죽어 있는 것을 무심히 내려다보았다. 시체의 얼굴은 옆으로 꺾인 채 군데군데 피멍이 들어 있었고, 새파랗게 죽은 입술은 반쯤 열린 채로 어둡게 패인 눈두덩이 속의 동공은 움직임이 없었다.

시체를 비닐로 진공 포장한 그는, 환기를 시키기 위해 다락방의 채

광창을 활짝 열었다. 금방이라도 다시 폭우가 쏟아질 듯 검은 하늘이었다. 그는 청소를 시작했다. 하늘 저편에서부터 천둥이 들끓더니 뇌성번개가 쳤다.

청소를 끝내고 내려가려는데 색동 반짇고리가 눈에 띄었다. 그의 범죄 전과 이력을 알기 전까지 아내는 저 반짇고리를 꺼내 그의 셔츠 단추를 기워주곤 했다.

그는 반짇고리를 주웠다. 손바닥 안에 싹 들어오는 작은 크기였다. 지석을 구슬리는 데 쓰면 좋겠다는 생각이 들었다.

방으로 내려온 그는 책상 위에 반짇고리를 놓고 욕실 문을 열었다. 지석을 일으켜 앉히고 입에서 테이프를 떼어내며 말했다.

"아깐 아빠가 미안해. 화해할까?"

지석이 고개를 끄덕였다.

"그럼 아빠 뽀뽀."

지석은 얼굴을 찡그린 채 고개를 가로저었다.

"아저씬 우리 아빠 아냐."

"발가벗겨서 혼내준다?"

지석은 마지못해 눈을 질끈 감고는 입술을 내밀었다.

그는 지석의 입술에 두껍고 꺼칠한 자신의 입술을 세게 비비면서 아이를 달랑 들어 요 위에 눕혔다.

문밖에서 은밀한 기척이 느껴진 것은 그때였다. 문틈으로 누군가 지켜보고 있었다. 지석의 친형 지섭이었다. 지섭 역시 그와는 피 한 방울 나누지 않았지만 지섭은 그를 좋아했다. 사랑을 독차지하고 싶어 했다. 그는 얼굴을 찡그리며 일어났다. 약간의 세뇌 교육이 필요할 듯했다.

"움직이지 말고 거기서 기다려. 알았어?"

지석은 고개를 끄덕였다. 의붓아버지가 방문을 열고 나가자마자, 꽝 하고 천둥번개와 함께 비가 쏟아지기 시작했다. 비가 우두두 천장을 두들겼다. 소리가 무서웠다. 지석은 다락방 문으로 시선을 옮겼다.

"……!"

어떻게 된 일인지 다락방 문에 자물통이 걸려 있지 않았다. 지석은 반사적으로 몸을 일으켰다. 엄마가 가장 소중하게 여기는 반짇고리가 책상 위에 있었다. 그게 왜 여기에 있는 걸까. 반짇고리로 손을 뻗는 순간, 다락방 문이 확 열리며 비바람이 들이쳤다. 지석은 반짇고리를 주머니 속에 집어넣고 재빨리 다락방으로 갔다.

계단을 기어 올라가자 비닐에 쌓인 엄마가 보였다. 그런데 엄마의 모습은 지석이 알던 엄마의 모습과는 달랐다. 뼈만 남은 앙상한 모습이 무서웠다.

—도망가. 엄마는 죽었어. 어디든 그 새끼랑 같이 있는 것보단 안전할 거야. 어서!

머릿속으로 생각이 들려왔다. 꼭 엄마가 하는 말 같았다. 하지만 밖은 무섭다. 어디로 가야 할지도 모른다. 열려 있는 채광창으로 빗물이 쏟아져 들어왔다. 지석은 창틀 위로 올라가 아래를 내려다봤다. 아찔한 높이였다.

—괜찮아. 할 수 있어. 도망쳐야 해.

—경찰서로는 절대 가지 마. 차라리 고아원 같은 곳으로 가서 기억을 잃어버렸다고 해. 이름도 집도 모른다고 하고.

여기 있다가는 엄마처럼 죽게 되거나, 의붓아버지에게 붙잡혀 못된 일을 당하게 될 것 같았다. 이 끔찍하고 무서운 집보단 밖이 훨씬 안전할 거란 생각이 들었다.

어떤 식으로든 살 수 있을 거란 생각도 들었다. 지석은 하체부터 밖으로 내민 뒤, 조금씩 아래로 내려가기 시작했다.

도이는 사념에서 빠져나왔다. 지석의 어린 시절은 너무도 참담했다. 지석을 살해하고 진공 비닐에 집어넣었던 것도 전력이 있어서였다. 사념에서 느껴진 대로라면 지석의 어머니는 다락방에 갇힌 채 굶어 죽은 것 같았다.

어린 지석에게 경찰서로 가지 말라고 한 것은 아무것도 모르는 경찰이 어린아이의 말을 믿지 않고 지석을 집으로 돌려보낼 수도 있다는 생각이 들어서였다.

어린 지석은 그 집에서 도망쳤을까? 오른쪽 눈으로 다시 봤지만 남아 있던 잔류사념은 사라지고 없었다. 지석이 지금 어디에서 어떤 모습으로 살아갈지 몰랐다. 다시 만날 수 없더라도 같은 하늘 아래 살아만 있어주기를 바랐다. 아무것도 되고 싶은 것이 없다던 지석. 꿈을 꿔본 적이 없는 아이. 살아 있다면 언젠가는 만나게 되겠지.

잔류사념을 통해 생각을 전했으니 새로 분기되는 평행세계에선 두 사람의 생각이 연결될 것이다. 그녀가 뭔가를 느끼면 어딘가에서 살고 있을 지석도 도이의 생각을 함께 느낄 것이다. 그 느낌들이 어디서 오는 것인지 모르는 채 살 수도 있고, 의혹을 품고 살아가다가 어느 날 도이와 만나게 될지도 모른다.

'살아남아, 지석아.'

도이는 긴 한숨 끝에 미소 지었다.

쿠르릉— 공기가 역류했다. 또 다른 평행세계가 분기되는 순간이었다. 도이는 재빨리 안대를 하고 그 집을 빠져나왔다. 더 이상 석윤에게 이 집을 보러 온 이유를 설명할 필요가 없어졌다. 하지만 새로운 평행세계에서도 석윤과 만나게 될까. 어쩐지 헤어짐이 아쉬웠다.

5부

제6평행세계의 시작

1장

촉법소년, 촉법소녀

석윤은 '일가친척'의 연락을 받고 아지트로 왔다. 아지트는 미늘동 아랫동네 중에서도 집들이 거의 없는 버스 종점에 위치한 곳으로, 원래 있던 버스 종점이 다른 곳으로 이사하면서 수년 동안 방치된 곳이었다.

석윤은 구석진 건물 안으로 들어가 지하 계단을 내려갔다. 페인트가 벗겨진 철문을 노크하자 조심스럽게 문이 열렸다.

비릿한 피 냄새가 퀴퀴한 지하실 냄새와 뒤섞여 있었다. 지하실은 원래 버스기사들을 위해 간단한 음식을 팔던 식당이었다. 지금은 그들에게 붙잡힌 범죄자들을 가둬놓는 장소로 사용됐다. 그들의 손에 들어온 범죄자들 중 대부분이 이 방에서 죽었다. 그들에게도 규칙이 있었다. 동종 전과 10범 이상에게는 반성의 기회를 주지 않는다. 왜냐하면 교도소에서 이미 반성의 기회를 열 번 이상 가졌기 때문이다. 열 번 이상 반성의 기회를 가졌는데도 또다시 동종 범죄를 저지른 놈에겐 갱생이란 시간 낭비였다.

안으로 들어서자 어두운 지하실을 밝히는 랜턴 불빛에 일가친척 멤버인 동생들과 십대 가출 소녀들이 보였다.

석윤을 보자 살려주세요, 잘못했어요, 라고 외치며 엉엉 울어대던 소녀들이 일제히 입을 닫았다. 자상으로 가득한 석윤의 얼굴을 보고 놀란 것이었다.

잡혀온 소녀들은 모두 여섯. 짙은 화장이 눈물에 번져 기괴하고 우스꽝스러운 얼굴로 석윤의 눈치만 살폈다.

소녀들은 돈도 마련하고, 술 마시고 사람을 찌르면 어떤 기분이 드는지도 느껴보고, 동지의식으로 무장하고 싶어서 미나 어머니를 돌아가면서 칼로 찔렀다고 털어놓았다. 그는 수혁에게 연락해 경찰보다 먼저 현장 CCTV 동영상을 입수하게 한 뒤, 문제의 동영상을 삭제했다. 경찰에 이들을 넘겨줄 생각이 없었기 때문이다.

"집에 가고 싶어요."

"엄마가 보고 싶어요."

소녀들은 불쌍한 얼굴로 울먹였다. 제 부모가 보면 가슴이 무너질 장면이었지만 그가 보기엔 가증스러웠다.

여섯 명의 소녀들은 원래는 서로 모르는 사이였지만 가출해서 미늘동으로 들어온 후 알게 되었고, 빈집에서 함께 생활하면서 술, 담배, 그룹섹스는 기본, 절도 등의 악행을 저질러왔다.

다른 동네에서 납치해 온 또래 애를 가둬놓고 매춘을 시킨 후,

그 아이가 아프기 시작하자 병이 옮을지도 몰라 기분이 나쁘다면서 드럼통에 넣고 뚜껑을 닫은 뒤 지금까지 열어보지 않았다며 악행을 털어놓았다. 동생들을 시켜 드럼통을 찾아 열어보니 부패한 시신이 그곳에 들어 있었다. 이들은 소녀의 거죽을 쓴 악마였다.

몇 시간 전, 일가친척 중요 멤버인 가정법원 조사관 황인준과 이 소녀들의 처분을 놓고 통화를 했다.

"가출 청소년 비행에 사회나 가정의 책임도 있기 때문에 엄단보다 보호로 갱생을 유도해야 한다고 하지만 극단적인 인명경시의 살인은 다른 범죄와는 질적으로 다른 문제야. 그 애들 중 갱생할 의지가 있는 아이가 있었다면 어떤 대가를 치르고서라도 그 무리에서 진즉에 도망쳤을 거야."

그는 잠시 말을 멈추더니 다시 말을 이었다.

"한 가지 명백한 것은 불우한 환경은 악마를 만들기도 하지만 동시에 영웅을 만들기도 한다는 것이지. 악마가 되느냐 영웅이 되느냐는 자신의 선택이 아니겠어? 그 선택에 한 인간의 근본이 들어 있는 것이고. 근본은 나이가 들어도 변하지 않아."

조사관은 소녀들의 처분은 석윤에게 맡기겠다며 전화를 끊었다. 그리고 그는 이 소녀들이 갱생할 것이라는 의견에 거의 회의적이었다. 그의 가족을 무참히 살해한 서진구의 첫 범죄가 소년 범죄였다는 걸 알아낸 후 소년법에 대한 가치관이 송두리째 흔들렸다고 한다.

"씨발, 니들 뭔데 우리한테 이래? 경찰에 넘겨."

얼굴이 넓고 코가 납작한 소녀가 말했다. 가출 소녀들의 리더로 소년법에 대해 꽤 잘 알고 있었다.

"그렇게는 안 되지. 니들은 반성부터 해야 하거든."

"우리 반성했어요! 다신 그런 짓 안 할 거예요!"

코 성형이 실패한 듯 콧구멍의 크기가 극단적으로 다른 소녀가 황급히 외쳤다.

"반성은…… 그렇게 하는 게 아니지."

소녀들의 눈이 동그래졌다. 석윤이 하는 말에 겁을 집어먹은 눈치였다.

"니들 몇 살이냐?"

소녀들은 차례로 나이를 말했다.

성인여성처럼 꾸미고 덩치도 제법 있는 여섯 명의 소녀들은 모두 만 13세, 만 14세들이었다.

"이야, 니들 촉법소녀들이구나."

석윤이 말했다.

소녀들이 눈알을 굴렸다. 겁을 집어먹은 듯해도 여전히 벗어날 기회를 노리고 있다.

"공교롭게도 여기 내 동생들도 촉법소년들이야. 만 10세 이상, 만 14세 미만 미성년자라서 형사처벌을 받지 않는 나이지. 니들도 알다시피 보호처분을 받지만, 쉽게 말하면 무슨 짓을 해도 감옥에 가지 않지. 니들, 그걸 알고 미나 엄말 그 지경으로 만들어 놨겠지. 칼로 찌르는 느낌이 어떤지 알고 싶어서 그랬다고?"

석윤이 말을 하는 동안 촉법소년들은 묶여 있는 소녀들의 입에 재갈을 채우고, 우비를 꺼내 입고, 칼을 손에 쥐었다.

"씨발, 그러는 너는 몇 살인데?"

소녀들의 리더가 말했다. 석윤은 소녀들의 리더를 무시하고 아까부터 고개를 푹 숙이고 있는 소녀에게 물었다.

"아까, 너 엄마 보고 싶다고 했지?"

"네."

"근데 왜 집 나와서 이런 것들이랑 같이 사냐?"

"쳇! 왜 그러겠어? 그년 부모도 내 부모도 우리한테는 관심 1도 없어. 입에 욕 달고 살고, 술 처먹고 우리 때리고 맨날 돈 없다고 징징대고. 아버지란 새끼들은 돈도 못 버는 것들이 집구석에만 들어오면 패. 그게 부모냐?"

나약해 보이는 소녀의 입을 막으려는 듯 소녀들의 리더가 악을 썼다.

"그래, 잘 들었다. 니들이 죽어도 관심 가져줄 사람은 1도 없구나."

"네, 우리 불쌍하죠? 그러니까 다신 안 그럴 거니까 풀어주세요."

"그렇다고 니들 기분 풀이를 남한테 하면 이 오빠 같은 괴물이 나오는 거야."

"네?"

"반성이란 말이지, 가해자들이 피해자의 고통을 공감해야만 진짜 반성이 되는 거거든."

"우리 공감해요!"

"공감은 머리로 하는 게 아니지. 직접 경험하는 것 외엔 방법이 없어. 안 그러냐?"

석윤은 말을 마치자마자 Dawn Of Demise 밴드의 데스메탈, 〈Intent to Kill〉을 재생시켰다. 뒤로 물러나자 신호를 받은 촉법소년들은 들고 있던 칼로 소녀들이 미나 엄마에게 한 폭력 그대로를 재현시켰다. 촉법소녀들의 비명은 데스메탈에 묻혀버렸다.

2장

결투

도장에서 돌아온 도이는 곧장 샤워를 하러 들어갔다. 샤워하는 내내 그녀는 들떠 있었다. 어린 지석을 제 집에서 도망치라고 한 후 지석이 맞닥뜨리게 될 고난에 계속 마음이 쓰였다. 어린 지석은 그녀의 속생각을 환청처럼 듣게 될 것이다. 도이는 지석을 위해서라도 힘든 일이 생길 때마다 부정적인 생각이 떠오르지 않도록 조심했다. 자신에 대한 폭력적인 생각들은 곧 폭력적인 환청이 되어 지석에게 좋지 않은 영향을 미칠 것 같았다.

언젠가의 평행세계에서 지석에게 도장 명함을 준 기억을 떠올린 도이는 지석이 그때처럼 허약한 체질에 동네에서 놀림감으로 살아가고 있을까 봐 계속해서 도장으로 오라는 생각을 보냈다. 그리고 마침내 오늘, 지석이 도장에 나타났다.

말을 하지 않아도 눈빛이나 표정에서 반가움이 드러나는 것일까. 지석은 도이의 살가움에 어리둥절한 미소를 짓고 있었다.

환청에 대해 끝까지 비밀로 할까, 생각하던 도이는 모든 걸 털어놓기로 했다. 평행세계를 함께 건너는 동안 지석과는 수많은 비밀을 공유하고 살아왔다. 지석은 모든 비밀을 함께 나눈 유일한 친구였다.

지석은 처음에는 믿을 수 없어 했지만 그가 직접 경험한 환청에 대해 도이가 빠삭하게 꿰고 있자 그제야 빠르게 이해했다.

놀라운 것은 지석이 조리터 집에서 나와 거리를 떠돌다가 고생 끝에 현재의 양아버지에게 입양되었는데, 그 양아버지가 전직 가정법원 소년부의 조사관으로 일했던 사람이라는 것이었다. 언젠가의 평행세계에서 만났던 그 노인이 이곳에선 지석의 아버지가 된 것이다. 지석이 그 노인을 얼마나 존경하고 사랑하고 있는지 말투에서 드러났다.

지석은 내일부터 도장에 정식으로 등록하기로 했다. 지석에게 무술을 가르칠 생각을 하니 벌써부터 가슴이 벅찼다.

샤워를 마치고 나오니 비가 오고 있었다. 집 안 가득 고소한 냄새가 났다. 평화로운 저녁이었다.

"도이야, 저녁 먹자."

어머니의 명랑한 목소리에 도이는 얼른 옷을 갈아입고 거실로 나갔다.

어머니는 김이 모락모락 나는 닭죽 두 그릇을 가지고 와 한 그릇을 도이 앞에 내려놓고 맞은편에 앉았다.

"비가 점점 거세지네."

어머니는 흘끗 창밖을 쳐다보곤 밖에서 일하는 아버지가 걱정되는지 가볍게 한숨을 쉬었다.

"너, 눈이 빨리 낫질 않네. 다른 안과 가볼까?"

"아니, 괜찮아. 곧 낫겠지."

"집에선 안대 벗어. 갑갑하지 않아?"

도이는 대답 대신 텔레비전 화면으로 고개를 돌렸다. 전 대통령이 구속영장을 발부받았다는 소식이 나오고 있었다. 요즘 뉴스는 전 대통령과 새 대통령 후보, 정당의 싸움 등 온통 정치 이야기뿐이었다.

어머니는 죽을 떠 입에 넣으며 "저 여자 인생도 참 기구해"라고 말했다.

텔레비전 화면 아래에 속보라는 빨간색 자막이 뜨는 순간, 도이의 휴대폰이 울렸다. 아버지 전화였다.

"너 꼼짝 말고 집에 있어. 아빠가 다시 전화하기 전까진 집에서 나가지 마!"

아버지는 도이가 전화를 받자마자 다급하게 소리쳤다.

"왜? 무슨 일인데?"

텔레비전 화면에 시선을 고정시키고 있던 어머니의 얼굴이 하얗게 질렸다.

"아버지, 지금 출동해."

뚝, 전화가 끊겼다.

아버지의 목소리에서 강한 흥분과 불안, 두려움이 느껴졌다.

어머니가 갑자기 악, 하고 짧은 비명을 질렀다. 도이는 등골이 싸늘해지는 기분을 느끼며 어머니의 시선을 좇아 뉴스 화면으로 고개를 돌렸다.

"가람동 우명희 양을 성폭행하고 살해한 후 도주했던 범인의 신원이 파악됐습니다. 범인은 2006년 조현조 양을 성폭행하고 살해한 다음 도주했던 범인과 동일 인물로 그동안 여러 이름으로 개명해 살며 경찰을 따돌린 것으로 밝혀졌습니다. 또 다른 피해 아동 배미나 양을 납치 살해한 것이 밝혀진 현재, 경찰은 범인의 실명과 얼굴을 공개하기로 했습니다."

도이는 숨을 삼켰다. 앵커의 어깨 위 화면에 놈의 사진과 함께 실명이 떴다. 실명은 백만우였다. 도이가 조현조였던 다른 평행 세계에서는 가명이었던 이름이 민주가 조현조로 불리는 이 세계에서는 놈의 실명이었다.

화면 하단엔 백만우 관련 긴급신고번호가 계속해서 떠 있었다.

"오늘 오후 백만우는 새싹유치원으로 몰래 숨어들어 원장 한 모 씨와 유치원 교사 두 명을 살해했습니다. 유치원에 숨어 있던 백만우는 가장 먼저 등교한 원생 김 모 양을 성폭행한 후 도주했습니다. 현재 김 모 양은 의식이 없다고 합니다."

"맙소사! 저거 미쳤어. 미친 새끼!"

어머니가 격분해 소리쳤다.

"현장속보입니다. 어린이집 등교 버스를 탈취해 경찰과 추격전을 벌인 백만우가 운전하던 유치원 등교 차량이 몇 분 전 가드레일을 들이받고 화재에 휩싸였습니다. 등교 차량에 탑승해 있던 어린이 23명 전원이 사망하고, 추적 중이던 경찰차가 전복되어 차량에 타고 있던 경찰 역시 사망한 것으로 확인됐습니다. 경찰은 도주한 백만우를 쫓고 있습니다."

"저거 생방이지? 사망한 경찰, 혹시 아버지 아냐? 몇 분 전이라잖아!"

어머니는 하얗게 질려 아버지의 휴대폰으로 전화를 걸었다. 도이는 불길한 생각에 사로잡혀 아버지가 전화를 받기를 초조하게 기다렸다.

"전화 안 받어. 어쩌니?"

"아버지 아냐. 제발 좀!"

도이는 소리쳤고, 어머니는 핏기 없는 얼굴로 아랫입술을 깨물었다.

그때 어머니의 휴대폰이 울렸다.

"여보!"

어머니가 자지러질 듯 소리쳤다.

"당신 사고 난 줄 알았잖아!"

어머니가 울먹였다. 아버지와 통화가 되자 도이는 안도했다.

"엄마, 전화기 좀. 아빠랑 할 말 있어!"

도이는 어머니의 휴대폰을 가로채듯 건네받았다.

"아빠, 백만우가 운전한 차량에 나 좀 데려다줘. 그러면 백만우가 어디로 도망갔는지 잡을 수 있을 거야."

"지금 무슨 소리를 하는 거야? 아버지 바빠. 엄마랑 문 꼭 잠그고 집에 있어. 그 새끼가 어디로 튈지 아무도 몰라."

아버지는 전화를 끊었다.

자신의 능력으로 백만우를 추적할 수 있다. 경찰서로 가면 아버지를 만날 수 있을 것이다. 자초지종은 가서 설명하면 된다. 도이는 황급히 외투를 걸치고 현관으로 향했다.

"너, 어디 가?"

"아빠 만……."

아버질 만나러 간다고 말하려던 도이는 그 자리에서 얼어붙었다.

어머니의 뒤에 누군가가 서 있었다. 공포가 숨통을 막아 비명조차 지를 수 없었다. 그것은 자신의 목으로 차가운 쇠붙이가 스윽 들어오는 것을 느낀 어머니도 마찬가지였다.

세찬 빗소리에 자신의 심장 뛰는 소리조차 들리지 않았다. 숨이 쉬어지지 않았다. 언제 집 안으로 숨어든 것일까. 내내 엄마와 함께 집 안에 있었는데 놈이 오는 기척을 알아차리지 못했다. 보이지 않는 신의 손이, 놈이 숨어든 프레임 하나를 도이의 타임라인 속으로 슬쩍 끼워 넣은 것 같다.

침입자의 벙거지모자 챙을 따라 빗물이 뚝뚝 떨어졌다. 송곳처럼 서늘하고 음습한 시선. 도이의 이빨에 살점이 뜯겨 나간 한쪽 뺨은 벌겋게 곪아 있었다. 바로 백만우였다.

놈이 씨익 웃었다.

"나 기다렸냐?"

어머니가 입 모양만으로 도망가, 라고 말했다.

"도망가, 도망가야 맞지."

백만우는 새된 목소리로 모녀를 놀렸다.

"어, 엄마."

어머니는 백만우에게 인질이 된 채로 도이만을 쳐다봤다. 그 눈은 빨리 도망가라는 말만 반복하고 있었다.

도이는 어떻게 해서든 놈의 관심을 다른 곳으로 끌어 어머니가 도망칠 틈을 벌어줘야 한다고 생각했다. 하지만 마음에 없는 소리라도 놈을 기다렸다는 말은 뱉고 싶지 않았다.

"맥주 하나 갖고 와."

"······?"

"니네 아버지 기다리려면 시간이 좀 걸릴 테니, 안주도 챙기고."

'아버지를 기다린다?'

순간 머릿속에 몰살이라는 단어와 서진구의 첫 범죄가 동시에 떠올랐다. 폭주하는 놈은 도이의 가족을 몰살시키는 것으로 모든 것을 끝낼 생각을 하는 것 같았다.

"내가 셋을 세면 너는 냉장고로 뛰어가는 거야. 하나, 둘."

셋, 하는 순간 도이는 거실로 뛰어올랐고, 그 순간 어머니가 풀썩 쓰러졌다.

어머니의 목에서 스프링클러 같은 선혈이 사방의 벽으로, 마루 위로······.

모든 것이 붉어졌다. 도이는 짐승 같은 비명을 지르며 칼을 쥔 백만우에게 달려들었다. 백만우 역시 도이에게 달려들며 칼을 거꾸로 쥐고 도이를 향해 내리찍었다.

도이는 날아오는 칼을 손등으로 막고 그대로 팔을 돌려 놈의 칼 쥔 팔을 감아 끌어 내리면서 반대쪽 손으로 목과 명치를 연이어 타격했다.

커컥―. 바닥으로 칼이 떨어졌다.

공격을 받은 놈은 비틀거리며 뒤로 물러나면서 주머니 속으로 손을 집어넣었다. 놈이 손을 빼는 순간, 도이는 두 손을 동시에 내밀어 공격했다. 한쪽 팔로는 전기충격기를 잡은 놈의 팔을 막고, 그와 동시에 다른 팔로 놈의 턱을 쳤다. 버스팅이라는 이 기술은 스피드가 생명이다. 생존을 위해 만들어진 기술인 만큼 급소 공격이 가능하며 그만큼 치명적이다.

생각지 못한 공격을 받은 백만우는 도이의 주먹에 턱을 맞고 나자빠졌다. 놈이 정신을 차리지 못하는 사이, 도이는 놈에게 당했던 그대로 전기충격기를 집어 들고 놈의 목에 꽂았다. 놈은 상체를 떨면서도 칼을 찾아 바닥을 더듬었다.

'움직이지 마. 제발 좀 죽어.'

도이는 그 칼을 집어 들고 놈의 몸 어딘가에 깊숙이 꽂아 넣었다.

'죽어.'

정적이 찾아왔다. 놈의 눈동자가 움직임을 멈췄다.

"엄마!"

어머니의 동공은 허공에 머물렀고 몸은 이미 싸늘했다.

'그놈은 이 세상에 태어나지 말았어야 했어.'

도이는 덜덜 떨면서 휴대폰을 손에 쥐었다. 피 묻은 손에서 휴대폰이 미끄러졌다. 허리를 굽히고 다시 주워봤지만 이번에도 악력이 들어가지 않아 또 놓쳤다. 도이는 울음을 터뜨리며 가까스로 휴대폰을 집어 들고 구급차를 불렀다.

선혈로 얼룩진 끔찍한 실내도, 피웅덩이 속에 누워 있는 어머니의 모습도, 움직이지 않는 백만우도 모두 비현실적이었다.

시선을 돌리는 곳은 모조리 붉었다. 부들부들 떨며 욕실로 기어갔다. 붉은색은 그녀의 얼굴과 목, 티셔츠에도 점점이 튀어 있었다. 도이는 끊임없이 자신에게 생각을 불어넣었다.

'침착해. 침착해, 이도이.'

도이는 몸을 덜덜 떨면서 생각에 집중했다.

백만우는 언제부터 그녀의 집 안에 숨어 있었던 것일까.

'내가 들어올 때? 아니면 오후 내내? 생각해, 이도이. 생각해, 생각해!'

빗물이 벙거지모자 챙을 타고 떨어지던 순간이 떠올랐다.

도이가 샤워를 하고 어머니가 닭죽을 끓이며 뉴스를 듣느라 분주한 동안 놈은 어딘가를 통해 이 집 안으로 들어왔던 것이다.

자신의 방 안에 숨겨둔 아버지의 권총이 떠올랐다. 도이는 방으로 뛰어들어가 책상 서랍을 뒤졌다. 이상하게도 신문지에 돌돌 말아 숨겨둔 권총은 어디에도 없었다. 그제야 그 사건을 당하지 않은 도이의 평행세계가 분기되었을 때 살던 집도 달라졌다는 것을 기억해냈다. 이성을 잃은 상태가 되자 도이의 기억은 몇 번에 걸쳐 분기됐던 평행세계의 기억과 현재의 기억이 뒤죽박죽되어버렸다.

백만우가 이 집에 숨어든 순간을 추측할 수 있으니 자신의 잔류사념에 접촉해 아침부터 이 집에서 나가 놈을 피하라고 알려

주면 어머니가 죽지 않은 평행세계를 분기시킬 수 있다. 그리고
아버지에게 전화를 걸어 놈이 침입할 거라고 알려주고 경찰이
잠복하도록 하면 잡을 수 있을지도 모른다. 하지만 그것은 근원
적인 해결책이 아니었다.

　미칠 것만 같던 그때, 갑자기 어떤 생각이 그녀의 뇌리를 번개
처럼 가로질렀다. 도이는 그 생각을 놓칠까 봐 입술을 깨물며 두
눈을 가늘게 떴다. 자신과 석윤 그리고 지석, 이 셋의 접점이 뭔
지 알 것 같았다. 그것은 일말의 가능성이었지만 어째서인지 가
슴이 파르르 떨렸다. 지석을 만나면 전직 조사관과 만날 수 있
다. 그가 열쇠를 쥐고 있었다.

　지석의 연락처를 찾아야겠다고 생각할 때였다.

　―도이야, 지금 당장 내가 알려주는 집으로 가서 우리 아버질
만나. 널 도와줄 거야.

　지석의 생각이 훅― 들어왔다.

3장

빨간 고무대야에 앉은 아기

　지석이 알려준 주소는 미늘동의 2층 단독주택으로 도이가 최초로 잔류사념과 만난 곳이었다. 그곳을 찾아온 도이는 순간 당황했다. 지금 그 집은 그녀의 평행의식 속 기억에 있던 집과는 완전히 다른 모습으로 변해 있었다. 외부 계단은 없어지고 1층과 2층은 하나의 건물처럼 리모델링되어 있었다. 옆집과 쌍둥이 집이었는데 이젠 조금도 닮은 점이 없었다.

　대문은 없어지고 보안카메라가 달린 육중한 철문이 대문 겸 현관이었다.

　현관 앞에서 서성이고 있자 가벼운 기계음과 함께 철문이 자동으로 열렸다. 도이는 어리둥절해하며 천천히 걸어 들어갔다.

　실내에 위층으로 이어지는 내부 계단이 있었다. 무심코 고개를 들어 위층을 올려다보던 도이는 그녀를 내려다보는 낯익은 얼굴과 마주쳤다. 석윤이었다. 석윤은 자상의 흉터로 눈동자를 제외하곤 멀쩡한 곳이 하나도 없는 얼굴로 도이를 쏘아보듯 내려다봤다. 도이는 고개를 젖힌 채 그 얼굴을 조금의 편견도 없이 마주 봤다.

잠시 후 석윤은 도이의 주저함 없는 눈빛이 마음에 드는지 싱긋 웃었다.

"이도이 사범이죠?"

"네."

지석으로부터 도이가 찾아올 거라는 말을 들은 것 같았다. 지석은 석윤에게 어디까지 이야길 했을까.

"지석이 친구라니 말 놓을게. 웹사이트에서 영상 봤어. 실물이 훨씬 나은데? 그런데 무슨 일이지? 지석인 네가 올 거란 말은 안 했는데?"

"지석이 아버님을 만나러 왔어요."

"선생님은 곧 오실 거야. 거기 앉아 기다려."

도이는 석윤이 거기라고 말한 의자에 앉아 집 안을 천천히 둘러봤다.

아래층은 주방과 함께 긴 책상이 중앙을 가로지르고 소파 의자와 딱딱한 목조 의자들이 여러 개 놓여 있었다. 책장마다 법과 법의학, 범죄 관련 서적으로 빼곡하게 채워져 있었다.

긴 책상 앞에 세워져 있는 투명한 플라스틱 유리벽엔 알 수 없는 그림과 숫자들이 적혀 있었다.

석윤은 어떤 세계를 꿈꾸면서 이런 집을 만든 것일까. 그 꿈이 바로 석윤의 현재이자 형형한 눈빛 속에 숨겨둔 어둠일 것이다.

"지석인 알바 뛰는 중이라 일 끝나고 나중에 올 거야. 지석이한테 연락해줄까?"

"아뇨. 괜찮습니다. 저는 선생님만 만나면……."

"뭣 좀 마실래?"

석윤은 무슨 소리를 들은 것인지 휴대폰을 보더니 계단에서 내려왔다. 그때 현관문이 열리고 휠체어가 스윽 들어왔다. 휠체어에 앉은 노인은 전직 조사관이자 지석의 아버지였다. 그 뒤로 현직 조사관 황인준이 휠체어를 밀며 들어왔다.

"다녀오셨어요?"

석윤은 노인의 휠체어로 다가갔다. 황인준은 휠체어를 석윤에게 맡기고 노인의 무릎 위에 놓인 서류가방을 집어 들고 책상쪽으로 갔다.

"저 아이는?"

"아, 예. 지석이 도장 친구예요. 선생님을 만나러 왔다고 합니다."

노인은 휑한 눈으로 도이를 바라봤다. 도이는 그들을 다시 만난 것이 기뻤지만 동시에 두려웠다. 도이는 고개를 숙여 인사했다.

"선생님께 여쭙고 싶은 것이 있어 찾아왔습니다."

노인은 휠체어 바퀴를 움직여 도이 앞으로 와 멈췄다. 황인준은 노인의 곁에 서서 도이를 주시했다.

"제가 알고 싶은 것은 서진구에 대해서예요."

도이가 서진구라는 이름을 입에 올리자 그들은 놀란 듯 서로 눈빛을 주고받았다.

"서진구는 15세에 일가족 몰살 사건에 가담했어요. 서진구가 가담했다는 일가족 몰살 사건에 대해 알고 싶어요. 주범은 누구고 어떻게 되었는지, 그리고 가담한 사람이 서진구뿐이었는지."

"네가 서진구를 어떻게 알고 있지? 그리고 서진구가 15세에 일가족 몰살 사건에 가담했다는 건 도대체 어떻게? 그 사실을 아는 사람은 나뿐이다."

"아, 아버지가 형사셔서……."

도이는 대충 얼버무렸다.

"수사기관에 있더라도 네 아버지 나이라면 그 사건을 알 리가 없고, 또한 범죄 이력을 조회한다고 해도 알 수 있는 사실이 아니야. 서진구는 보호처분을 받았기 때문에 전과기록도 남아 있지 않으니까."

"혹시 서진구가 가담했다는 사건 공범 중 나기만과 백만우라는 이름이 있나요?"

노인은 흠칫했지만 곧 침착한 표정으로 돌아왔다.

황인준 역시 찻잔을 책상 위에 내려놓으면서 의혹에 가득 찬 얼굴로 도이를 쳐다봤다. 석윤은 노인과 도이의 대화를 신중하게 경청했다.

"나기만, 백만우 외에도 한 사람이 더 있었어."

"……?"

"김철태, 열아홉 살. 주동자였지. 백만우는 현재 쫓기고 있고 나기만과 서진구는 이 세상 사람이 아니야. 지석이 친형 역시."

노인은 이렇게 되어서 시원섭섭한 듯 한쪽 입술 끝을 잠시 올렸다 내렸다.

"그들은 모두 1970년 5월 7일 서울 종로구 봉제공장 일가족 몰살 사건의 공범이었어. 말하자면 소년범들이었지. 그리고 내가 나기만, 서진구, 백만우의 조사관이었고."

도이는 두 눈을 동그랗게 떴다. 그녀가 추측했던 그들의 접점이 맞아떨어졌다.

"주동자 김철태는 열아홉 살이었지만 사형됐고, 나기만, 서진구, 백만우는 14세, 15세란 이유로 보호처분을 받았지. 그때까지만 해도 18세 이상 20세 미만의 소년범을 사형시키는 경우는 매우 흔한 일이었어. 만약 지금이라면 김철태는 사형당하지 않았겠지. 석윤이가 서진구에게 당했다는 걸 알게 되었을 때 억장이 무너지더군. 그리고 지석이 의붓아버지가 나기만이었다는 사실 역시도 믿어지지가 않았고. 두 아이를 불행하게 만든 놈들이 내가 담당했던 소년범들이었으니까. 물론 그 소년범들에게 보호처분을 선고한 것이 나는 아니었지만, 조사관으로서 냉철함 대신 연민과 동정심으로 조사에 임했다는 걸 후회했어. 결국 내가 써낸 조사보고서가 판사가 심리를 하는 데 중요한 역할을 했을 테니까."

"그렇게 흉악한 일을 저질렀는데 어떻게 연민과 동정심이 생겼는지 이해가 가질 않네요?"

도이는 그들 셋이 계속해서 저질러온 범죄들을 떠올리며 분개했다.

"그때 나는 불우한 가정환경으로 인해 비행을 저지른 소년들을 이 사회로부터, 가정으로부터 지켜내야 하는 역할을 맡은 조사관이었으니까. 나부터도 불우한 어린 시절을 보냈기 때문에 가난, 부모의 부재, 폭력적인 환경이 청소년들에게 어떤 영향을 끼치는지 잘 알고 있었지. 그들 넷 모두 가정환경이 몹시 좋지 않았어."

노인은 조사관으로서 마땅히 지녀야 할 마음을 갖고 있었다. 그는 자신의 직업에 충실했을 뿐이다.

"그런데 넌 왜 그런 걸 묻는 거지?"

석윤이 미간을 찌푸리며 물었다.

"난 그 소년범들이 첫 범죄를 저지르지 않도록 만들 수 있으니까요."

도이가 예상했던 대로 그들은 놀라지 않았다. 혼란스러워하지도 않았다.

"지석이에게 이미 들으셨겠지만, 전 평행세계를 분기시킬 수 있는 능력을 가지고 있어요."

"그런 아이가 있다는 지석이 말을 믿지 않았는데……."

노인이 말끝을 흐렸다.

"우리도 평행세계라는 것의 개념은 알고 있어. 새로운 평행세계가 분기된다고 해도 이곳의 우리는 여전히 같은 상황에 처할 뿐이야. 그렇다면 굳이 다른 평행세계를 분기시켜야 할 이유가 있을까?"

"이곳의 선생님 의식은 평행세계가 분기될 때마다 함께 분기돼요. 평행의식이 머무는 곳이 현실인 거죠. 조사관님 두 분도,

지석이와 석윤 형도 저와 함께 몇 번의 평행세계를 건너왔어요. 하지만 그 사실을 기억할 수 없는 여러분은 지금 이 순간만이 현실인 거죠. 서진구도 나기만도 존재하지 않는 평행세계라면 황인준 선생님은…….”

도이가 자신의 이름 석 자를 말하자 황인준의 얼굴을 떠돌던 불신의 표정이 싹 사라졌다.

“서진구에게 따님과 부인을 잃지 않을 것이고, 석윤 형 역시 멀쩡한 얼굴로 부모님과 함께 살고 있을 겁니다. 서진구와 나기만 그리고 백만우, 이들에게 살해당한 사람들 모두 살아 있겠지요. 저는 그들에게 타의에 의해 잃어버린 생을 누리게 해주고 싶어요.”

그들이 생각에 잠겨 있는 동안 어디선가 삡— 하는 전자음이 들렸다.

석윤은 재빨리 휴대폰을 꺼냈다. 액정 화면을 확인하던 석윤의 얼굴이 딱딱하게 굳어졌다.

“비상연락이에요.”

석윤은 전송받은 영상을 재생했다. 화면에는 경찰 차량 두 대와 검은 차량이 미늘동 진입로나 마찬가지인 항아리칼국수 집 앞길을 통과하는 영상이 나오고 있었다.

“피해야겠는데요?”

집 안의 기류가 돌변했다.

“그래서 우리가 뭘 어떻게 도와주면 되지?”

미심쩍어하던 노인이 다급하게 물었다. 그때 현관 초인종이 울렸다. 석윤은 재빨리 현관 감시카메라에 연결된 휴대폰 화면을 확인했다.

"형사들이에요."

"일가족 몰살 사건이 일어났던 그 봉제공장의 위치를 알려주세요!"

도이가 말했다.

"문 열어. 다 알고 왔으니까 협조해, 얼른. 안 열면 문 부수고 들어간다."

꽝, 경찰이 문을 쳤다. 손잡이를 돌리며 다시 고함을 질렀다.

"체포영장 발부됐으니까 순순히 손들고 나와!"

석윤은 현관 맞은편의 책장을 밀었다. 그러자 벽과 책장 사이로 틈이 나타났다. 석윤은 틈 아래의 한쪽 바닥을 발로 눌렀다. 바닥 아래에 어디로 연결되는지 알 수 없는 탈출구가 있었다.

"여길 따라가면 지하철 다리 밑 하천 길이 나올 거야."

도이는 재촉하듯 노인을 돌아봤다.

노인이 뭐라고 말하자 조사관이 빠르게 받아 적었다. 조사관은 잰걸음으로 걸어와 쪽지를 도이에게 건넸다.

"김석윤! 안에 있다는 거 알아! 문 열어!"

현관문 뒤에서 경찰이 문을 두드리며 소리쳤다.

"어서 가."

석윤이 도이를 재촉했다.

"혀, 형은?"

갑자기 튀어나온 형이라는 말에 도이 자신도 석윤도 흠칫 놀

364

랐다. 석윤은 이내 부드러운 눈빛으로 도이를 바라봤다.

"우린 여기 남을 거야. 네가 우릴 자유롭게 해줄 테니까."

석윤은 지금이라는 듯 고개를 끄덕였다. 도이는 어두침침한 바닥으로 뛰어내렸다.

>>>

"경찰이다. 거기 서!"

좁고 악취 나는 통로를 얼마나 달렸을까. 앙칼진 여자 경찰의 목소리가 지하통로에 울렸다.

'붙잡히면 갇힌다!'

도이는 돌아보지도 멈추지도 않았다. 통로의 끝을 향해 필사적으로 달리다 보니 사람들의 목소리가 들려오기 시작했다. 조금 더 달리자 바깥의 소리들이 더 선명해졌다. 마침내 통로가 탁 트이며 길이 나왔다.

공기가 달라졌다. 차가운 공기 속으로 아직 채 가시지 않은 듯한 비 냄새와 흙먼지 냄새가 묻어났다. 다리 밑이었다.

멀리서 경찰차 사이렌 소리가 들려왔다.

"거기 서. 쏜다!"

뒤따라 달려온 여자 경찰이 정조준 자세로 테이저건을 치켜들고는 도이와의 거리를 좁혀왔다.

도이는 최대한 겁에 질린 척 두 손을 번쩍 들었다. 여자 경찰이 오른손에 테이저건을 든 채 왼손으로 수갑을 꺼내려 살짝 몸을 돌린 순간, 도이는 섬광 같은 속도로 몸을 돌려 테이저건을 쥔 경찰의 손목을 차냈다.

어려 보이는 소녀라 방심했을 여자 경찰은 그대로 나자빠졌다. 도이는 여자 경찰을 타고 앉아 그녀의 두 손에 수갑을 채웠다.

사이렌 소리가 점점 가까워지고 있었다. 석윤의 집에서부터 추적해온 것 같았다. 지하철역과 다리 사이에 경찰차 한 대가 도착하고 경찰들이 내렸다. 도이를 발견한 경찰들이 다리 쪽으로 내려왔다. 도이는 그들을 피해 밤 산책 중인 사람들 틈으로 뛰어들었다. 누군가 도이의 옆을 스치며 말했다.

"따라와."

땀에 젖은 도이는 거친 숨을 뱉으며 남자를 돌아봤다. 지석이 그곳에 있었다.

쫓기고 있다는 사실도 잊은 채 도이는 반가워 활짝 웃었다. 지석도 싱긋 미소 지었다.

"저기 앞 계단 위에 내 오토바이가 있어. 뛰어."

필사적으로 달려 계단을 뛰어오른 두 사람은 길가에 세워놓은 오토바이에 올라 그 자리를 떠났다.

오토바이는 퀵, 긴급배송이라는 광고문구와 함께 전화번호가 페인트로 적혀 있었다. 지석은 교통체증으로 밀리고 있는 차들의 틈 사이를 곡예하듯 빠져나갔다.

도이는 지석의 허리를 끌어안은 두 팔에 힘을 줬다.

노인이 알려준 봉제공장이 있던 장소로 가는 동안 지석은 노인에게서 들은 봉제공장 일가족 몰살 사건의 전말을 알려줬다.

4장

뉴월드 복합상가

지석이 휴대폰으로 뉴월드 복합상가 건물에 대해 빠르게 검색하는 동안, 도이는 알전구 조명등에 어슴푸레 드러난 뉴월드 복합상가 건물을 소름 끼치는 눈으로 바라봤다.

악마들이 태어난 곳이 이곳이라니. 도이는 믿을 수가 없었다. 검은 선팅지가 붙어 있던 무수한 유리창들. 이곳은 민주가 살해당한 곳이자 어린 도이가 백만우에게 성폭행을 당한 곳이었다. 이곳에서 일가족 몰살 사건까지 일어났다니. 이 사악한 건물은 대체 무엇일까.

"야, 완전 쌈박한 기사 찾았어. 들어봐. 과거 봉제공장이었던 건물은 봉제공장 사장의 양아들 김철태가 용돈을 훔치기 위해 사장 일가족을 무참히 몰살시킨 전대미문의 사건이 벌어진 후 리모델링된 건물이다."

지석은 검색한 기사를 끝까지 읽었다.

"현재 6층짜리 상가건물은 지하 1층, 지상 4층 상가와 2층 아파트를 겸한 주상복합건물로 1970년대엔 3층짜리 건물이었다. 당시 이 건물은 3층 건물 전체가 봉제공장으로 사용됐고 그때 3층은 열세 살 남짓한 어린 여공들에게 세를 놓던 곳이었다. 사장 가족의 본가는 다른 곳에 있었지만 사장의 처와 어린 딸은 대부분의 시간을 1층에 딸린 사무실과 3층 301호실에서 보냈다고 한다."

베일에 감싸인 듯한 건물은 외부에서부터 압도적인 사념이 느껴졌다. 그 사념의 기운을 느낀 것인지 안대에 갇힌 오른쪽 눈이 먹잇감을 발견한 짐승처럼 고개를 바싹 쳐들었다.

"이 건물 꽤 무시무시한데? 1999년에 상인 한 사람이 자기 식구를 도끼로 살해한 다음 이웃가게 가족까지 죽이고 상가 사람들 모두를 죽이려다가 체포된 사건, 2006년에 어린 소녀가 성폭행당한 채 죽은 '조현조' 사건, 2015년에는 광신도들이 집단 자살한 사건이 있었어."

"그렇잖아도 오른쪽 눈이 난리야. 빨리 풀어달라고. 들어가보자."

두 사람은 건물 안으로 들어갔다. 이미 불이 꺼져 있거나 문을 닫고 있는 가게도 보였다. 상가는 거의 파장 분위기였지만 옷을 파는 매장만큼은 시끌벅적했다. 요란한 인기가요가 클럽 못지않게 큰 소리로 흘러나오고, 저녁식사를 마치고 밤마실을 나온 듯 편안한 차림의 여자들 몇몇이 바로 옆 호두과자 가게에서 산 호두과자를 우물우물 씹으면서 옷을 고르고 있었다.

"나, 잠시 화장실 좀."

잠시 후 화장실에서 나온 도이는 지석과 함께 중앙 홀로 들어섰다.

"나 지금부터 안대를 벗을 거야."

"……?"

"안대를 벗으면 양쪽 눈이 각각 다른 방향으로 움직여서 사람들이 날 보면 비명을 지를지도 몰라. 각오는 되어 있겠지?"

"모자를 쓰고 있으니까 자세히 보지 않으면 거의 눈치 못 챌 거야."

도이는 오른쪽 눈의 안대를 벗었다. 오른쪽 눈은 지금까지 갇혀 있어 갑갑했다는 듯, 주변을 살피며 도이가 찾고자 하는 잔류 사념을 쫓기 시작했다.

"여긴 엉망이야. 강한 사념들이 여기저기에 쌓여 있어. 날 좀 잡고 걸어줘. 왜곡이 너무 심해 현실감각도 없고 어지러워."

지석은 도이의 팔짱을 꼈다. 홀을 함께 걸으면서 도이의 오른쪽 눈동자의 움직임을 흥미롭게 지켜봤다.

일가족 몰살 사건이 벌어진 곳은 당시 3층의 공장 주인부부와 아이가 임시로 지내던 301호였다. 3층 건물은 미싱을 가져다 놓을 공간을 확보하기 위해 원래 2층이었던 건물을 개조해 복층 형식으로 한 층을 더 집어넣은 구조로, 천장이 낮아 여공들은 허리를 숙인 채 움직여야 했다고 한다.

도이는 3층으로 이동했다. 3층 복도로 들어서자 형광등 불빛을 받아 반지르르한 복도 위에 사람들이 집단으로 누워 있는 잔류사념이 보였다. 움직임이 없는 것으로 보아 모두 죽은 것 같았다. 2015년에 광신도들이 집단 자살한 사건이 있었다고 했는데 아마도 이 주변이 사건현장인 것 같았다.

도이는 한 곳에 멈춰 섰다. 어느 순간, 갑자기 오른쪽 눈이 바깥 방향으로 돌았다. 도이의 머리도 그 방향을 따라 획획 꺾였다. 쇼핑을 하고 지나가던 사람들이 놀란 얼굴로 도이 주변을 피해 갔고, 빤히 쳐다보는 사람들도 있었다.

도이는 우뚝 멈춰 섰다. 오른쪽 눈이 사념들 중 특히 강한 사념을 찾아내 초점을 맞췄다. 그러자 왼쪽 눈이 죽었고 머리의 비정상적인 움직임도 멈췄다. 오른쪽 눈은 무수한 세월의 프레임 속에서 각성제를 먹어가며 밤늦도록 잔업하는 열세 살에서 열다섯 살 정도의 소녀들에게 주목했다. 도이는 나머지 프레임들을 건너뛰고 보고자 하는 프레임 속으로 들어갔다.

여공들은 손에 빵을 들고 졸린 눈을 비비며 수다를 떨었다. 야간작업을 하려면 무엇보다 졸음이 큰 적이었다. 공간은 여공들의 한숨과 웃음소리가 미싱 돌아가는 소리와 뒤섞여 있었다.

졸다가 재봉틀의 바늘이 뚫고 지나간 손가락에서 선홍색의 핏방울이 떨어지고 환풍기나 창문이 없어 재봉할 때마다 피어오르는 미세한 섬유 가닥들과 먼지가 어린 소녀들의 호흡기 속으로 빨려들어갔다.

천장이 낮아 허리를 낮추고 움직이는 여공들의 얼굴은 말할 수 없이 창백했다.

한 여공이 파리한 얼굴을 옆으로 떨어뜨린 채 눈을 감고 있었다. 가

날프고 앳된 소녀는 13세 정도로 보였다.

그때 누군가가 소녀를 불렀다.

소녀는 화들짝 놀라며 그쪽으로 고개를 돌렸다.

도이는 소녀를 따라 고개를 돌렸다. 그곳에 눈빛이 좋지 않은 남자가 서 있었다. 남자는 키가 크고 뼈대가 굵었지만 전체적으로 몸에 살이 없었다. 남자가 오른쪽 검지를 까닥이며 소녀를 호출했다.

김철태는 방문을 열어둔 채로 소녀를 데리고 들어갔다. 방 안엔 술 냄새와 담배 연기가 가득했다. 방 안에 세 명의 소년이 더 있었다. 얼굴은 앳된데 눈빛이나 표정은 어려 보이지 않았다. 상 위에 빈 술병과 담배꽁초가 쌓여 있었다. 김철태는 잔업 급식 빵이 가득 담긴 종이상자를 소녀에게 보여줬다. 그것이 무엇을 의미하는지 눈치챈 소녀가 도리질 치며 나가려 하자 김철태가 소녀의 뺨을 세게 때렸다.

소녀가 뺨을 맞고 바닥으로 쓰러지자 그는 세 소년이 보고 있는 가운데 소녀를 강간했다.

입술 끝에 미소를 머금은 채 강간 장면을 구경하는 세 소년의 눈빛이 흐늘거렸다. 자신도 모르게 머릿속에선 김철태의 손과 혀가 되고 김철태보다 더한 행위를 하는 상상의 나래를 펼쳤다. 신체의 나이는 어리지만 그 눈빛은 이미 성인남자 못지않은 성적인 음란함으로 빛나고 있었다.

강간을 지켜보는 세 소년에게는 소녀에 대한 동정심도, 뭔가 잘못되고 있다는 일말의 양심이나 죄책감도 없었다.

일이 끝나고 나자 김철태는 바지를 끌어 올리며 말했다.

"다음은 진구."

침을 삼키며 기다리고 있던 서진구가 무릎걸음으로 다가와 허리춤을 풀었다.

"기만이."

서진구가 끝나고 나자 김철태는 또 다른 소년을 불렀다.

백만우의 차례가 되었다. 백만우는 마지못해 행위를 하려고 했지만 실패했다. 소년들은 백만우를 놀리며 웃어댔다. 돌아가며 여공을 능욕한 후 김철태는 제대로 걷지도 못하고 우는 여공을 발로 걷어차 쫓아냈다.

김철태는 서진구와 백만우 그리고 나기만을 앞에 앉혀놓고 말했다.

"저 아래 여공들 싹 다 내가 한 번씩 따먹었어."

"싹 다?"

서진구가 되물었다. 순간적으로 눈빛에 적개심이 떠올랐다가 사라졌다. 뭔가 마음에 들지 않는 표정이었다.

"싹 다. 그래서 이젠 재미가 없어. 대학생 년들을 후려야겠어. 그러려면 데이트 자금이 있어야 하는데."

히죽히죽 웃던 김철태는 갑자기 진지한 얼굴로 세 소년을 보며 말했다.

"지금 아버진 큰년 데리고 어디 가고 없고 301호엔 사장 마누라랑 막내가 낮잠 자고 있어."

김철태에게 아버진 봉제공장의 사장이었다.

양어머니가 되는 사장의 아내를 사장 마누라라 부르는 김철태의 목소리엔 증오심이 묻어났다.

김철태는 고아로 봉제공장 시다로 들어와 자식이 없는 부부의 양아들이 되었다. 하지만 곧 사장 아내에게 아이가 들어섰고 그때부터 사장 아내는 김철태를 미워했다.

김철태에게 사장 부부와 딸들은 남보다 못한 존재로 낙인찍혔다.

사장 아내는 성격이 포악하고 안하무인인 김철태를 당장이라도 내보내고 싶지만 보복이 두려워 그냥 두고 있었다. 김철태는 이런 양어머니의 심리상태를 누구보다 빨리 눈치챘고 양어머니와 시선이 마주칠 때마다 언젠가는 내가 널 죽여버릴 거야, 그러니까 날 건드리지 말라는 위협적인 눈빛을 담아 지그시 바라보곤 했다.

사장 아내는 나날이 김철태가 목엣가시처럼 꼴 보기 싫었다. 말로 하진 않았지만 사장 아내의 눈빛, 차가운 말투, 행동에서 그 감정이 고스란히 흘러나왔고 그 감정을 느낀 김철태의 무의식 속엔 사장 부부를 죽이고 싶다는 욕망이 점점 구체적으로 자라기 시작했다.

평소에 알고 지내던 서진구와 나기만, 백만우를 이 일에 가담시키기로 했다. 서진구와 백만우는 둘 다 시골에서 상경한 놈들로 백만우는 아버지의 폭행이 두려워 도망쳤고, 서진구는 중학교를 졸업하고 고등학교에 진학하지 않았다. 열네 살에 벌써 동네 누나를 성폭행한 전적이 있는 놈이었다. 나기만은 성적 취향이 남달랐는데 김철태는 나기만의 잔인한 성격을 좋아했다.

용돈털이가 목적이라고 했지만 김철태의 진짜 목적은 꼴 보기 싫은 양어머니를 죽이는 것이었다. 두 여동생과 양아버지는 그에게 잘 대해줬기 때문에 용서해줄 생각이었다.

"하지만 형 얼굴이랑 우리 얼굴 알잖아?"

백만우가 말했다.

"얼굴을 아니까 방심할 거 아냐."

"나중에 경찰 부를 텐데?"

"그 전에 주둥이를 뭉개버려야지."

"돈은 어딨는지 알아?"

"알아."

넷은 눈을 빛내며 자리를 털고 일어났다.

"나, 형 양엄마 따먹어도 돼?"

서진구가 김철태에게 은밀히 속삭였다. 김철태는 서진구를 흘겨보며 씨익 웃었다.

김철태는 양어머니가 문을 열어주자마자 그녀를 세게 밀치고 안으로 들어갔다.

양어머니의 저 눈. 그를 쳐다볼 때마다 더러운 벌레 보듯 하는 저 눈. 그는 안으로 들어서자마자 양어머니를 바닥으로 쓰러뜨린 뒤 준비해 간 회칼로 눈을 찍었다.

"악!"

도이는 움츠리며 두 눈을 와락 감쌌다.

지나가던 사람들이 도이를 빙 둘러서서 구경하기 시작했다. 도이에겐 웅성대는 현실의 소리들이 들리지 않는 것 같았다. 사람들이 휴대폰을 꺼내 동영상을 찍기 시작했다.

"찍지 마세욧!"

지석이 사람들을 향해 소리쳤다. 두 사람은 지금 경찰에 쫓기

고 있었다. 동영상이 퍼지면 경찰이 달려올 게 뻔했다. 위험한
상황이었다.
"도이야!"

양어머니는 눈에서 피를 흘리고 비명을 지르면서도 막내딸을 보호하
기 위해 필사적이었다.

"도이야! 정신 차려!"

김철태, 서진구, 나기만은 양어머니가 필사적으로 저항하는 만큼 빨
리 죽으라고 온몸에 칼끝을 박아 넣었다.
"이 씨발년, 왜 이렇게 빨리 안 죽어?"
서진구는 김철태와 나기만을 밀어내고 피를 흘리며 죽어가는 여자에
게 올라타 강간했다.

"이도이!"

마침내 핏물로 흥건해진 바닥 위에 누운 양어머니가 움직이지 않았다.
문이 활짝 열린 화장실 안, 붉은 고무대야에 물을 받아놓고 목욕 놀
이를 하던 세 살짜리 막내아이는 넋이 나간 얼굴로 멍하니 앉아 있었
다. 아이의 시선은 목이 뒤로 젖혀진 채 필사적으로 딸의 모습을 담으
려는, 죽어가는 엄마의 시선에 멈춰져 있었다.

아이는 그 작은 눈동자로 온몸에 피를 묻힌 채 죽어가는 엄마를 바라보며 무슨 생각을 했을까. 아이는 방 안에서 요동치는 끔찍한 광기에 우는 것조차 잊은 채 앉아 있었던 것이다.

안 되겠다 싶어진 지석은 도이를 업고 복도를 뛰었다.

"너, 재 처리해."

김철태가 백만우에게 명령했다.

백만우는 화장실 안으로 들어가 문을 닫았다.

서진구가 비닐옷장 안에서 현금을 찾아 세고 있을 때였다. 누군가 문을 여는 소리가 났다.

사장과 열 살짜리 큰딸 목소리가 들렸다. 문 바로 뒤에 서 있던 김철태와 나기만은 양어머니의 부엌에서 가지고 온 망치와 식칼을 단단히 고쳐 잡았다.

도이의 눈은 백만우가 들어간 화장실 안으로 따라 들어갔다.

백만우는 물방울이 마르지도 않은 채 앉아 있는 작은 여자아일 빤히 쳐다봤다. 태어나서 처음 보는 여자아이의 몸이었다.

아이는 옆에 사람이 와 있는지도 모른 채 멍하니 앉아 있었다.

백만우는 창백하고 반지르르 윤이 나는 아이의 뺨을 향해 천천히 손을 뻗었다.

화장실 밖에서 김철태의 양아버지가 지르는 비명과 서진구가 사장 딸을 강간하면서 내뱉는 욕설, 엄마를 부르는 사장 딸의 울음소리가 들려왔다.

미움을 받는다고, 기분이 나쁘다고 사람을 죽이는 '사람'은 없다. 부모가 없다고 가정이 불행하다고 사람을 죽이는 '사람'은 없다. 죽어가는 여자를 타고 앉아 강간할 수 있는 '사람'은 없다.

'신이 있다면, 신이시여, 저 괴물들을 두 번 다신 세상 밖으로 내보내지 마옵소서!'

5장

4인의 공범

　미늘동 석윤의 집 앞에 형사로 보이는 사람들이 잠복 중인 것
이 보였다. 잔당을 잡으려는 것 같았다. 다행히 온라인 어디에도
지석과 도이에 대한 직접적인 언급은 없었다.

　도이는 지석을 데리고 주짓수 도장으로 갔다.

　아무도 없는 도장 안, 도이와 지석은 컴퓨터를 켜고 "일가친
척 조직 연쇄살인"을 검색했다. 온라인엔 석윤의 집 내부와 비
상 탈출구까지 자세히 공개되었다. 또한 경찰에게 체포되는 일
가친척 멤버인 십대 소년들, 미늘동에 진을 치고 있는 경찰들의
모습이 담긴 사진이 온라인 곳곳에 올라와 있었다.

　두 팔이 포승줄로 묶이고 마스크와 후드로 얼굴을 가린 석윤
과 조사관이 경찰들에 의해 끌려 나오고 또 다른 경찰이 전직 조
사관의 휠체어를 미는 장면이 찍힌 사진도 있었다.

　두 사람은 뉴스 동영상을 찾아 재생했다.

"일가친척이라는 이름으로 은밀하게 활동해온 그들은 수년 동안 약 25명의 흉악범죄 전과자들을 살해한 후 시신은 토막 내 돼지사료로 사용해왔다고 합니다. CCTV 설치회사를 운영하는 안 모 군, 전직 소년부 조사관과 현직 조사관, 현직 검사와 현직 범죄 프로파일러, 연쇄살인 전과자 및 비행청소년까지 일가친척 조직원은 바로 우리들의 옆집에 사는 사람들이었습니다. 경찰은 일가친척 조직원의 소탕을 위해 면밀한 작전에 들어갔습니다. 이들이 살해한 범죄자들은 모두 전과 10범 이상의 전력을 가지고 있는 것으로 밝혀졌습니다. 그들은 출소 후 또다시 같은 범죄를 저지르려 했기 때문에 억울한 피해자를 만들지 않기 위해 처단할 수밖에 없었다고 합니다. 특히 김 모 군은 2006년 서진구 사건으로 어머니를 잃었고 얼굴엔 심한 자상을 입어 스스로를 사회로부터 격리시킨 채 살아왔으며, 인터넷을 통해 만난 김 군의 공범 소년들 역시 흉악범죄의 피해자들이었습니다. 김 군은 반성하지 않는 전과자는 '사람'이 아니므로 '사람' 세상에 살 자격이 없다고 당당하게 말했습니다. 또한 죽어 마땅한 자들을 사형시킴으로 살아 마땅한 잠재적 피해자들을 구했으므로 자신들은 죄를 짓지 않았다고 주장했습니다. 법원은 이 사건을 국민참여재판으로 돌리겠다고 발표했습니다. 다음은 화재 사건입니다."

"그 아이는 어떻게 됐을까?"

도이는 뉴스를 끄면서 멍하니 중얼거렸다.

"그 아이?"

"빨간 고무대야에 앉아 있던 아이 말이야."

"죽지 않았을까. 그놈이 가만히 놔뒀을 리가 없을 테니까."

"이름이 뭘까. 혹시라도 살아 있진 않을까? 살아 있다면 지금 몇 살쯤 되었을까?"

"살아 있다고 해도 그게 산 것일까?"

"그랬겠지. 아무리 아이라도 그런 걸 봤으니."

도이는 의자에서 일어나 테이블 가장자리에 등을 기대고 비스듬히 섰다. 한동안 뭔가를 생각하더니 이윽고 고개를 들고 지석을 쳐다봤다.

"날 그 집으로 부른 건, 네 양아버질 만나게 해줄 의도였지?"

지석이 고개를 끄덕였다.

"왜 그런 생각을 했어?"

"아버지가 조사를 맡았던 소년 사건에 대해 듣던 중, 석윤 형의 가해자와 나기만 그리고 백만우가 그 사건의 공범이었다는 걸 알고는 충격 제대로 먹었지. 그러던 중에 네가 접점이라는 생각을 떠올렸고 그 순간, 때가 되었다는 직감이 왔어. 이 사실을 네가 안다면 다른 세상에서 살아볼 수도 있겠다는 생각이 든 거야."

그렇게 말하던 지석의 얼굴에 문득 쓸쓸한 표정이 떠올랐다. 도이는 그 표정을 이해할 수 없다는 듯 바라봤다.

"사실, 나는 내가 일가친척의 조직원이라는 게 싫어. 택배로 여러 곳을 돌아다니면서 우리가 처단할 놈들의 신상과 위치를 파악하는 일을 해왔지만, 엄연히 여긴 법이 있는 곳이고 법을 어기는 일을 계속해선 안 된다고 생각했어. 아니, 그것보다 난……
손에 피를 묻히며 사는 삶이 끔찍해. 언제 잡힐지 불안에 떨어야 하는 순간순간도 무섭고. 난 범죄와는 상관없는 평범한 삶을 살아보고 싶어. 지금 생각해보면 범죄와는 상관없는 삶이라는 것이 애당초 실현 가능성이 있나 싶어. 어찌 되었든 범죄도 사회현상의 일부분이니까. 하지만 너라면 이 모든 일들이 발생하지 않은 평행세계를 분기시킬 수 있잖아? 나도 네 덕분에 그런 세상에서 다른 삶을 살아보고 싶어. 그러니까……."

지석은 말끝을 흐렸다.

"매번 새로운 평행세계가 분기됐을 때마다 나는 여전히 한 번뿐인 생을 살고 있다고 믿겠지만, 그래도 지금은 네 덕분에 꽤 많은 인생을 살았다는 거 알고 있어."

"그 독버섯들을 자멸시켜야겠어."

도이가 말했다. 단호한 말투였다.

"자멸시킨다고? 어떻게?"

지석은 호기심과 기대로 두 눈을 반짝였다.

도이는 휴대폰으로 시간을 확인했다. 새벽 1시가 되어가고 있었다. 상가는 문을 닫았을 시간이었다.

"나, 그 상가에 다시 들어갈 거야."

도이가 말했다.

><

도이는 지석의 도움을 받아 뉴월드 복합상가 여자 화장실의 유리창을 힘껏 밀었다. 낮에 방문했을 때 여자 화장실 창문 잠금장치를 열어두고 나왔다. 거미줄이 잔뜩 꼬여 있는 걸 보니 오랫동안 문을 연 적이 없는 것 같아서 관리인의 눈에 띄지 않으리라 생각했다. 예상대로 문은 도이가 틈을 벌려둔 그대로였다. 유리창이 뻑뻑해 두 사람이 힘을 합치자 겨우 열렸다.

두 사람은 어둠에 잠긴 상가 복도를 천천히 걸었다. 두 사람의 나지막한 목소리와 발소리가 서늘한 어둠 속을 꽉 채웠다.

"네 생각대로 된다면 우리는 어떻게 돼? 다시 만날 수 있어?"

지석이 물었다. 말투에 아쉬움이 느껴졌다.

도이는 말없이 미소 지었다.

"글쎄."

"흠."

지석은 만감이 교차하는 듯한 얼굴로 주머니에 양손을 찔러넣은 채 복도를 걸었다.

"여섯 살에 집을 도망친 후 많은 일들을 겪었고 죽을 고비도 넘겼지만 세상은 생각만큼 무서운 곳이 아니었어. 오히려 무서운 건 나기만의 통제하에 살아가야 했던 폐쇄된 그 집이었어. 세상 밖엔 예측할 수 없는 다양성이 있었지만 폐쇄된 그 집엔 다양성이 존재하지 않았거든."

도이는 고개를 끄덕였다.

"아무튼 이도이."

지석이 멈춰 섰다.

"너라는 녀석, 신기한 녀석이야. 죽을 때까지 너 같은 녀석은 두 번 다시 만날 수 없겠지. 고맙다. 내게 용기가 뭔지 알게 해줘서."

지석이 도이를 향해 두 팔을 내밀었다. 작별인사였다. 두 사람은 멋쩍어하며 포옹했다.

지석이 두 팔에 힘을 줬다. 진공 비닐 속에 담겨 있던 지석, 함께 손목을 긋던 지석, 그리고 석윤. 그들과 함께했던 날들이 도이의 뇌리를 스쳐 지나갔다.

몇 분 후, 도이는 김철태의 방이 있던 위치에 섰다. 지금은 그곳에 구두수선 가게가 있었다.

"이 악마들이 사라진다고 세상이 좀 더 안전한 곳이 될까?"

"지옥으로 많이 보내면 보낼수록 여긴 안전해지겠지. 하지만 제2, 제3의 악마들이 계속해서 나타날 거야. 그럼 그때마다 네가 새로운 평행세계를 분기시켜줘."

"내 능력이 언제까지 지속될진 나도 몰라."

자신의 머리로는 도무지 이해할 수 없는 이런 능력이 석윤도 지석도 아닌 자신에게 주어진 이유는 알 수 없지만, 불가사의한 것들의 움직임이 자신을 택했고 그 힘은 그녀를 이용해 선과 악의 균형을 맞추려는 것이란 확신이 들었다.

도이가 가진 능력은 언젠가는 사라져 다른 사람에게 갈 것이다. 어째서인지 그런 생각이 들었다. 어떤 것이든 영원한 것은 없으니까.

가능하다면 석윤도 그 조사관도 지석도 그녀 자신도 범죄의
피해자가 아닌 세계에서 만나고 싶었다.

도이는 지석을 돌아보며 사념 속으로 들어갈 테니 뒤를 부탁
한다는 신호를 보냈다.

지석은 고개를 짧게 끄덕인 다음 손전등의 스위치를 껐다.

어둠의 일부를 밝혔던 손전등 불빛이 꺼지자 도이도 지석도 어
둠 속으로 사라졌다. 도이의 오른쪽 동공만이 환하게 살아났다.

6장

악인의 머릿속에 생각을 불어넣는 방법

김철태의 방에는 열다섯 살 서진구와 열여덟 살 백만우 그리고 열네 살 나기만이 앉은뱅이상을 가운데 두고 앉아 있었다.

열아홉 살 김철태는, 코밑수염이 거뭇거뭇하게 난 데다가 유달리 광대뼈가 돌출한 얼굴에 뼈대가 굵고 장발이었다. 열네 살 나기만은 앳된 얼굴에 키가 작지만 몸이 단단해 보였고 까까머리를 하고 있었으며, 열다섯 살 서진구는 키가 크고 오랫동안 떠돌아다닌 아이처럼 어딘지 불안해 보이는 눈빛의 소유자였다. 그 때문인지 자신의 나이보다 더 나이 들어 보였다. 열여덟 살 백만우는 그 나이에 벌써 검은 머리카락 사이에 새치가 섞여 있었다. 앞머리가 눈썹을 덮고 있어 인상이 잘 드러나지 않았지만 약간 어리숙해 보인다고 느껴질 정도로 매시매초 배시시 웃었다.

소년들은 술이 들어가 벌겋게 물든 얼굴로 호기롭게 건배를 하고 불공평한 세상을 안주 씹듯 씹었다. 나기만과 백만우 그리고 서진구는 김철태가 술을 권할 때마다 넙죽넙죽 받아먹었다. 백만우는 간헐적으로 혀를 내밀어 두터운 아랫입술을 핥곤 했다. 어린 여공을 자신의 방으로 끌어오기 전의 시간이었다.

사람을 믿지 않는 김철태는 그의 말이면 뭐든 하는 백만우를 아꼈는데 양아버지가 늘 웃고 있는 백만우를 김철태의 뒤를 이을 재단사로 키우려 한다는 것을 알고부터는 백만우를 경쟁자로 생각하고 있었다.

"애 낳고부터는 그 씨발년이 나를 벌레 보듯 하는 거야. 말만 양아들이었지 나는 이 집 종이었어. 밥, 설거지 다 시키면서 정작 돈을 손에 쥐어야 하는 장보기는 안 시키데. 날 안 믿는다는 거지. 지금도 속이 울렁이는 건 두 딸년 똥 기저귀를 내가 빨았다는 거야."

김철태는 양어머니에 대한 불평불만을 털어놓고 있었다.

"그년은 용돈을 안 주면서 부모 자식 간에는 돈을 주고받지 않는다네, 차라리 종이었으면 봉급이라도 받지. 그나마 사장이 가끔 담뱃값 하라고 돈을 쥐어주긴 하지만 그걸로는 연애도 못 해. 한번은 한국대학 앞에 가봤는데 대학생 년들 쭉쭉빵빵 얼마나 예쁜지 여기 공순이들이랑은 비교가 안 돼. 냄새부터가 달라. 이 형도 대학생이랑 연애하고 싶다 이거 아니가."

"대학생 가스나들 좋지."

서진구가 고개를 끄덕이며 술 한 잔을 더 입에 털어 넣었다. 백만우는 술잔을 내려다보며 아무런 대꾸도 없이 비실비실 웃었다.

—웃는 것 좀 봐. 저 새끼 속으로는 날 비웃는 거야.

김철태는 백만우가 왜 그런 식으로 웃는지 순간적으로 짜증이 났다. 마치 자신을 비웃는 것 같은 기분이 들었기 때문이다.

—형, 형, 하면서 따라붙어도 사실은 나만 없어지면 좋겠다고 기회를 엿보는 거 아냐. 새끼, 재수 없어.

서진구가 백만우 술잔에만 술을 따랐다.

"이 씨발놈아, 내 잔에는 왜 안 따라?"

"어익쿠, 못 봤어. 형, 내 눈이 썩었네."

"썩은 눈깔 뭣하러 달고 다녀?"

김철태가 시비를 걸었다.

백만우가 흘끗 김철태를 쳐다봤다. 그 눈빛을 김철태는 놓치지 않았다.

—저거 봐. 부모 없는 호로자식이라고 저것들이 날 깔보는 거지.

백만우는 시선을 내리깔면서 다시 한 번 비실비실 웃었다.

김철태는 상을 걷어찼다.

"씨발놈아, 왜 자꾸 실실대?"

"그냥 웃었어. 왜 그래, 형?"

"그냥 웃어? 씨발 새끼가 언제부터 은근슬쩍 반말 찍찍이야."

"아 씨발, 우리 늘 반말했잖아."

—난 재단사고, 이 공장 물려받을 사람인데 이것들 하는 짓 좀 봐. 같이 술 마셔준다고 이것들이 동급으로 생각하네. 존경심이라고는 없어.

"씨발아, 그냥 웃는 새낀 실성한 새끼 말고 있나?"

김철태는 백만우의 가슴팍을 걷어찼다.

—내가 위란 걸 알려줘야지, 겁대가리를 상실한 새끼. 이참에 군기를 단단히 잡아놔야지.

도이는 계속해서 속삭였다.

김철태가 일어나 서랍을 열고 칼을 꺼내자 뭔가를 직감한 듯 백만우가 빈 소주 병 목을 잡았다.

"어쭈, 그걸로 나 찌르게? 이 씹새끼 그거 버려."

"혀, 형부터 버려."

백만우가 자신감 없이 이야기했다.

"형, 수향이 건드렸어?"

술로 인해 얼굴이 벌겋게 달아오른 서진구가 도끼눈을 치켜뜨고 물었다.

"수향이?"

김철태는 대답 대신 비웃듯 웃었다.

도이는 이번엔 서진구의 귀에다 속삭이기 시작했다.

─당연하지. 저 새끼가 수향이도 따먹은 거야. 수향이라고 놔뒀을 리가 없지. 씨발놈.

서진구의 눈빛에 살기가 일었다.

나이는 열넷이지만 동물 학대를 즐기고, 찔러서 붉은 액체가 나오는 것들 중 사람이 가장 손맛이 짜릿하다고 여기는 놈이다. 서진구는 두 눈을 가늘게 떴다.

"씨발!"

서진구가 바닥을 뒹구는 소주 병의 목을 쥐고 일어나 책상 모서리를 세게 쳤다.

─꼴값잖은 놈. 너보다 나이는 어려도 내가 얼마나 좆같은 놈인지 보

여줄게.

 도이는 서진구에게 속삭이고 곧바로 김철태에게 속삭였다.

 ―약 좀 올려줄까?
 "수향이 엉덩이 토실토실하던데 그래?"
 김철태가 두 눈을 희번덕거리며 몰아붙였다.
 광란의 살인극이 벌어지기 시작했다.
 누군가가 방 안을 훔쳐보고 있었다. 소년들에게 죽은 줄 알았던 양아버지가 손을 덜덜 떨며 경찰서에 전화를 걸고 있었다.

 네 명의 공범은 서로를 죽였다. 도이는 자기 자신에게 이토록 잔인한 면이 있는 줄은 몰랐다. 모든 사람들 속엔 악마가 있다는 말을 이해할 수 있을 것 같았다. 대부분의 사람들은 자신 속의 악마와 싸우지만 이들은 자신 속의 악마가 속삭이는 말에 귀를 기울인다. 왜냐하면 악마들은 그들의 본성이 듣고 싶어 하는 말을 해주기 때문이다. 도이 역시 그들의 귀에 그들이 듣고 싶어 하는 말을 해준 것뿐이었다.
 이것은 끝이 아니었다. 제2, 제3의 김철태, 나기만, 백만우, 서진구가 나타날 것이다. 자신의 능력 따윈 아무래도 좋다고 생각했던 적이 있었다. 하지만, 네 명의 공범들이 한 짓을 현장에서 직접 보고 나니 현실의 법만으로는 해결할 수 없다는 사실을 절감했다.

6부

시작과 끝

1장

제1평행세계 ─ 내일이 없는 소녀

도이는 시합 중 부상으로 병원으로 실려 왔다. 이동침대에 실려 병원 복도로 들어왔을 때부터 묘한 기분이 들었다. 그 묘한 기분을 한마디로 정의할 수는 없었지만 불쾌한 느낌 속에 친근함이 느껴졌다. 마치 기분 나쁜 기억들로 가득 찬 고향으로 돌아온 느낌. 오른쪽 눈이 무엇인가를 보고 싶어 했다. 그때서야 도이는 고향으로 돌아온 것 같은 기분이 자신이 느끼는 감정이 아니라, 오른쪽 눈이 느끼는 감정임을 깨달았다.

평행의식 어디에도 이 병원에 온 기억은 존재하지 않았다. 오른쪽 눈이 느끼는 공포감과 익숙함에 위화감이 들 뿐이었다.

잠에서 깨니 아버지가 침대 곁에 앉아 졸고 있었다. 도이는 왼쪽 다리에 깁스가 되어 있는 것 외엔 멀쩡했다. 의자 등받이에 기대 앉아 머리를 뒤로 젖히고 입을 크게 벌린 채 졸고 있는 아버지를 가만히 바라봤다. 아버지는 도이의 시선을 느꼈는지 잠에서 깼다.

"괜찮냐?"

아버지는 속상한 얼굴로 딸의 깁스한 다리를 쳐다봤다.

"아빠, 나 이 병원에 와본 적 있어?"

"아니, 이 병원은 처음인걸. 너야 워낙 튼튼한 체질이라 병원에 올 일이 좀처럼 없었어."

아버지는 시계를 보더니 아직도 달라붙어 있는 잠의 흔적을 씻어내려는 듯 얼굴을 손으로 훑어 내리더니 일어났다.

"좀 있다가 엄마가 오실 거야. 엄마 오시면 같이 퇴원하면 돼. 아버진 가봐야겠어."

도이는 고개를 끄덕였다.

아버지는 옆 침대의 환자에게 살짝 인사를 하고는 병실을 나갔다.

도이의 침대 발치 쪽 커다란 유리창 너머로 해가 지고 있었다. 짙은 오렌지색 노을빛이 병실 안을 물들였다. 노을빛은 병실의 벽과 침대 시트와 환자들의 얼굴, 환자복으로 스며들었다.

갑자기 오른쪽 눈이 반항하듯 심하게 요동쳤다. 도이는 하는 수 없이 안대를 풀었다. 잠시 후, 겹쳐진 사념들을 파고들던 오른쪽 눈은 보고 싶어 하던 사념을 찾은 것인지 마침내 고요해졌다. 병실의 풍경이 달라졌다. 침대에 심하게 다친 한 소녀가 누워 있었다. 어린 소녀는 산소호흡기를 달고 있었고 어머니와 아버지로 보이는 중년의 남자와 여자 그리고 의사가 서 있었다. 중년의 남자와 여자는 확실히 도이의 어머니와 아버지였고 산소호흡기를 달고 누워 있는 환자는 바로 도이 자신이었다.

도이는 멍하니 오른쪽 눈이 보여주는 사념을 바라봤다.

2006년 12월 13일.

담당의사가 들어왔다. 그는 침울한 표정으로 바싹 긴장해 있는 도이의 부모를 돌아본 후 담담하게 말했다.

"이도이 환자의 뇌사 검사를 진행했습니다. 최종적으로 뇌사 판정 위원회에서 뇌사 판정이 내려졌구요. 2006년 12월 13일 오후 7시 사망했습니다."

의사의 통보에 도이의 어머니 한수명이 무너졌다. 아버지 이상민은 넋이 나간 얼굴로 아내를 부축했다.

"장기기증 절차는 곧 보호자 동의 아래 진행될 예정입니다."

"아니에요. 의사선생님, 뭔가 잘못됐어요. 한 번만 더……."

한수명은 울부짖으면서 침대 위의 어린 딸을 돌아봤다.

통통 부은 얼굴, 물어뜯긴 뺨과 팔, 오른쪽 눈에서 흘러나오는 붉은 진물, 온몸에 꽂은 플라스틱 튜브. 여덟 살밖에 안 된 어린 딸의 몸은 멀쩡한 곳이라고는 없었다.

"아이고, 아이고. 짐승보다 못한 놈! 그 짓이 하고 싶으면 그냥 하고 말지, 왜 애를 저 지경으로…… 저 지경으로, 그놈은 멀쩡하게 교도소에서 세끼 밥 다 처먹으면서 살아 있는데 왜 내 딸이 죽어야 해! 왜 내 딸이 죽어야 하냐고! 누가 그놈 좀 죽여주세요. 누가 제발, 그놈 좀 사형시켜주세요. 그놈이 멀쩡한 두 다리로 걸어 나오면 안 돼요. 안……."

한수명은 자신의 가슴을 미친 듯이 두들기며 울부짖다가 의식을 잃었다.

"산소호흡기는 제가 떼겠습니다. 그때가 언제가 될진 저도 몰라요. 장기기증 절차는 그때 밟겠습니다. 멀쩡한 장기가 있을진 모르겠지만요. 전 도이가 초등학교를 졸업하고, 중학생, 고등학생으로 자라는 걸 지켜보고 싶었어요. 어떤 아이로, 어떤 모습으로 자라 있을지 너무 궁금하거든요. 중고등학교 무사히 마치고, 첫사랑이라는 것도 해보고, 평생 함께할 남자도 만나고, 결혼도 하고 아이도 낳고, 그런 일상을 누린다는 것이 그렇게 어려운 일이었다는 걸 몰랐습니다. 제 딸은 누구나 다 가보는 그 길을 가보지도 못하게 되었네요. 도이야, 아버지 말 들려? 그것들 다 해봐야지. 꼭 일어날 거지? 뇌사 판정을 받고 일어난 사람도 있다고 들었어. 네가 일어날 때까지 아버진 산소호흡기 안 뗄 거야. 선생님, 저는 당분간 산소호흡기 안 뗄랍니다."

이상민이 담담하게 말했다.

아마도 그 순간이었을 것이다. 도이는 두 개의 평행세계가 동시에 분기하는 것을 봤다. 산소호흡기를 떼고 사망선고를 받는 도이와 뇌사상태에서 깨어나는 도이.

도이는 자신이 조현조로 살았던 과거를 지우기 위해 가람동 아파트 입구에서 사념을 읽던 순간을 떠올렸다. 그때 노을이 지고 있었고 노을빛 아래로 두 명의 도이가 보였었다.

두 개의 평행세계가 동시에 분기되는 순간을 목격한 것은 묘하게도 두 경우 모두 해질녘이었다는 사실을 깨달았다. 그리고 지금, 그녀의 병실엔 붉은 노을빛이 내려앉았다.

도이가 그날 사망하면서 동시에 사망하지 않는 평행세계가 분기되었던 것이다.

사망하지 않는 평행세계의 도이는 중학생이 되었고 고등학교 2학년이 되었으며 남들이 보지 못하는 것을 보는 능력을 얻었다. 도이는 확실히 깨달았다. 죽음 이후에도 계속된 생을 살아온 도이는 평행세계의 '나'였던 것이다.

어느 쪽이 현실인지는 중요하지 않았다. 답은 확실했다. 매시 매초 자신이 선택하는 곳이 현실이다.

도이가 사망선고를 받은 그날 저쪽 평행세계의 부모님은 어떻게 지낼까. 가슴이 아팠던 도이는 이 병실에 남아 자신을 기다려온 잔류사념에 접촉하기로 마음먹었다. 어쩌면 이것이 그녀가 가진 능력을 사용하는 마지막 순간이 될 것이라는 생각이 어렴풋이 들었다.

도이의 어머니 한수명은 한밤의 야산을 헤매며 집에 돌아오지 않는 도이를 찾아다니는 꿈을 꾸다가 소스라치게 놀라 잠에서 깼다. 어깨와 귓전에 소름이 오소소 내려앉아 있었다. 도이의 목소리를 들었기 때문이었다.

—엄마, 이제 그만 놔줘.

분명 도이가 자신의 귀에 대고 그렇게 말했었다.

한수명은 딸의 침대를 돌아봤다. 산소호흡기를 달고 있는 침대 위의 도이는 뇌사 판정을 받은 순간과 똑같은 자세로 누워 있었다. 어디에도 움직인 듯한 흔적은 보이지 않았다.

"도이야, 도이야?"

한수명은 도이의 어깨를 가볍게 잡고 흔들었다.

자신이 들은 것은 분명 도이의 목소리였다. 도이일 리가 없다고 확신하면서도 마음 한 켠에선 제발 도이이길, 도이가 뇌사상태에서 벌떡 일어나 말을 건 것이라는 실낱같은 희망을 붙잡고 싶었다.

"여보, 왜 그래?"

병실로 들어서던 남편이 놀라서 아내의 곁으로 왔다. 한수명은 소리죽여 울음을 터뜨렸다.

"도이가 찾아왔었어."

"무슨 소리를 하는……."

말을 멈추고 입을 꾹 다문 채 아내를 바라보는 남편의 두 눈에 눈물이 가득 고여 올랐다.

두 사람은 각자 다른 곳을 바라보면서 흐르는 눈물을 닦았다.

"도이가 이제 그만 놔달래."

"……."

"그곳에 우리도 있대."

수명은 울음을 참고 담담해지려 애썼다.

"거기 여기랑 꼭 같은 세상이 있대."

"거기가 대체 어딘데?"

"여기와 꼭 같은 평행세계래."

"평행세계?"

"도이는 거기서 지금 고등학교 2학년이래."

"고2? 어이고, 우리 딸 많이도 자랐구나."

이상민은 울다가 웃다가 아랫입술을 꽉 깨문 채 한수명이 말을 잇기를 기다렸다.

"거기서 사는 도이는 특공무술도 오랫동안 배워서 웬만한 성인남자도 일당백으로 싸워 이길 수 있을 만큼 실력이 있대."

"또……."

"거기서 난 아이들을 대상으로 피아노 교습을 하면서 매일 밤 얼굴에 팩을 하며 지내고 당신은 실력 있고 좋은 형사에 자상한 아버지래."

"또, 또, 더 말해봐. 그것뿐이야?"

"거긴 백만우가 없대."

이상민은 고개를 끄덕이며 아내를 끌어안았다.

"거기가 어디면 어때."

"응. 거기가 어디면 어때. 우리 도이가 고2라는데. 그게 꿈이든 내가 환청을 들은 거든, 난 그 말을 믿고 싶어."

이상민이 고개를 끄덕였다.

"도이가 우리 그만 자유로워지래."

"우리 도이가 보고 싶어지면 그땐 어떡해."

"가끔 이렇게 당신이나 나한테 귓속말을 해주러 오겠대. 이제 가고 싶은가 봐."

"보내주자. 저 몸이 얼마나 고단하겠어."

부부는 서로의 눈을 가만히 응시하며 서로의 뺨에 얼룩진 눈물을 닦아줬다. 성폭행으로 인해 뇌사 판정을 받은 여덟 살 딸을 보낼 시간이 온 것이라 확신했다.

2장

제7평행세계 — 교복 입은 소년

나는 매일 아침 눈을 뜨면 오늘은 어떤 세계인지 확인한다.

지금 이 세계는 봉제공장에서 몰살당한 일가족을 살리고 공범 네 명의 운명을 그 자리에서 끝내버린 후 분기된 평행세계다.

참극의 현장에서 욕실의 빨간 고무대야에 담겨 있던 어린 소녀의 이름은 허삼순. 이 세계에서의 소녀는 '허삼순 모직'이라는 대기업 섬유회사의 회장이 되었다. 허삼순 모직은 모든 직원에 대한 공평하고 질 높은 대우로 많은 사람들이 입사하고 싶어 하는 패션기업 1위다. 오랫동안 심장병 어린이들을 후원해온 그녀의 선행이 간간이 뉴스에 나올 때마다 어린 소녀를 살린 내 선택이 옳았음을 떠올리며 미소 짓는다.

허삼순 외에도 놈들에게 살해당했던 피해자들은 새로이 분기된 이 세계에선 살아 있다. 그들은 어떤 모습으로 살아가고 있을까.

그런 일을 한차례 겪어봤기에 생의 소중함을 깨닫고 열심히 살아가고 있을까, 아니면 이 세계에서는 그런 일을 겪지 않았기 때문에 생의 소중함을 전혀 깨닫지 못하고 현실에 대한 불평으로 가득 차 살아가고 있을까?

버스에서 내려 조금 걷던 나는 머리를 뒤로 젖히며 멈춰 섰다. 머리 위로 거대한 나뭇가지가 뻗어 있다.

나는 조금 뒤로 물러나 겨울나무 전체를 바라봤다.

아스팔트를 뚫고 올라와 하늘을 찌를 듯 자라 있는 고목. 한 뿌리에서 올라가 여러 갈래로 갈라진 가지들이 마치 크고 작은 길 같다. 저 가지 하나하나가 우리가 선택할 때마다 분기되는 평행세계라고 생각하면 우리는 죽기 전까지 얼마나 많은 평행세계를 분기시키는가.

이 세계는 매시매초 자연스럽게 누군가의 '선택'에 따라 계속 분기되는 세계이지만, 내가 그들과 달랐던 것은 '생각이라는 환청'을 통해 시공간을 넘나들고, 선택의 기회를 잃은 사람에게 그 기회를 다시 제공할 수 있었다는 것이다.

이제 그 특별한 능력은 사라졌지만 평행의식만은 또렷이 남아 있다. 이 이상한 세계의 정체를 알고 나자 나는 세상을 관조하게 되었고 어떤 힘든 일이 일어나도 두려워하지 않게 되었다. 매번 선택하면 새로운 세계가 펼쳐지니까.

지석과 석윤이 떠올랐다. 그들은 지금 어디에서 어떤 삶을 살고 있을까. 나는 민주를 돌아봤다. 민주는 아까부터 우울한 표정이었다. 혼자만의 생각에 잠겨 교복 상의 주머니에 두 손을 찔러 넣은 채 우두커니 서 있었다.

"왜 그래? 걱정 있어?"

"나 사실, 저번 중간고사 망쳤어. 이번 기말 끝나고 진지하게 전과할까 생각 중이야. 그런데 부모님께 말할 자신이 없어. 이과에서 문과 간다고 하면 기절하실 테니까. 나 정말 의대엔 관심이 1도 없어. 그건 내 꿈이 아니라 우리 할머니 꿈이거든. 우리 할머니가 지금 암이신데 할머니 돌아가시기 전에 내가 의대 가는 걸 꼭 봐야겠대. 억지로 의대 들어가도 공부가 적성에 맞지 않으면 그걸 어떻게 견뎌? 나, 이러지도 저러지도 못하고 사실 요즘은 다 싫고 딱 죽어버리고 싶어."

민주는 커다랗게 한숨을 쉬었다.

중간고사라. 나로 말할 것 같으면, 꼴찌에 가깝다. 하지만 다음 시험엔 잘할 자신이 있다. 필사적으로 공부해보자는 쪽을 선택했으니까.

"네 마음이 가는 대로 선택해. 네가 어느 쪽을 선택하든 선택하는 순간 새로운 운명이 펼쳐지니까. 그 길에서 어떤 일이 일어날지는 아무도 몰라. 어쩌면 그 길을 네가 좋아하게 될지도 모르고."

"의사 따위 절대로 좋아하지 않을 거야! 확실해!"

민주는 무슨 말이냐는 얼굴로 나를 봤다.

"만약 네가 누군가를 살렸고 그 가족이 네게 울먹이면서 감사한다면 그땐 의사로서 뿌듯함 같은 걸 느낄 거 아냐?"

"헐, 그게 나랑 무슨 상관이람."

말은 그렇게 하지만 민주는 마음이 약해서 그 가족의 손을 잡고 같이 울 친구다.

"그것도 아니면 의사는 돈을 많이 벌 테니 그 돈으로 네가 좋아하는 VR 게임 완벽하게 설치해놓고 휴가 때나 퇴근 후엔 친구들이랑 집에서 게임하면서 스트레스 풀면 되잖아?"

"쳇, 그건 상상만 해도 설레네."

"쯧쯧. 하지만 역시, 네 선택에 그 누구도 이래라저래라 간섭하도록 내버려두지 마. 나도 마찬가지. 그 사람들은 네 선택을 책임져줄 사람들이 아니니까."

"와! 센데? 이도이? 그치? 그치?"

"네가 단호하게 나오면 네 부모님도 어쩔 수 없을 거야. 그만큼 확신이 있다고 생각하실 테니까."

민주는 침울했던 표정을 지우고 웃었지만 역시 자신이 없는 건지 이내 풀이 죽었다.

아무래도 선택의 비밀을 모르는 사람에게 '선택'이란 어려운 것이다.

"나중에 네 선택이 잘못된 거란 생각이 들면 그땐 또 다른 선택을 하면 돼. 살아 있는 한 계속해서 선택할 수 있으니까 얼마나 다행이니? 저 나무의 가지처럼 계속해서 선택이라는 가지를 뻗어나가면 되는 거야. 그러는 동안 너라는 나무가 완성되어가겠지."

민주는 머리를 뒤로 젖히고 내가 가리키는 나무를 멍하니 바라보았다.

"저 나무는 몇 살이나 되었을까? 나는 고작 열여덟 살인데. 그럼 저렇게 많은 나뭇가지처럼 나도 계속해서 선택해도 되는 걸까? 그래도 된다면 실패가 두렵지 않을 거 같아."

선택이 두려운 이유는 실패가 두렵기 때문이다. 실패해도 된다고, 실패해도 다른 선택을 하면 된다는 허락을 받는다면 용감해질 수 있을 것이다.

"응, 그래도 돼."

내 허락이 무슨 힘이 있을까? 하지만 나는 진심을 담아 대답해줬다. 우리 나이엔 지지해주는 친구 한 명만 있어도 힘이 나기 마련이니까.

"이도이!"

나를 부르는 소리에 돌아보니 지석이 헐레벌떡 뛰어오고 있었다.

"나 붙었어! 붙었다고! 어젯밤까지 연락이 안 와서 떨어졌다고 생각하고 있었는데 방금 연락 받았어."

"뭐? 뭔데?"

민주가 두 눈을 동그랗게 뜨고 물었다.

"얼마 전에 청소년 대상, 새로운 소년법 제시안 공모전 했잖아. 거기 붙었어! 아흑, 흑흑."

"축하! 난 자신 없어서 안 했는데."

민주는 축하한다면서도 부러운지 입술을 부루퉁하게 내밀었다.

"난 니가 붙을 줄 알았어."

"오늘 방과 후에 우리 집 가자. 아버지가 한턱 쏘신대."

보기 좋게 상기된 지석의 행복한 표정을 보니 덩달아 행복해졌다. 지석의 수많은 표정을 알고 있는 나는 마치 내 자신이 수천 년은 된 고목 같다는 기분이 들었다.

"야, 넌 진짜 글 하나는 잘 쓰더라. 넌 좋겠네. 진로가 확실하잖아."

우리는 진학 문제를 놓고 이야길 하면서 걸었다. 교문을 몇 미터 앞두고 있을 때였다. 갑자기 앞쪽에서 걷던 학생들이 수군대며 일제히 뒤를 돌아봤다. 남학생들은 질투심, 여학생들은 묘한 기대감에 빠진 얼굴이었다. 우리도 얼떨결에 뒤돌아봤다.

"어제 전학 온 3학년 선배래. 다들 난리야."

학교 소식통인 민주가 속삭였다.

교복을 입은 소년이 걸어오고 있었다. 길쭉한 다리, 딱 벌어진 어깨. 상처 하나 찾아볼 수 없는 말끔한 얼굴을 한 소년이 양쪽 손을 바지주머니에 찔러 넣고 이어폰을 낀 채 의젓한 걸음걸이로 걸어오고 있었다. 자신을 쳐다보는 시선들을 향해 환한 미소로 답해주며 내 앞을 지나치던 그는 나를 흘끗 돌아봤다. 잠시였지만 넝쿨손을 그려주던 사려 깊은 눈동자와 눈이 마주쳤다. 소년은 싱긋 웃으면서 고개를 돌렸다.

교복 입은 석윤을 보는 것은 처음이었다.

교복이 너무 잘 어울려 코끝이 찡했다.

평행세계를 소재로 한 『내일이 없는 소녀』는, 타임루프를 소재로 한 『월요일이 없는 소년』의 스핀오프다.

언젠가 사고를 크게 당한 적이 있다. 정신을 차리니 며칠이 지난 후였다. 병원을 나오면서 참 이상하다는 생각이 들었다. 나는 분명 죽은 것 같은데, 죽었다는 기억이 없는 것이다. 그날 죽은 것 같았던 나는, 집으로 돌아갔고 대학을 졸업하고 직장을 다니고 결혼을 했고 작가로 살아가고 있다. 현재의 이 삶은 무엇이며 나는 누구일까.

평행세계에 대한 모티브는 여기서 시작되었다.

범죄 피해자들은 시간이 흐르면 사회로부터 잊힌다. 허구의 세계인 소설 속에서나마 범죄 피해로 인해 살아보지 못한 삶을 살아보도록 해주고 싶었다.

소설의 처음부터 시작해 제1평행세계를 읽기 전까지 도이가 살아온 곳이 현실이라고 느껴졌다면 당신도 현재 기존 세계에서 분기한 평행세계에서 살고 있는 것이다.

어쩌면 당신은 어둠과 빛이 가장 강한 힘으로 서로 마주치는 해질녘, 그 빛이 열어주는 당신의 현실세계를 엿볼 수 있을지 모른다.

우리는 과거로 돌아가 현재를 바꿀 순 없지만, 현재에서 당신의 미래를 바꿀 수는 있다. 왜냐하면 선택함으로써 분기되는 평행세계에서 살고 있기 때문이다. 그러니 매시매초 당신의 선택은 평행세계로 건너뛰는 순간이 된다.

여고생의 일상을 쓰는 데 도움을 주신 광양 백운고 2학년 김아영 학생과 특공무술 가온도장 전준호 님, 그리고 오토바이 관련 도움을 주신 NO.1 블로그 황성필 님, 언제나 내 편이 되어주는 부모님을 비롯한 가족들, 책의 첫 번째 리뷰어가 되어주는 남편, 어떤 질문이든 성심껏 대답해주는 '기승전결 카페'의 회원님들, '숙제'라는 깜찍한 단어를 선물해주신 내발산초등학교 3학년 김동아 님, 열심히 검토해주신 김정은 편집자님, 이 책이 세상에 나올 수 있도록 '선택'해주신 이지웅 편집자님께 특별한 감사를 드립니다.

2019년 3월
황희

내일이 없는 소녀

© 황희, 2019

초판 1쇄 인쇄일 2019년 3월 5일
초판 1쇄 발행일 2019년 3월 20일

지은이   황희
펴낸이   정은영
편집   김정은
마케팅   이재욱 백민열 이혜원
제작   박규태

펴낸곳   ㈜자음과모음
출판등록   2001년 11월 28일 제2001-000259호
주소   04047 서울시 마포구 양화로6길 49
전화   편집부 (02)324-2347, 경영지원부 (02)325-6047
팩스   편집부 (02)324-2348, 경영지원부 (02)2648-1311
이메일   neofiction@jamobook.com

ISBN 978-89-544-3973-2 (03810)

이 도서의 국립중앙도서관 출판시도서목록(CIP)은 서지정보유통지원시스템 홈페이지
(http://seoji.nl.go.kr)와 국가자료공동목록시스템(http://www.nl.go.kr/kolisnet)에서
이용하실 수 있습니다.(CIP제어번호: CIP2019003692)